mtb

Zum Buch:

Dellina weiß von ihrer besten Freundin, dass Sam bald an ihre Tür klopfen und sie bitten wird, für seine PR-Agentur ein Fest zu organisieren. Denn sie ist die einzige Party-Planerin in Fool's Gold. Weil Sam nach der heißen Nacht bei ihr aber einfach abgehauen ist und sie seitdem offen meidet, wird Dellina es ihm nicht leicht machen. Soll er ruhig aussprechen, was ihm auf dem Herzen liegt. Soll er gern die Hände falten und sie bitten … Vielleicht kann er dann noch viel Besseres mit seinen Händen anstellen … Für eine zweite Nacht, mehr will Dellina ja gar nicht.

Humor und Gefühl, das kann keine so gut wie Susan Mallery

Zum Autor:

Susan Mallery wird von den Kritikern als mitreißende Autorin gefeiert und unterhält mit ihren witzigen, emotionalen Romanen über Frauen und ihre Beziehungen Millionen von Leserinnen auf der ganzen Welt. Sie lebt mit ihrem Mann und ihrem unerschrockenen Zwergpudel in Seattle, wo das Wetter zwar nicht gut, der Kaffee dafür aber umso besser ist.

Lieferbare Titel:

Spiel, Kuss und Sieg (Dezember 2015)
Apfel, Kuss und Mandelkern (Oktober 2015)
Küsse haben keine Kalorien (Juni 2015)

Umwelthinweis:
Dieses Buch wurde auf chlor- und säurefreiem Papier gedruckt.

Susan Mallery

Touchdown für die Liebe

Roman

Aus dem Amerikanischen von
Ivonne Senn

mtb

MIRA® TASCHENBUCH
Band 25935
1. Auflage: Mai 2016

MIRA® TASCHENBÜCHER
erscheinen in der HarperCollins Germany GmbH,
Valentinskamp 24, 20354 Hamburg
Geschäftsführer: Thomas Beckmann

Titel der nordamerikanischen Originalausgabe:
Before We Kiss

erschienen bei: HQN Books, Toronto

Published by arrangement with
Harlequin Enterprises II B. V./S.àr.l

Konzeption/Reihengestaltung: fredebold&partner GmbH, Köln
Umschlaggestaltung: büropecher, Köln
Redaktion: Daniela Peter
Titelabbildung: ps_Illustration / MATTHIAS KINNER
Satz: GGP Media GmbH, Pößneck
Druck und Bindearbeiten: CPI books GmbH, Leck – Germany
Printed in Germany
Dieses Buch wurde auf FSC®-zertifiziertem Papier gedruckt.
ISBN 978-3-95649-573-1

www.harpercollins.de

Für die Fool's-Gold-Co-Head-Cheerleaderin Angela. Dich zu kennen ist eine Freude. Ich bewundere deine Stärke und deinen unerschütterlichen Optimismus. Du bereicherst unser aller Leben und machst die Welt zu einem besseren Ort. Danke für deine Freundschaft. Dieses Buch ist für dich, Gürteltier.

VORWORT

Als „Mom“ eines entzückenden, verwöhnten kleinen Hundes kenne ich die Freude, die Tiere in unser Leben bringen können. Deshalb unterstütze ich schon lange den Tierschutz, in meinem Fall die Seattle Humane. Auf ihrer Spendengala im Jahr 2013 habe ich angeboten: „Ihr Tier in einem Liebesroman“.

In diesem Buch werden Sie eine wunderbare kleine Zwergspitzhündin namens Caramel kennenlernen. Ihr Besitzer war einer von zwei Gewinnern der Auktion, und das hier ist ihre Geschichte.

Eines der Dinge, die das Schreiben so besonders machen, ist, auf wie vielen verschiedenen Wegen ich mit den Menschen interagieren kann. Mit einigen spreche ich aus Recherchegründen. Andere sind Leser, die über meine Charaktere und Storylines sprechen wollen. Und einige sind einfach großartige Tiereltern. Caramels Dad ist ein ganz besonderer Mann, der sein kleines Mädchen über alles liebt. Als er mir von ihr erzählt hat, wurde sie in meinem Kopf lebendig. Ich hoffe, es ist mir gelungen, ihren wunderbaren Charakter in diesem Buch einzufangen.

Ein großer Dank an ihn und Caramel und die großartigen Menschen von Seattle Humane (www.seattlehumane.org). Denn jedes Tier verdient eine liebevolle Familie.

1. KAPITEL

Na, bereit, an den Schauplatz des Verbrechens zurückzukehren?", fragte Dellina Hopkins und schaute den dunkelhaarigen Mann an, der auf ihrer Veranda stand. Sie nahm an, die höfliche Reaktion auf seine Anwesenheit wäre, ihn hereinzubitten. Und das würde sie auch … in einer Minute. Aber erst würde sie ihn etwas zappeln lassen.

Sam Ridge, einen Meter achtzig groß, dunkeläugig, attraktiv, kniff die Augen zusammen. „Du hast nicht vor, es mir leicht zu machen, oder?"

Dellina lächelte. „Nein. Würdest du das an meiner Stelle tun?"

Er überraschte sie, indem er ein Grinsen aufblitzen ließ. „Nein, würde ich nicht."

„Ein ehrlicher Mann." Mit der Hüfte stieß sie die Tür ein Stück weiter auf und trat dann zurück, um ihn hereinzulassen. „Das ist ein Wunder."

Er trat ein. Dellina ließ die Fliegengittertür zuknallen, aber die dicke Holztür offen stehen. Es war Sommer in Fool's Gold und ziemlich warm. Eine leichte Brise wäre nett. Außerdem – und das war der Teil, den sie Sam gegenüber niemals zugeben würde – bedeutete eine offene Tür, dass sie nicht *ganz* allein waren. Okay, sie waren allein, aber es fühlte sich nicht so intim an. Und angesichts dessen, was beim letzten Mal geschehen war, als sie allein in diesem Haus gewesen waren, war das nur gut.

Sam blieb mitten im Wohnzimmer stehen, als wüsste er nicht, wo er hingehen sollte. Er drehte ein wenig den Kopf, und sie hatte den Eindruck, er schaue den Flur hinunter – in Richtung ihres Schlafzimmers. Ohne Zweifel erinnerte er sich daran, was dort fünf Monate zuvor passiert war.

Dellina wollte ihm sagen, dass es nicht ihre Schuld gewesen war – dass am Valentinstag jedem erlaubt war, sich dumm zu benehmen. Oder in ihrem Fall in der Valentinsnacht. Nur hatte sie genau gewusst, was sie tat, und es war so wunderschön und katastrophal gewesen, wie man es sich nur vorstellen konnte.

Jetzt würden sie und Sam die Konsequenzen dafür tragen müssen.

Er drehte sich zu ihr um und zeigte dann aufs Sofa. „Wir sollten uns vermutlich setzen."

„Macht es das für dich leichter?", fragte sie.

„Wenn ich Ja sage, setzt du dich dann?"

„Vermutlich."

„Dann ja. Es macht die Dinge leichter."

Dellina setzte sich in einen der Sessel, während Sam auf dem Sofa Platz nahm.

Seine Bewegungen waren kräftig, aber kontrolliert. Das liegt vermutlich an seiner Karriere als Sportler, dachte sie, als sie ihn beobachtete. Auch auf die Gefahr hin, wie ein Groupie zu klingen: Ihr war klar, dass dieser Mann wusste, wie er seinen Körper einzusetzen hatte. Natürlich war sie beim letzten Mal nicht daran interessiert gewesen, sich zu setzen. Oder mit ihm zu reden. Aber er auch nicht. Sie waren förmlich übereinander hergefallen, als sie zum Schlafzimmer gestolpert waren. Er hatte …

Dellina schob die lebhaften Erinnerungen beiseite. Ja, Sam war im Bett umwerfend gewesen. Aber danach war alles den Bach runtergegangen. Sie musste sich an das halten, was wichtig war. Er war wegen eines Jobs hier. Nicht wegen seiner unerwiderten Lust auf sie. Wenn man bedachte, wie er ihr in den letzten Monaten aus dem Weg gegangen war, beruhte das inzwischen auf Gegenseitigkeit.

Aber er steckte auch ein klein wenig in der Bredouille.

Über die altmodische Formulierung hätte sie beinah gelächelt. Ja, Sam brauchte sie. Nicht auf die köstliche, *nimm mich* rufende Weise, aber geschäftlich. Sie war Party-Planerin, und er wollte eine wirklich große Firmenfeier ausrichten. Er steckte fest, und sie war sein Ausweg. Selten, aber doch manchmal spielten ihr die Umstände in die Hände. Nachdem er nun fünf Monate sie und jene eine Nacht ignoriert hatte, sah er sich jetzt gezwungen, sich ihr zu stellen. War es so verkehrt von ihr, diesen Augenblick zu genießen? Vermutlich nicht.

Sie legte die Hände flach auf ihre Oberschenkel und schaute ihn an. „Wie kann ich dir helfen?“

Ernst sah er sie an. „Wirklich? Du willst wirklich nicht zugeben, dass du weißt, worum es geht?“

Sie blinzelte ein paar Mal, dann riss sie die Augen auf. „Als du mich angerufen hast, um einen Termin zu vereinbaren, hast du nicht erwähnt, worum es geht.“ Natürlich wusste sie, warum er hier war, aber auch jetzt schien ihr eine kleine emotionale Folter die richtige Form der Rache zu sein.

Sein Kiefermuskel zuckte. „Okay. Spielen wir das auf deine Art. Ich bin Sam Ridge. Partner bei Score.“

Sie grinste. „Ich weiß, wer du bist, Sam. So viel müssen wir nun auch nicht vorspielen. Sag mir einfach nur, was du willst, und dann machen wir von da aus weiter.“

Er fluchte leise. „Du bist mit Taryn befreundet. Du hast für sie gearbeitet. Wie lange willst du mich noch bestrafen?“

Er hatte recht, was Taryn anging. Sie und Dellina waren Freundinnen und arbeiteten ab und zu zusammen. Score, die fragliche PR-Agentur, war kurz nach dem Jahreswechsel nach Fool’s Gold gezogen. Drei der Partner waren ehemalige NFL-Spieler, und Taryn war diejenige, die die Firma zusammenhielt.

„Ich habe mich noch nicht entschieden, wie lange du bestraft werden musst“, gab sie zu und überlegte, ob mit den Wimpern zu klimpern ein wenig zu dick aufgetragen wäre.

Er seufzte schwer. „Gut. Machen wir es auf deine Weise. Jetzt, wo wir unsere Firma hierher verlegt haben, wollen meine Partner und ich ein großes Fest für unsere Kunden ausrichten. Wir haben ein Hotel gebucht, aber weiter sind wir in unseren Planungen noch nicht gekommen.“

„Eine Party“, hauchte sie und presste sich die Hand aufs Herz. „Das klingt wirklich nett.“

Vermutlich standen Neurochirurgen oder der Mensch, der das Space Shuttle landen musste, ganz oben auf der Top-Ten-Liste von Berufen, die einem Magengeschwüre bereiteten. Sam schätzte, dass auch derjenige, der am Silvesterabend den Ball auf dem Times Square in New York fallen ließ, ein paar schlaflose Nächte hatte. Und er würde anfügen, dass Kicker in der NFL zu sein auch seine stressigen Momente hatte. In seiner Zeit bei den L. A. Stallions war er für sechsundzwanzig Siege verantwortlich gewesen, drei davon während der Play-offs und einer beim Super Bowl. Er wusste, wie es war, alle Augen – sowohl live als auch im Fernsehen – auf sich gerichtet und seine Leistung endlos kritisiert zu sehen.

Er hatte immer bereits in dem Moment, wenn sein Fuß mit dem Ball in Berührung kam, gewusst, wie das Ergebnis aussähe, und er war berühmt dafür, sich direkt nach dem Schuss umzudrehen und sich von dem Jubel der Zuschauer sagen zu lassen, ob er richtig gelegen hatte. Er war Druck gewohnt. Er hatte ihn gelebt und geatmet. Aber nie hatte er jemandem wie Dellina Hopkins gegenübertreten müssen, und das Schlimmste daran war, dass sie recht damit hatte, es ihm schwer zu machen.

Sam schüttelte den Kopf. „Okay“, sagte er. „Ich gebe es zu. Ich habe mich geirrt.“

Ihre braunen Augen funkelten. „Womit geirrt?“

„In jener Nacht. Ich hätte nicht einfach so abhauen dürfen. Es war nur …“ Er zeigte in Richtung Flur. „Diese Kleider und die Liste. Ich suche nicht nach einer Frau zum Heiraten.“

„Und ich auch nicht nach einem Mann.“

„Du bist diejenige mit dem Zimmer voller Hochzeitskleider.“

Sie presste ihre vollen Lippen aufeinander. Sam versuchte, nicht darauf zu achten, aber ihr Mund war mit das Erste, was damals an diesem Valentinstag seine Aufmerksamkeit erregt hatte.

Er hatte wochenlang in der Ronan's Lodge gewohnt, bis der Kauf seines Hauses abgeschlossen war. An jenem Abend war er in die Bar hinuntergegangen und hatte erst dort gemerkt, dass Valentinstag war und die Bar brechend voll mit Pärchen. Da er erst kurz zuvor – wieder einmal – den Frauen abgeschworen hatte, hatte er sich umgedreht, um wieder in sein Zimmer zurückzukehren.

Aber bevor er hatte flüchten können, hatte er Dellina gesehen. Sie war mit Freunden da gewesen. Sie hatten gelacht und sich unterhalten. Niemand hatte Notiz von ihm genommen. Sie war ganz hübsch, aber dann hatte sie gelächelt, und es war wie ein Schlag in den Magen gewesen – und er war ein Mann, der die Kraft eines guten Trittes zu würdigen wusste. Er hatte eine Runde Drinks an ihren Tisch geschickt, die Frauen hatten ihn eingeladen, sich zu ihnen zu gesellen, und eine Stunde später hatten er und Dellina zusammen beim Dinner gesessen.

Später, als er sie geküsst hatte, war ihm klar geworden, dass ihr Mund so aufregend und faszinierend war, wie er gehofft hatte. Sie hatte ihn zu sich nach Hause eingeladen, er hatte Ja gesagt, und der Rest war unglaublich gewesen. Bis er mitten in der Nacht aufgestanden war und sich in einem Albtraum wiedergefunden hatte.

Er war ihr die letzten fünf Monate aus dem Weg gegangen. Was in einer Stadt von der Größe Fool's Golds nicht leicht war. Die Situation wurde noch dadurch komplizierter, dass er ihre Gesellschaft genossen hatte und sie wirklich gern wiedergesehen hätte.

Jetzt, da seine Firma ihre Dienste benötigte, war er gezwungen, sich damit abzufinden. Also war er hier. Wurde aus purem Vergnügen gequält. Kenny und Jack würden sagen, dass es gar keinen anderen Grund gab, aus dem man jemanden sonst quälen sollte.

Dellina erhob sich. Sie war ungefähr eins fünfundsechzig groß und hatte fabelhafte Kurven an genau den richtigen Stellen. Wenn er sie in der Stadt sah – denn ihr aus dem Weg gehen zu *wollen* und in der Lage zu sein, es wirklich zu tun, waren zwei ganz verschiedene Dinge –, trug sie normalerweise Kleider oder Kostüme. Heute hatte sie eine Jeans und ein mit Rüschen besetztes, ärmelloses Ding an, das nicht sexy sein sollte, es aber trotzdem war. Ihre nackten Arme zu sehen erinnerte ihn an ihren nackten Körper … was überhaupt erst der Grund für die Probleme zwischen ihnen war.

Verdammt, er hätte an diesem Morgen nicht aufstehen sollen. Oder nach Fool's Gold ziehen. Oder bei Score einsteigen. Oder überhaupt geboren werden.

„Steh auf", sagte sie.

Er gehorchte.

Sie ging zu ihm und streckte ihm ihre Hand hin. „Wir fangen noch mal ganz von vorne an. Ich bin Dellina Hopkins. Mir gehört eine Party-Planungsagentur."

Er wusste nicht, was sie jetzt schon wieder vorhatte, nahm aber an, dass er in der Sache kein großes Mitspracherecht hatte. Die Zeit lief ihm davon, und er war verzweifelt.

„Sam Ridge. Mir gehört eine PR-Firma."

Sie schüttelten einander die Hand. In der Sekunde, in der sich ihre Finger umeinander schlossen, spürte er die Hitze. Sofort ließ er den Blick zu ihren vollen Lippen wandern und erinnerte sich daran, ihnen nicht annähernd genügend Zeit gewidmet zu haben. Oder irgendeinem anderen Teil von ihr. Es war nur so gewesen, dass er, sobald sie nackt gewesen war, nicht gewusst hatte, welchen Teil von ihr er als Erstes genießen sollte. Und dann hatte der Albtraum begonnen.

Sie entzog ihm die Hand und ließ sie sinken.

„Also, Sam, wie viele kleine Firmen ist auch meine in meinem Haus untergebracht. Dieses Haus, das ich gemietet habe, hat drei Zimmer. In einem schlafe ich. In einem arbeite ich. Womit ein freies Zimmer übrig bleibt. Bitte folge mir."

Sie ging den Flur hinunter. Er zögerte, hatte eine Ahnung, wohin sie gehen würden, und das war kein Ort, den ein Mann freiwillig besuchen wollte. Die Frage war: Wie sehr brauchte er sie? Und die Antwort lautete: sehr.

Sie blieb vor einer geschlossenen Tür stehen. *Der* geschlossenen Tür.

„Meine Freundin Isabel hat einen Laden in der Stadt, der Paper Moon heißt", erklärte Dellina. „Sie verkauft Brautkleider. Letzten Herbst hat sie beschlossen, zu expandieren und auch andere Kleidung in ihr Sortiment aufzunehmen. Sie hat den

Laden nebenan gemietet und angefangen umzubauen. Wie du dir vorstellen kannst, war das ein ziemlich großes Unterfangen. Wegen der Bauarbeiten hat sie vorübergehend einen Teil ihrer Lagerfläche verloren. Das durchschnittliche Brautkleid ist ein ziemlich besonderes Stück. Man kann es nicht einfach überall aufbewahren. Es muss geschützt und bei bestimmten Temperaturen gelagert werden."

Langsam fielen die Puzzleteile an ihren Platz. Sam erinnerte sich, dass er aufgestanden war, nachdem er und Dellina sich geliebt hatten. Er war immer noch geschockt gewesen von der Hitze, die zwischen ihnen aufgelodert war, und hatte sich schon auf einen zweiten Durchgang gefreut. Auf dem Weg vom Badezimmer zurück war er falsch abgebogen. Anstatt in ihr Schlafzimmer zurückzugehen, hatte er sich in einem Raum wiedergefunden, in dem endlose Reihen von Hochzeitskleidern hingen.

Schlimmer noch, an der Wand prangte eine Tafel mit der Überschrift: „Zehn Wege, ihn dazu zu bringen, dir einen Antrag zu machen".

Da war er verständlicherweise ausgeflippt. Er hatte den Weg zurück in ihr Zimmer gefunden, sich schnell angezogen und war geflohen. Von da an hatte er kein Wort mit Dellina gesprochen. Er war ihr aus dem Weg gegangen, hatte es vermieden, irgendetwas mit ihr zu tun zu haben, und hatte sich selbst nie gestattet, über diese Nacht nachzudenken. Denn wenn er es täte, würde er feststellen, dass er Dellina noch einmal wollte. Und bei seinem Pech mit Frauen war es wichtig, sich an die zu halten, die geistig vollkommen gesund waren.

Was, wie es aussah, vielleicht doch auf Dellina zutraf.

Sie öffnete die Tür. Instinktiv verspannte er sich, als er sah, dass die Kleider noch da waren. Kleiderstangen voller weißer Kleider in Schutzhüllen. Wie Plastik-Aliens hingen sie dort und warteten darauf, auf ihr Mutterschiff zurücktransportiert zu werden.

„Isabel bezahlt mich dafür, dass sie ihre Kleider hier lagern kann", erklärte Dellina. „Ich würde es auch umsonst machen, aber sie besteht auf einer kleinen monatlichen Miete. Das sind nicht meine Kleider."

„Okay." Er wollte seinen Kragenknopf lösen, stellte aber fest, dass sein Hemd gar nicht bis oben hin zugeknöpft war und der Druck, den er spürte, alleine daher stammte, dass er sich wie ein Idiot aufgeführt hatte.

Er räusperte sich. „Das, äh, erklärt das Problem mit den Brautkleidern. Aber was ist damit?"

Er zeigte auf die Tafel. Auf ihr stand immer noch „Zehn Wege, ihn dazu zu bringen, dir einen Antrag zu machen", aber es fehlten die entsprechenden Vorschläge.

Dellina seufzte und ließ sich gegen die Wand sinken. „Die gehört Fayrene."

Er hob eine Augenbraue.

„Meine jüngere Schwester", erklärte sie. „Fayrene hat Ryan im letzten Herbst kennengelernt. Sie haben sich verliebt, aber sie wollte nicht heiraten und sich stattdessen auf ihre Karriere konzentrieren. Ryan war damit einverstanden, und sie kamen überein, vier Jahre zu warten."

„Wo ist das Problem?"

„Sie hat ihre Meinung geändert und möchte, dass er ihr jetzt einen Antrag macht."

Er wartete, weil er wusste, dass da noch mehr kommen musste.

„Ryan versteht die Nachricht nicht." Dellina massierte sich die Schläfen. „Vermutlich, weil sie es ihm nie klar gesagt hat. Fayrene will Ryan nicht sagen, dass sie ihre Meinung geändert hat. Das wäre nicht romantisch. Sie will, dass er von allein draufkommt."

„Das wird nicht passieren", sagte Sam. „Wenn Ryan deine Schwester liebt, wird er ihre Wünsche akzeptieren, egal, wie sehr er auch vielleicht eher heiraten will. Das ist keine gute Strategie."

„Danke für deine Erklärung. Aber das müsstest du schon mit Fayrene diskutieren, denn ich stimme dir da vollkommen zu. Der Punkt ist, diese Liste hat nichts mit mir zu tun."

Dellina sah ihn an. „Hör mal, Sam. Ich weiß, du hast keinen Grund, mir zu glauben, aber ich nehme nicht ständig Männer mit nach Hause, die ich gerade erst kennengelernt habe. Am Valentinstag war es das erste Mal, dass ich so etwas getan habe."

Sie sprach weiter, aber er hörte lange genug auf, ihr zuzuhören, um sich in der Tatsache zu sonnen, dass sie sich ausgerechnet ihn für ihren One-Night-Stand ausgesucht hatte. Okay, das war nicht ganz so gut, wie ein Heilmittel für eine tödliche Krankheit zu entwickeln, aber trotzdem schön zu wissen. Er richtete seine Aufmerksamkeit wieder auf sie.

„… und als du weggelaufen bist, wusste ich nicht, was passiert ist. Dann habe ich mich an dieses Zimmer erinnert und gewusst, dass du ausgeflippt bist."

„Verständlicherweise", ergänzte er.

„Ja. Das ist schon ein wenig verstörend. Aber du hättest mich doch einfach fragen können, was es damit auf sich hat."

Er dachte an die anderen Frauen, die er in seinem Leben kennengelernt hatte. Seine Familie. Wenn Dellina davon wüsste, würde sie keine rationale Reaktion erwarten. Aber sie hatte keine Ahnung davon, und das war ihm auch lieber so.

„Du hast recht", pflichtete er ihr bei. „Ich hätte dich fragen sollen. Ich habe einfach nur reagiert. Es war spät, und wir hatten Sex, und dieses Zimmer hat mir eine Heidenangst eingejagt."

Sie lächelte. „Du kannst ganz schön schnell laufen."

„Ich hatte viel Übung."

Ihr Lächeln wurde breiter und lenkte seine Aufmerksamkeit auf ihren Mund. „Du warst echt gut darin, mir aus dem Weg zu gehen. Fool's Gold ist nicht sonderlich groß."

„Das ist mir auch schon aufgefallen. Du warst überall und hast es mir nicht leicht gemacht."

„Das wollte ich auch nicht", gab sie zu.

„Dann musst du dich ja gefreut haben, das von der Firmenfeier zu hören."

Sie sah ihn schelmisch an. „Ein bisschen."

Weil die Organisation dieser Party nämlich ihm zugeteilt worden war. Normalerweise hätte er einfach jemanden dafür engagiert, aber die einzige Party-Planerin der Stadt war Dellina. Also hatte er es so lange wie nur irgend möglich hinausgezögert.

„Jetzt, wo du dich auf meine Kosten amüsiert hast", sagte er, „gibt es immer noch ein Problem, das wir lösen müssen."

„Stimmt. Score schmeißt eine Party für seine besten Kunden. Drei Tage Spaß und Ausgelassenheit."

„Ausgelassenheit? Hast du das gerade wirklich gesagt?"

Sie drückte sich von der Wand ab und ging über den Flur. „Das weißt du doch. Komm. Reden wir darüber, wie viel mehr du mir dafür bezahlen musst, das alles innerhalb von vier Wochen auf die Beine zu stellen."

Dellina war in Sams Gegenwart entspannter, als sie erwartet hatte. Jetzt, da sie über die Vergangenheit und die Peinlichkeit der Nacht gesprochen hatten, konnten sie sich dem Geschäftlichen widmen.

Er folgte ihr in ihr Büro. Unglücklicherweise war sie nicht auf Besucher vorbereitet, deshalb lagen überall Papierstapel herum. Sie wollte sagen, dass sie normalerweise zu ihren Kunden ging, wusste aber, dass eine der Grundregeln im Business lautete, sich niemals unnötig zu entschuldigen. Dafür gäbe es noch ausreichend Zeit, sollte sie es wirklich vermasseln.

Sie griff zur gleichen Zeit nach einem Stapel Papiere wie Sam. Seine Hand legte sich auf ihre. Instinktiv schaute sie ihn an, und ihre Blicke hielten einander fest. Vermutlich wegen der Hitze, die sofort aufstieg, ganz zu schweigen von den Funken, die zwischen ihnen flogen. Außer sie war die Einzige, die diese Anziehung verspürte. In dem Fall fragte er sich vermutlich, was, zum Teufel, mit ihr nicht stimmte.

Sie zog die Hand zurück, er auch, und die Papiere segelten zu Boden.

Dellina starrte das Chaos an. „Okay", sagte sie und ging um ihren Schreibtisch herum. „Lass sie einfach da liegen. Tiefer können sie nicht fallen."

Ihr Büro befand sich in dem kleinsten der drei Zimmer. Es war vielleicht zehn Quadratmeter groß, und in der Mitte stand ihr großer Schreibtisch. Es gab ein paar Stühle, zwei Aktenschränke, eine Pinnwand an der Wand, ein Fenster und einen langen Tisch, den sie meistens dazu nutzte, weitere Papiere zu stapeln. Irgendwann dieser Tage würde sie sich endlich mal ein Ablagesystem überlegen müssen.

Sie setzte sich und griff nach einer Mappe. Sie wies ihren Projekten verschiedene Farben zu, und die Score-Party war blutrot. Eine der Farben der L. A. Stallions. Etwas, das sie lächeln ließ, auch wenn es Sam nicht auffiel.

„Wegen der Party", fing sie an und zog sich einen Notizblock heran. „Was schwebt euch da vor?"

„Taryn muss dir doch irgendwas erzählt haben."

„Das hat sie, aber ich möchte sichergehen, dass ich verstehe, was du erwartest. Also, schieß los." Sie lächelte. „Keine Sorge, ich werde mich nicht langweilen, wenn ich es schon gehört habe."

„Wie beruhigend." Er lehnte sich in seinem Stuhl zurück. „Wir laden zwanzig Paare ein, das macht also vierzig Erwachsene. Sie bringen insgesamt zwölf Kinder im Alter zwischen sechs und dreizehn Jahren mit."

Sie machte sich Notizen.

„Zu unseren Kunden gehören Sportgrößen, eine Firma, die Rum herstellt, und eine Timesharing-Firma für Jets."

Sie schaute auf. „Eine *was*?"

„Eine Timesharing-Firma für Jets. Privatflugzeuge?"

„Ich weiß, was das ist."

„Bei einem Timesharing erwirbt man Stunden, anstatt sich ein ganzes Flugzeug kaufen zu müssen. Außerdem gibt es einen jährlichen Mitgliedsbeitrag. Man kann hundert Stunden kaufen. Zweihundert. Wie viele auch immer man braucht."

Sie nahm an, nur einen Teil eines Jets zu besitzen war besser, als das gesamte Ding zu kaufen. Zumindest wenn man in der Position war, sich um solche Sachen Gedanken machen zu müssen. Sie flog nicht oft, aber wenn, suchte sie immer online nach Schnäppchen.

„Ein weiterer Kunde ist ein internationaler Headhunter." Er hielt inne, als warte er auf eine Frage.

„Ich weiß auch, was das ist", sagte sie. „Sie suchen Mitarbeiter für gehobene Stellen in großen Firmen."

„Sehr gut."

Bei der Feier wäre viel Geld versammelt, dachte sie, als sie sich weitere Notizen machte. Was wenig überraschend war. Die Besitzer von Score waren reiche, erfolgreiche Männer. Oder in Taryns Fall eine reiche, erfolgreiche Frau. Da war es nur logisch, dass sie ebensolche Kunden anzogen. Sie fragte sich, warum sie sich entschieden hatten, nach Fool's Gold zu ziehen. Ein ruhiges, familienorientiertes Städtchen mit einer Besessenheit für Festivals. Laut Taryn waren es die Jungs gewesen, die den Umzug vorangetrieben hatten. Dellina fragte sich, ob sie damit auf etwas *zu-* oder vor etwas *weg*gelaufen waren.

Sie ließ den Blick zu Sam zurückwandern. Er war über eins achtzig groß, hatte breite Schultern und einen schlanken, muskulösen Körper. Als Kicker musste er nicht riesig sein. Jack und Kenny waren wesentlich größer. Auch wenn sie Sams Gestalt bevorzugte, würde sie seine stattliche Männlichkeit und die erneuten Funken ignorieren und sich stets daran erinnern, dass dieser Auftrag für sie eine große Sache war. Sie würde die Partner umhauen und mit einem dicken Sparbuch und einer hervorragenden Empfehlung daraus hervorgehen.

„Die Party beginnt am Freitagnachmittag und geht bis Sonntagnachmittag", erklärte er. „Wir haben ein Zimmerkontingent oben in der Ski-Lodge gebucht."

„Wie viele Zimmer?", fragte sie. „Und was ist mit Räumen, in denen man sich treffen kann, und anderen Angeboten?"

„Die Informationen habe ich im Büro. Ich kann sie dir mailen."

„Super. Ich muss auch Kopien der Verträge haben, damit ich gucken kann, was sie erwarten und was ihr erwartet."

Er presste kurz die Lippen zusammen. „Ich habe einfach ein paar Zimmer reserviert", meinte er. „Es gibt keinen Vertrag."

Sie machte sich weitere Notizen und sagte sich, dass sie nicht über ihn urteilen sollte. Sie war die professionelle Party-Planerin, nicht er. „Darum kümmere ich mich." Sie hatte gelernt, alles schriftlich festzuhalten. „Ihr solltet verschiedene Aktivitäten, Mahlzeiten und Geschenktüten anbieten. Wollt ihr ein gesondertes Programm für die Kinder? Ich schätze, die Eltern würden es genießen, wenigstens einen Teil der Zeit für sich zu haben."

„Klar, warum nicht."

„Vorträge? Musikalische Unterhaltung? Wollt ihr Babysitter für die Kinder zur Verfügung stellen?"

„Ich habe keine Ahnung."

Was bedeutete, er und seine Partner waren über ein „Hey, lasst uns eine Party schmeißen" noch nicht hinausgekommen. Das Gute war, dass es so nicht viel gab, was sie wieder rückgängig machen musste. Das Schlechte war der enge zeitliche Rahmen.

„Wir haben nur knapp vier Wochen, um das alles auf die Beine zu stellen", sagte sie und richtete ihre Aufmerksamkeit wieder auf ihn, was nicht schwer war. Sams Züge waren wie gemeißelt, seine dunklen Augen eindringlich. Er sah aus wie ein Model für ein sinnliches Männerparfüm. Und er saß so nah bei ihr. Nicht, dass sie darauf reagieren würde. Sie arbeiteten jetzt zusammen. Hatten eine rein geschäftliche Beziehung. Was bedeutete, was auch immer vorher zwischen ihnen geschehen war, war interessant, aber nicht relevant.

„Ich muss diese Woche noch ein anderes Projekt zu Ende bringen, danach bekommt ihr bis zum Wochenende der Feier meine volle Aufmerksamkeit", erklärte sie ihm.

Er hob eine Augenbraue und nickte. „Wir brauchen auch auf der Feier deine volle Aufmerksamkeit."

„Wie sehr willst du in die Entscheidungen bezüglich der Party einbezogen werden?"

„Sprich alles mit mir ab. Wir können entweder regelmäßige Treffen vereinbaren, oder du kommst einfach bei Score vorbei. Ich mache mich dann für dich frei.“

„Wir machen beides“, sagte sie und fügte weitere Punkte zu ihrer wachsenden To-do-Liste hinzu. „Okay – einen Vertrag für die Zimmer zu kriegen und einen Zeitplan zu erstellen werden meine Top-Prioritäten sein. Ich rechne nach Stunden ab. Für einige Sachen werde ich eine Kaution benötigen, aber aufgrund des engen Zeitplans werden andere Sachen sofort zahlbar sein. Ich habe es lieber, wenn alle Rechnungen über mich laufen, damit ich weiß, was für Kosten auf euch zukommen.“

„Kein Problem. Wenn du im Büro vorbeikommst, gebe ich dir einen Vorschuss. Diese Party wird viel Geld kosten. Ich will nicht, dass du deswegen dein Konto strapazieren musst.“

„Danke“, sagte sie und dachte, dass er während ihrer einzigen intimen Begegnung genauso rücksichtsvoll gewesen war. Er hatte …

Nein, sagte sie sich entschlossen. Das würde nicht noch einmal passieren. Und sie würde sich auch nicht in Erinnerungen daran verlieren, wie er sie berührt oder geküsst hatte oder …

„Ich denke, ich habe genug, um anzufangen“, sagte sie und legte den Stift weg. „Treffen wir uns in einigen Tagen wieder, dann habe ich schon ein paar Einzelheiten ausgearbeitet.“

„Klingt nach einem Plan.“

Sie erhoben sich beide, und sie begleitete ihn zur Haustür. Eine Sekunde lang fragte sie sich, was zwischen ihnen passiert wäre, wenn er nicht ins falsche Zimmer abgebogen wäre. Wenn er es auf direktem Weg zurück zu ihr geschafft hätte.

Vermutlich nichts, sagte sie sich und verabschiedete sich von ihm. Er war ein berühmter Exsportler und sie ein Kleinstadtmädchen. Sie bezweifelte, dass ein Mann wie er nach etwas Ernstem suchte, und sie tat es auch nicht. Was passiert war, war eine lustige Anekdote und mehr nicht. Aber es macht schon Spaß, darüber nachzudenken, gab sie insgeheim zu, nachdem er gegangen war.

2. KAPITEL

Drei Stunden später hatte Dellina einen groben Plan für das Wochenende aufgestellt. Sie hatte bereits ein paar Vorarbeiten geleistet, aber zu wissen, wie viele Gäste kämen und wie viele Kinder welchen Alters dabei wären, machte es leichter, passende Aktivitäten für alle vorzuschlagen. Mit dem Resort hatte sie bereits einen Termin für ein Testessen vereinbart.

Sie schaute auf die Uhr, stand dann auf und ging in den Flur. Dort schnappte sie sich ihre Handtasche, verließ das Haus und machte sich auf in Richtung Stadtzentrum.

Fool's Gold lag am Fuße der Sierra Nevada auf einer Höhe von ungefähr siebenhundertfünfzig Metern, was bedeutete, dass es hier vier richtige Jahreszeiten gab. Das war nur eines der Dinge, die sie an diesem Ort so liebte. Auch wenn die Haupteinnahmequelle der Tourismus war, gab es genügend kleine Läden und Firmen in der Gegend sowie den großen Hotel- und Kasinokomplex am Rande der Stadt und ein Outletcenter. Im Norden lag eine Fabrik, die Windturbinen herstellte, und im Westen waren unzählige Weingüter beheimatet.

Dellina und ihre Schwestern waren hier geboren und aufgewachsen. Kurz hatte sie darüber nachgedacht, in eine größere Stadt zu ziehen, dann aber erkannt, dass sie im Grunde ihres Herzens ein Kleinstadtmädchen war. Sicher, ihre Firma woanders aufzubauen wäre leichter, aber leichter war nicht immer besser. Das hatte sie von ihrer Familie gelernt.

Sie bog auf die Fourth Street ab und sah das Schild des Brewhaha vor sich. Taryn und Larissa hatten in der Sekunde ein gemeinsames Kaffeetrinken organisiert, in der sie ihnen von ihrem geplanten Treffen mit Sam erzählt hatte. Zweifelsohne wollten sie alle Einzelheiten hören. Dellina würde nur sagen, dass alles gut gelaufen war. Auf keinen Fall würde sie von dem Kribbeln erzählen, das sie in seiner Nähe empfunden hatte. Das wäre für sie alle nur peinlich.

Als sie sich dem Coffeeshop näherte, sah sie eine große, gut gebaute Rothaarige auf dem Bürgersteig auf und ab gehen. Bailey Voss trug ein dunkelblaues Kleid mit passender Jacke sowie praktische dunkelblaue Pumps. Ein wenig zu geschäftsmäßig für sie, wie Dellina fand, doch dann fiel ihr ein, was das bedeutete, und sie eilte auf sie zu.

„Ist es heute?“, fragte sie anstelle einer Begrüßung.

Bailey drehte sich zu ihr um und nickte, während sie sich eine Hand auf den Magen presste. „In einer knappen halben Stunde. Ich war zu früh fertig, und dann … war ich zu nervös, um zu Hause zu bleiben. Aber sobald ich losgegangen war, wusste ich nicht, was ich mit mir anfangen soll.“

Dellina drehte sie zum Brew-haha um. „Komm mit rein. Wir lenken dich ab, bis es so weit ist.“

„Danke“, sagte Bailey und biss sich auf die Unterlippe. „Aber bitte nicht so sehr, dass ich vergesse, wann ich losmuss.“

„Wir stellen uns einen Wecker“, versprach Dellina und begleitete sie in den Laden.

Das Brew-haha war ein helles, fröhliches Café mit kleinen Tischen vor den großen Fenstern. Es gab die üblichen Kaffee- und Teegetränke sowie Gebäck. Dellina erblickte Taryn und Larissa sofort. Sie hatten sich bereits ihre Latte macchiatos geholt und einen Platz gesucht.

Taryn, eine der Partnerinnen bei Score, war Mitte dreißig. Groß, mit langem dunklem Haar und violettblauen Augen, zog sie sich immer an, als wäre sie ein Fashionmodel. Heute trug sie eine maßgeschneiderte Jacke zu einem engen Rock. Ihre Absätze waren mindestens zehn Zentimeter hoch. Ihre Handtasche im Bohemian-Style war aus Leder und Schlangenhaut. Dellina schätzte, dass die Kosten für dieses Outfit ungefähr genauso hoch waren wie für einen guten Gebrauchtwagen.

Larissa war der totale Gegensatz. Sie trug ein buntes T-Shirt und Yogahosen. Ihre langen blonden Haare waren zu einem Pferdeschwanz zusammengebunden. Sie hatte sich nicht geschminkt, und ihre Zehennägel zierten aufgemalte Gänseblümchen. Taryn verbrachte ihre Tage damit, Score mit eiserner Hand zu regieren, während Larissa Massagen gab und als Jacks Assistentin arbeitete. Die beiden hätten nicht unterschiedlicher sein können.

Beide Frauen schauten auf und winkten, als sie Dellina erblickten.

„Seht, wen ich gefunden habe", sagte Dellina, als sie sich dem Tisch näherten.

Bailey krampfte ihre Finger um den Riemen ihrer Handtasche. „Ich habe in ein paar Minuten mein Bewerbungsgespräch mit Bürgermeisterin Marsha."

Taryn zog einen Stuhl hervor. „Setz dich. Du kannst mir alles erzählen, was dich nervös macht, und dann gehen wir das gemeinsam durch."

Seufzend ließ Bailey sich auf den Stuhl sinken. „Ich habe einfach nur Panik, nicht genügend Erfahrung zu haben."

Dellina ging zum Tresen und bestellte einen Latte macchiato. „Bailey, willst du auch etwas?"

Bailey schüttelte den Kopf. „Ich habe Angst, was zu verschütten."

Das konnte Dellina gut verstehen. Niemand wollte mit einem Kaffeefleck auf dem Kleid zu einem Bewerbungsgespräch gehen. Während sie auf ihren Latte wartete, musterte sie Baileys dezentes Make-up und die steile Falte zwischen ihren Augenbrauen. Alleinerziehende Mutter zu sein war nicht leicht. Dellina hatte ihre Familie verloren und schon in frühen Jahren die Verantwortung für ihre Schwestern übernommen. Auch wenn sie damals am Boden zerstört gewesen war, hatte sie zumindest nach Fool's Gold zurückkehren können, wo sie jeden kannte und es genügend Menschen gab, die ihr unter die Arme griffen.

Bailey und ihr Mann waren ein paar Jahre zuvor in die Stadt gezogen. Keiner von ihnen hatte Familie. Es hatte mal einen Onkel oder Großonkel gegeben, aber der war ein paar Monate nach ihrer Ankunft verstorben. Dann wurde Baileys Mann, ein Soldat, in Afghanistan getötet. Dellina hoffte, dass Bailey den

Job bei Bürgermeisterin Marsha bekam, damit sie finanzielle Sicherheit hatte. Das würde enorm helfen, ihr gebrochenes Herz zu heilen.

Mit ihrem Latte kam sie an den Tisch zurück. „Du bist doch hier aufgewachsen", wandte sich Bailey an sie. „Kannst du mir einen Rat geben, was Bürgermeisterin Marsha betrifft?"

„Sei einfach du selbst", empfahl Dellina ihr. „Wenn Marsha dich nicht bereits mögen würde, hätte sie dich nicht zum Gespräch eingeladen."

„Ich hoffe, meine Fähigkeiten reichen aus", sagte Bailey. „Ich habe zwar den Auffrischungskurs am Community College absolviert, aber schon lange nirgendwo mehr gearbeitet."

Taryn lächelte sie an. „Entspann dich. Sosehr es auch schmerzt, das zuzugeben, aber die gerissene alte Dame weiß, was sie tut."

„Du machst das schon", beruhigte Larissa sie. „Und wenn du den Job bekommst, hast du exklusiven Zugriff auf den ganzen Klatsch und Tratsch der Stadt." Grinsend beugte sie sich vor. „Ich erinnere mich noch, als ich mein Vorstellungsgespräch bei Score hatte. Mein Gott, war ich nervös."

Bailey schaute Taryn an. „Ja, das verstehe ich."

Taryn riss die Augen auf. „Hey, wenn das gegen mich ging … ich bin in Einstellungsgesprächen immer äußerst freundlich."

Larissa grinste. „Sie war nicht das Problem. Ich musste mit Jack reden. Und ich hatte solche Angst, weil er dieser große, berühmte Kerl war. Wenigstens musst du dir keine Sorgen machen, wegen Bürgermeisterin Marshas gutem Aussehen kein Wort rauszukriegen."

Sie alle lachten.

Dellina lächelte Bailey an. „Larissa hat recht. Sobald du den Job hast, erfährst du alles, was in dieser Stadt los ist."

„Köstlich", warf Larissa ein.

Taryn schaute ihre Freundin an. „Du hast keine Zeit für Klatsch. Du bist zu sehr damit beschäftigt, Menschen mit giftigen Schlangen umzubringen."

Larissa ließ den Kopf hängen. „Dafür habe ich mich doch schon tausendmal entschuldigt."

„Noch tausendmal mehr und ich überlege, das Thema fallen zu lassen", zog Taryn sie auf.

Dellina wusste nicht viel über Larissa, außer dass sie ein weiches Herz hatte und gerne alle möglichen Tiere rettete. Unglücklicherweise schien sie ihre Pläne nicht immer komplett bis zum Ende zu durchdenken. Ein paar Monate zuvor hatte sie für eine örtliche Wildtierorganisation Schlangen in den Süden des Staates transportiert. Als der Deckel von einer der Transportboxen aufgegangen war, war eine der Schlangen entkommen, und Larissa hatte sofort angehalten und war aus dem Wagen gesprungen.

Angel, Taryns jetziger Verlobter, hatte angeboten, ihr zu helfen – und einen Biss zu spät herausgefunden, dass die Schlangen giftig waren. Die Folge war, dass er die Nacht im Krankenhaus verbringen musste. Angel ging es mittlerweile wieder gut, und die Schlangen hatten es in ihr neues Zuhause geschafft, aber Taryn quälte Larissa immer noch mit den Vorkommnissen. In diesem Fall war Dellina auf Taryns Seite. Tieren in Not zu helfen war eine Sache, aber den Umgang mit giftigen Kreaturen sollte man Profis überlassen.

Bailey stand auf. „Jetzt muss ich wirklich los. Ich will langsam gehen, damit ich nicht ins Schwitzen komme." Erneut presste sie sich die Hand auf den Magen. „Ich hoffe, ich kriege das hin."

Taryn stand auf und umarmte sie. „Du schaffst das. Du wirst großartig sein. Und danach musst du mir alles haarklein erzählen."

„Das mache ich", versprach Bailey und ging.

Stolz schaute Taryn ihr hinterher. Aus irgendeinem Grund hatte Bailey etwas in ihr angerührt, sodass sie sogar einen Kleidertausch arrangiert hatte, nur um Bailey zu einem neuen Kleid für ihre Bewerbungsgespräche zu verhelfen. Taryn hatte angenommen, dass Bailey so etwas niemals als Geschenk akzeptiert hätte, und sie war sicher, dass sie sich keine neue Kleidung leisten konnte. Also hatte sie ihr den Tausch angeboten.

Taryn setzte sich und nahm ihr Glas in die Hand. Ihr Verlobungsring funkelte im Licht der Nachmittagssonne. „Also", sagte sie langsam. „Schieß los."

Larissa grinste. „Sie hat recht. Wir wollen Einzelheiten. Du hast Hallo gesagt, und dann hat er Hallo gesagt, und dann?"

Dellina unterdrückte ein Lächeln. „Redet ihr von meinem Treffen mit Sam? So interessant war das nicht."

Taryn kniff die Augen zusammen. „Wenn ich etwas hätte, womit ich dich bewerfen könnte, würde ich es ohne zu zögern tun."

Dellina lachte. „Bitte nichts werfen. Unser Treffen war gut. Sehr professionell."

„Kein Sex auf dem Küchentresen?", fragte Larissa.

Dellina schüttelte den Kopf. „Nein. So etwas würde Sam nicht tun."

„Aber du?", hakte Taryn nach. „Interessant."

„Das habe ich nicht gemeint, und das weißt du auch. Sam war sehr nett, wir haben alles geklärt und dann über die Party gesprochen."

Beide Frauen schauten sie an, als warteten sie auf mehr. Auf keinen Fall würde sie das Kribbeln erwähnen. Das war privat. Und vermutlich albern. Sie hatte eine Nacht mit Sam verbracht, und die war großartig gewesen. Aber sie beide hatten danach ihre Leben weitergelebt und arbeiteten nun zusammen. Ende der Geschichte.

„Ich hatte auf mehr gehofft", gab Larissa zu.

„Ich finde, er sieht sehr gut aus", erklärte Dellina. „Hilft das?"

„Nicht wirklich. Ich habe nie mit Sam geschlafen. War er gut?"

Taryn lachte. „Larissa, meine Süße, das klingt so, als hättest du mit Jack und Kenny geschlafen."

Entsetzt riss Larissa die blauen Augen auf. „Was? Nein. Natürlich nicht. Ich arbeite mit ihnen zusammen." Sie errötete. „Vor allem mit Jack. Wir sind Freunde. Mehr nicht. Ihr wisst schon … gute Freunde." Sie presste die Lippen aufeinander, als versuche sie, sich davon abzuhalten, mehr auszuplaudern. „Nur fürs Protokoll, ich habe mit niemandem bei Score geschlafen. Ich habe mich nur gefragt, wie Sam wohl so ist."

Dellina verspürte einen Anflug von Baileys Nervosität im Magen, nur dass das Gefühl nichts mit Nervosität zu tun hatte. Eine Sekunde lang wusste sie nicht, was der Grund war.

„Weil du an ihm interessiert bist?" Fragend hob Taryn die Augenbrauen.

In der Sekunde, in der Taryn die Frage laut aussprach, erkannte Dellina den Grund für ihre Angespanntheit – und der machte sie nicht glücklich. Warum interessierte es sie, ob Larissa was für Sam übrighatte? Sie hatte einen Abend mit ihm verbracht und sich seitdem einmal mit ihm unterhalten. Wieso sollte es sie kümmern, wenn er mit der gesamten weiblichen Bevölkerung Kaliforniens schlief?

„Ich bin nicht an Sam interessiert." Larissa seufzte. „Ich meinte, dass ich mit ihnen arbeite und sie attraktive, gut aussehende Männer sind. Alle von ihnen. Ich habe in den Medien und von einigen Frauen was gehört und mich gefragt, ob es wohl stimmt." Sie schaute Taryn an. „Du hast mit Jack geschlafen, willst mir aber keine Details verraten. Vielleicht ist Dellina nicht so zurückhaltend."

„Ich war mit Jack verheiratet", korrigierte Taryn sie. „Und nein, über den Teil unserer Beziehung rede ich nicht."

Erwartungsvoll schauten beide Dellina an.

Sie hob abwehrend die Hände. „Äh, nein. Ich fühle mich nicht wohl dabei, Einzelheiten auszuplaudern."

„Wir wäre es mit einer generelleren Aussage?", bot Larissa an. „War er gut?"

Dellina spürte, dass sie unwillkürlich lächelte. „Ja, das war er."

Larissa drückte Taryns Hand. „Unser kleiner Junge ist jetzt erwachsen."

„Du bist ein Freak", erklärte Taryn ihr. „Das weißt du, oder?" Sie wandte sich an Dellina. „Als Sams Geschäftspartnerin würde ich dich ermutigen, Sex mit ihm zu haben. Ich schätze, das würde seine Laune steigern, und da bin ich sehr dafür. Als deine Freundin würde ich dir raten, mehr als nur einmal darüber nachzudenken, dich mit einem Mann einzulassen, der so viel Pech mit Frauen hatte."

„Ah, du argumentierst für beide Seiten gleich gut", murmelte Dellina. „Beeindruckend."

„Ja, wirklich, oder?" Larissa lehnte sich auf ihrem Stuhl zurück. „Was ist das nur an diesen Sportlern, das sie so anziehend macht?"

„Ihre Körper", erwiderte Dellina ohne Zögern und sagte sich, dass das allgemein galt und nicht nur auf Sam bezogen war.

„Die Gefahr", ergänzte Taryn. „Erinnerst du dich an die Olympischen Spiele, als wir nicht aufhören konnten, Kipling Gilmore zuzugucken? Ihn auf Skiern den Abhang hinunterrasen zu sehen war so sexy wie nichts anderes." Sie hielt inne und grinste. „Abgesehen von Angel natürlich."

„Oh ja, vergiss bloß nicht, deinen Verlobten zu erwähnen", murmelte Larissa. „Ich bin, was Kipling angeht, voll auf deiner Seite. Lecker und doppelt lecker."

Dann beugte sie sich vor. „Ich habe da von einem Freund von mir gehört."

Taryn stöhnte. „Lauf", sagte sie zu Dellina. „Lauf, solange du noch kannst. Lauf ganz schnell, und geh nicht ran, wenn sie anruft."

Larissa zog eine Schnute. „Du weißt doch gar nicht, was ich sagen will."

„Doch, das tue ich. Irgendeine Kreatur muss gerettet werden. Und es wird seltsam und unangenehm."

„Vor allem für Jack", erinnerte Larissa sie.

Taryn strahlte. „Das stimmt." Dann schaute sie Dellina an. „Jack hilft Larissa ständig mit ihren verschiedenen Projekten. Ob er will oder nicht."

„Das ist eine seiner besten Seiten", sagte Larissa.

„Warum sagt er nicht einfach Nein?", wollte Dellina wissen.

„Das liegt nicht in seiner Natur", erwiderte Taryn. „Er hat eine Schwäche für Larissas Projekte." Sie griff nach ihrem Latte. „Okay. Worum geht es dieses Mal?"

„Es gibt da womöglich eine Frau in Barstow, die Chiweenies züchtet." Sie machte eine dramatische Pause.

Dellina schaute Taryn an. „Was ist ein Chiweenie?"

„Keine Ahnung. Und wo ist Barstow?"

Larissa legte eine Hand auf den Tisch. „Das sind Hunde. Eine Mischung aus Chihuahua und Dackel. Gerüchte besagen, dass sie eher eine Vermehranstalt als eine Hundezucht betreibt. Wir untersuchen das noch. Aber es könnte sein, dass wir reingehen und die Kleinen retten."

Taryns rechtes Augenlid zuckte. „Gott beschütze uns", murmelte sie. „Okay. Geh los, und rette deine Chiweenies, aber bitte Dellina nicht vor der Party um Hilfe. Das meine ich ernst. Sie hat eine sehr enge Deadline."

Larissas Augen weiteten sich. „Aber das sind Welpen!"

Taryn schaute Dellina an. „Siehst du jetzt, womit ich mich herumschlagen muss?"

Für Dellina war offensichtlich, wie viel Liebe hinter Taryns Worten steckte. Denn für Taryn waren die Menschen bei Score ihre Familie. Dellina wusste, wie wichtig es sein konnte, sich zugehörig zu fühlen. Für ihre Schwestern und Freunde würde sie alles tun. Auch wenn sie sich ab und zu fragte, wie es wäre, einen Mister Right im Leben zu haben. Aber dann sagte sie sich jedes Mal, dass es ihr auch so gut ging und ein Mann ihr nur im Weg wäre.

Morgens um kurz vor sechs Uhr traf Sam bei Score ein. Er verstaute seine Kleidung zum Wechseln in seinem Spind und ging dann nach draußen.

Die Tage waren zwar schon sommerlich warm, aber die Nächte immer noch frisch. Die Sonne ging gerade hinter den Bergen auf, als er auf das Basketballfeld auf der anderen Straßenseite trat.

Als Kenny, Jack und er für eine Wohltätigkeitsveranstaltung nach Fool's Gold gekommen waren, hatten sie nicht vorgehabt, Los Angeles zu verlassen. Aber etwas an der Stadt hatte sie angesprochen. Innerhalb der nächsten Wochen waren sie alle unabhängig voneinander wiedergekommen und hatten sich dann schließlich entschieden, hierher umzuziehen. Als Taryn nach einem passenden Gebäude gesucht hatte, hatten sie verlangt, dass es einen halben Basketballplatz haben sollte. Ehrgeizig, wie sie war, hatte sie eins gefunden, wo sie einen kompletten Basketballplatz einrichten konnten. Was bedeutete, dass sie nun dreimal in der Woche morgens eine Runde mit den örtlichen Jungs spielten.

Sam trat durch das Tor in dem hohen Zaun und ging zu den Menschen, die bereits warteten. Er, Jack und Kenny waren die Teilnehmer von Score. Dazu kamen Justice, Angel, Ford und Consuelo – die einzige Frau im Team – von CDS, der örtlichen Bodyguardschule. Gideon gehörte der Radiosender der Stadt, und an den meisten Tagen tauchte auch Gabriel, sein Zwillingsbruder, auf. Normalerweise fand sich auch einer der Stryker-Brüder, Josh Golden oder Raoul Moreno ein.

Sie spielten, bis eine Mannschaft dreißig Punkte hatte, und folgten den NCAA-Regeln. Die Teams wurden zusammengestellt, indem sie Poker-Jetons aus einem Beutel zogen, und das Team, zu dem Consuelo *nicht* gehörte, spielte mit freiem Oberkörper. Wenn er die Wahl hätte, hätte Sam es vorgezogen, die zierliche Brünette immer in seiner Mannschaft zu haben. Sie war klein, aber schnell, und sie spielte schmutzig.

„Hey", sagte er im Näherkommen. Nachdem er alle begrüßt hatte, zählte er schnell durch und erkannte, dass sie ein Spieler zu wenig waren. Clay Stryker war kurz nach Sam angekommen, was bedeutete, einer ihrer üblichen Spieler fehlte.

„Angel", stieß Consuelo angewidert hervor. „Ich wette, er liegt noch mit Taryn im Bett."

Das wollte Sam gar nicht hören. Taryn war zu sehr wie eine Schwester für ihn, als dass er darüber nachdenken wollte, dass sie Sex mit jemandem hatte. Zu intime Informationen wollte er einfach nicht wissen.

In dem Moment kam ein Mann auf seiner Harley um die Ecke gebogen und parkte. Ein paar der Jungs stießen laute Pfiffe aus.

„Guck, wer da doch noch eintrudelt“, rief Ford. „Wollte deine Frau dich nicht gehen lassen?“

„Kann ich was dafür, dass ich so gut im Bett bin?“, fragte Angel und setzte den Helm ab.

Sam grinste.

Kurz nach Fertigstellung des Spielfelds waren es nur sie drei von Score gewesen. Später in der Woche war das Team von CDS aufgetaucht, und danach war das Spiel stetig gewachsen. Sam war nicht sicher, aber er würde wetten, dass Taryn etwas damit zu tun hatte. Weitere Begrüßungen folgten, während alle ihre Jetons aus dem Beutel zogen und sich in zwei Mannschaften aufteilten.

Sam sah, dass er und Consuelo verschiedene Farben hatten. Er schnitt eine Grimasse und zog sein T-Shirt aus. Er würde vorsichtig sein müssen. Sie hatte keine Skrupel, ihren Ellbogen auszufahren – und zwar im wörtlichen Sinne. Wenn sie weiter nach oben zielte, endete der Mann, der auf sie angesetzt war, schon mal mit einem blauen Auge. Wenn sie nach unten stieß, ging er normalerweise für den Rest des Tages wie ein Cowboy. Beides war nicht sonderlich verlockend.

„Los geht's“, sagte Jack und klatschte in die Hände.

Kenny verdrehte die Augen. „Einmal ein Quarterback …“, rief er Sam zu.

Sam lachte leise.

Der Ball wurde in die Luft geworfen, und schon ging es los.

Sam duckte sich um Justice herum und griff nach dem Ball. Er lief über den Platz und spürte mehr, als dass er es sah, dass jemand zu ihm aufschloss. Er drehte sich, verlagerte das Gewicht und sprang, um zu werfen. Der Ball wirbelte durch die Luft und fiel elegant durchs Netz.

„Gut gemacht, Sam.“

Bei dem Ruf schaute er über seine Schulter und stieß dann einen unterdrückten Fluch aus.

„Sie sind zu-rü-hück“, sagte Ford und lief an ihm vorbei.

An den meisten Tagen tauchten zwei alte Damen mit Klappstühlen und Kaffeebechern auf. Sie saßen am Spielfeldrand und schauten dem Spiel zu, wobei sie beide Seiten anfeuerten und immer wieder vorschlugen, dass die T-Shirts nicht das Einzige sein sollten, was die Jungs auszogen.

Er hatte keine Probleme damit. Nur schien eine der Ladys besonders an ihm interessiert zu sein, und das war etwas komisch. Er war ihr ein paar Wochen zuvor bei einem der Festivals in der Stadt über den Weg gelaufen und hätte schwören können, dass sie ihm in den Hintern gekniffen hatte.

Justice warf einen Korb für das andere Team, dann sprang Jack vor, um sich den Ball zu schnappen. Sam stellte sich in Position, fing den Ball auf und gab ihn an seinen Teamkollegen weiter. Während sie über das Feld rannten, dachte er, wenn er sich aussuchen könnte, wer ihm in den Hintern kniff, dann sollte es Dellina sein. Sie waren nur dieses eine Mal zusammen gewesen, aber das war unvergesslich für ihn gewesen. Wie sie mich geküsst hat, dachte er, als er sich umdrehte und nach dem Ball griff. Ihr Mund hatte ihn …

Er kam abrupt zum Stehen, als sein Gesicht mit etwas Hartem, Spitzem in Kontakt kam. Schmerz explodierte an seinem Auge, aber noch bevor er anfing zu fluchen, passte er den Ball an Clay weiter. Erst dann hob er die Hand, um die schnell wachsende Beule zu betasten, die garantiert für ein blaues Auge sorgen würde. Er drehte sich zu Consuelo um.

„Musste das sein?"

„Du hast nicht aufgepasst. Du weißt, wie sehr ich das hasse." Sie klang eher abwehrend als zerknirscht. Dann zeigte sie auf sein Gesicht. „Deine Nase blutet."

Er rieb sich übers Kinn. Und richtig, danach hatte er Blut an den Fingern.

„Mitspieler am Boden", rief Jack und kam auf ihn zu.

„Noch stehe ich", sagte Sam, machte sich aber schon auf den Weg zum Spielfeldrand. Wenn das Blut auf den Boden tropfte, würde es den Platz nur unnötig rutschig machen. Und vermutlich sollte er sich etwas Eis auf sein Auge legen.

„Ich werde nicht sagen, dass es mir leidtut“, rief Consuelo ihm hinterher.

Er lächelte. Nein, das würde sie nicht, und das gefiel ihm an ihr.

Sam ging über die Straße. Es war immer noch vor sieben, aber als er das Büro von Score betrat, fand er Taryn im Foyer vor. Sie warf einen Blick auf ihn und schüttelte den Kopf.

„Nein“, sagte sie entschlossen. „Ich flicke dich nicht wieder zusammen. Und pass auf, dass du nicht den Teppich vollblutest.“ Entschlossen ging sie zum Telefon am Empfangstresen und nahm den Hörer ab. Eine Sekunde später sagte sie: „Sam ist verletzt.“ Sie hielt inne und schaute ihn an. „Blaues Auge und Nasenbluten.“ Eine weitere Pause folgte. „Ja, sie *sind* Idioten.“

Sie legte auf. „Larissa wartet in der Umkleide auf dich.“ Grinsend zog sie eine Packung Taschentücher unter dem Tresen hervor und warf sie ihm zu. „Hier, nimm die. Ich schwöre, wenn du auf unseren Teppich blutest …“, fing sie erneut an.

Er nahm die Packung und zog eine Handvoll Taschentücher heraus. „Tust du was?“

„Dann werde ich sehr wütend?“

„Ohhh, ich zittere schon.“

Sie funkelte ihn an und stolzierte dann davon. Angesichts dessen, dass sie zehn Zentimeter hohe Absätze trug, war ihr Tempo beeindruckend.

Zwanzig Minuten später nahm Larissa das Coolpack herunter, um die Schwellung anzusehen. „Das wird ein blaues Auge“, murmelte sie. Ganz leicht strich sie mit den Fingern über seine Wange. „Willst du zum Arzt?“

„Nein.“

„Typisch. Leg diese Coolpacks immer für zehn Minuten drauf, dann nimm sie zehn Minuten ab. Immer im Wechsel. Und drück nicht zu stark.“

„Ich weiß, wie man das macht“, erinnerte er sie.

„Super. Aber noch besser wäre es, sich erst gar kein blaues Auge einzufangen.“

Er nickte. „Guter Punkt.“

Sie fing an, ihre Erste-Hilfe-Sachen zusammenzuräumen. „Das sieht dir gar nicht ähnlich. Dich ablenken zu lassen, meine ich. Was ist passiert?“

Er hatte an Dellinas Mund gedacht. Was er Larissa natürlich niemals erzählen würde. „Ach, so was kommt schon mal vor.“

„Armer Sam.“ Sie nahm ihre Tasche und hielt dann inne. „Ich sprach gerade mit einer meiner Tierschutzgruppen über …“

Er war schon halb zur Tür raus. „Viel Glück damit.“

„Du hast gar nicht gehört, was wir retten wollen.“

„Ich weiß.“

Fayrene Hopkins liebte es, Pläne zu schmieden. Sie wusste genau, wie erfolgreich ihr Geschäft an ihrem achtundzwanzigsten Geburtstag sein sollte. Sie verstand den Markt in der Stadt, die Gelegenheiten, und hatte sogar schon ein wenig Geld gespart, um ein kleines Apartmenthaus zu kaufen. Denn neben ihrer eigenen Firma würde sie auch anfangen, Immobilien in Fool's Gold zu kaufen. Sie hatte Freunde, Familie, einen wundervollen Mann, der sie liebte, und einen Plan. Was sie nicht hatte, war ein Verlobungsring, und das brachte sie um.

Es ging ihr gar nicht um den Ring an sich, wie sie zugeben musste, sondern vielmehr um das, was er symbolisierte. Bindung. Denn sosehr Ryan auch schwor, dass er sie liebte, er schien es nicht eilig zu haben, ihr die Frage aller Fragen zu stellen. Aber Fayrene war bereit, zu heiraten und die nächste Phase ihrer Beziehung einzuläuten.

Sie saß auf einem Stuhl in dem Extrazimmer in der Wohnung ihrer Schwester. Dellina telefonierte gerade mit einem Kunden, weshalb Fayrene allein war mit Dutzenden von wunderschönen Brautkleidern. Einige waren Musterstücke, andere für baldige Bräute bestellt worden. Bräute, die mit Männern verlobt waren, die es geschafft hatten, einen Ring zu besorgen und ein Datum festzulegen.

Fayrene stieß einen tiefen Seufzer aus. Im Grunde ihres Herzens wusste sie, dass sie niemand anderem als sich selbst die

Schuld daran geben konnte. Als sie und Ryan sich kennenlernten, war sie nicht auf der Suche nach Liebe gewesen. Sie hatte sich nur dafür interessiert, ihr eigenes Geschäft aufzubauen. Sie war jung, und das bedeutete manchmal, dass man sie nicht ganz ernst nahm. Sie wusste, wenn sie wollte, dass die anderen Firmen in der Stadt ihren Service nutzten und ihr vertrauten, dass sie die Aufträge zur Zufriedenheit aller erledigte, musste sie mehr leisten, als erwartet wurde. Sich zu verlieben würde sie nur davon ablenken.

Nur ist Ryan so … nett gewesen, dachte sie sehnsüchtig. Süß und lustig. Sie hatten sich bei Hendrix Construction kennengelernt. Er hatte dort als Ingenieur gearbeitet, während sie die Empfangsdame vertreten hatte. Außerdem hatte sie Babysitter für eine schwangere Katze gespielt, die sich ausgerechnet jenen Morgen ausgesucht hatte, um ihre Babys zu bekommen.

Während sie wie eine Verrückte hin und her gelaufen war, hatte Ryan sie beruhigt, nach der Katze gesehen und alles zusammengehalten. Das hatte sie beeindruckt. Sie hatte versucht, sich von ihm fernzuhalten, aber seinem Charme konnte sie nicht widerstehen. Und als er sie geküsst hatte … tja, da war sie vollkommen verloren gewesen.

Während sie jetzt eines der Kleider in die Hand nahm und sich anhielt, überlegte sie, dass einer der größten Vorzüge von Ryan war, dass er genau das tat, worum sie ihn gebeten hatte. Er wartete. Als sie sich gegenseitig ihre Liebe gestanden hatten, hatte sie Angst gehabt, die Chance zu verpassen, ihren Traum von der eigenen Firma zu verwirklichen. Zu heiraten hätte sie zu sehr abgelenkt. Also hatten sie sich darauf geeinigt, vier Jahre zu warten. Eines davon war schon vergangen, blieben noch drei übrig.

Nur wollte sie nicht länger warten, wusste aber auch nicht, wie sie Ryan diese Information übermitteln sollte, ohne es ihm direkt zu sagen.

Sie betrachtete das Kleid. Nach allem, was sie durch die Schutzfolie sehen konnte, war es eine wunderschöne trägerlose Robe mit Lagen von …

„Lass das Kleid in Ruhe!“ Dellina kam ins Zimmer und stemmte die Hände in die Hüften. „Fayrene, das ist entweder eine Sonderanfertigung oder ein Muster. Du darfst damit nicht rumspielen.“

„Wenn es ein Muster ist, darf ich das schon.“

„Dann geh zu Paper Moon, und probier die Kleider im Laden an wie jeder normale Mensch.“

Fayrene hängte das Kleid zurück an die Stange und seufzte. „Ich bin nicht normal. Ich bin ein Idiot. Ana Raquel war klug. Sie hat erkannt, dass sie Greg liebt, und sich sofort mit ihm verlobt. Sie sind zusammengezogen.“

„Sie sind außerdem zusammen durchgebrannt, um zu heiraten.“

Fayrene rümpfte die Nase. „Das würde ich nicht wollen. Ich will eine große Hochzeit.“ Mit all ihren Freunden. Sie wollte den Gang hinunterschreiten und Ryan am anderen Ende stehen sehen. Sie wollte eine Feier in der Kirche und danach einen Empfang im Garten.

„Fayrene, ich liebe dich wie eine Schwester …“, fing Dellina an.

„Ich *bin* deine Schwester.“

„Ich weiß. Du bist eine kluge Geschäftsfrau, aber was die Liebe angeht – vor allem mit Ryan –, machst du dir alles viel zu schwer. Sag ihm einfach, was du empfindest.“

Fayrene schüttelte den Kopf. „Der Mann muss den Antrag machen.“

„Das ist unglaublich altmodisch.“

„Ist mir egal. Wenn ich meiner Tochter später eine Gutenachtgeschichte erzähle und sie mich fragt, wie Dad den Antrag gemacht hat, will ich ihr nicht sagen, dass er es nicht getan hat, sondern dass ich ihn fragen musste.“

Es ist mehr als das, dachte sie traurig. Sie wollte, dass Ryan vor Liebe zu ihr so überwältigt war, dass er nicht anders konnte. Dass es ihm egal war, was sie wollte. Dass es das Wichtigste auf der Welt für ihn war, mit ihr zusammen zu sein, und er sie bitten würde, ihn zu heiraten, egal, was sie besprochen hatten. Nur schien das nicht zu passieren.

„Vielleicht liebt er mich nicht mehr", brachte sie leise hervor.

Dellina lehnte sich gegen den Türrahmen. „Bring mich bitte auf der Stelle um."

„Noch vor deiner großen Party?"

„Du hast recht. Die Party ist riesig, und ich werde einen so guten Job machen, dass die Leute noch wochenlang darüber reden. Bist du immer noch bereit, meine Hauptbabysitterin zu spielen?"

„Darauf kannst du wetten. Ich freue mich schon drauf." Fayrene mochte Kinder. Sie würde aber auch den dicken, fetten Scheck lieben, den sie für drei Tage relativ leichter Arbeit verdienen würde.

„Gut. Übrigens, du weißt nicht zufällig, wie lange es dauert, eine Runde Golf zu spielen, oder?"

„Nein, keine Ahnung. Vielleicht vier Stunden?"

„Das dachte ich auch. Ich werde mal ein wenig im Internet recherchieren und dann mit jemandem auf dem Golfplatz sprechen. Ich bin gerade dabei, die Aktivitäten für das Wochenende zu planen. Morgen muss ich Sam den Zeitplan präsentieren." Sie neigte den Kopf. „Versteh mich nicht falsch, aber was machst du hier?"

Schmollen, dachte Fayrene. „Ich hatte gehofft, wir könnten noch ein wenig über Möglichkeiten plaudern, wie ich Ryan dazu bringe, mir einen Antrag zu machen." Sie zeigte auf die Tafel an der Wand.

Dellina ging zu ihr und legte ihr die Hände auf die Schultern. „Du bist meine Schwester. Ich liebe dich sehr und würde mich für dich vor einen Bus werfen."

„Aber …?"

„Aber du gehst die Sache falsch an. Sag ihm, was du fühlst. Und wenn du es nicht tust, tröste dich damit, dass Ryan dir irgendwann einen Antrag machen wird."

Fayrene stöhnte. „Ja. In drei Jahren."

„Was genau das ist, worum du ihn gebeten hast."

3. KAPITEL

Dellina kam fünf Minuten vor ihrem Termin mit Sam im Büro von Score an. Obwohl sie wusste, wo die Firma lag, war sie nie zuvor da gewesen. Als sie jetzt durch die Glastür ging, ließ sie ihren Blick durch das offene, zweistöckige Foyer gleiten. Ein großer Empfangstresen stand in der Mitte. Zur Linken gab es eine Treppe und dahinter einen Fahrstuhl. Aber was wirklich ihre Aufmerksamkeit fesselte, waren die beinahe lebensgroßen Fotografien an der Wand.

Sam, Kenny und Jack schauten aus allen möglichen Winkeln auf sie herab. Es gab Fotos von ihnen in ihren Trikots, in Shorts und T-Shirt, wie sie einfach so herumstanden oder trainierten. Eines zeigte Jack, der gerade dabei war, einen Football zu werfen. Ein anderes Kenny, der hochsprang, um den Ball zu fangen. Auf wieder einem anderen war Sam in der letzten Nanosekunde zu sehen, bevor er gegen den Ball trat.

Langsam drehte sie sich einmal um die eigene Achse, nahm die verschiedenen Posen und Eindrücke in sich auf. Im Hintergrund, bei den Treppen, gab es ein Bild, das alle vier Partner zusammen zeigte. Mit ihren hohen Schuhen war Taryn genauso groß wie Sam. Jack war etwas größer, und Kenny überragte ihn um ein paar weitere Zentimeter. Die Jungs trugen Anzüge und Krawatten, und Taryn hatte ein schwarzes, langärmliges Kleid an, das jeden Zentimeter ihres schlanken Körpers betonte. Unwillkürlich zog Dellina den Bauch ein. Eine Frau mittleren Alters kam auf sie zu. „Kann ich Ihnen helfen?“

„Dellina Hopkins. Ich habe einen Termin mit Sam.“

Die Frau lächelte. „Natürlich. Kommen Sie bitte hier entlang, Ms. Hopkins.“

„Nennen Sie mich bitte Dellina.“

Sie wurde den Flur hinuntergeführt. Signierte Trikots und Pokale säumten die Wände. Die Empfangsdame blieb vor einer leicht geöffneten Holztür stehen.

„Danke“, sagte Dellina, bevor sie eintrat.

Sie fand sich in einem großen Büro wieder. An einem Ende stand ein großer Schreibtisch mit einem Computer. Es gab hohe Fenster, ein breites Ledersofa und einen kleinen Konferenztisch am anderen Ende.

Der Raum ist vermutlich knapp so groß wie mein Haus, dachte sie amüsiert. Ah, ein reicher, berühmter Footballspieler müsste man sein. Das hatte schon so seine Vorteile.

Eine Tür neben dem Konferenztisch öffnete sich, und Sam betrat den Raum. Ihr Herz schlug höher, ihr Atem schien zu stocken, und sie fragte sich, ob es nur an ihm lag oder ob die Sonne wirklich ein wenig heller schien. Er lächelte, als er sie sah.

„Pünktlich wie die Maurer."

Sie wollte gerade fragen, ob er aus einem privaten Badezimmer kam oder ob er und die anderen Jungs Geheimgänge zwischen ihren Büros hatten, als sie sein Gesicht sah. Sein linkes Auge war ein wenig geschwollen, und vom Nasenrücken bis zum Wangenknochen verlief eine violett-rote Prellung.

„Was ist passiert?", fragte sie und trat instinktiv einen Schritt vor.

„Du solltest den anderen Kerl sehen."

„Du hast dich geprügelt?"

Sein Lächeln kehrte zurück. „Nein. Ich habe Basketball gespielt und bin Consuelos Ellbogen in den Weg gekommen."

„Das hat Consuelo dir angetan?" Dellina räusperte sich und senkte die Stimme. „Absichtlich?"

„Die zweite Frage ist schwerer zu beantworten. Sie würde vermutlich sagen, dass ich selber schuld bin, und damit hätte sie wahrscheinlich recht."

„Du hast ein blaues Auge."

„Das scheint der allgemeine Konsens zu sein."

Sie stand nur wenige Schritte von ihm entfernt. Eine Sekunde überlegte sie, ob sie näher treten und seine Haut berühren sollte. Doch obwohl die Vorstellung verlockend war, fiel ihr keine passende Begründung dafür ein. Sie hatte schließlich keine heilenden Hände oder so. Und auch wenn sie in Sams Gegenwart immer an zerwühlte Laken und leidenschaftliche Küsse dachte, war diese Information für ihre heutige Unterhaltung nicht relevant. Oder für überhaupt irgendeine Unterhaltung. Denn was in jener Nacht passiert war, war anormal gewesen. Wenn sie sich zwischen dem Job und dem Mann entscheiden müsste, würde sie den Job wählen.

Aber mit dem Mann zusammen zu sein war sehr, sehr nett gewesen.

Er deutete auf den Konferenztisch. „Setz dich. Dann können wir uns ansehen, was du mitgebracht hast."

Schnell nahm sie Platz und stellte ihre Tasche auf den Stuhl neben sich. Sam setzte sich ihr gegenüber und zog einen Stapel Papiere zu sich heran. Sie entdeckte Anschlüsse für einen Computer und vermutete, dass es an der Wand einen absenkbaren Bildschirm gab.

„Nicht schlecht", sagte sie und zeigte auf die Stecker.

„Wir halten hier unsere Finanzmeetings ab", erklärte er lächelnd. „Mit den Buchhaltern. Wir halten sie klein, weil keiner Lust darauf hat."

„Deine Partner wollen nur wissen, dass ihre Schecks gedeckt sind, und sonst nichts?"

„So in der Art."

Sie holte ihre Papiere heraus. „Das verstehe ich. Nur einmal möchte ich mit meiner Buchhalterin telefonieren und nicht hören, wie sie versucht, ihr Seufzen zu unterdrücken. Jedes Mal, wenn ich denke, ich habe etwas, das sie interessieren könnte …"

Dellina brach ab. Vermutlich wäre es keine gute Idee, ihre Schwäche in diesem Bereich zu offenbaren.

Sam lehnte sich in seinem Stuhl zurück. „Keine Sorge. Ich habe dich nicht für deine Talente als Zahlenkünstlerin engagiert. Du sollst einfach nur dafür sorgen, dass unsere Gäste sich amüsieren und eine gute Zeit haben."

„Darin bin ich definitiv Expertin." Sie reichte ihm die zuoberst liegende Mappe. „Der vorläufige Zeitplan für das Wochenende."

Er gab ihr ein paar Zettel. „Die Gästeliste inklusive der Angaben, wer Kinder hat und wie alt sie sind."

Sam schlug die Mappe auf. Die beiden ersten Seiten enthielten den Zeitplan für das Wochenende. Er überflog sie. Wie von ihm gefordert, fing die Party am Freitag um sechzehn Uhr an und ging bis halb drei am Sonntagnachmittag.

„Wie du siehst", sagte Dellina und beugte sich zu ihm, „beschäftigen wir sowohl die Eltern als auch die Kinder. Der einzige Programmpunkt, bei dem die Kinder getrennt von den Erwachsenen betreut werden müssen, ist bisher die Weinprobe am ersten Abend und das folgende Dinner bei Henri's. Ich habe dafür einen privaten Raum organisiert. So sind eure Gäste unter sich, und niemand wird von den Kindern abgelenkt."

„Das ist gut", sagte er.

„Der andere Zeitpunkt, an dem die Kinder gesondert betreut werden müssten, könnte der Vortrag sein, aber da ich bislang noch keinen Redner engagiert habe, weiß ich es nicht. Wie auch immer, ich habe ein komplettes Extraprogramm für die Kinder ausgearbeitet. Ich schlage vor, wir gehen beide Zeitpläne Punkt für Punkt durch."

Er nickte.

Dellina rutschte ein Stück näher an den Tisch heran. Ihre welligen braunen Haare fielen ihr über die Schultern. Wie gern hätte Sam sie berührt, ihr die seidigen Locken zurückgestrichen. Unwillkürlich musste er an ihre gemeinsame Nacht denken und …

„Die Weinprobe ist der erste Programmpunkt", holte sie ihn in die Gegenwart zurück. „Sie wird im Innenhof des Restaurants stattfinden. Ich möchte mich auf örtliche Winzer konzentrieren. Die Condor Valley Winery liegt direkt hier im Tal, also wird sie der Star sein. Ich kenne die Besitzer gut. Meine Schwester Ana Raquel ist mit dem Neffen des Winzers verheiratet. Er wird einen kurzen Vortrag über das Keltern von Wein halten, und das Hotel wird die passenden Häppchen dazu reichen. Nach der Weinprobe gehen wir ins Restaurant, wo es ein exklusives Essen gibt. Du und ich werden das Menü auswählen. Der Weinkeller ist ziemlich beeindruckend, also haben wir die Qual der Wahl."

Sie zeigte auf das zweite Blatt. „Während das alles passiert, werden die Kinder lernen, wie man verschiedene alkoholfreie Cocktails mixt und kleine Vorspeisen zubereitet. Ana Raquel und ihr Mann sind ausgebildete Köche. Sie werden die Kinder unterrichten. Ich denke, das ist eine schöne Art für alle, sich kennenzulernen. Das Dinner ist eher informell, und wir haben eine örtliche Band, die dazu spielt."

„Du kennst eine Band, die Musik für Kinder spielt?"

Sie grinste. „Eine Highschool-Band, aber trotzdem gut."

Sein Blick fiel auf ihren Mund. Ihre Lippen waren voll und glänzten ein wenig. Er fragte sich, ob ihr Lipgloss wohl mit Geschmack war und wie viel Ärger er bekommen würde, wenn er versuchte, es herauszufinden.

„Es gibt eine Gruppe in Sacramento, die Theaterstücke für Kinder macht. Ich wollte sie engagieren. Sie sind ein wenig teuer, aber das wäre ein toller Abschluss für den Abend. Das Schöne ist, dass die Kinder selber ein paar Zeilen lernen und sowohl zugucken als auch mitmachen."

Das war viel, wäre aber, wie sie gesagt hatte, unvergesslich. Die Eltern wären beruhigt, dass ihre Kinder gut unterhalten worden und am Ende des Tages müde waren.

„Wird das Theaterstück mehr als zehntausend Dollar kosten?", fragte er.

Erstaunt riss sie die Augen auf. „Wohl kaum."

„Dann ist es okay."

„Meine Güte, wir haben echt unterschiedliche Auffassungen davon, was teuer ist", murmelte sie.

Er war sich sicher, dass sie damit recht hatte. „Was ist mit Babysittern?"

„Es sind immer mindestens zwei Erwachsene bei den Kindern, dazu mehrere Teenager, die ein Auge auf alles haben. Ich kriege die Referenzen von allen bis zwei Wochen vor der Party, damit die Eltern sie überprüfen können, wenn sie wollen."

„Beeindruckend“, lobte er sie.

Sie lächelte. „Ich lebe, um zu beeindrucken. Okay, Samstagvormittag. Ich plane gleich morgens einen Stretchingkurs für die, die Lust haben, gefolgt von Frühstück auf der Terrasse. Dann teilen wir uns auf. Die Eltern gehen zu CDS für einen Hindernisparcours, die Kinder fahren mit Josh Golden Fahrrad.“

„Weiß Josh das schon?“, fragte Sam.

Dellina nickte. „Sonst hätte ich es nicht auf den Plan geschrieben. Er fährt samstagmorgens oft kleinere Runden mit verschiedenen Leuten. Wenn man als Tourist herkommt, kann man sich bei seinem Hotel dafür anmelden. Sie fangen auf der Rennbahn an seiner Schule an, und wenn dann alle sicher im Sattel sitzen, geht es auf die Radwege entlang der Stadt.“

Sie neigte sich zu ihm. „Ich habe mit Angel gesprochen, und CDS hat verschiedene Hindernisparcours, aus denen wir auswählen können. Sie haben irgendwas mit Balancierbalken und andere Sachen mit Reifen.“

Er unterdrückte ein Lächeln. „Sachen mit Reifen?“

„Du weißt schon, was ich meine. Wo man in Reifen hinein- und wieder herausspringt. Das soll angeblich Spaß machen.“

„Du wirkst nicht sonderlich überzeugt.“

„Ich sehe den Sinn darin nicht, aber das ist egal. Hier geht es nicht um mich. Du und Jack und Kenny, ihr seid die Stars. Eure Gäste erwarten körperliche Aktivitäten, und die hier wird Spaß machen.“

Sie trug einen hellblauen Pullover zu einer schwarzen Hose und Schuhe mit flachen Absätzen, über die Taryn die Nase rümpfen würde, aber Sam fand sie süß. Dellina war professionell und offensichtlich gut in ihrem Job. Außerdem roch sie fantastisch, und er musste ständig den Drang unterdrücken, sie an sich zu ziehen und verschiedene Vorschriften gegen sexuelle Belästigung am Arbeitsplatz zu brechen.

„Danach“, fuhr sie fort, „treffen wir uns mit den Kids und gehen in die Stadt. An dem Wochenende findet das Sommerfestival statt. Wir essen zusammen zu Mittag und teilen uns dann auf, um auf eigene Faust das Festival zu erkunden. Für die, die Interesse haben, bieten wir eine Führung durch die Stadt an. Um halb vier am Nachmittag fahren wir zurück zum Hotel. Dort gibt es dann einen Vortrag für die Erwachsenen, und die Kinder können ein wenig Zeit mit Max und seinen Therapiehunden verbringen."

Aus einer anderen Mappe zog sie eine Broschüre und reichte sie ihm. „Normalerweise kümmert Montana sich um solche Treffen, aber sie ist hochschwanger und lässt es etwas ruhiger angehen. K9Rx Therapy Dogs tut genau das, wonach es klingt."

„Ich weiß, was Therapiehunde sind."

„Gut, dann verstehst du, was für einen Spaß die Kinder mit den freundlichen, bezaubernden Hunden haben werden. Angel wird außerdem seine Eicheln vorbeibringen, die von ihrem neuesten Projekt mit den Therapiewelpen erzählen."

Eicheln? Sam wollte gerade fragen, was das war. Dann erinnerte er sich an Taryns Engagement für eine Gruppe von Mädchen. Sie waren so etwas wie Pfadfinderinnen, nur hier aus der Stadt. Es hatte verschiedene Aktivitäten gegeben und ein Projekt, das mit Hundewelpen zu tun hatte. Wesentlich interessanter war jedoch, dass Taryn, die sonst keine Gefangenen machte, inzwischen ihre Tage damit verbrachte, ihren Verlobungsring anzustarren und dabei zu seufzen wie ein Schulmädchen.

Liebe machte komische Dinge mit den Menschen. Einst hatte er das auch für sich gewollt. Nicht, sich wie ein Idiot aufzuführen, aber alles andere. Die Nähe, die Verbindung. Die Familie.

Dellina fuhr fort: „Wir beenden den Abend mit einem Barbecue auf der Terrasse. Die Kinder sind diesmal dabei, auch wenn Babysitter da sind, falls Mom und Dad länger aufbleiben wollen." Sie atmete tief ein. „Sonntagmorgen gibt es einen gemeinsamen Brunch. Dann können die, die wollen, eine Runde Golf spielen, für die Frauen ist ein Spa-Tag hier im Hotel gebucht, und die Kinder fahren zur Castle Ranch raus."

„Reiten?", fragte er.

„Da gibt es Pferde und Ziegen und einen Elefanten."

Er schüttelte den Kopf. „Ich zahle nicht für einen Elefanten."

„Das musst du auch nicht." Sie grinste ihn selbstgefällig an. „Der lebt auf der Ranch."

„Ein Elefant?"

„Ja."

„In Fool's Gold?"

„Natürlich. Die Elefantendame heißt Priscilla und wohnt auf der Ranch. Sie hat ein Pony namens Reno als Freund."

Sam fragte sich, ob der Ellbogen noch größeren Schaden angerichtet hatte, als ihm nur ein blaues Auge zu verpassen. „Bist du sicher?"

„So was kann man sich nicht ausdenken."

Da hatte sie allerdings recht.

„Okay, dann Elefantenreiten."

„Danach treffen wir uns alle wieder im Hotel, und das Wochenende ist vorbei."

Er betrachtete die Papiere. „Das hast du sehr gut gemacht. Davon werden unsere Kunden noch lange reden."

„Das ist das Ziel."

„Der Vortrag ist allerdings immer noch ein Problem."

„Ich weiß." Sie seufzte. „Es muss etwas Besonderes sein. Ich finde schon noch was."

„Das ist der Punkt, an dem du mir erzählst, dass der knappe Vorlauf keine große Hilfe ist."

Um ihren Mund zuckte es. „Wieso sollte ich das Offensichtliche betonen? Du warst in einer emotionalen Krise. Und jetzt müssen wir alle mit den Nachwirkungen klarkommen."

„Das war keine emotionale Krise."

„Wie würdest du es dann nennen?"

„Die Hölle."

Sie lachte. „Okay. Die Kombination aus der Liste und den Brautkleidern war vermutlich echt abschreckend."

„So kann man es auch nennen."

Sie neigte den Kopf. „Du hättest mit mir reden können."

„Nicht, nachdem ich das gesehen hatte."

„Du hast gleich das Schlimmste angenommen."

„Das war ja auch nicht schwer", erklärte er.

„Ja, vermutlich. Aber du solltest mehr Vertrauen in die Menschen haben."

„Das ist eher unwahrscheinlich." Er musterte sie. „Du hingegen bist viel zu vertrauensselig."

„Das macht mir nichts. Ich will davon ausgehen, dass die Welt ein schöner Ort ist. Alles andere ist zu traurig."

Wie unschuldig sie ist, dachte er, wobei er nicht sicher war, ob er das bewunderte oder ob er sie vor all dem warnen wollte, was passieren konnte.

„Das liegt daran, dass ich hier aufgewachsen bin", sagte sie achselzuckend. „Du wohnst ja jetzt auch hier. Du weißt, wie es ist."

„Stimmt. Ein gebürtiger Fool's Golder hätte vermutlich Schwierigkeiten damit, zynisch zu sein. Wie war das so? Vier perfekte Jahreszeiten und eine warme, liebevolle Gemeinde?"

Sie lachte. „Was die Gemeinde angeht, hast du recht. Ich bin mir nicht sicher, ob die vier Jahreszeiten perfekt sind, aber es war immer schön." Plötzlich wurde sie ernst.

„Was ist?", fragte er. „Hat dir irgendetwas diese Traumstadt vermiest? Was war es? Ein entlaufener Hund? Ein schlechter Abschlussball?"

„Ja, der Abschlussball war nicht so toll", gab sie achselzuckend zu. „Und überhaupt war nicht alles eitel Sonnenschein. Schlimme Dinge passieren überall. Selbst hier. Meine Eltern sind gestorben."

Sam griff nach ihrer Hand und zog sich dann schnell wieder zurück. „Das tut mir leid. Ich wollte nicht so unsensibel sein."

„Das warst du nicht."

„Ich bin nur einfach davon ausgegangen, dass dir nie etwas Schlimmes zugestoßen ist."

„Ich bin nicht sicher, ob es irgendjemanden gibt, der ohne jeglichen Schmerz durchs Leben geht."

„Wie alt warst du, als es passierte?"

„Siebzehn. Meine Schwestern waren beinahe vierzehn. Es war das erste Mal, dass meine Eltern alleine Urlaub gemacht haben." Sie wandte den Blick ab. „Meine Mom wollte in letzter Minute noch absagen, aber ich habe ihr gesagt, dass wir schon klarkommen."

Jetzt ergriff Sam doch ihre Hand. „Das war nicht deine Schuld. Du konntest nicht wissen, was passieren würde. Und sie auch nicht."

„Das klingt so logisch." Sie richtete ihre Aufmerksamkeit wieder auf ihn und ließ ihre Hand, wo sie war. „Aber damals habe ich mich verantwortlich gefühlt." Sie schluckte. „Es war schrecklich. Sie waren auf einem Boot in der Karibik. Es gab einen Sturm. Man hat mehrere Tage gebraucht, um ihre Leichen zu finden."

Sam konnte sich nicht vorstellen, wie das gewesen sein musste. Seine Eltern machten ihn verrückt – vor allem seine Mutter –, aber wenigstens wusste er, dass sie da waren. Bereit, ihn jederzeit zu quälen.

Er fuhr fort, ihre Hand zu streicheln. Ihre Haut war warm und weich, aber hier ging es nicht um ihn.

„Es war schlimm", fuhr sie fort. „Ehrlich gesagt kann ich mich nicht mehr an viel von damals erinnern. Es gab eine Beerdigung, und dann kamen unsere Tante und unser Onkel, um uns zu holen."

„Ihr seid weggezogen?"

Sie nickte. „Wir hatten hier keine Familie. Unseren Onkel und unsere Tante hatten wir schon mal getroffen, aber das war etwas anderes, als bei ihnen zu wohnen. Wir waren auf einmal in einem anderen Staat, auf einer anderen Schule. Fayrene und Ana Raquel hatten einander, das hat ihnen geholfen. Aber ich fühlte mich schrecklich allein."

Sam erinnerte sich daran, wie es gewesen war, siebzehn zu sein und sich nichts mehr zu wünschen, als allein gelassen zu werden. Seine Eltern und Schwestern waren *immer* da gewesen und hatten ein Auge auf ihn gehabt. Das war weder angenehm, noch hatte es Spaß gemacht. Doch rückblickend musste er sagen, dass er verdammtes Glück gehabt hatte.

„Ich habe die Highschool abgeschlossen und bin kurz darauf achtzehn geworden. Dann habe ich bei Gericht die Vormundschaft für meine Schwestern beantragt.“ Sie verschränkte ihre Finger mit seinen. „Meine Eltern hatten uns genügend Geld hinterlassen, damit wir uns keine Sorgen machen mussten – zumindest wenn wir sorgfältig damit umgingen. Das Haus war dank einer Versicherung abbezahlt. Die Stadt hat uns geholfen. Julia Gionni ist für die ersten zwei Monate bei uns eingezogen. Denise Hendrix hat mir beigebracht, wie man ein Konto führt und Rechnungen bezahlt und solche Sachen. Wir haben es irgendwie geschafft.“

Ohne nachzudenken, stand er auf und zog sie auf die Füße. Dann schlang er seine Arme um sie und drückte sie an sich.

„Es tut mir leid, dass du das alles durchmachen musstest“, sagte er.

Sie legte ihre Hände auf seine Brust und schaute ihm in die Augen. „Du weißt aber schon, dass das zehn Jahre her ist, oder?“

„Trotzdem, das war nicht leicht.“

Sie lächelte, was seine Aufmerksamkeit auf ihren Mund zog. Sofort erinnerte er sich daran, wie es war, sie zu küssen. Ihre Lippen auf seinen zu fühlen. Er hatte in seinem Leben schon viele Frauen geküsst, aber Dellina hatte etwas Besonderes an sich. Wie sie sich anfühlte, wie sie schmeckte. Die Hitze, die sie ausstrahlte.

Am letzten Valentinstag, als sie gemeinsam das Hotel verlassen hatten, hatte er an nicht viel mehr gedacht als daran, wie gern er sie wiedersehen würde. Dann hatte er sie geküsst. In der Sekunde, als ihre Lippen sich berührt hatten, hatte er gewusst, dass er verloren war. Er hatte sie gewollt – in seinem Bett. Oder in ihrem Bett. Oder irgendwo an einer Wand. Die Lust hatte ihn getroffen wie ein Blitzschlag und ihn beinahe in die Knie gezwungen. Von dem Moment an bis zu dem Augenblick, als er in das Höllenzimmer in ihrem Haus gegangen war, hatte er sich allein von dieser Lust leiten lassen.

Jetzt fragte er sich, in welche Schwierigkeiten er geraten würde, wenn er erneut versuchte, sie zu küssen. Es gab tausend Gründe, es nicht zu tun – die meisten hatten mit dem Wochenende zu tun, das sie planen mussten. Aber die Gründe, es doch zu tun, waren genauso mächtig und gewannen langsam die Oberhand.

Sie ließ ihre Hände auf seiner Brust höhergleiten und drückte ihn sanft von sich.

„Ich weiß dein Mitgefühl und deine Unterstützung wirklich zu schätzen", sagte sie und trat einen Schritt zurück. „Aber deine Reaktion verrät mir, dass ich dir viel zu viel erzählt habe. Meinen beiden Schwestern geht es gut. Sie sind erfolgreich und glücklich."

Die Botschaft ist eindeutig, dachte er. Zieh dich zurück. Er hatte eine Grenze überschritten. Die Erkenntnis war umso unangenehmer, weil er immer stolz darauf gewesen war, Grenzen zu respektieren.

„Abgesehen von Fayrene und Ryan", sagte er, in der Hoffnung, ihre Unterhaltung auf sichereres Terrain zu lenken.

Sie ließ sich auf ihren Stuhl sinken und lächelte. „Ja, das stimmt. Ihr Versuch, einen Weg zu finden, damit ihr Freund ihre Gedanken liest … Ich schätze, wenn so etwas existieren würde, wäre es schon lange entdeckt worden."

Er kehrte auf seinen Platz zurück. „Es ihm einfach zu sagen kommt nicht infrage?"

„Offensichtlich nicht. Sie will, dass er ihr einen Antrag macht."

„Du könntest es ihm nahelegen."

Dellina lächelte. „Das könnte ich. Und glaub mir, ich habe schon darüber nachgedacht. Aber jedes Mal, wenn ich diese Unterhaltung mit ihm anfange, sagt mir eine kleine Stimme in meinem Kopf, dass Fayrene das alleine herausfinden muss." Sie senkte den Blick. „Ich weiß, das klingt vermutlich seltsam, aber es ist beinahe so, als wäre meine Mom hier, um mir Ratschläge zu geben. Und so höre ich auf sie."

„Das ist gar nicht seltsam", meinte er. „Sondern schön."

Ihr Lächeln wurde breiter. „Danke. Denn ich will nicht, dass du glaubst, dass ich wirklich Stimmen höre. Zumindest keine gruseligen.“ Sie schaute auf ihre Notizen. „Ich werde eine Liste von allem erstellen, was wir noch überprüfen müssen. Da ist zum einen das Menü im Henri’s. Dann die verschiedenen Veranstaltungsräume im Hotel. Die Castle Ranch, der Hindernisparcours. Auf das Festival haben wir keinen großen Einfluss, aber alles andere, das getestet, probiert und überprüft werden kann, wird es auch.“

„Darf ich auf dem Elefanten reiten?“

„Ich bin mir sicher, dass sich das arrangieren lässt.“

Sam hatte einen Witz über Priscilla gemacht. Dellina war sich ziemlich sicher, dass sie angemessen reagiert hatte, obwohl sie es nicht genau wusste. Sie zitterte immer noch und kämpfte gegen die heiße Lust an, die tief in ihrem Unterleib brannte.

Als Sam sie auf die Füße gezogen und gehalten hatte, wäre sie beinahe dahingeschmolzen. Seine Hände auf ihrem Körper hatten sie daran erinnert, was zwischen ihnen passiert war. Sie hatte sogar den Gedanken gehabt, dass sie, wenn sie die Jalousien an den großen Fenstern, die den Blick in sein Büro freigaben, herunterlassen würden, da weitermachen könnten, wo sie in jener Nacht aufgehört hatten.

Was total verrückt war. So eine Frau war sie nicht. Sie war vorsichtig und verantwortungsbewusst. Sie brachte keine fremden Männer mit nach Hause und hatte keinen Sex in anderer Leute Büro. Außer wenn es um Sam ging.

Tief atmete sie ein und nickte an der, wie sie hoffte, passenden Stelle. Ich kann das, sagte sie sich entschlossen. Sie konnte sich normal verhalten und eine professionelle Geschäftsfrau sein. Bei dieser Party stand viel auf dem Spiel. Auf keinen Fall würde sie zulassen, dass ihre Hormone ihr diese großartige Gelegenheit vermasselten.

Also hatte sie Sam von sich geschoben, obwohl sie ihn eigentlich viel lieber an sich gezogen hätte, damit sie zusammen ein wenig Spaß hätten. Wie seltsam, dass er derjenige war, der ihre Welt erschütterte – zumindest in sexueller Hinsicht. Hätte sie sich nicht einen netten, normalen Kerl aussuchen können? Einen Installateur oder einen von Ryans Freunden? Musste sie sich ausgerechnet bei einem ehemaligen Footballstar mit einem Fanclub und wer weiß wie vielen Exfreundinnen wie eine Schlampe aufführen?

„… über den Vortrag reden“, schloss er.

„Ja, das sollten wir“, murmelte sie, nicht sicher, was er gerade gesagt hatte. Offensichtlich irgendetwas über den Vortrag.

Er runzelte die Stirn. „Stellst du ein paar Vorschläge zusammen?“

„Natürlich. Ich suche eine Bandbreite an Themen und Leute heraus, die Zeit haben. Dann können wir es ein wenig eingrenzen.“

„Also in zwei Tagen?“

„Ja.“ Sie nahm an, dass er von ihrem nächsten Planungsmeeting sprach. „Treffen wir uns doch bei mir. Da habe ich dann alle Grafiken und Übersichten parat.“

Er grinste. „Genau was ich liebe.“

„Solange es dazu auch Zahlen gibt?“

„Das weißt du doch.“

Er wartete, während sie ihre Papiere einsammelte, und begleitete sie dann durch die Empfangshalle zur Tür. Nachdem sie sich verabschiedet hatten, ging sie nach draußen und atmete tief durch.

So viel zum Thema Peinlichkeit, dachte sie auf dem Weg zu ihrem Auto. Zu Hause würde sie sich erst einmal ernsthaft ins Gewissen reden. Und danach eine Schüssel Eis essen. Denn es gab nur wenige Probleme, die sich nicht mit einer Portion von ihrem Lieblingseis lösen ließen – zumindest vorübergehend.

Kipling Gilmore schaute aus dem Fenster. Der Schnee fiel gleichmäßig und versprach für den morgigen Tag ideale Bedingungen zum Skifahren. Bislang hatte er nicht viel mehr zustande gebracht, als ein wenig auf den Pisten herumzugurken und sich im Fitnessstudio wieder in Form zu bringen. Aber am Ende der Woche würde der Rest seines Teams eintreffen, und dann würde das Training ernst werden.

Mit einem Handtuch wischte er sich den Schweiß von der Stirn und schaltete die Geschwindigkeit des Laufbands herunter. Musik dröhnte aus den Lautsprechern des hoteleigenen Fitnessclubs, aber er behielt seine Kopfhörer auf. Nicht, weil seine Musik besser war. Die Kopfhörer dienten dazu, die Welt von ihm fernzuhalten. Zumindest, solange er trainierte.

Der Wirbel nach den Olympischen Spielen war endlich abgeflaut. Nicht, dass er sich darüber beschweren wollte. Wenn der Preis für zwei Goldmedaillen war, von einem Medienevent zum anderen weitergereicht zu werden und sich auf den roten Teppichen und luxuriösen Partys dieser Welt zu zeigen, dann war er nur zu gern gewillt, ihn zu zahlen. Obwohl er es inzwischen leid war, fremde Frauen in seinem Hotelzimmer vorzufinden. Zum Glück war das Management seines Hotels in Neuseeland entschlossen, seine Privatsphäre zu schützen.

Er trat vom Laufband und ging zum Ausgang. Später würde er für ein zweites Training zurückkommen. Dann zum Gewichtheben. Was er auf seinen Skiern vollbrachte, brauchte mehr als nur eine gute Koordination und etwas Glück. Es benötigte Kraft, und seit den Olympischen Spielen war er faul geworden.

„Hey, Kipling."

Der Gruß kam von einer sinnlichen Blondine auf dem Flur. Ihr hautenges Sportoutfit zeigte, dass Mutter Natur entweder sehr großzügig gewesen war oder ihr Schönheitschirurg gewillt, ihr eine größere Oberweite zu verschaffen, als zu ihrer Figur passte.

Zwei Jahre zuvor wäre er für einen kleinen Plausch stehen geblieben. Drei Jahre zuvor hätte er sie rückwärts in das nächste freie Zimmer geschoben und sie ihre fünfzehn Minuten Ruhm genießen lassen. Jetzt nickte er nur und ging weiter.

Während er auf den Fahrstuhl wartete, checkte er sein Handy. Er hatte schon seit einigen Tagen nichts von Shelby gehört, und das störte ihn. Seine Halbschwester war vor Kurzem nach Hause zurückgezogen, um sich um ihre sterbende Mutter zu kümmern. Eine bewundernswerte Entscheidung, aber eine, die ihm auch Sorgen bereitete. Vor allem, weil es sie in die Nähe ihres gemeinsamen Vaters brachte.

Nigel Gilmore war durch und durch britischer Diplomat. Außerdem war er jedoch ein Unmensch mit hitzigem Temperament und genoss es, Frauen zu schlagen. Kipling war durch sein Geschlecht und seine Schnelligkeit gerettet worden. Er hatte früh gelernt, sich wegzuducken. Aber Shelby und ihre Mutter hatten nicht so viel Glück gehabt. Kipling verstand nicht, warum manche Frauen bei Männern blieben, die sie schlugen. Er hatte Shelby, so gut es ging, beschützt. Sein Sprung an die Spitze hatte für das nötige Geld gesorgt, um Shelby aufs College zu schicken. Sie hatten geschworen, nie wieder nach Hause zurückzukehren.

Aber das hatte sich ein paar Monate zuvor geändert, als bei Shelbys Mutter Gebärmutterkrebs diagnostiziert worden war. Sie hatte nicht mehr lange zu leben, und Shelby hatte bei ihr sein wollen. Unglücklicherweise bedeutete das, sich auch Nigel erneut zu stellen.

Kipling gefiel es nicht, dass er eine halbe Welt von der kleinen Stadt in Colorado entfernt war, in der sie aufgewachsen waren. Und noch weniger gefiel ihm, dass Shelby dort ganz auf sich allein gestellt war.

Er betrat den Fahrstuhl und stieg auf seiner Etage wieder aus. Als er den Flur entlangging, sah er das Fenster ganz am Ende. Der Schnee fiel weiter. Morgen wird ein guter Tag, sagte er sich. Er würde zurück auf dem Berg sein und sein ultimatives Ziel verfolgen: schneller zu fahren, als es je einer vor ihm getan hatte.

4. KAPITEL

Fayrene steckte die Schlüssel in die Tasche ihrer Jeans und ging zur Haustür. Sie würde schnell bei Dellina vorbeischauen, um noch einmal mit ihrer älteren Schwester zu reden. Sie brauchte einen Plan, damit Ryan ihr einen Antrag machte, und Dellina war die beste Planerin, die sie kannte. Aber bevor sie an der Haustür ankam, klingelte es. Eine Sekunde später öffnete sie.

Vor ihr im Treppenhaus stand Bürgermeisterin Marsha. Fayrene hatte die Wohnung im Erdgeschoss hauptsächlich deshalb gemietet, weil sie einen kleinen Garten hatte. Sie mochte es, Rasen und Blumen zu sehen, wenn sie aus dem Küchenfenster schaute. Aus den oberen Etagen hatte man einen besseren Blick auf die Stadt, aber ihr gefiel ihre Wohnung.

Überrascht blickte Fayrene die ältere Frau an. Natürlich kannte sie die Bürgermeisterin – das tat jeder, der in der Stadt wohnte. Aber noch nie war sie zu ihr nach Hause gekommen.

„Hallo", sagte Fayrene vorsichtig. „Kann ich Ihnen helfen?"

„Das hoffe ich", erwiderte Bürgermeisterin Marsha und lächelte. „Wenn ich recht informiert bin, betreibst du einen Tiersitter-Service."

Erst da fiel Fayrene auf, dass Bürgermeisterin Marsha eine Leine in der Hand hielt. Und am Ende dieser Leine befand sich ein flauschiger, anbetungswürdiger Zwergspitz.

Sofort ging Fayrene in die Knie. „Wer bist du denn?", fragte sie leise.

„Caramel."

„Hey, hübsches Mädchen." Sanft streichelte Fayrene den Kopf des Hundes.

Caramels Knopfaugen weiteten sich, und ihr Gesicht entspannte sich zu einem zauberhaften Hundegrinsen.

Bürgermeisterin Marsha hob eine Einkaufstasche an, die neben ihr stand, und reichte sie Fayrene. „Darin befindet sich ein Zettel mit Anweisungen. Caramel ist sehr freundlich. Sie zieht

Menschen anderen Hunden vor. Und sie liebt Bacon und Quietschetierchen, thailändisches Essen und wenn man ihr den Bauch streichelt. Außerdem ist sie gerne bei allem dabei."

Fayrene stand wieder auf. Bevor sie sich's versah, hatte sie auf einmal eine pinkfarbene Leine in der einen Hand und die Tüte in der anderen. Caramel drehte sich einmal auf der Stelle.

„Ich wusste nicht, dass Sie einen Hund haben." Sie hatte die Bürgermeisterin noch nie mit einem gesehen. Oder über einen sprechen hören.

„Sie müsste für ein paar Wochen bei dir bleiben", erklärte Bürgermeisterin Marsha. „Wäre das für dich in Ordnung?"

„Sicher. Ich habe zwar im Moment ein paar Teilzeitjobs, aber es gibt keinen Grund, warum ich sie nicht mitnehmen könnte."

Bürgermeisterin Marsha gab ihr ein paar Instruktionen, wie Caramel gefüttert werden musste, und nannte ihr den Namen ihres Tierarztes. Bevor Fayrene herausfinden konnte, was hier los war, stand sie mit dem flauschigen Spitz allein im Hausflur.

„Okay", sagte sie langsam. „Ich schätze, jetzt sind wir beide allein."

Caramel drehte sich noch einmal, als wollte sie ihre Begeisterung ausdrucken.

Lächelnd trat Fayrene zurück und öffnete die Tür zu ihrer Wohnung. „Willst du reinkommen?"

Caramel ging in die Wohnung. Sie wartete, während Fayrene die Leine löste, und machte sich dann daran, ihr neues Zuhause zu erkunden. Fayrene packte das Hundefutter aus und stellte eine Schüssel mit Wasser auf den Boden. Sie fand Caramel auf ihrem Bett vor, wo sie sich in einem Nest aus Kissen zusammengerollt hatte.

„Du schläfst wohl nicht gerne auf dem Boden, was?", fragte sie.

Caramel wedelte ein wenig mit dem Schwanz, als wolle sie fragen, wer denn freiwillig auf dem Boden schlafen würde, wenn so ein bequemes Bett zur Verfügung stand.

Sam kam pünktlich bei Dellina an. Er war zu Fuß gegangen, weil Fool's Gold eine Stadt war, in der Menschen lieber liefen, als das Auto zu nehmen. Auf dem Weg zu ihrem Haus war er an vielen Einwohnern und ein paar Touristen vorbeigekommen. Letztere hatten ihn weitgehend ignoriert, aber er hatte bemerkt, dass die Stadtbewohner ihn von oben bis unten musterten.

Er war nicht sicher, ob er sie grüßen oder einfach weitergehen sollte. In Los Angeles war es ihm gelungen, anonym zu bleiben – was er bevorzugte. Andererseits schien sich in Fool's Gold niemand für seine frühere Karriere zu interessieren, also war es vielleicht egal, wenn die Leute wussten, dass er durch die Stadt lief.

Dellina öffnete die Tür, bevor er anklopfen konnte, und packte seinen Arm.

„Du wirst beeindruckt sein", sagte sie und zog ihn ins Haus. „Ich habe mir den Hintern aufgerissen, und es hat sich gelohnt."

Ihr Enthusiasmus ließ ihn lächeln, als er ihr den Flur entlang folgte. Sie gingen in ihr Büro, wo unzählige Charts und Listen die Wände bedeckten. Was sicherer wirkte als die berüchtigte Tafel mit Fayrenes immerwährender Liste von Möglichkeiten, wie sie Ryan dazu bringen konnte, ihr einen Antrag zu machen. Aber jetzt, da er wusste, was hinter dieser Tafel steckte, machte er sich keine Sorgen mehr. Wie sich herausgestellt hatte, war Dellina genau so, wie sie in jener Valentinsnacht gewirkt hatte: eine süße, attraktive, lustige Frau, die ihn an Orte geführt hatte, die er nur zu gern noch einmal besuchen würde. Sie war weder verheiratet noch eine Stalkerin oder heimlich ein Mann. Was seiner Meinung nach alles Pluspunkte waren.

Das Einzige, was ihn davon abhielt, sie um ein Date zu bitten, war die Party, die sie auf die Beine stellen mussten. Das und das Wissen, dass es, egal, wie gut es anfangen würde, bei seinem Pech nur in einer Katastrophe enden konnte.

Dellina trat an die Ausdrucke, die sie an die Wand geheftet hatte. Sie trug eine ausgeblichene Jeans und ein T-Shirt und war barfuß. Obwohl sie ihm in ihren Businessoutfits gut gefiel, musste er zugeben, dass die Jeans auch was für sich hatte. Der weiche, ausgeblichene Stoff schmiegte sich auf eine Weise an ihre Kurven, dass er unwillkürlich daran denken musste, wie …

„Hier sind die Einschätzungen der Kosten“, sagte sie und zeigte auf eine der Listen an der Wand. „Sie sind noch nicht komplett und werden sich noch ändern, aber sie sind ein guter Anfang.“

Widerstrebend hob er den Blick auf die Stelle, auf die sie zeigte. „Deshalb werden sie ja Schätzungen genannt.“

Sie ließ ein Lächeln aufblitzen. „Du bist so ein Zahlenfreak.“

„Man hat mir schon Schlimmeres an den Kopf geworfen.“

Sie deutete auf eine andere Liste. „Unser Zeitplan für die Testessen.“

Sie fuhr fort, über Essen und vielleicht auch Wein zu sprechen, aber er konnte nur an andere Dinge denken, die er gerne probieren würde. Zum Beispiel mit den Lippen ihren Körper zu erkunden oder …

Um sich von seinen Fantasien abzulenken, schaute er auf eine Liste mit, wie es aussah, Bastelprojekten. Das Wort *Vogelhäuschen* hatte mehrere Fragezeichen danebenstehen.

„Für die Kinder?“, fragte er.

Sie zuckte mit den Schultern. „Ich kann mich nicht entscheiden. Ein Vogelhaus kann an einem Tag gebaut werden. Der Leim braucht nicht lange, um zu trocknen. Wir könnten sie am Morgen bauen und dann am Nachmittag und am nächsten Morgen bemalen.“

„Interessant.“

„Jetzt zur Vortragsreihe“, sagte sie und deutete auf den Stuhl vor ihrem Schreibtisch.

Sam setzte sich. Sie nahm ihm gegenüber Platz und reichte ihm ein paar Ausdrucke.

„Ich finde diese hier bislang am interessantesten. Dieser Mann ist Astrophysiker. Seine Art, über die Ursprünge des Universums zu sprechen, ist auch für Laien verständlich. Er soll sehr lustig und zugänglich sein.“

„Unsere Kunden sind nicht so die Wissenschaftstypen", warf er ein.

„Tja, ich glaube, er wäre sehr interessant, aber ich habe mir schon gedacht, dass du das sagen wirst." Sie reichte ihm ein zweites Blatt. „Wie wäre es mit einem Rennfahrer? Er ist sehr erfolgreich in der Formel 1. Ich habe online über ihn recherchiert, und er hat ein paar echt lustige Videos."

Der Rennfahrer war schon ansprechender, aber so richtig überzeugt war Sam immer noch nicht. „Wie viele Frauen interessieren sich für Autos?", fragte er. „Oder Rennen? Taryn wird sagen, dass sie keine Lust hätte, sich das anzuhören."

Dellina seufzte. „Ich kann mir die Tirade bereits vorstellen", gab sie zu. „Verflixt. Ich dachte, das wär's."

Sam hob die Augenbrauen. „Verflixt?"

Sie lächelte erneut. „Ich fluche nicht vor meinen Kunden."

„Eine gute Einstellung."

Abrupt stand sie auf und eilte zu einer Wand, an der sie einige Notizen gemacht hatte. Er musterte die Liste und sah, dass auf ihr Themen standen, die sie recherchieren musste, oder Fragen, auf die sie eine Antwort brauchte. Wie etwa „Hat die Castle Ranch einen Erste-Hilfe-Kasten?" und „Bestätigen, dass keines der Kinder eine Allergie gegen bestimmte Nahrungsmittel oder Sonnencreme hat". Sie ist gründlich, dachte er und fragte sich, warum er sich so lange dagegen gesträubt hatte, sie anzustellen. Sicher, ihre gemeinsame Nacht hatte böse geendet, aber Dellina war gut in ihrem Job, und das respektierte er.

Es klopfte an der Tür. „Ich bin's", war eine weibliche Stimme zu hören.

Dellina drehte sich um. „Meine Schwester Fayrene", erklärte sie.

Eine zierliche Blondine mit braunen Augen kam ins Büro. Sie war hübsch, aber was seine Aufmerksamkeit anzog, war der kleine fluffige Hund, der sie begleitete.

Dellina drehte sich zu ihr um. „Hey", sagte sie und nickte dann in Sams Richtung. „Ich habe gerade einen Kundentermin."

Er erhob sich. „Sam Ridge."

Fayrene hob die Augenbrauen. „Einer der Footballspieler. Wie nett. Fayrene Hopkins. Und das hier ist Caramel. Sie ist ein Zwergspitz."

Dellina notierte sich etwas und wandte sich dann an ihre Schwester. Ihr Blick fiel auf den kleinen Hund. „Sie ist bezaubernd. Ein Tiersitter-Auftrag?"

„Ja. Es war ganz seltsam, Bürgermeisterin Marsha hat sie heute Morgen bei mir vorbeigebracht."

„Ich wusste gar nicht, dass sie einen Hund hat."

„Ich auch nicht."

Dellina ging zu dem Hund und ließ Caramel an ihrer Hand schnüffeln. „Du bist so süß", sagte sie. Und dann, an Fayrene gewandt: „Darf ich sie mal auf den Arm nehmen?"

„Klar. Sie ist sehr freundlich und wohlerzogen."

„Hey, Hübsche", sagte Dellina leise. „Soll ich dich mal hochheben?"

Caramel hüpfte ein wenig hoch, als Dellina die Hände nach ihr ausstreckte. Dellina drückte sie an ihre Brust und lachte, als der Hund ihr übers Kinn schleckte.

Sam betrachtete das Wollknäuel und fragte sich, wie viele Hundehaare die Kleine wohl auf seiner Kleidung hinterlassen würde. Obwohl er zugeben musste, dass Caramel ziemlich süß war. Eher Teddybär als Hund. Und sie schien eine angenehme Persönlichkeit zu haben.

Als Kind hatte er nie Haustiere gehabt. Mit zwei Geschwistern und den nicht ganz normalen Eltern war es zu Hause auch so immer turbulent gewesen. Ein Hund oder eine Katze hätte keine Chance gehabt.

Dellinas Handy klingelte. Sie zog es aus ihrer Hosentasche und schaute aufs Display. „Da muss ich kurz ran. Es geht um einen weiteren Vortragsredner. Ich bin gleich wieder da." Sie reichte Caramel an Fayrene zurück und schlüpfte aus dem Zimmer.

Fayrene schaute Sam an.

Er sah, dass sie eine gewisse Ähnlichkeit mit ihrer Schwester hatte. Die gleiche Gesichtsform und die Haltung ihrer Schultern. Obwohl Dellina ein paar Zentimeter größer war, was ihm gefiel. Er erinnerte sich, was sie ihm erzählt hatte.

Fayrene setzte sich auf den Stuhl ihrer Schwester und lächelte ihn an. „Sie sind also ein Mann."

Sam schaute sofort zur Tür. Keine Unterhaltung, die so anfängt, geht jemals gut aus, dachte er grimmig. Vielleicht konnten er und Dellina die restlichen Einzelheiten am Telefon besprechen.

Er räusperte sich. „Ja."

Caramel löste sich aus Fayrenes Griff und sprang auf seinen Schoß. Bevor er wusste, wie ihm geschah, hatte sie ihre winzigen Hinterpfoten auf seine Oberschenkel und die Vorderpfoten gegen seine Brust gestemmt und sah ihn erwartungsvoll an.

„Was?", fragte er und starrte in ihre dunklen Augen.

„Ich glaube, sie möchte, dass Sie sie auf den Arm nehmen", erklärte Fayrene. „Ich habe sie erst seit ein paar Stunden, also weiß ich noch nicht so genau, was sie mag."

Sam wollte die Hündin nicht halten, aber sich von ihr anstarren zu lassen behagte ihm irgendwie auch nicht. Also streckte er die Hände aus, unsicher, wie er sie hochheben sollte. Als seine Finger sich um sie schlossen, merkte er, dass sie noch kleiner war, als sie aussah. Sie bestand beinahe ausschließlich aus Fell. Ihr Körper war zierlich und leicht. Mein Gott, wenn er nicht aufpasste, könnte er sie zerquetschen.

Aber bevor er herausfand, wie er sie Fayrene zurückgeben konnte, hatte Caramel sich so hingedreht, dass sie auf dem Rücken lag und zu ihm aufschaute. Ihr Blick zeugte von Zufriedenheit und absolutem Vertrauen. Sie entspannte sich in seinen Armen und kuschelte ihren Kopf in die Beuge seines Ellbogens. Er streichelte ihre Brust und rieb dann ihren kleinen Bauch. Seufzend schloss sie die Augen.

„Sie mag Sie", bemerkte Fayrene.

Diese Neuigkeiten waren zugleich erfreulich und Angst einflößend.

„Sie sind einer von Dellinas Kunden, oder?“, fragte Fayrene.

Er nickte. „Sie plant eine Veranstaltung für meine Firma.“

„Super. Und hat es in Ihrem Leben schon viele Frauen gegeben?“

Sam riss den Kopf hoch. „Wie bitte?“

Fayrene grinste. „Groupies. Mädchen in Hotelzimmern. Sie wissen schon, was ich meine. Sie haben doch bestimmt Erfahrungen, was Frauen angeht.“

Unbehaglich rutschte Sam auf seinem Stuhl hin und her. Was, zum Teufel, fragte sie ihn da?

„Es geht um meinen Freund“, führte sie aus.

„Der geheimnisvolle Ryan.“ Er entspannte sich und dachte an die Tafel mit den zehn Wegen, um ihn dazu zu bringen, ihr einen Antrag zu machen. „Die Lösung ist ganz offensichtlich.“

„Die Lösung wofür?“

„Für den Antrag.“

Fayrene riss die Augen auf. „Okay. Und wie lautet sie?“

„Sagen Sie ihm, dass Sie heiraten wollen.“

Enttäuscht verzog sie den Mund. „Als wenn das *jemals* passieren würde. Ich kann nicht einfach sagen, dass ich meine Meinung geändert habe und will, dass wir jetzt heiraten.“

„Warum nicht?“

Sie sah ihn mitleidig an. „Weil er der Mann ist. Er muss den Antrag machen. Ich will den romantischen Augenblick. Wenn Ryan mich wirklich lieben würde, wüsste er, dass sich etwas verändert hat. Oder er könnte es nicht aushalten, so lange auf mich zu warten. Er würde darauf bestehen, mich zu heiraten.“

Sam überlegte, dass Einstellungen wie diese mit ein Grund für die hohen Scheidungsraten waren. „Unrealistische Erwartungen und zu viele idealisierte Fantasien darüber, wie es sein *sollte*“, murmelte er. „Wenn Ryan Sie liebt, wird er Sie respektieren. Sind Sie beide darüber übereingekommen, noch ein paar Jahre zu warten, bevor Sie heiraten?“

„Ja.“

„Dann zeigt Ihnen jeder einzelne Tag, an dem er nicht über eine Hochzeit spricht, wie sehr er Sie liebt und dass er genau das will, was Sie wollen."

„Aber ich will das nicht mehr."

„Er ist ein Mann und kein Gedankenleser. Er tut genau das, worum Sie ihn gebeten haben. Jetzt die Regeln zu ändern ist für keinen von Ihnen fair. Er ist der Mann, mit dem Sie den Rest Ihres Lebens verbringen wollen. Wenn Sie nicht ehrlich über Ihre Gefühle sprechen können, wie können Sie dann erwarten, dass Ihre Beziehung hält?"

Fayrene verengte die Augen. „Sie sind keine Hilfe", erklärte sie. Dann stand sie auf und hob Caramel von seinem Schoß. Der kleine Hund kuschelte sich sofort in ihre Arme.

„Sagen Sie ihm die Wahrheit", rief Sam ihr nach.

Fayrene erwiderte nichts, und Sekunden später fiel die Haustür ins Schloss.

„Ist meine Schwester schon wieder gegangen?" Dellina war in ihr Büro zurückgekehrt.

„Ja. Und ich glaube, sie war nicht glücklich."

Dellina wirkte nicht sonderlich besorgt, als sie sich wieder setzte. „Was hast du zu ihr gesagt?"

„Dass sie, wenn sie die Regeln mit Ryan ändern will, es ihm direkt sagen muss."

„Ein ausgezeichneter Rat."

„Danke."

„Den sie natürlich nicht befolgen wird."

„Das habe ich auch schon gemerkt."

Ein paar Minuten bevor sie mit ihren Freundinnen verabredet war, traf Dellina bei Jo's ein. Als sie die Bar betrat, sah sie, dass Taryn und Larissa gemeinsam mit Consuelo Ly bereits an dem großen Tisch saßen. Taryn war wie immer unglaublich modisch gekleidet. Dieses Mal war es ein kariertes graues Kleid ohne Ärmel mit einem schmalen Gürtel aus dem gleichen Material und einer raffinierten Raffung an der Taille. Der Stil war täuschend schlicht, aber Dellina hatte das Gefühl, der Designer hatte einen Namen, den jeder kannte, und das Kleid mehr gekostet als eine Reise nach Hawaii.

Larissa hingegen trug apfelgrüne Caprihosen und ein passendes gepunktetes T-Shirt dazu. Ihre Haare waren zum Zopf zusammengebunden, und Dellina war sicher, dass sie sich am Morgen nicht die Mühe gemacht hatte, sich zu schminken.

Consuelo widersetzte sich allen modischen Konventionen in ihrer üblichen Uniform aus Cargohosen und einem khakifarbenen Tanktop. Sie bräuchte nur ein wenig Tarnfarbe im Gesicht, um auszusehen, als wäre sie direkt einem Actionfilm entsprungen.

Aus Dellinas Sicht waren sie alle auf ihre Weise irgendwie exotisch. Taryn besaß einen ausgezeichneten Geschmack und war beinah makellos schön. Larissa war die klassische blonde Sexbombe mit einem sportlichen Touch, und Consuelo war sowohl umwerfend als auch stark – beides kombiniert in einem zierlichen Körper. Im Vergleich mit ihnen fühlte Dellina sich durchschnittlich. Sie hatte braune Haare und braune Augen. Sie war ganz hübsch, aber nicht so wie die anderen. Sie schätzte, sie sah nach dem aus, was sie war: ein Kleinstadtmädchen. Oder anders ausgedrückt: langweilig.

Meistens war sie damit zufrieden, aber ab und zu fragte sie sich, wie es wäre, glamouröser und sexy zu sein.

„Hey", sagte sie und trat an den Tisch. Sie stellte den Porzellantopf ab, den sie bei sich hatte. „Ich hoffe, das ist das, was euch vorgeschwebt hat. Rakisha von Plants for the Planet schwört, dass sie lange hält."

Taryn und Consuelo starrten die Pflanzschüssel an, die Dellina auf ihrem Weg zum Lunch abgeholt hatte. Sie waren alle übereingekommen, Bailey ein kleines Geschenk zu kaufen, um ihren neuen Job bei der Bürgermeisterin zu feiern. Larissa berührte ein paar der Blätter.

„Hübsch", sagte sie. „*Dracaena, Spathiphyllum* und *Syngonium.* Sieht gut aus und wird selbst dann halten, wenn sie keinen grünen Daumen hat."

Taryn zuckte zusammen. „Du machst mir Angst."

„Ich kenne mich mit Pflanzen aus. Wie gruselig."

„Es ist eine Sache, sie zu erkennen. Aber eine ganz andere, ihre lateinischen Namen zu wissen."

Dellina grinste und setzte sich. Ihre Freundinnen waren immer wieder unterhaltsam.

Larissa deutete auf Taryns Kleid. „Wer hat das designt?"

„Oscar de la Renta."

Larissa wandte sich an Consuelo. „Und wer hat deine Hose gemacht?"

Consuelo schaute sie an. „Was weiß ich. Ich kaufe sie online. Es sind einfach nur Hosen."

Dellina lehnte sich auf ihrem Stuhl zurück. „Ich wünschte, Jo würde auch Popcorn servieren. Das ist hier wie im Kino."

Larissa grinste sie an und wandte sich dann wieder an Taryn. „Wir haben alle unsere Gebiete, auf denen wir uns auskennen."

„Das weiß ich. Aber mein Wissensgebiet ergibt Sinn. Deins ist einfach nur komisch." Sie sah Consuelo an. „Ich weiß, dass ich besser nichts gegen das sage, was du so weißt."

„Gut." Consuelo wollte noch etwas sagen, doch dann schaute sie auf. „Bailey ist da."

Sie alle erhoben sich und applaudierten, als Bailey an den Tisch trat. Ihre Wangen wurden beinahe so rot wie ihre Haare.

„Hört bitte auf", flehte sie. „Ihr müsst nicht so ein Aufheben darum machen."

„Machen wir aber", erwiderte Taryn. „Du hast einen tollen neuen Job. Das ist ein Grund zum Feiern."

Sie alle umarmten Bailey und setzten sich dann wieder. Bailey dankte ihnen für die Pflanzen. Jo kam herüber und blieb an ihrem Tisch stehen.

„Herzlichen Glückwunsch zum neuen Job", sagte sie. „Der Lunch geht heute aufs Haus." Sie machte eine Pause. „Für Bailey. Der Rest von euch kann wie immer bezahlen."

„Natürlich können wir das." Taryn grinste. „Okay. Ich denke, das verlangt nach einer Runde Champagner für alle."

Bailey öffnete den Mund. „Es ist erst Mittag."

„Ich weiß", entgegnete Taryn. „Das ist ja der Punkt. Ein einziges Glas wird deine Arbeitsleistung schon nicht beeinträchtigen. Das ist eine große Sache. Wir freuen uns alle so für dich."

„Ich mag deine Einstellung", sagte Dellina.

„Du wirst sie noch mehr mögen, wenn ich dir sage, dass sie mich vorher angerufen hat, damit ich die Flasche schon mal kalt stelle", sagte Jo. „Ich bin gleich zurück."

„Champagner zum Lunch", flüsterte Bailey. „Seit meiner Hochzeit habe ich keinen Champagner mehr getrunken. Ich danke euch. Ihr seid so nett zu mir."

Consuelo wischte die Bemerkung fort. „Ja, wir sind unglaublich. Wie ist der neue Job?"

Bailey erzählte davon, wie viel sie noch zu lernen hatte, nicht nur, was die Arbeit für Bürgermeisterin Marsha anging, sondern auch darüber, wie die Verwaltung der Stadt funktionierte.

Dellina war mehr an den anderen Frauen am Tisch interessiert. Trotz Taryns äußerlicher Härte und Abgebrühtheit hatte sie den Champagner vorbestellt. Und auch wenn Consuelo nicht mit Komplimenten oder Danksagungen umgehen konnte, würde sie fröhlich jeden erdrosseln, der versuchte, Bailey oder ihrer Tochter wehzutun. Larissa war diejenige, die Dellina am wenigsten kannte, aber nach allem, was sie wusste, war sie eine fürsorgliche Frau und hatte keine Probleme damit, sich über Taryn lustig zu machen. Eine spannende Kombination.

Jo kehrte mit dem Champagner zurück, entkorkte die Flasche und schenkte jeder der Frauen ein Glas ein.

„Auf neue Anfänge", sagte Taryn zu Bailey. „Mögest du immer glücklich sein."

Alle stießen miteinander an und nippten dann an ihren Gläsern. Der Champagner war leicht und feinperlig. Dellina schaute auf das Etikett der Flasche und sah, dass es ein Dom Pérignon war. Was so typisch Taryn ist, dachte sie. Tja, jeder sollte wenigstens einmal im Leben ein Glas davon genießen dürfen!

Sie stellte ihres ab. „Wusstest du, dass Bürgermeisterin Marsha einen Hund hat?", fragte sie Bailey.

„Nein. Sie hat nie etwas in der Richtung gesagt. Wieso?"

„Weil sie ihren Hund bei Fayrene abgegeben hat. Ich erinnere mich, dass irgendjemand eine Reise erwähnt hat."

„Ich auch", sagte Taryn. „Und dann sind alle ausgeflippt, als ob Bürgermeisterin Marsha nicht verreisen dürfte. Kann die Frau nicht mal Urlaub machen, ohne einen Skandal heraufzubeschwören?"

„Ich denke, das liegt daran, dass Bürgermeisterin Marsha nicht oft wegfährt", sagte Dellina. „Ich kann mich nicht erinnern, dass es während meiner Kindheit je passiert ist. Obwohl sie die Stadt bestimmt mal verlassen haben muss."

„Wo fährt sie hin?", wollte Larissa wissen.

„Nach Neuseeland."

„Das ist weit." Dellina fragte sich, wie lang der Flug wohl dauerte. Zwölf Stunden? Länger? „Wieso ausgerechnet dorthin?"

„Die *Herr-der-Ringe*-Tour." Taryn grinste. „Vielleicht ist unsere Bürgermeisterin ein Fan."

„Was?", fragte Consuelo. „Wegen des Buchs?"

Larissa tätschelte ihren Arm. „Wegen der Filme. Erinnerst du dich noch? Vor ein paar Jahren gab es einen großen Hype darum. Sie haben alle Teile in Neuseeland gedreht und die Kulissen dort gelassen. Man kann eine Tour buchen und sich das Hobbit-Dorf anschauen."

Consuelo schüttelte den Kopf. „Auf keinen Fall fliegt unsere Bürgermeisterin ganz bis nach Neuseeland, um sich einen Haufen unechter Hobbit-Häuser anzusehen. Vielleicht will sie Kipling Gilmore Ski fahren sehen."

Erstaunt starrte Dellina sie an. „Du weißt, wo er gerade Ski fährt?"

Consuelo zuckte mit der Schulter. „Das habe ich vor Kurzem in der *Sports Illustrated* gelesen. Er ist den Sommer über zum Skifahren da. Nur dass sie ihn dort nicht so nennen, weil es ihr Winter ist."

„Ah, da ist wohl jemand ein wenig verknallt", murmelte Dellina.

Um Consuelos Lippen zuckte es. „Ich sehe ihm gerne zu. Während der Olympischen Spiele hast du das auch getan."

„Ich muss sagen, die Vorstellung, dass unsere Bürgermeisterin ein Skigroupie ist, gefällt mir besser als die, dass sie in ihren Ferien Hobbit-Häuser anguckt", verkündete Taryn. „Was irgendwie komisch ist. Ich glaube, darüber muss ich noch mal nachdenken." Sie wandte sich an Dellina. „Wo wir gerade über spaßige Dinge wie Ferien und attraktive Männer reden, quälst du Sam schön, was die Party angeht?"

Dellina lachte. „In welche Kategorie fällt diese Frage denn?" Sie hob die Hand. „Egal. Ich will es nicht wissen. Nur fürs Protokoll, ich arbeite mit ihm zusammen. Und es gibt keine Folter. Alles verläuft sehr professionell."

Ein wenig zu professionell, fügte sie in Gedanken hinzu. Denn er war ein gut aussehender Kerl. Und nett. Ruhig, aber das mochte sie an ihm. Ein Aufschneider würde nicht zu ihr passen – nicht, dass Sam ihr irgendwelche Avancen machte.

Jo kam zu ihnen und nahm ihre Bestellungen auf. Als sie wieder gegangen war, half Dellina Bailey, die Pflanzen auf einen Stuhl in der Ecke zu stellen.

„Rakisha hat mir erzählt, dass ihre Nichte und Großnichte kommen, um ihr mit dem Geschäft zu helfen", sagte Dellina, als sie zum Tisch zurückkehrten.

„Wer?", fragte Consuelo.

„Die Besitzerin von Plants for the Planet", erklärte Taryn. „Ich habe sie mal getroffen. Sie muss mindestens hundertdrei sein."

„So alt nicht, aber bestimmt schon Mitte achtzig", sagte Dellina. „Wir hatten alle Angst, dass sie den Laden verkaufen würde." Ein paar Jahre zuvor hatte es einmal einen kleinen Skandal gegeben, erinnerte sie sich. Etwas wegen eines Mannes. Aber das erwähnte sie ihren Freundinnen gegenüber nicht. Es gab keinen Grund, irgendwelche Gerüchte zu verbreiten.

„Ich bin froh, dass sie Familie hat, die ihr aushilft", meinte Larissa. „Ich liebe es, wie die Geschäfte in Fool's Gold geführt werden. Es wäre schade, mit anzusehen, wenn sie von irgendwelchen Ketten aufgekauft würden."

„Das Wohl der Masse über den Profit für wenige zu stellen", murmelte Taryn. „Wie ich deine Ökofreak-Einstellung liebe."

Larissa grinste. „Mach dich nur über mich lustig. Ich habe tausend Wohltätigkeitsfälle, über die ich reden könnte."

„Ja", sagte Taryn. „Und alle werden von Jack unterstützt. Was dieser Mann für dich tut, widersetzt sich jeglicher Logik."

Die Mittagspause verging wie im Flug. Als Dellina und Taryn die Bar verließen, hielt Taryn ihre Freundin zurück.

„Mit der Party geht es wirklich voran?", wollte sie wissen. „Auch wenn ich es liebe, Sam zum Spaß zu quälen, wollen wir doch alle unsere Klienten glücklich machen. Also wenn du irgendetwas brauchst, lass es mich wissen."

„Danke, aber es läuft wirklich gut. Bislang ist das einzige Problem der Vortrag. Ich finde irgendwie nicht das richtige Thema oder die richtige Person. Wofür interessieren sich sowohl Männer als auch Frauen?"

Taryn hob die Augenbrauen. „Meinst du das ernst?"

Dellina lachte. „Ich kann niemanden engagieren, der über Sex redet."

„Ich wüsste nicht, was dagegen spricht. Damit hättest du auf jeden Fall die Aufmerksamkeit aller." Ein SUV hielt am Bürgersteig an. Taryn winkte dem Fahrer zu. „Das ist meine Mitfahrgelegenheit."

Weil Angel gekommen ist, um sie abzuholen, dachte Dellina und warf einen Blick auf die hohen Absätze ihrer Freundin. Auf keinen Fall könnte man mit denen einmal quer durch die Stadt laufen.

Liebe, überlegte sie, als sie in Richtung Stadtzentrum schlenderte. Die machte verrückte Sachen mit den Menschen. Sie hatte weder einen Mann noch zehn Zentimeter hohe Absätze. Nicht, dass sie Letztere wollte. Oder Zeit für Ersteres hatte. Eine ernsthafte Beziehung stand nicht auf ihrer To-do-Liste. Aber ein paar Nächte mit einem ehemaligen NFL-Kicker wären nett.

Dellina kam am Brew-haha vorbei. Kurz überlegte sie, reinzugehen und sich einen Kaffee zu holen, wurde dann aber von dem Gedanken an ein Stück Karamell verführt. Auf dem Weg könnte sie gleich mal schauen, was es in Morgan's Books Neues gab. Wenn sie schon keinen Sex mit dem Mann haben konnte, den sie wollte, könnte sie sich wenigstens einen Liebesroman kaufen und darüber lesen, wie es jemand mit einem ähnlich attraktiven Mann machte – wie fiktiv das auch immer sein mochte.

Auf der Frank Lane bog sie nach links ab. Beim Christmas Attic hielt sie kurz inne, um Noelle zuzuwinken, die hinter dem Tresen stand und ein paar Touristen bediente. Ihre Freundin winkte zurück. Dellina ging weiter zu Morgan's Books und blieb wie angewurzelt vor dem Schaufenster stehen.

„So einfach kann es nicht sein", murmelte sie, doch jede Faser ihres Körpers hoffte, es wäre tatsächlich so einfach.

Im ersten Schaufenster hing die Ankündigung für eine Signierstunde. Lark Heuston, eine *New-York-Times*-Bestsellerautorin, würde hier am Donnerstag vor der Score-Party eine Autogrammstunde geben. Was bedeutete, sie wäre in der Stadt. Genauso aufregend wie diese Neuigkeit war der Titel ihres neuen Buchs: *Wie Sie mit Tantrasex Ihre Ehe stärken.* Das war mal ein unerwartetes Geschenk. Denn Taryn hatte recht. Sex ist das Einzige, das sowohl Männer als auch Frauen interessiert, dachte sie glücklich.

Das Thema ist ansprechend und informativ, überlegte sie, als sie zur Eingangstür ging und den Laden betrat. Sie musste jetzt nur noch Morgan dazu bringen, ihr die Kontaktdaten der Autorin zu geben, und dann Ms. Heuston anrufen, um zu sehen, ob sie Lust hätte, ein paar zusätzliche Tage in Fool's Gold zu verbringen und einen kleinen, neunzigminütigen Vortrag zu halten. Vielleicht könnten sie sogar eine weitere Autogrammstunde organisieren. So etwas mochten Autoren doch, oder?

Dellina hüpfte beinahe vor Freude auf Morgan zu und fing an zu erklären, was sie im Sinn hatte.

5. KAPITEL

Das Gold Rush Ski Lodge and Resort hatte einen lächerlich langen Namen, war aber auch eine unglaubliche Anlage. Es lag ein paar Meilen außerhalb der Stadt in den Bergen, womit es guten Zugang zu den Pisten oberhalb von tausend Metern bot. Obwohl es in Fool's Gold selbst nur selten mehr als siebzig bis achtzig Zentimeter Neuschnee gab, konnten die Skipisten im Durchschnitt mit der zehnfachen Menge aufwarten.

Dellina parkte und stieg aus dem Wagen. Sie wollte sich hier mit Sam treffen, um mit ihm vor Ort die Logistik zu besprechen. Darunter das Menü im Henri's, dem Fünfsternerestaurant des Resorts, sowie die verschiedenen Zimmer. Beides war gleich wichtig. Aber obwohl sie sich definitiv auf das Testessen freute, war sie nicht so sicher, wie es wäre, sich gemeinsam mit Sam verschiedene Schlafzimmer anzusehen. Denn das letzte Mal waren sie am Valentinstag zusammen in einem Hotel gewesen, und man wusste ja, wie das geendet hatte.

Dellina ging auf den Hoteleingang zu. Sie hatte schon immer daran geglaubt, dass es am besten war, bei der Wahrheit zu bleiben – zumindest sich selbst gegenüber. Wenn Sam sich ihr anböte, würde es verdammt verlockend sein, Ja zu sagen. Also war es vermutlich gut, dass es gar nicht erst so weit kam.

Sie sah ein glänzendes schwarzes Mercedes-Cabriolet beim hoteleigenen Parkservice stehen und schätzte, dass Sam bereits da war. Sie hatte den normalen Parkplatz benutzt, wie normale Menschen es taten. Über den Vergleich lächelnd, betrat sie das Resort.

Das Gold Rush Ski Lodge and Resort war teils viktorianisches Herrenhaus, teils Chalet. Überall gab es Holz und hohe Decken, und es wimmelte nur so vor aufmerksamen Mitarbeitern. Es wird selbst auf die anspruchsvollsten Kunden einen guten Eindruck machen, dachte sie, als sie auf den dunkelhaarigen Mann zuging, der an einem der Fenster stand.

Selbst von hinten war Sam beeindruckend. Er hatte breite Schultern, lange Beine und strahlte entspannte Anmut aus – ruhig und doch bereit, sich jederzeit zu bewegen. Vermutlich das Ergebnis jahrelangen Trainings. Seine Anzughose war von einem Meister geschneidert worden und betonte seine schmalen Hüften und den muskulösen Hintern, bevor sie in einer geraden Linie über seine Oberschenkel fiel.

Er schien sein Jackett im Auto gelassen zu haben, weil er es nicht bei sich hatte. Die Ärmel seines Hemds hatte er bis zu den Ellbogen aufgerollt, und sie schätzte die Wahrscheinlichkeit, dass er eine Krawatte trug, auf fünfzig zu fünfzig ein.

Alles in allem ein beeindruckender Mann, dachte sie.

Sie trat näher. Er musste sie gespürt haben, denn er drehte sich um und lächelte, als er sie sah.

„Ein schönes Hotel", sagte er und kam auf sie zu. „Sehr gute Wahl."

„Danke, aber du warst es, der es ausgesucht hat", rief sie ihm in Erinnerung, wobei sie sich fragte, ob es ungesund war, dass ihr Herz auf einmal so wild gegen ihre Rippen hämmerte.

Sie wollte, dass er von ihr beeindruckt war, und war schon geneigt, ihm von ihrer Unterhaltung mit Lark Heustons Agentin zu erzählen. Die Autorin kam nach Fool's Gold und schien sehr daran interessiert zu sein, einen Vortrag für sie zu halten. Aber bis alles bestätigt war, wollte Dellina die guten Neuigkeiten für sich behalten.

Eine attraktive Frau Mitte vierzig kam auf sie zu. „Dellina", sagte sie lächelnd. „Schön, dich zu sehen." Sie streckte Sam die Hand hin. „Ich bin Jody LaCroux, die Eventmanagerin des Hotels. Und Sie müssen Sam Ridge sein."

Sie schüttelten einander die Hand, und Jody bedeutete ihnen, ihr den Flur hinunter zu folgen. „Wir freuen uns schon sehr auf das Wochenende, das Sie und Dellina für Ihre Firma geplant haben, Mr. Ridge."

„Sam bitte", sagte er.

Jody hatte kurze blonde Haare und braune Augen. Sie trug ein schlichtes Kostüm mit einem knielangen Rock und bequeme flache Schuhen. Dellina wusste zufällig, dass Jody, wenn sie sich nicht gerade um die Organisation von Hochzeiten und Banketten kümmerte, im Winter Ski fuhr und den Rest des Jahres über Marathons lief. Mit Sam könnte sie es vermutlich nicht ganz aufnehmen, aber bei einem Wettlauf hätte sie gute Chancen.

„Schön, Sie kennenzulernen, Sam." Jody lächelte Dellina an. „Dich kenne ich ja schon."

Dellina lachte. „Als meine Schwestern und ich nach Fool's Gold zurückgezogen sind, hat Jody mir an ein paar Samstagen geholfen, einen Zeitplan aufzustellen, wie ich meine Schwestern, den Haushalt und mein Studium am Community College am besten unter einen Hut kriege."

„Ich bin sehr gut im Organisieren", pflichtete Jody ihr bei. „Ich hätte nur nie gedacht, dass in dieser Gemeinde ein Abschluss in Hotelmanagement jemals zu etwas gut sein würde. Ich war froh, helfen zu können."

Sie ging an dem größeren Ballsaal vorbei und führte sie den Flur hinunter zu den kleineren Konferenzräumen.

„Angesichts der Anzahl der Erwachsenen und Kinder, die Sie hier unterbringen möchten, glaube ich, dass dieser Teil des Hotels für Ihre Ansprüche am besten passt." Sie betrat einen Raum, dessen eine Wand voll verglast war. Große Türen öffneten sich auf eine Terrasse und einen dahinterliegenden Garten, in dem es viele Pflanzen, aber auch eine große Rasenfläche gab.

„Für die Kinder", sagte Jody und deutete hinaus. „Dellina, ich denke an Freitagabend und Samstagnachmittag. Für Freitag richten wir die Bar für die nicht-alkoholischen Getränke und die Vorspeisen in diesem Raum ein. Die Kinder werden nebenan essen, während die Band ihre Instrumente aufbaut, und dann kehren wir hierher zurück. Der Raum ist groß genug, dass sie sich frei bewegen können, und gleichzeitig kann niemand verloren gehen. Gleich da drüben liegen die Toiletten, sodass sie nicht über den Flur müssen."

„Das ist gut“, sagte Dellina und machte sich Notizen. „Und mit Samstag hast du recht. Das ist der perfekte Platz für das Treffen mit den Therapiehunden.“ Sie schaute Sam an. „Stimmst du uns da zu?“

Er nickte. „Der Raum gefällt mir.“

Sie schauten sich noch die Terrasse an, auf der die Weinprobe für die Erwachsenen abgehalten werden würde, und gingen dann zu den Fahrstühlen.

„Wir werden alle eure Gäste im gleichen Gebäudetrakt unterbringen“, erklärte Jody, als sie auf den Aufzug warteten. „Gleichzeitig findet hier noch eine größere Veranstaltung statt. Eine Hochzeit. Aber eure Gäste haben die gesamte oberste Etage.“ Jody schaute auf ihre Notizen. „Taryn Crawford hat die Präsidentensuite für sich reserviert.“

Sam verzog das Gesicht. „Natürlich hat sie das.“

Dellina hob eine Augenbraue. „Ist das ein Problem?“

„Nein. Ich bin sicher, sie und Angel werden es genießen.“

Jody fing Dellinas Blick auf und lächelte, enthielt sich aber eines Kommentars, als sie den Fahrstuhl betraten.

Die oberste Etage verfügte über Deckenlichter, und auch hier wurde das Thema Holz und europäischer Charme fortgeführt. Jody zeigte ihnen eine große Suite, in der von morgens um neun bis Mitternacht eine Bar mit Erfrischungen und kleinen Snacks eingerichtet würde. Dann öffnete sie eines der Zimmer, die für die Gäste gedacht waren.

Sie trat zurück und bedeutete Dellina und Sam einzutreten. Dellina glaubte, dass Sam vorgehen würde, immerhin war er der Kunde. Er zögerte jedoch, als dächte er, sie würde vorgehen. Dann machten sie gleichzeitig einen Schritt vor und stießen gegeneinander.

Hitze flammte in ihr auf. Sein Oberarm hatte ihre Brust gestreift, und die Berührung ließ sie erschauern. Ihr Arm schwang zurück, und ihre Hand kam seinem Schritt gefährlich nah. Sie zuckte zusammen, zog die Hand zurück, und dann standen sie beide wieder im Flur.

Sam räusperte sich. „Nach dir."

Dellina folgte seinem Vorschlag und hoffte, dass Jody zu sehr damit beschäftigt war, sich Notizen zu machen, um diesen Moment der Peinlichkeit zu bemerken.

Sie betraten das große Zimmer. An einer Wand stand ein Sofa, und breite Glastüren führten auf einen großen Balkon hinaus.

Jody folgte ihnen. „Die Zimmer sind alle ähnlich", führte sie aus. „Wir haben ausreichend Räume mit Verbindungstüren für die Eltern mit älteren Kindern. Für die mit kleineren Kindern können wir Zustellbetten zur Verfügung stellen." Sie schaute erneut auf ihre Liste. „Babybetten werden nicht benötigt, oder?"

„Die Jüngste ist sechs", sagte Dellina. „Also nein, keine Babybetten. Die Älteste ist dreizehn, daher weiß ich nicht, ob irgendjemand einen Raum mit Verbindungstür haben will. Das scheint mir doch etwas jung zu sein, um alleine in einem Hotelzimmer zu schlafen. Was meinst du, Sam?"

Er schaute sie an. „Da fragst du den Falschen. Wir haben aber die Option, wenn einer der Kunden das wünscht."

„Natürlich", erklärte Jody ihm. „Auf dieser Etage gibt es dreißig Zimmer plus die Präsidentensuite. Für den Notfall halte ich noch ein paar Zimmer auf der darunter liegenden Etage frei." Sie lächelte. „Unter anderem für Dellina, den noch zu bestimmenden Vortragsredner und Fayrene, die die Aufsicht über die Kinderbetreuung haben wird."

Sam wandte sich an Dellina. „Clever", sagte er grinsend. „Das wird sie nicht nur von Ryan ablenken, sie ist außerdem jemand, bei dem du dich darauf verlassen kannst, dass sie ihren Job gut macht."

„Du vergisst, dass ich sie zudem herumkommandieren kann."

Jody grinste. „Ist das der Zeitpunkt, an dem wir eine Unterhaltung über deinen Führungsstil haben sollten?"

„Nicht nötig. Fayrene kann das ab."

Jody führte sie durch die restlichen Zimmer. Sie wies auf den Ausblick hin, die großen Schränke und die Annehmlichkeiten in den Badezimmern aus Marmor und Glas.

„Eine Wanne, die groß genug für zwei ist“, sagte sie und betätigte einen Schalter an der Wand. „Mit Düsen. Für mehr Spaß für die Pärchen, die ihre Kinder nicht mitbringen.“

Dellina nickte und dachte, dass es im Zimmer auf einmal seltsam heiß geworden war. Und das Bett war riesig. Selbst vom Badezimmer aus gesehen schien es den Raum zu dominieren. Obwohl sie nicht sagen konnte, ob es besser oder schlechter war als die riesige Wanne mit den pulsierenden Düsen. Irgendwie setzte sich ein Bild von ihr und Sam in der Wanne in ihrem Kopf fest, und sie konnte an nichts anderes mehr denken … abgesehen davon vielleicht, aufs Bett zu fallen, während er …

„Ein tolles Zimmer“, sagte sie fröhlich und ging schnurstracks zur Tür.

Im Flur konnte sie endlich wieder normal atmen. Was stimmte nur nicht mit ihr? Sicher, Sam war ein gut aussehender Mann, und ja, der Sex war umwerfend gewesen, aber trotzdem … Sie war Profi. Auf keinen Fall würde sie zulassen, dass ihre Hormone und heiße Fantasien sie ablenkten.

Sam folgte ihr in den Flur hinaus, und Jody schloss die Tür ab.

„Als Nächstes das Essen?“, fragte sie, als merke sie nicht, dass irgendetwas nicht stimmte. Dellina hoffte, dass dem so war.

Sie kehrten in den Hauptflur zurück und gingen dann in den eleganten Speisesaal. Über das Fünfsternerestaurant des Hotels war bereits in nationalen wie internationalen Magazinen berichtet worden. Für sein Essen und die Weinauswahl hatte es schon diverse Preise erhalten.

„Dellina hat mir ein paar Vorschläge für die Speisenfolge geschickt“, sagte Jody, nachdem sie sich an einen runden Tisch gesetzt hatten. Sie öffnete eine Mappe und holte mehrere Kopien heraus, die sie verteilte. „Sind Vegetarier oder Veganer unter den Gästen?“

Dellina wandte sich an Sam. „Nicht dass ich wüsste.“

„Ich finde es heraus.“ Ein Muskel zuckte in seiner Wange. „Gehen wir für den Moment davon aus, dass dem nicht so ist.“

„Gut.“ Jody erhob sich. „Ich sage nur eben dem Küchenchef Bescheid, dass wir so weit sind.“

Dellina wartete, bis sie allein waren, dann wandte sie sich an Sam. „Warum hasst du Veganer?“, fragte sie. „Du hast ein ganz komisches Gesicht gezogen, als Jody danach gefragt hat.“

„Ich hasse Veganer nicht. Ich habe lediglich ein Problem mit Leuten, die beim Essen wählerisch sind, nur um Aufmerksamkeit zu erregen.“

„Eine Exfreundin?“

„Darüber müssen wir nicht reden.“

Was so viel wie Ja bedeutete. Dellina wusste, dass Sam schon einmal verheiratet gewesen war. Sie interessierte sich nicht sonderlich für Klatschzeitschriften und hatte auch keine Zeit für entsprechende Fernsehsendungen, aber selbst sie hatte etwas darüber gehört, auch wenn sie sich nicht an Einzelheiten erinnern konnte. Angesichts seiner Sportlerkarriere, seines Einkommens und seiner Attraktivität konnte sie sich vorstellen, dass er immer viele Frauen um sich gehabt hatte. Was bedeutete, die wählerische Esserin hätte jede sein können.

Kurz überlegte sie, dass sie Taryn fragen könnte, doch dann fiel ihr ein, dass die vielleicht auch keine Ahnung hatte. Immerhin war Sam ein Mann, der Wert auf seine Privatsphäre legte. Nach allem, was sie wusste oder eben *nicht* wusste, könnte er sogar jetzt eine feste Beziehung haben.

Oh Gott. Hatte er? Warum hatte sie sich das nicht eher gefragt? Hier saß sie, schmachtete ihn an, und er war vielleicht im Begriff, seiner Auserwählten einen Antrag zu machen.

„Ich glaube, in der obersten Etage gibt es noch eine weitere Suite“, sagte sie, ohne ihn anzuschauen. „Wenn du also ein nettes Zimmer für dich und deinen Gast haben möchtest …“

Er sah sie aus seinen dunklen Augen an. „Gast?“

„Begleitung? Freundin? Lebenspartnerin? Wie auch immer du die Frau nennst, die du zu der Party mitbringen willst.“

„Ich bringe niemanden mit. Taryn ist die Einzige von uns, die in Begleitung kommt.“

Sie hielt den Blick fest auf ihre Notizen gerichtet und tat sogar so, als würde sie sich etwas aufschreiben. „Okay. Dann also ein langweiliges Standardzimmer für dich."

„Was ist mit dir?"

Sie riss den Kopf hoch und hielt seinen Blick fest. „Fragst du mich etwa nach meinem Liebesleben?"

„Nein." Er wandte den Blick ab. „Das geht mich nichts an. Entschuldige."

Sie erinnerte sich, dass er der Kerl war, der nie zugegeben hatte, sie zu kennen, geschweige denn eine Nacht mit ihr verbracht zu haben. Ein Mann, der offensichtlich nicht viel über persönliche Dinge redete.

„Du darfst ruhig fragen", sagte sie. „Und nein, ich werde mein Zimmer mit niemandem teilen. Das hier ist eine geschäftliche Veranstaltung, und selbst wenn sie es nicht wäre – ich habe keinen Freund."

Was in die Kategorie „Zu viel Informationen" fällt, dachte sie, auch wenn sie es nicht bedauerte, das zwischen ihnen geklärt zu haben. Es war verrückt, aber sie war lächerlich glücklich darüber, dass weder sie noch Sam derzeit mit jemandem zusammen war.

CDS – oder, wie es die Einheimischen nannten, die Bodyguardschule – lag im Osten der Stadt. Sam kannte alle Jungs, die dort arbeiteten. Immerhin spielten sie an mehreren Tagen in der Woche morgens Basketball zusammen. Aber er war nie in ihrem Büro gewesen oder auf dem Hindernisparcours und dem Wanderweg, der am Rande ihres Grundstücks verlief.

Jetzt stellte er den Wagen ab und ging hinein. Dellina war bereits da und unterhielt sich mit Angel. Eine Sekunde lang erlaubte Sam sich das Vergnügen, sie einfach nur anzuschauen. Sie trug Jogginghosen und ein T-Shirt. Ihr langes Haar hatte sie zu einem Pferdeschwanz gebunden. Ihre stets präsente Tragetasche quoll über vor Papieren und Mappen, und sie hielt ein Klemmbrett in der Hand.

Die lässigere Dellina war genauso anziehend wie die Geschäftsfrau. Sie war effizient, freundlich, und wenn sie ihre Lippen bewegte, musste er sich sehr zurückhalten, sie nicht einfach in die nächste ruhige Ecke zu ziehen und sie für die nächsten drei Tage zu küssen.

Sie ging ihm unter die Haut. Das konnte er ruhig zugeben – vor allem weil er nichts wegen seiner Reaktion auf sie zu unternehmen gedachte. Zum einen arbeiteten sie zusammen. Auf keinen Fall würde er sich sehenden Auges in so einen Schlamassel stürzen. Zum anderen *mochte* er sie. Warum sollte er das ruinieren wollen, indem er sich mit ihr einließ? Bisher war jede seiner Beziehungen in einer Katastrophe geendet. Selbst seine One-Night-Stands hatten stets irgendwelche Probleme oder Dramen nach sich gezogen. Von allen Männern auf der Welt hatte er das größte Pech mit Frauen. Das hatte er akzeptiert und konnte damit leben. Meistens jedenfalls. Es gab Zeiten, da sehnte er sich danach, was beinahe jeder wollte: eine Familie. Aber das würde nicht passieren.

Sie schaute auf, sah ihn und lächelte. In der Sekunde, in der sich ihre Lippen verzogen, hatte er das Gefühl, als würde ihm jemand in den Magen boxen. Es schien unmöglich zu atmen, sein Blut geriet in Wallung, und die sinnlichen Erinnerungen an ihre einzige gemeinsame Nacht fluteten sein Gehirn.

„Ich bin nervös", sagte sie statt einer Begrüßungsfloskel. „Motorisch war ich noch nie sonderlich begabt." Sie wandte sich wieder an Angel. „Und du hilfst mir nicht gerade, mich besser zu fühlen."

Angel grinste. „Zivilisten einzuschüchtern ist der beste Teil meines Tages, Süße. Ich kann nicht anders."

„Du kannst, aber du willst nicht. Das ist ein Unterschied." Sie ging zu Sam und zeigte ihm das Klemmbrett. „Okay, das ist der Parcours, über den wir im Moment nachdenken. Er ist eine Herausforderung, aber nicht unmöglich zu meistern. Das behauptet Angel zumindest."

„Würde ich jemals lügen?", fragte der ehemalige Scharfschütze.

„Das wird sich noch herausstellen", gab Dellina zurück.

Sam sagte sich, dass er ganz still stehen bleiben und weiteratmen sollte, während er versuchte, herauszufinden, was nicht stimmte. Ein wachsendes Gefühl der Wut und Dringlichkeit schien in ihm aufzusteigen. Er wollte etwas schlagen – vor allem Angel. Nur dass er Angel eigentlich mochte. Was also stimmte nicht?

Bevor er eine Antwort gefunden hatte, gesellte Ford sich zu ihnen. Er schüttelte Sam die Hand und begrüßte dann Dellina.

„Ich habe Angel gesagt, dass er es entspannt angehen soll", erklärte er Sam. „Ihr habt an dem Wochenende Geschäftsleute zu Besuch. Wir sind hier nicht im Bootcamp. Außerdem weiß ich, dass du, Kenny und Jack ziemlich erledigt seid."

Sam kniff die Augen zusammen. „Was hast du gerade gesagt?"

Ford zuckte mit den Schultern. „Es ist ja nicht so, dass ihr noch einen richtigen Job habt. Oder jemals hattet. Einen Football herumkicken? Dafür hat man euch bezahlt?"

Um Dellinas Mund zuckte es. „Jungs, können wir uns auf die vor uns liegende Aufgabe konzentrieren, bitte? Wir müssen den Hindernisparcours ausprobieren. Danach könnt ihr drei untereinander ausmachen, wer der Männlichste von euch ist."

„Das wäre ich", sagten alle drei gleichzeitig.

Dellina lachte.

Sie gingen nach draußen. Angel erklärte die einzelnen Elemente des Parcours. Es gab einen Teil mit Hütchen für Sprints, gefolgt von einer Balancierstation. Dahinter befanden sich eine Stange für Klimmzüge, verschiedene Reifen, eine große Röhre, durch die man hindurchkrabbeln musste, und eine Wand, die es zu erklettern galt.

Sam betrachtete alles und nickte. Das würde lustig werden. Er wollte Ford gerade bitten, seine Zeit zu stoppen, damit er sie beim nächsten Mal unterbieten könnte, als er sah, dass Dellina auf ihrer Unterlippe herumkaute. Diese Geste lenkte ihn kurzfristig so ab, dass ihm erst nach ein paar Sekunden auffiel, dass es gar nicht sexy gemeint war.

„Was ist los?“, fragte er.

„Das ist ziemlich anspruchsvoll“, erwiderte sie. „Wie fit sind eure Gäste?“

„Das ist sehr unterschiedlich.“ Er hatte bisher noch keine der Ehefrauen kennengelernt.

„Lasst uns erst mal alles anschauen“, schlug Ford vor. „Dabei können wir dann immer noch mögliche Abwandlungen besprechen.“

Sie gingen zur Startlinie. Angel erklärte, wie die Hütchen weiter auseinander- oder näher zusammengestellt werden konnten, um die Distanz des Sprints zu variieren. Sam lief die Strecke einmal ab, während Dellina langsam ging und sich Notizen machte. Den Balancierbalken meisterte er problemlos. Sie reichte Angel ihr Klemmbrett und ging dann wesentlich langsamer und mit seitlich ausgestreckten Armen darüber.

„Okay, die beiden sind gut.“ Sie nahm ihr Klemmbrett zurück und schrieb sich etwas auf. „Wenn ich das kann, kann das jeder.“

„Das Nächste sind Klimmzüge“, erklärte Angel ihr.

„Oh, super.“

Dellina versuchte, sich an eine Zeit zu erinnern, in der sie sich noch weniger in Form gefühlt hatte als in diesem Moment. Das lag zum einen an dem Hindernisparcours, zum anderen aber auch daran, mit diesen drei fitten Männern zusammen zu sein.

Sie alle hatten Berufe gehabt, bei denen körperliche Fitness ein wesentlicher Erfolgsfaktor war. Bei Angel und Ford hatte gut in Form zu sein den Unterschied zwischen Leben und Tod ausgemacht. Die größte körperliche Herausforderung, der Dellina sich dieser Tage gegenübersah, war, wie schnell sie es zu Fuß zu ihrem jeweiligen Ziel in der Stadt schaffte.

Und auch wenn Sams Leben in seinem Beruf nicht auf dem Spiel gestanden hatte, war von ihm ebenfalls erwartet worden, perfekt in Form zu sein. Und das ist er immer noch, dachte sie mit einem Blick auf seinen breiten, muskulösen Rücken, als er jetzt einen weiteren Klimmzug vollendete.

Sie schaffte es, die Reihe an Reifen zu überqueren, ohne ein einziges Mal zu stolpern, dann sah sie zu, wie Sam leichtfüßig die Wand bezwang. Er packte das Seil, kletterte schnell hinauf und flog dann förmlich hinüber. Stöhnend ging sie um die Wand herum.

Angel schüttelte den Kopf. „Du enttäuschst mich", tadelte er sie. „Du hast es nicht einmal versucht."

„Ich kenne meine Grenzen. Du wirst mit deiner Enttäuschung leben müssen." Sie schaute noch einmal auf den Parcours zurück. „Das ist super. Könnt ihr mir noch heute die Verträge fertig machen?"

Ford nickte. „Kein Problem. Ich schicke sie dir so schnell wie möglich. Möchtet ihr euch noch den Wanderweg ansehen?"

Sam hatte eine weitere Runde auf dem Parcours gedreht. Er erklomm die Wand mit der gleichen Leichtigkeit und Eleganz wie beim ersten Mal. Dellina seufzte.

„Klar. Packen wir noch eine Wanderung mit auf den Plan." Sie fragte sich kurz, wie stark ihr Muskelkater am folgenden Tag wohl wäre, und beschloss, ihre sonntägliche Mani- und Pediküre durch eine Massage zu ergänzen. Sicher war sicher.

Angel zeigte ihnen den Anfang des Pfads. „Er ist markiert und verläuft in einem großen Kreis. Wenn ihr euch verirrt – es gibt dort Handyempfang."

Der Unterton in seiner Stimme verriet, dass nur Weicheier es wagen würden, um Hilfe zu rufen.

„Wir kommen schon klar", entgegnete Sam.

Dellina war sich dessen nicht so sicher, aber sie vertraute darauf, dass Sam sie vor jeglichen unheimlichen Dingen beschützen würde, die in der Natur auf sie lauern könnten.

„Wollt ihr wissen, wie schnell die Bestzeit für die Runde ist?", fragte Angel.

„Nein", sagte Dellina.

„Klar", warf Sam begierig ein.

Sie schaute den ehemaligen Kicker an. „Wir *gehen* über den Weg, damit wir wissen, was wir *euren* Gästen sagen können. Vielleicht kannst du nächstes Mal den Rekord brechen."

„Oh. Stimmt.“ Er zuckte mit den Schultern. „Wir gehen.“

„Okay.“ Angel drehte sich weg. „Übrigens, ich halte den Rekord.“

Ford grinste. „Du lügst, ohne rot zu werden. Das erzähle ich Consuelo, und dann wird jemandem ordentlich in den Hintern getreten.“

Angel funkelte seinen Freund an. „Okay. Ich liege eine Zehntelsekunde hinter ihrer Bestzeit. Sie hat mich am Ende übertölpelt.“

„Immer eine Entschuldigung auf Lager.“ Ford wandte sich zum Gehen. „Consuelo, rate mal, was ich gerade gehört habe.“

Angel lief hinter ihm her.

Dellina beobachtete die beiden. „Ist das bei dir, Jack und Kenny auch so?“

„Ich habe keine Ahnung, was du meinst.“

„Ja, genau. Weil ich dir das auch glaube“, gab sie lächelnd zurück.

Sie holte ihren Block aus der Tasche und machte sich ein paar Notizen zum Hindernisparcours. „Larissa hat keine offizielle Lizenz für Kalifornien, oder? Ich meine, dass Taryn mal so etwas erwähnt hat.“

„Sie hat die Ausbildung“, sagte Sam. „Aber ich weiß nicht, ob sie sich hat lizenzieren lassen oder nicht. Warum?“

„Ich denke, dass wir bei dem Spa-Erlebnis am Sonntagnachmittag auch Massagen anbieten sollten. Es wäre gut, sie dafür parat zu haben.“

„Schreib das doch einfach in die Informationen, die wir den Gästen schicken, und lass sie eine Verzichtserklärung unterschreiben. Wenn du ihnen sagst, dass sie unsere private Masseurin ist, wird sich keiner dafür interessieren, ob sie eine Lizenz hat oder nicht.“

Dellina nickte. Da hatte er recht. Sie würde prüfen, ob das legal war, und dann eine Entscheidung treffen. Außerdem bräuchten sie sowieso mehr als nur eine Masseurin.

Sie und Sam machten sich auf den Weg. Nur ein paar Meter

vom CDS-Gebäude entfernt begann ein Wald, der sich bis zu den Bergen hin erstreckte. Bald schon befanden sie sich inmitten dicht stehender Bäume, und alle Anzeichen von Zivilisation waren verschwunden.

Die Luft war kühl und still. Ohne den Kiesweg hätte sie geglaubt, dass sie sich verlaufen hätten. Ein paar Meter weiter wurde aus dem Kies Erde, aber sie war froh, zu sehen, dass dem ausgetretenen Pfad so gut zu folgen war, wie Angel beteuert hatte.

„Das ist schön", sagte sie, während sie nebeneinanderher gingen. Sie bemühte sich, sich auf ihre Arbeit zu konzentrieren und nicht jedes Mal darauf zu achten, wenn Sams Arm ihren streifte. Er war warm und sexy, und bei jedem Kontakt fing ihr ganzer Körper an zu kribbeln.

„Wir sollten so etwas auch bei uns am Büro einrichten", sagte er.

Sie lachte. „Eure Firma liegt zwar nicht mitten in der Stadt, aber ihr seid trotzdem von lauter Gebäuden umgeben. Wie willst du da einen Wald auf dein Grundstück kriegen? Reicht dir das Basketballfeld nicht?"

„Das hier ist besser", erwiderte er und schaute sich um.

Jungs und ihre Spielzeuge, dachte sie liebevoll. „Du warst bestimmt ein ziemlich sportliches Kind", sagte sie. „Ich war mehr die Leseratte. Fayrene und Ana Raquel haben Fußball gespielt und getanzt. Ich habe Kunstkurse besucht." Sie hielt inne, als er sie anschaute. „Was? Du bist derjenige, der nicht über Persönliches redet. Bedeutet das, ich darf das auch nicht?"

„Ich mag es, wenn du von deiner Familie erzählst."

Da lag ein Unterton in seiner Stimme, den sie nicht einordnen konnte. Eine Frage? Besorgnis? Sie war nicht sicher.

Sie blieb stehen und sah ihn an. Er war größer als sie. Seine dunklen Augen waren in dem dämmrigen Licht des Waldes nicht zu lesen. Sie roch Erde und Laub und Blumen, aber nichts davon war so anziehend wie der Mann, der vor ihr stand.

Oh, wenn ich doch nur nicht mit ihm arbeiten würde, dachte

sie. Nur für fünf Minuten, damit sie sich ihm unangemessenerweise an den Hals werfen konnte. Was sie natürlich niemals tun würde. Das war nicht ihr Stil. Aber ein Mädchen durfte ja wohl träumen.

„Es ist normal, Informationen miteinander zu teilen", sagte er. „Das verstehe ich. Du erzählst mir etwas Persönliches, und ich erwidere es auf gleiche Weise."

Sie riskierte, eine Hand auf seinen Unterarm zu legen. „Aber so tickst du nicht. Du willst nichts von deinem Privatleben preisgeben, und das verstehe ich."

„Ich ticke nicht so?", wiederholte er. „Hast du das gerade wirklich gesagt?"

Sie grinste. „Vielleicht."

Er stellte sich vor sie. Eine Sekunde lang glaubte sie, er würde sie ... Tja, sie war nicht sicher, was, aber ein Kuss wäre nett. Oder eine Erklärung, dass in ihrer Nähe zu sein ihn so verrückt machte, dass er sich nicht mehr unter Kontrolle hatte. Hmm, wie ein unkontrollierter Sam wohl wäre? überlegte sie sehnsüchtig. Garantiert umwerfend.

Er hob die Arme. Kurz glaubte sie, er würde sie an sich ziehen. Ihr Herz klopfte schneller, und ihre Kehle wurde ganz eng. Er legte ihr die Hände auf die Schultern. Okay, das war nicht gerade die traditionelle Umarmungshaltung, aber sie war offen für Experimente. Wenn er ...

Sam drehte sie herum, sodass sie wieder dem Pfad zugewandt war. Dann gab er ihr einen kleinen Schubs.

Sie unterdrückte ein Seufzen.

„Ich war als Kind überhaupt nicht sportlich", erklärte er, als sie weitergingen. „Ich war krank."

Erneut blieb sie stehen und sah ihn an. „Wie krank?"

„Asthma. Als kleines Kind war es ziemlich schlimm. Ich bin dem entwachsen, aber meine Eltern haben sich große Sorgen um mich gemacht." Er verzog das Gesicht. „Vor allem meine Mom. Dad war Basketballprofi und Mom Reiterin. Eine meiner Schwestern war professionelle Volleyballspielerin, und die andere hatte vor, Frauenbasketball zu spielen, bis sie von einer Agentur entdeckt wurde und als Model durchstartete."

Das waren vermutlich alles Informationen, die sie auch auf Wikipedia gefunden hätte, aber trotzdem ... Sam erzählte ihr gerade etwas Persönliches. Sie hatte tausend Fragen – über seine Eltern und Schwestern –, aber sie konnte sich nur auf eine Sache konzentrieren.

„Es tut mir leid, dass du krank warst. Das muss schwer für dich gewesen sein."

Unbehaglich verlagerte er das Gewicht und streckte erneut die Hand nach ihr aus. Dieses Mal wusste sie, was er wollte, und ging weiter. Er folgte ihr.

„Das war nicht lustig", gab er zu. „Ich war der Jüngste und Kleinste und habe es gehasst, immer ausgeschlossen zu werden. Sobald ich mich besser fühlte, wollte ich mit Sport anfangen, aber alle haben sich ständig Sorgen gemacht. Als ich darauf bestanden habe, Football zu spielen, hat meine Mutter mich quasi ans Bett gefesselt."

„Sie hat vielleicht gedacht, dass du überkompensierst."

Er warf ihr einen Blick zu. „Du bist nicht die Erste, die das sagt."

Sie grinste. „Dann befinde ich mich ja in guter Gesellschaft." An einer Wegbiegung hielt sie an. Wie Angel versprochen hatte, war es leicht, zu sehen, wo es weiterging.

„Du bist also einen Kompromiss eingegangen und Kicker geworden." Sie erkannte jetzt, dass das für seinen Körper weniger anstrengend gewesen war. Beinahe kein direkter Körperkontakt. Und beim Kicken ging es mehr um die richtige Technik als um Muskeln.

„Ich habe so lange geübt, bis ich gut war, und mich dann für ein Trainingsspiel angemeldet, ohne jemandem aus meiner Familie etwas davon zu sagen. Als ich es geschafft hatte, hat mein Dad die Papiere unterzeichnet. Mom und meine Schwestern wussten bis zu meinem ersten Spiel nichts davon."

Dellina dachte darüber nach, wie sie sich fühlen würde, wenn das ihr Sohn wäre, über den sie gerade sprachen. „Ich bin überrascht, dass dein Vater noch aufrecht gehen kann."

„Sie war nicht glücklich, aber sie hat es verkraftet."

„Und der Rest ist Geschichte, wie man so schön sagt." Sie warf ihm einen Blick zu. „Jetzt hast du einen wesentlich sichereren Beruf. Das muss ihr doch gefallen."

„Ja, das tut es."

„Du warst schon mal verheiratet."

Die Worte waren raus, bevor sie sie zurückhalten konnte, denn mit anderen Menschen Persönliches zu besprechen war keine große Sache, aber mit Sam schon.

„Nicht, dass wir darüber reden wollen", fügte sie leise hinzu.

Er schwieg eine Sekunde. „Ja, das war ich. Es hat nicht funktioniert."

„Das tut mir leid." Die Antwort kam automatisch, aber in Wahrheit tat es ihr überhaupt nicht leid. Ein verheirateter Sam würde sie nicht im Geringsten interessieren.

„So was passiert. Sie hat nach der Scheidung ein Enthüllungsbuch geschrieben."

Zum dritten Mal blieb sie stehen. Aber dieses Mal stemmte sie die Hände in die Hüften, bevor sie sich zu ihm umdrehte. „Du machst Witze. Ist das dein Ernst? Ein Enthüllungsbuch? Über dich? Das ist schrecklich." Sie atmete scharf ein. „Du weißt, dass so etwas nicht normal ist, oder? Es ist eine Sache, auf seinen Ex wütend zu sein, aber dafür hat man Freundinnen, bei denen man sich ausheulen kann. Vielleicht schickt man auch eine giftige E-Mail. Aber ein Enthüllungsbuch?"

„Ich habe echt Pech, was Frauen angeht."

„Einschließlich der Tatsache, dass du die einzige Frau in der Stadt auftreibst, die ein Zimmer voller Brautkleider hat?"

„Jupp."

Sie lächelte. „Aber ich bin gar nicht so schlimm, oder?"

„Stimmt."

Er hob die Arme. Sie ließ ihre sinken.

„Ich weiß, ich weiß", sagte sie. „Wir müssen weitergehen."

„Nein, müssen wir nicht“, sagte er, bevor er sie an sich zog und küsste.

Sie hatte nicht damit gerechnet. Genauso wenig wie damit, seine warmen, festen Lippen auf ihren zu spüren. Die ganze aufgestaute Erwartung hatte ihre Sinne geschärft und machte jeden Berührungspunkt, jeden kleinen Druck noch intensiver.

Erst küsste er sie leicht, dann etwas intensiver. Sein Mund schwebte über ihrem, als genieße er es, sie zu berühren.

Die Hände hatte er an ihre Hüften gelegt. Die leichte Berührung weckte den Wunsch in ihr, sich ihm entgegenzudrängen. Dabei schmiegte sie sich schon an seine breite, harte Brust. Und der Gedanke daran ließ sie überlegen, ob andere Körperteile von ihm wohl auch hart waren und ob er Interesse daran hätte …

Seine Zunge berührte ihre Unterlippe. Ein Stromschlag durchzuckte sie, ihr Blut geriet noch mehr in Wallung, und ihre Brustwarzen wurden so hart, dass es unangenehm wurde. Sie öffnete die Lippen für ihn und schlang ihm gleichzeitig die Arme um den Nacken, um sich seinem Kuss vollkommen hinzugeben.

Er schmeckte süß und heiß, und die langsame, sinnliche Art, auf die er ihren Mund erkundete, ließ sie dahinschmelzen. Er umkreiste ihre Zunge und neckte sie, bevor er sich gerade weit genug zurückzog, um sie beinahe frustriert aufstöhnen zu lassen. Dann begann er von Neuem, sie zu reizen und zu liebkosen.

Ihr war die Brust so eng, dass sie auf einmal Schwierigkeiten hatte, Luft zu holen. Sie wollte ihn mit einer Dringlichkeit, die sie an das letzte Mal erinnerte, als sie mit ihm geschlafen hatte – mit diesem Mann, der sie jetzt so küsste. Davor … nun, sie konnte sich nicht erinnern, wie lange es her war.

Sie wollte ihm gerade sagen, dass das Laub bestimmt sehr kuschelig wäre, als er sich zurückzog.

„Tut mir leid“, sagte er. „Das war unprofessionell.“

Für eine Sekunde glaubte sie, er spreche von seiner Leistung, die ihrer Meinung nach spektakulär gewesen war. Dann erkannte sie, dass er ihre berufliche Verbindung meinte und die große Party, die sie noch planen mussten. Lust und Erregung kämpften mit ihrer Liebe für ihren Beruf und ihrem gesunden Menschenverstand. Im Geiste stampfte sie mit dem Fuß auf und bekam einen Tobsuchtsanfall. Doch äußerlich ließ sie sich nichts anmerken und nickte nur.

„Daran haben wir beide Schuld", sagte sie so gefasst, wie sie nur konnte. „So was kann passieren. Keine große Sache."

„Es wird nicht wieder vorkommen."

Anstatt zu fragen, warum nicht, nickte sie ein weiteres Mal. Dann drehte sie sich um und lief los. Sie ignorierte das Summen in ihrem Inneren und die unterdrückte Begierde, die an ihr nagte. Sie war eine starke, selbstbewusste Frau. Und wenn es wirklich zu schlimm würde, hatte sie zum Glück einen Massageduschkopf zu Hause.

Sam stand draußen vor Dellinas kleinem Haus. Sie hatte ihm eine Nachricht hinterlassen und gesagt, dass es wichtig wäre. Also war er hier. Nur dass sie ihn nicht gebeten hatte vorbeizukommen. Das war allein seine Entscheidung. Er hätte anrufen können – was der Grund dafür war, dass er immer noch auf ihrer Veranda stand, anstatt zu klingeln.

Er wollte sie sehen. Der Kuss war ein verdammter Anfängerfehler gewesen. Er hätte es besser wissen müssen, aber etwas in der Art, wie sie dagestanden und so sexy und hübsch und charmant ausgesehen hatte … Er hatte auf sie reagiert. Er kannte die Gefahren, sich auf etwas einzulassen, und hatte sie trotzdem geküsst. Weil Dellina irgendetwas an sich hatte. Etwas, das ihn zu schlechten Entscheidungen trieb.

Er streckte die Hand aus und drückte auf die Klingel. Ich werde es ihr erklären, beschloss er. Zugeben, dass er ein Problem mit ihr hatte, und sagen, dass er sich zurückziehen würde. Sie sollte die Party ohne ihn organisieren. Er traute ihr zu, das allein hinzubekommen. Es wäre für sie beide besser.

Ihre Haustür flog auf, und Dellina stand vor ihm. In der Sekunde, als sie ihn sah, strahlte sie über das ganze Gesicht.

„Ich hab's geschafft!", sprudelte es nur so aus ihr heraus. „Ich habe es wirklich und wahrhaftig geschafft!" Sie bedeutete ihm, hereinzukommen, schloss die Tür hinter ihm und drehte sich einmal um die eigene Achse.

Sie war barfuß, trug Jeans und T-Shirt und strahlte vor Glück und Aufregung, was ansteckend war. Oder vielleicht lag es nur an ihrer Nähe, denn er wollte nichts lieber tun, als mit ihr zu tanzen und sie dann so lange zu küssen, bis sie beide vergaßen, warum er hier war.

Sie blieb vor ihm stehen und grinste. „Ich habe die perfekte Person für den Vortrag gefunden. Sie ist Bestsellerautorin, und sowohl Männer als auch Frauen werden sie lieben."

Sie bedeutete ihm, ihr zu folgen, und ging vor in ihr Büro. Auf dem Weg fiel ihm auf, dass die Brautkleider aus dem Extrazimmer verschwunden waren. Selbst die Kleiderständer waren weg. Ein Futon lag dicht an der Wand, und daneben stand eine Lampe. Die Tafel hing noch an Ort und Stelle. Er sah Fayrenes aktuelle Ideen, um einen Antrag von Ryan zu bekommen, darunter „So tun, als wäre ich schwanger" und „Lernen, einen Braten zuzubereiten".

Er trat ein und schrieb „Nein" neben den ersten und „Ja" neben den zweiten Punkt. Dellina sah ihm von der Tür aus zu.

„Ah, du erteilst Ratschläge?", fragte sie grinsend.

„Normalerweise nicht, aber hierbei hielt ich eine Ausnahme für angebracht."

Sie gingen in ihr Büro, wo sie in ihre große Tasche griff und ein Buch herausholte.

„Sex", erklärte sie ihm glücklich.

Alle Gründe, es nicht zu tun, verblassten, als sich ein einziges großes Ja in seinem Kopf breitmachte. Ja zum Sex mit ihr. Dann führte das eben in eine Katastrophe, na und? Das hier war Dellina, und er hatte sie von der ersten Sekunde an gewollt, in der er sie gesehen hatte. Sie einmal zu haben hatte nicht annähernd …

Sein Blick fiel auf das Buch in ihrer Hand. Sam erstarrte. Es war, als wäre er in einen eiskalten Bergsee gestürzt.

„Lark Heuston hat Ja gesagt", erklärte Dellina ihm stolz. „Sie ist sowieso wegen einer Autogrammstunde hier und hat zugestimmt, über das Wochenende zu bleiben. Sie hat gesagt, das Timing wäre perfekt, weil sie Familie in der Gegend hat. Sie wird den Vortrag halten und vielleicht noch eine kleine Vorführung geben. Sam? Geht es dir gut?“

Er versuchte, etwas zu sagen, brachte aber keinen Ton heraus. Eine Vorführung. Er fluchte stumm, weil er genau wusste, was das bedeutete. Oder schlimmer, er vermutete es. Denn was immer er sich vorstellte, es würde so viel unerträglicher werden.

„Du weißt schon, wenn Lark Heuston sagt, sie gibt eine Vorführung, dass sie das dann auch genauso meint. Nämlich Sex auf der Bühne. Oder vielleicht zeigt sie auch ein Video darüber.“ Denn in dem fraglichen Buch ging es darum, tantrischen Sex zu nutzen, um die Ehe zu stärken. Und die Autorin war für ihre Gründlichkeit bekannt. „Sie hat eine ganze Serie von Lehrvideos gedreht.“

Er konnte es kaum aussprechen und wollte ganz sicher nicht darüber nachdenken.

„Sie würde sich nicht vor allen Leuten ausziehen und es tun“, erklärte Dellina.

„Ich hoffe nicht, aber in der Vergangenheit hat sie es getan.“

„Du kennst sie?“

Er nickte.

Warum? Warum jetzt? Warum hier? Warum konnte sie ihn nicht in Ruhe lassen? Es ist gut zu wissen, dass sie kommt, redete er sich ein. So könnte er sich wappnen. Denn angesichts dessen, was Dellina ihm gerade erzählt hatte, schien sie ursprünglich vorgehabt zu haben, ihn mit ihrem Besuch in der Stadt zu überraschen.

„Sie bringt ihren Ehemann mit“, sagte Dellina. „Sie sind beide über sechzig, wenn ich das richtig weiß. Ich kann mir nicht vorstellen, dass sie vor unseren Augen Sex haben.“

„Ich schon“, gab er grimmig zurück.

„Woher kennst du sie?“

„Sie ist meine Mutter.“

6. KAPITEL

Sam konnte sich nicht erinnern, zu Score zurückgelaufen zu sein, aber plötzlich war er da und stieß die Eingangstür auf. Er musste Dellinas Haus verlassen haben und durch die Stadt gegangen sein. Es war alles so verschwommen: Sie hatte angemerkt, dass er und seine Mutter unterschiedliche Nachnamen hatten. Er hatte erklärt, dass seine Mutter für ihre Arbeit ihren Mädchennamen verwendete, und ja, er hatte verschiedene ihrer Vorträge und Workshops mit angesehen. Sie waren in sein Gehirn eingebrannt – eine weitere Serie von grauenhaften Erinnerungen aus seiner Kindheit.

Er liebte seine Familie, einschließlich seiner Mutter, aber mit ihnen zusammen aufzuwachsen hatte ihn gelehrt, dass nicht jedes intime Detail mit allen geteilt werden musste. Er hatte nicht wissen wollen, dass seine Eltern am Vorabend eine neue Sextechnik ausprobiert hatten oder dass seine Schwestern ihre Periode bekamen. Er hatte nicht über seine eigene sexuelle Entwicklung sprechen wollen oder – damals, als er noch ein Teenager gewesen war – von seiner Mutter beim Frühstück gefragt werden, ob er an dem Tag schon masturbiert hatte. Er hatte einfach nur normal sein und Eltern haben wollen, die verstanden, dass einige Themen besser nicht besprochen wurden.

Jetzt stand er geschockt und mehr als nur ein wenig desorientiert im Foyer des Score-Gebäudes und wartete darauf, dass die Welt sich wieder normal drehte. Dann würde er einen Plan entwickeln. Denn auf keinen Fall würde er dem Besuch seiner Mutter unvorbereitet entgegensehen.

Kenny kam in die Eingangshalle, sah ihn an und eilte zu ihm.

„Was ist passiert? Hattest du einen Unfall? Mann, du siehst fürchterlich aus."

Sam schluckte und zwang sich, etwas zu erwidern. „Meine Eltern kommen in die Stadt."

Kenny prustete los. Sein tiefes, für ihn so typisches Lachen hallte bis in den zweiten Stock des Foyers hinauf. Sekunden später war Jack bei ihnen.

„Was ist?“, wollte er wissen. „Was habe ich verpasst?“

„Lark und Reggie kommen in die Stadt“, erklärte Kenny ihm und schlug Sam dann auf den Rücken. „Was bringt sie hierher?“

Jack schob Sam zu einem der Besucherstühle. „Gib dem Mann ein bisschen Raum zum Atmen“, sagte er zu seinem Freund. „Sams Beziehung zu seinen Eltern ist kompliziert. Das solltest du respektieren.“

Das laute Klackern von Absätzen auf dem Fliesenboden warnte sie, dass Taryn sich zu der Party gesellt hatte.

„Was ist los?“, verlangte sie zu wissen. „Warum gluckt ihr drei hier zusammen?“

„Lark und Reggie kommen in die Stadt“, erwiderte Kenny.

Taryn setzte sich neben Sam und nahm seine Hand. „Sprich mit mir“, sagte sie. „Was ist los? Offensichtlich hast du gerade erst davon erfahren. Atme einfach, wir stehen das gemeinsam durch.“

Sam tat wie ihm befohlen. Er starrte in ihre violetten Augen und fühlte sich schon besser. „Sie hat ein neues Buch rausgebracht.“

Taryn nickte. „Ich weiß. Sie hat mir ein Exemplar geschickt. Es ist interessant.“

Er zuckte zusammen. So konnte man es auch ausdrücken. „Sie hat eine Autogrammstunde hier in der Stadt und bleibt für das Score-Wochenende. Dellina hat sie für den Vortrag engagiert.“

Um Taryns Mund zuckte es. Sam war nicht sicher, ob sie ein Lächeln oder Abscheu unterdrückte.

„Das wird lustig“, war alles, was sie sagte.

Kenny lachte leise. „Glaubst du, sie und Reggie werden auf der Bühne Sex haben?“

„Nein“, sagte Jack entschlossen. „Das würde sie uns nicht antun.“

Sam hoffte, dass er recht hatte, aber vielleicht war sein Freund ein wenig zu optimistisch.

„Sie könnte ein Video zeigen", warf Kenny ein. „Sie hat mir eine ganze Box zu Weihnachten geschenkt. Ich habe versucht, sie mir anzusehen, aber das war zu gruselig. Ich meine, ich mag Sex, wirklich, aber Leuten, die ich kenne, dabei zuzusehen war einfach zu …"

„Wem sagst du das." Jack sah Sam an. „Alles okay?"

„Nein." Sam barg das Gesicht in den Händen. Das hier konnte doch alles nicht wahr sein.

Taryn tätschelte seinen Rücken. „Betrachte es mal so: Sie kommt wegen einer Autogrammstunde in die Stadt. Auf keinen Fall wäre sie abgereist, ohne dich zu sehen. So kannst du dich wenigstens darauf vorbereiten."

Er nickte. „Ich wollte mir noch einen Plan zurechtlegen."

„Na also. Vorbereitung ist das halbe Leben. Du schaffst das. Ich weiß, deine Familie ist schwierig, aber es sind nette Leute. Ich erinnere mich noch, wie deine Mom mir erklärt hat, wie man Fellati…"

Er stand auf und sah sie alle an.

„Hört auf. Hört einfach auf. Sprecht nicht über meine Eltern, verliert euch nicht in Erinnerungen, und, um Himmels willen, ermutigt sie bloß nicht. Habe ich mich klar ausgedrückt?"

Bevor einer von ihnen etwas erwidern konnte, lief er davon.

Fayrene schob den ersten Gang in den Ofen und stellte die Uhr. Ryan kümmerte sich um die Vorspeisen, und jede Sekunde würden ihre Gäste eintreffen. Alles lief genau nach Plan.

Nachdem sie sich das Hirn über das „Ryan-Problem" zermartert hatte, war sie endlich auf die perfekte Lösung gestoßen. Sie würde Ryan zeigen, wie wunderbar das Eheleben sein konnte. Also hatte sie Pia und Raoul zum Dinner eingeladen. Sie waren bereits seit einigen Jahren verheiratet und hatten vier Kinder, darunter drei Jahre alte Zwillinge und einen sechs Monate alten Jungen. Noch wichtiger war jedoch, dass sie immer noch verliebt waren. Fayrenes Plan war, Ryan das vor Augen zu führen, damit er erkannte, was ihm entging.

Ryan kannte das andere Pärchen nicht gut, aber Fayrene hatte für die beiden gearbeitet. Es waren entzückende Leute. Vielleicht zehn Jahre älter als sie, aber mit einer ganz wunderbaren Beziehung.

Winzige Krallen klackerten auf dem Küchenboden. Fayrene lächelte, als Caramel um die Ecke bog und auf sie zurannte.

„Hey, mein Engel", murmelte Fayrene und streckte die Arme nach der kleinen Hündin aus. Caramel, höflich, wie sie war, sprang vom Boden ab, als sie hochgehoben wurde. „Weißt du, ich glaube, ich kann zwei Kilo Hund auch alleine stemmen."

Caramel wedelte mit dem Schwanz und schob dann ihren Kopf vor, um Fayrenes Kinn zu küssen.

„Danke", sagte Fayrene und drückte sie an sich. Sie hatte den Spitz erst seit ein paar Tagen, aber irgendwie war Caramel bereits Teil ihres Lebens. „Du wirst mir fehlen, wenn Bürgermeisterin Marsha dich wieder abholt, das weißt du, oder?"

Fayrene baute immer eine Verbindung zu den Tieren auf, um die sie sich kümmerte, aber mit diesem Hund war es irgendwie anders. Es war etwas ganz Besonderes. Ein Problem, mit dem ich mich später beschäftige, beschloss sie und setzte die Hündin wieder auf den Boden. Gemeinsam gingen sie ins Wohnzimmer.

„Beeindruckend, hm?", fragte Ryan grinsend.

Sie nickte. Er hatte nicht nur aufgeräumt, sondern auch auf dem Bücherregal eine kleine Bar aufgebaut und die Vorspeisen auf dem Wohnzimmertisch arrangiert. Eine Sekunde ließ sie ihren Blick auf seinem attraktiven Gesicht ruhen. Manchmal, wenn sie ihn ansah, glaubte sie, ihr Herz würde zerspringen, so viel Liebe empfand sie für ihn.

Sie durchquerte das Zimmer und legte ihre Hände auf Ryans Schultern. Dann stellte sie sich auf die Zehenspitzen und gab ihm einen Kuss. Er erwiderte ihn. Ungefähr drei Sekunden später fühlte sie Caramels kleine Pfoten an ihrem Bein, als der

Zwergspitz sich auf die Hinterbeine stellte, als wolle er fragen: „Und was ist mit mir?“

„Du bist auch wichtig.“ Ryan hob den kleinen Hund auf die Arme. Caramel rollte sich sofort auf den Rücken und schaute ihm liebevoll in die Augen.

„Sie hat dich schon um den kleinen Finger gewickelt“, erklärte Fayrene ihm grinsend.

„Ach ja? Da bin ich wohl nicht der Einzige.“

Es klingelte. Ohne Caramel abzusetzen, ging Ryan zur Haustür, um zu öffnen.

Die nächsten Minuten vergingen in einem Rausch aus Begrüßungen. Raoul, ein ehemaliger Quarterback der Cowboys, blieb stets in der Nähe seiner attraktiven Frau Pia. Sie waren warmherzig und freundlich und sagten lauter nette Dinge über die kleine Wohnung. Als sie auf dem Sofa saßen, hüpfte Caramel auf die Kissen, stellte sich auf Raouls muskulöse Oberschenkel und musterte ihn.

Pia lächelte. „Hübsche Mädchen fühlen sich immer von ihm angezogen.“

Raoul tätschelte die Hündin. „Ja, aber dieses Mal möchte ich die Zuneigung erwidern.“

„Was kann ich euch zu trinken anbieten?“, fragte Fayrene.

„Hast du Wein?“, erkundigte sich Pia. „Ich hatte keinen Wein mehr, seitdem ich erfahren habe, dass ich schwanger bin, und heute ist die Nacht der Nächte.“ Sie hielt sich kurz die Hand vor den Mund, als wollte sie ein Gähnen verbergen. „Aber nur ein Glas. Ryder zahnt gerade, was bedeutet, ich bin nachts viel auf.“

Ryan holte die Flasche Wein vom Bücherregal. „Und du, Raoul?“

„Ein Bier, wenn du hast.“

Ryan grinste. „Klar. Es ist von einer kleinen Brauerei aus der Gegend.“

„Guter Mann.“

Pia nahm das Glas Wein und schlüpfte aus ihren Schuhen. Dann zog sie die Beine unter, nahm einen Schluck und seufzte.

„Das ist so nett", sagte sie zu Fayrene. „Danke, dass ihr uns eingeladen habt. In letzter Zeit gehen wir selten aus. Wir könnten es natürlich öfter tun, es gibt genügend Leute, die nur zu gewillt sind, den Babysitter zu spielen. Es ist nur … mit den Zwillingen, die gerade drei geworden sind, und Ryder ist es schwierig."

Raoul legte einen Arm um sie. „Außerdem musst du Peter im Moment viel hin und her fahren." Er schaute sie an. „Er ist jetzt dreizehn und hat ernsthaft mit Baseball und Radfahren angefangen."

Mit zwei Bierflaschen in der Hand kam Ryan aus der Küche zurück. Eine gab er Raoul. Fayrene nahm sich ihr Weinglas und setzte sich in den Sessel, der dem Sofa gegenüberstand. Ryan machte es sich zu ihren Füßen auf dem Boden bequem. Caramel löste sich von Raoul und krabbelte auf Ryans Schoß, wo sie sich zusammenrollte, wie sie es oft tat.

„Vier Kinder sind eine ganze Menge", sagte er.

„Aber es ist auch schön", warf Fayrene ein. Sie mussten dringend darüber sprechen, wie schön es war, verheiratet zu sein und eine Familie zu haben. „Sie müssen euch viel Freude machen."

„Das tun sie", sagte Pia und gähnte erneut. „Der Altersunterschied ist allerdings eine Herausforderung. Vor allem weil es in Peters Natur liegt, zu helfen, und ich nicht will, dass er seine Kindheit damit verbringt, sich um die Zwillinge oder seinen kleinen Bruder zu kümmern." Sie schaute Raoul an. „Er ist ein toller Junge. Wir haben so ein Glück mit ihm."

„Mit allen unseren Kindern", betonte ihr Mann und gab ihr einen Kuss auf die Stirn.

Fayrene wusste, dass Peter adoptiert war und die Zwillinge auch nicht ihre leiblichen Kinder waren. Ryder war das erste Kind, das sie zusammen bekommen hatten.

Raoul wandte sich an Ryan. „Du arbeitest für Ethan", sagte er. „Ich habe von den Modifikationen gehört, die du am Design der Windturbinen vorgenommen hast. Ganz schön innovativ."

„Danke. Mir gefällt meine Arbeit."

Die beiden Paare sprachen darüber, was gerade in Fool's Gold los war.

„Ich habe gehört, dass die Stadt weitere der umliegenden Gebiete eingemeindet", meinte Pia und unterdrückte ein weiteres Gähnen. „Irgendjemand hat mir erzählt, dass die Nicholson-Ranch jetzt innerhalb der Stadtgrenzen liegt. Zumindest der Teil mit dem Haus drauf. Ich erinnere mich noch an Zane Nicholson. Er war auf der Highschool in meiner Klasse." Sie lächelte ihren Ehemann an. „Er war sehr beliebt bei den Ladys, genau wie du."

„Solange er mir jetzt keine Konkurrenz macht."

Pia lächelte. „Macht er nicht." Sie stellte ihr Glas auf den Couchtisch und lehnte sich gegen ihren Mann. „Wie läuft dein Geschäft, Fayrene?", fragte sie.

„Ich habe gut zu tun."

„Das ist schön", murmelte Pia. „Der Wein war gut. Hatte ich schon erwähnt, dass ich seit über einem Jahr keinen mehr hatte?"

Während sie sprach, fielen ihr die Augen zu. Fayrene wartete, dass sie noch mehr sagen würde, doch dann erkannte sie, dass ihr Gast eingeschlafen war. Pias Atemzüge wurden tiefer, und ihr Körper entspannte sich. Raoul schaute sie an und grinste.

„Das liegt an den Kindern", murmelte er. „Sie halten sie in zu vielen Nächten wach." Er legte eine verlegene Pause ein. „Tut mir leid, aber ich denke, wir müssen das Essen verschieben. Ich sollte sie wirklich nach Hause und ins Bett bringen."

Fayrene schaute unwillkürlich auf die Uhr. Es war sechs. Der Abend hatte kaum begonnen. Sie warf Ryan einen Blick zu, der genauso überrascht zu sein schien.

„Komm, Schlafmütze", sagte Raoul sanft und schob Pia in eine sitzende Position. „Bringen wir dich nach Hause."

„Was? Bin ich etwa eingeschlafen?" Pia errötete. „Das tut mir leid. Im Moment ist nur so viel los. Wisst ihr, drei Kinder unter vier Jahren zu haben ist ziemlich anstrengend." Sie schüttelte den Kopf. „Mir geht es gut. Wirklich. Kann ich eine Tasse

Kaffee haben? Ich bin sicher, damit schaffe ich es, während des Essens wach zu bleiben."

„Das musst du nicht", sagte Fayrene. „Du solltest nach Hause gehen und schlafen."

Pia zögerte, stand dann aber auf. Raoul erhob sich ebenfalls und legte den Arm um sie.

„Wenn es euch nichts ausmacht, würden wir das Essen gerne auf ein andermal verschieben." Sie gähnte erneut und lehnte sich gegen ihren Mann. „Danke für euer Verständnis."

Ryan hielt Caramel im Arm, während er und Fayrene ihre Gäste hinausbegleiteten. Als die Tür hinter ihnen ins Schloss gefallen war, ließ Fayrene sich gegen die Wand sinken. So viel dazu, Ryan zu zeigen, wie wundervoll das Eheleben sein konnte. Es war kaum sechs Uhr abends, und die Morenos machten sich bereit, ins Bett zu gehen.

Ryan reichte ihr Caramel und legte dann den Arm um sie. „Also", fragte er grinsend. „Was gibt's zu essen?"

Dellina streckte sich auf der Liege aus und nippte an ihrer Margarita. Die Sonne schien warm vom Himmel, und sie war mit ihren Freundinnen zusammen. Was für eine großartige Weise, den Nachmittag zu verbringen. Außerdem war es genau die richtige Gruppe, um wichtige Informationen zu bekommen.

Sie befanden sich in Taryns wunderschönem, von Mauern umgebenem Garten. Taryn lag neben ihr auf einer Liege, während Larissa auf der anderen Seite von Dellina lag. Ein paar große Sonnenschirme spendeten Schatten, und es ging eine leichte Brise. Taryn hatte versprochen, dass Angel später mit ein paar Snacks vorbeikommen würde. Da Dellina seit drei Wochen keinen Nachmittag, geschweige denn einen ganzen Tag freigehabt hatte, würde sie jede Sekunde davon genießen, bevor sie sich wieder in die Vorbereitungen für die Score-Party stürzte.

Die gute Nachricht war, dass alles langsam Form annahm. Die schlechte war, sie wusste nicht, ob sie sich Sorgen darüber machen sollte, dass Lark Heuston einen Vortrag hielt, oder nicht.

„Ihr beide habt Sams Mutter doch schon kennengelernt“, fing sie an. „Er ist total panisch, dass sie zu der Party kommt. Sollte ich mir Sorgen machen?“

Taryn beugte sich vor, um an ihr vorbei zu Larissa zu schauen. „Willst du zuerst, oder soll ich?“

„Mach du ruhig“, erwiderte Larissa. „Du kennst sie besser als ich.“

Taryn lehnte sich wieder zurück. „Ich liebe ihre Atemtechniken. Ich setze sie ständig ein.“

„Ich auch“, stimmte Larissa zu. „Sie helfen mir, mich zu entspannen.“

„Ich nutze sie beim Sex“, murmelte Taryn und nippte an ihrem Drink.

Dellina öffnete den Mund, erkannte, dass sie nichts zu sagen hatte, und schloss ihn wieder.

„Die Sache ist die“, fuhr Taryn fort. „Reggie und Lark sind wirklich süße Leute. Sie lieben ihre Kinder und sind allen gegenüber, die sie treffen, großzügig. Sie haben nur keine normalen Grenzen, was ihr Privatleben angeht. Sie sind offene, herzliche Menschen.“

„Die alles teilen“, ergänzte Larissa.

„Ja, das tun sie“, sagte Taryn. „Ich habe Sams Schwestern kennengelernt, und sie sind genauso. Süß und lustig, aber sie erzählen dir alles. Manchmal ist das okay, manchmal aber auch ein wenig komisch.“

Larissa nickte. „Wie damals, als Lark mir diese Technik zeigen wollte, wie man auf seine Klitoris drückt und fest reibt, um die Intensität des Orgasmus zu steigern.“

Dellina hatte gerade getrunken und drohte nun sich zu verschlucken. „Zeigen wie in *zeigen*?“, fragte sie, als sie wieder sprechen konnte.

„Oh ja“, bestätigte Taryn. „Ich habe sie gebeten, es mir stattdessen zu beschreiben, und dann bin ich nach Hause gegangen und habe geübt.“ Sie grinste. „Es funktioniert, und jetzt ist Angel ein Experte.“

Dellina spürte, dass ihr die Wangen brannten. „Ich glaube nicht, dass ich das könnte. Zusehen oder es gezeigt bekommen, meine ich."

„Sam würde dir da zustimmen", sagte Taryn. „Seine Familie macht ihn verrückt."

Das konnte Dellina verstehen. Sie machte sich auch Sorgen wegen des Wochenendes, obwohl alles an dieser Unterhaltung irgendwie surreal war. „Ich werde mit Lark sprechen und ihr erklären, dass wir die ganze Sache jugendfrei halten müssen. Meint ihr, sie wird auf mich hören?"

„Klar", versicherte Larissa. „Nachdem ich ihr gesagt hatte, dass ich mich mit Live-Demonstrationen unbehaglich fühle, hat sie mir die Sachen einfach beschrieben. Sie respektiert die Grenzen von anderen."

„Nur die von Sam nicht", fügte Taryn an. „Ich mache mir keine Sorgen. Sie weiß, dass es um unsere Firma und unsere Kunden geht. Ich rede mit ihr, bevor es losgeht. Leider kann ich Sam nicht beruhigen. Armer Kerl."

Danach unterhielten sie sich über die Eröffnung von Isabels neuer Boutique und wie schnell das Jahr vorbeiraste.

„Ich freue mich schon aufs Sommerfestival", sagte Larissa. „Ich liebe es einfach, wie diese Stadt feiert."

„Du solltest uns erst an Weihnachten sehen", meinte Dellina. „Das ist magisch."

Larissa seufzte glücklich. „Ich wette, hier ist es um die Jahreszeit sehr romantisch. Nicht, dass ich jemanden hätte, mit dem ich das ausleben könnte."

Taryn rümpfte die Nase. „Bitte bewahre mich vor zu viel Kitsch."

„Stehst du nicht so auf Lichterketten?", neckte Dellina sie.

„Nicht wirklich. Aber vielleicht ist es jetzt mit Angel anders."

Ihre Stimme veränderte sich, als sie seinen Namen aussprach. Sie wurde weicher und tiefer und weckte das Gefühl in Dellina, ein wenig außen vor zu sein. Sie konnte sich nicht daran erinnern, wie es war, verliebt zu sein – vermutlich weil sie es nie gewesen war. Es hatte zwar ein paar Männer gegeben, aber eben nicht den einen.

Larissa stand auf. „Ich gehe mal Nachschub holen. Will noch jemand?"

„Ich hab noch, danke", sagte Dellina. Sie würde später noch arbeiten müssen, und zu viel Tequila würde da nur schaden.

Taryn setzte sich auf. „Ich auch."

Larissa ging ins Haus, während Taryn die Beine über den Rand der Liege schwang, ihre Sonnenbrille abnahm und Dellina anschaute.

„Ich möchte mit dir reden", sagte sie, und ihre blauvioletten Augen schimmerten eindringlich.

„Gerne. Wegen der Party? Ich bin für alle Vorschläge offen."

„Gott, nein. Das machst du super. Ich will mich da nicht einmischen. Ich mache mir aber Sorgen um Sam."

„Okay", sagte Dellina langsam, nicht sicher, was Taryn meinte.

„Brich ihm nicht das Herz."

Dellina spürte, wie ihr der Unterkiefer herunterklappte. „Wie bitte? Sein Herz brechen? Das ist schwerlich möglich. Wir arbeiten nur zusammen." Den kürzlichen Kuss ignorierte sie geflissentlich. „Sam wird sich nicht in mich verlieben."

„Da bin ich mir nicht so sicher. Sam versucht, sich so weit wie nur irgend möglich von der Welt zurückzuziehen. Vor allem wenn es um Beziehungen geht. Er hatte fürchterliches Pech mit den Frauen in seinem Leben. Aber die Sache ist die, er ist ein ziemlich traditioneller Mann. Er will heiraten und Kinder kriegen, ist auf der Suche nach seinem persönlichen Happy End." Taryn hielt inne. „Im emotionalen Sinne, meine ich."

„Das verstehe ich. Sieh mal, du musst dir meinetwegen keine Sorgen machen. Ich suche nicht nach Mr. Right. Ich habe meine Schwestern großgezogen. Das brauche ich nicht noch einmal. Sam weiß das. Selbst wenn er nach mehr sucht, bei mir wird er es nicht finden."

„Bist du sicher, dass er das weiß?"

„Wir hatten eine ernste Unterhaltung, bevor wir angefangen haben zusammenzuarbeiten. Aber wie schon gesagt, das ist kein Thema. Ich bin nicht sein Typ."

„Vielleicht", sagte Taryn. „Wir werden sehen."

Dellina schüttelte den Kopf. Da gab es nichts zu sehen. Sie waren Freunde. Klar, sie mochte Sam und fand ihn sexy, aber er war ein berühmter Footballspieler. Nie würde er an einer durchschnittlichen Frau wie ihr interessiert sein. Er wollte garantiert ein Supermodel oder eine … Nun, sie war nicht sicher, was, aber ganz bestimmt nicht sie.

„Wenn du dir um jemandes Herz Sorgen machen solltest, dann um meins", murmelte sie.

Taryn grinste. „Ist notiert." Ihr Lächeln verblasste. „In der Zwischenzeit solltest du das hier lesen."

Sie holte ein Buch aus der großen Tasche neben ihrer Liege. Dellina erwartete eine ältere Ausgabe von einem der Werke von Sams Mutter. Stattdessen schaute sie in die blauen Augen einer wunderschönen Frau, die sie vom Umschlag anlächelte.

Der Titel sagte alles: *Wie man den Mann bekommt, den man haben will: Geschichten aus meiner Ehe mit dem NFL-Star Sam Ridge.*

„Sams Ex hat wirklich ein Buch geschrieben", hauchte Dellina.

„Mit Bildern und allem. Du weißt, wie sehr Sam seine Privatsphäre schützt. Das hier hätte jeden Mann zerstört, aber für Sam war es noch schlimmer."

Dellina wollte es ihr zurückgeben, doch Taryn schüttelte den Kopf. „Behalte es. Lies es. Lern aus ihren Fehlern. Aber bitte, brich Sam nicht das Herz."

Sam verließ die Stadt und bog auf den Forest Highway ab. Dellina saß neben ihm in seinem Auto, das Klemmbrett in der Hand.

„Ich denke, die Fahrt zur Castle Ranch eignet sich gut für eine kleine Einführung in die Geschichte der Gegend", sagte sie. „Wir können deinen Gästen von den ersten bekannten Bewohnern erzählen, dem Máa-zib-Stamm. Und ein paar Zeilen über die spanischen Siedler. Ich bin mir nicht sicher, ob wir auch in die Geschichte der Ranch selber eintauchen müssen." Sie hielt inne und sah ihn an. „Meinst du, das wäre interessant?"

Er war bereits auf die Mother Bear Road abgebogen und näherte sich jetzt schnell der Ranch. „Haben wir denn die Zeit für so viele Infos?"

Sie schaute sich um. „Nicht wirklich. Es ist nur eine kurze Strcckc. Bist du schon mal hier gewesen?"

„Nein."

An einem Straßenschild bremste er ab und bog dann auf eine asphaltierte Auffahrt. Weiter vorne sah er ein großes Haus, das gerade renoviert zu werden schien, und daneben eine große Scheune. In der Ferne gab es ein weiteres Haus und ein eingezäuntes Gebäude, das wesentlich kleiner war als die Scheune, aber offensichtlich kein Wohnhaus.

Er parkte neben einem Pick-up und einem Mercedes und stellte den Motor ab. Dellina war bereits dabei, auszusteigen.

Die Frau hat Energie, dachte er und folgte ihr. Wie immer hatte sie sich dem Anlass entsprechend angezogen. Ein T-Shirt und Jeans zu Stiefeln. Und zwar echte Stiefel, nicht die Art, die Taryn immer trug – mit lächerlich hohen Absätzen und aus exoti schem Leder. Dellina war lockerer. Nahbarer. Unglaublich sexy!

Er schüttelte den Gedanken ab und trat neben sie.

„Pferde." Sie zeigte nach links. „Sie haben nur ein paar, die hier zur Pflege stehen. Die meisten Pferde befinden sich bei Shane und Annabelle ein paar Meilen entfernt. Auf der anderen Seite wohnen Charlie und Clay. Ihm gehört das *Farm*ilienferien-Dorf."

„*Farm*ilienferien?"

„Ja. Leute können für eine Woche auf die Ranch kommen und etwas über das Farmleben erfahren. Über eine einfachere Zeit – nur mit WLAN. Rafe, Clay und Shane sind Brüder. Rafe ist Bauunternehmer, und Heidi züchtet Ziegen. Aus ihrer Milch macht sie Käse und Seife." Dellina zeigte auf die größte eingezäunte Weide. „Die Mutter der Brüder ist eine große Tierschützerin. Das ist ihre Elefantendame Priscilla, zusammen mit ihrem Pony Reno."

Erst dachte er, das „ihr" in dem Satz bezöge sich auf den Menschen, dem das Pony gehörte. Doch dann erinnerte er sich daran, dass das hier Fool's Gold war und es somit wesentlich wahrscheinlicher war, dass das Pony Priscilla gehörte.

Eine hübsche Blondine mit Zöpfen kam zu ihnen. Sie begrüßte Dellina mit einer Umarmung und stellte sich dann als Heidi Stryker vor.

„Kommt mit", sagte Heidi. „Ich habe schon ein paar Ideen für den Sonntagvormittag mit euren Kids. Ihr könnt auch das aussuchen, was euch am besten gefällt."

Gemeinsam gingen sie zum Haupthaus. Drinnen sah Sam, dass die Küche bereits neu gemacht worden war. Sie war groß und offen, bot viel Arbeitsfläche und hatte eine gemütliche Essecke. Heidi brachte ihnen Eistee und setzte sich dann zu ihnen an den Tisch. Dort verteilte sie mehrere Kopien.

„Wir haben mehrere Optionen", sagte sie. „Angesichts der verschiedenen Altersgruppen fand ich das wichtig. Shane steht zur Verfügung, um die Grundlagen im Lassowerfen zu zeigen." Sie lächelte. „Das bringt Spaß. Wir stellen einen Sägebock mit einem Plüschkuhkopf auf der einen und einem kleinen Stoffschwanz auf der anderen Seite auf. Außerdem haben wir ein paar sanfte Pferde da, auf denen man reiten kann. Shane bringt alle naselang Kindern das Reiten bei. Er ist sehr geduldig."

Sam studierte die Liste. „Käse und Seifen herstellen?"

Heidi nickte. „Ich kann es entweder nur zeigen, oder wir können die Kinder mitmachen lassen. Das Problem ist, dass die Seife mehrere Tage lang trocknen muss. Sie könnten also mitarbeiten, aber leider nichts mit nach Hause nehmen."

Dellina machte sich eifrig Notizen. Sie schaute gerade lange genug auf, um zu fragen: „Bei der Käseherstellung wäre es das Gleiche, oder? Sie können nichts von dem mitnehmen, was sie angefangen haben."

„Richtig."

„Wir werden darüber nachdenken und uns dann wieder melden", sagte Dellina.

Als Nächstes gingen sie das Mittagessen durch. Sam fand die Auswahl gut. Dellina stellte viele Fragen und machte ein paar Vorschläge, was genau das war, wofür er sie engagiert hatte.

Er mochte ihre ruhige Art und die Effizienz, mit der sie die Einzelheiten durchdachte. Jetzt, da er Zeit mit ihr verbracht hatte, konnte er nicht mehr verstehen, warum er in jener Nacht so ausgeflippt war. Keine normale Frau hatte ohne guten Grund so viele Brautkleider in ihrem Haus. Selbst die Verrücktesten hätten nur ein paar.

Ich hätte bleiben und sie fragen sollen, dachte er. Er hätte tief durchatmen und sich überlegen sollen, was da los war. Denn dann wäre er nicht in die Nacht hinaus verschwunden, und er und Dellina hätten sich …

Hätten … was? fragte er sich. Uns weiterhin getroffen? Zu welchem Zweck? War er diesen Weg nicht schon oft genug gegangen?

„Das wird der beste Teil der Party", sagte Dellina, als sie und Sam wieder in die Stadt zurückfuhren. „Die Kinder werden die Ranch lieben und eine großartige Zeit dort haben, und ihre Eltern werden dankbar sein, dass sie nicht nur Spaß hatten, sondern auch schön müde sind."

„Sprichst du da aus Erfahrung?", neckte er sie. „Deine Schwestern waren Teenager, als du dich um sie kümmern musstest. Das ist wohl kaum das Alter, in dem man sie müde haben will."

Sie lachte. „Okay, das stimmt, aber ich gebe zu, es war nett, wenn sie erschöpft nach Hause kamen und einfach nur ins Bett wollten. Da musste ich mir weniger Sorgen machen." Sie schüttelte den Kopf. „Das ist nicht fair. Sowohl Ana Raquel als auch Fayrene haben sich sehr bemüht, verantwortungsvoll zu sein und mir keinen Grund zur Sorge zu geben. Wir haben alle einen schrecklichen Verlust erlitten und ihn gemeinsam überstanden."

Leicht berührte er ihren Handrücken. „Ich wollte keine schlimmen Erinnerungen wachrufen."

„Das hast du nicht."

Sie lehnte sich in dem bequemen Ledersitz zurück. Sams Mercedes ist wirklich nett, dachte sie. Er war wie er. Stabil und verlässlich. Es mochte Menschen geben, die mehr an einem Ferrari interessiert waren, aber sie fand, er und sein Auto waren genau richtig.

„Es waren nicht nur meine Schwestern", sagte sie. „Die ganze Stadt hat uns unter die Arme gegriffen. Wie bei Heidi. Sie ist unter Schaustellern aufgewachsen."

Sam schaute sie kurz an und richtete seine Aufmerksamkeit dann wieder auf die Straße. „Sie ist mit dem Jahrmarkt durchs Land gezogen?"

„Ja, genau. Sie hat erzählt, dass sie immer von einem Haus geträumt hat, das fließend Wasser hatte und nicht bewegt werden konnte. Sie hat die Castle Ranch gekauft und ist mit ihrem Großvater eingezogen. Er hat sich verliebt, sie hat sich verliebt, die Brüder und die Schwester ihres Mannes haben sich verliebt. Jetzt wohnen sie alle hier. Das liegt an dieser Stadt. Irgendetwas passiert mit den Menschen, wenn sie sich hier niederlassen."

Sie wollte noch mehr sagen, doch dann fiel ihr Sams verkniffene Miene auf.

„Nur zu", sagte sie. „Versuch, dem zu widerstehen. Ich sehe, dass du das willst. Aber es wird nicht funktionieren."

„Das werden wir noch sehen."

„Willst du damit sagen, es ist alles ein wenig zu perfekt?"

„Ich will damit sagen, dass du die Realität idealisierst."

„Ah, ein Zyniker. Das gefällt uns. Das macht es noch befriedigender, dich zu überzeugen." Sie schaute auf ihre Liste, die sie immer bei sich hatte. Das Event rückte immer näher, und langsam spürte sie den Druck. In den nächsten Tagen würde sie anfangen müssen, die letzten Entscheidungen zu treffen.

„Wir müssen noch über die Geschenktüten sprechen", sagte sie. „Ich habe ein paar Muster bei mir zu Hause und muss die endgültige Bestellung rausgeben. Bei dem engen Zeitplan wird alles per Overnight-Kurier geschickt werden müssen."

„Sag, wann, und ich bin da."

Na, das klingt mal nett, dachte sie, wohl wissend, wie er es gemeint hatte und wie sie sich *wünschte*, dass er es gemeint hätte. Sie überlegte, ob sie die Grenzen ihrer Geschäftsbeziehung nicht ein wenig ausweiten sollte, als ihr Handy klingelte. Sie zog es aus der Tasche und warf einen Blick aufs Display. „Fayrene", sagte sie kurz zu Sam, bevor sie den Anruf annahm. „Hey, was ist los?"

„Im Lagerhaus ist ein Feuer ausgebrochen." Fayrene klang panisch. „Es bedroht die Hasen."

Dellina wurde eiskalt. „Nein", hauchte sie. „Wo bist du?"

„Auf dem Weg. Ich erreiche Ryan nicht. Er ist zu einer Baustelle geflogen und kommt erst in ein paar Tagen wieder." Ihre Stimme klang tränenerstickt. „Die Hasen ... Sie ..."

„Ich weiß", unterbrach Dellina sie. „Wir werden noch rechtzeitig da sein."

7. KAPITEL

Auf dem Weg in die Stadt folgte Sam Dellinas hektischen Anweisungen. Sie war blass und zitterte. Alles, was er aus ihr herausbekommen hatte, war: „Die Hasen." Ein Satz, der überhaupt keinen Sinn ergab. Was für Hasen? Er hatte in der Stadt noch keine Hasen gesehen.

Je näher sie kamen, desto dichter wurde der Verkehr. Dellina klopfte unruhig auf ihre Armlehne und schüttelte den Kopf. „Ich steige aus."

Er hatte kaum Zeit, abzubremsen, da war sie auch schon hinausgesprungen und lief den Bürgersteig hinunter. Er fluchte, bog dann in den erstbesten Parkplatz ein und rannte ihr hinterher.

Während er das tat, fielen ihm die vielen Leute auf, die in die gleiche Richtung liefen. Außerdem bemerkte er den Rauchgeruch in der Luft. Sekunden später hörte er Sirenen. Was alles zusammengenommen Sinn ergab. Keinen Sinn ergab es hingegen, dass ihm eine Handvoll Leute entgegenkamen, die alle etwas in den Händen trugen, was wie Berge von weißem Fell aussah. Dann waren da die beiden Männer, die sich je zwei riesige Hasenköpfe unter die Arme geklemmt hatten.

Sam holte Dellina an der Ecke ein und packte ihren Arm. „Was ist hier los?"

Ihre Augen waren geweitet, ihre Miene panisch. „Es brennt in dem Lagerhaus, in dem die ganzen Hasenkostüme aufbewahrt werden." Sie musste ihm seine Verwirrung angesehen haben, denn sie fügte hinzu: „Jedes Jahr zu Ostern verkleiden sich die Familien als Hasen und nehmen an der Parade teil. Das ist eine Tradition."

Tränen füllten ihre braunen Augen. „Ich bin immer mit meinen Eltern und meinen Schwestern in der Parade mitmarschiert. Wir dürfen nicht zulassen, dass den Kostümen etwas passiert. Hast du eine Ahnung, wie viele Erinnerungen in ihnen stecken? Sie halten jahrelang. Wir müssen uns beeilen und helfen."

Dann rannte sie wieder los. Sam blieb auf dem Bürgersteig stehen, während die Straße sich mit Menschen füllte, die Kostüme auf den Armen trugen. Pelze, Köpfe und riesige Hasenfüße. Es war seltsam und lustig und vielleicht auch ein kleines bisschen bewegend.

Er sah eine Frau Ende vierzig, die mit einem Stapel Kostüme, der ihr über den Kopf reichte, an ihm vorbeistolperte. Schnell lief er auf sie zu und nahm ihr die Kostüme ab. Sie wischte sich die Tränen ab, die ihr über die Wange liefen.

„Danke", sagte sie erstickt. „Das Feuer ist unter Kontrolle, aber der Rauch könnte noch Schaden anrichten. Wenn Sie die einfach in den Park tragen würden?"

„Klar."

Er brachte die Kostüme in Sicherheit, während die Frau losging, um jemand anderem zu helfen.

Sam folgte der Menge und fand sich kurz darauf am See im Pyrite Park wieder. Mehrere Deputys und ein paar Stadtbeamte sorgten für Ordnung. Die Leute legten die Kostüme auf dem Gras aus, damit sie lüften konnten.

Auch Sam legte seine dort ab, wo man es ihm gesagt hatte, und trat dann zurück, um den seltsamen Anblick von Hunderten Hasenkostümen zu betrachten, die an einem Sommernachmittag auf dem grünen Rasen lagen. Einige Menschen überprüften kleine Schilder und legten die passenden Köpfe zu den entsprechenden Kostümen. Andere taten das Gleiche mit den Füßen. Die Szene war gleichzeitig lustig und ein wenig gruselig. Wie aus einem Film.

Kurz darauf half Sam noch weiteren Menschen beim Tragen. Dabei erblickte er Dellina und ging zu ihr. Sie hatte die Arme um den Oberkörper geschlungen und wirkte, als stünde sie unter Schock.

Er wollte ihr sagen, dass es nur Kostüme waren, die ersetzt werden konnten. Doch er wusste, dass sie viel mehr waren als das. Irgendwie war diese lächerliche Ansammlung von Kunstfell und Plastik zu etwas Wichtigem geworden – Teil einer Tradition. Anstatt also etwas zu sagen, zog er sie nur in die Arme und hielt sie fest.

Sie lehnte sich gegen ihn und presste ihre Wange an seine Schulter.

„Das ist so schrecklich“, flüsterte sie.

„Sie sind jetzt alle in Sicherheit. Nachdem sie gelüftet sind, ist alles wieder gut.“

„Ich weiß. Es hätte wesentlich schlimmer kommen können, aber trotzdem …“

Er küsste sie auf die Stirn und führte sie dann zu seinem Wagen zurück. „Du lebst in einer wirklich seltsamen kleinen Stadt.“

Sie brachte ein Lachen heraus. „Das tue ich. Und ich liebe es. Eines Tages wirst du es auch lieben.“

Nicht genug, um in ein brennendes Gebäude zu rennen und Hasenkostüme zu retten, dachte er. Obwohl, Gott wusste, dass er sich in seinem Leben schon oft geirrt hatte.

Eine Stunde später war Sam wieder zurück im Büro. Er ging direkt zur Umkleidekabine, wo er Kleidung zum Wechseln aufbewahrte. Nachdem er sich der Teile entledigt hatte, die nach Rauch und verbranntem Kunstfell rochen, schnappte er sich ein Handtuch vom Stapel und ging unter die Dusche.

Score war nach den genauen Anweisungen der Partner gestaltet worden. Die Büros waren groß, die Farben neutral, und die Umkleidekabine war eine Mischung aus professioneller Effizienz und Fünf-Sterne-Luxus. In den großen Duschen standen hochwertige Produkte, und es gab genügend Platz für die Jungs, um sich zusammenzusetzen, wenn sie das wollten.

Also war es keine Überraschung, als er aus der Dusche trat und Kenny und Jack auf den Bänken vor den Spinden herumlungern sah. Er trocknete sich ab und ging zu seinem Schrank.

„Es hat ein Feuer gegeben“, sagte Kenny im Plauderton. „Wir haben mehrere Anrufe erhalten. Es scheinen Hasen in Gefahr zu sein. Weißt du was darüber? Sollten wir uns Sorgen machen?“

„Hat Larissa etwas damit zu tun?“, fragte Jack. „Natürlich hat sie. Hasen sind typisch für sie. Rettet sie sie? Werde ich demnächst fünfzig Hasen in meinem Haus vorfinden?“

Weil Jack in alles, was Larissa sich vornahm, hineingezogen wurde. Sam fand ihre Beziehung interessant. Er wusste, dass sie nicht romantisch verbandelt waren. Larissa war die private Masseurin der Partner, aber sie war auch Jacks persönliche Assistentin. Außerdem erlaubte sie es ihm, emotional außen vor zu bleiben, während sie sich für ihn ins Getümmel stürzte.

Sam hatte sich oft gefragt, wie sie es schaffte, emotional Distanz zu halten. Ab und zu glaubte er, eine gewisse Sehnsucht in ihren Augen zu sehen, aber dann war sie auch schon wieder weg. Er nahm an, wenn Jack sich keine Sorgen machte, müsste er das auch nicht tun.

„Da waren keine Hasen“, fing er an, nur um von Taryn unterbrochen zu werden, die in diesem Moment die Umkleide betrat.

Er hatte bereits eine Unterhose angezogen, machte sich aber nicht die Mühe, sich zu bedecken. Taryn hatte schon alles von ihnen gesehen. Manchmal bestanden sie darauf, die Meetings in der Dampfsauna abzuhalten, nur um sie zu ärgern. Nicht, dass es sie störte, wenn sie alle drei nackt waren. Stattdessen beschwerte sie sich darüber, was die feuchte Luft mit ihren Haaren anstellte.

„Jemand hat ein Lager mit Hasen angezündet?“, fragte sie. „Und du hast sie gerettet?“

Sam zog seine Jeans an. „Hasenkostüme“, korrigierte er. „Es waren Hasenkostüme. Hunderte davon.“

Sprachlos starrten die drei Partner ihn an.

„Hey, ich kann es auch nicht erklären“, sagte er. „Jedes Jahr zu Ostern gibt es eine Parade, in der sich alle als Hasen verkleiden.“

Taryn runzelte die Stirn. „Hasen“, murmelte sie. „Darüber habe ich im Handbuch der Eicheln gelesen. Das ist hier Tradition. Unsere Mädchen werden nächstes Jahr in der Parade mitlaufen.“

Ein paar Monate zuvor hatte Taryn eingewilligt, Angel bei einem besonderen Projekt zu helfen. Fool’s Gold hatte seine eigene Version der Pfadfinder, die sich Zukünftige Kriegerinnen der Máa-zib nannten. Die Jüngsten waren die Eicheln. Selbst jetzt noch konnte Sam sich nicht vorstellen, dass Taryn mit einer Gruppe junger Mädchen zusammensaß, aber nach allem, was er gehört hatte, war sie bei den Eicheln sehr beliebt.

Kenny grinste. „Also wirst du in ein leicht angebranntes Hasenkostüm schlüpfen?"

Taryn rümpfte die Nase. „Natürlich nicht. Ich werde mir eins maßanfertigen lassen. Geht es ihnen gut? Den Hasen, meine ich?"

„Sie lüften gerade im Pyrite Park." Sam zog ein frisches Hemd an. „Das Wetter spielt mit. Sie werden wie neu sein."

Taryn seufzte. „Mein Held."

Kipling Gilmore flog förmlich den Berg hinunter. Vermutlich nicht der klügste Schachzug nach einer so langen Pause, aber mit ein Grund für sein Bedürfnis nach dem Geschwindigkeitsrausch war die Zeit, die er bei Partys und Werbeveranstaltungen und beim Feiern des Endes einer Saison verbracht hatte, in der er zwei Goldmedaillen gewonnen hatte.

Jetzt beugte er sich vor, um noch schneller zu werden. Er verbannte alle Gedanken aus seinem Kopf und erlaubte seinem Körper, einfach nur zu reagieren. Die kleinen Korrekturen erfolgten automatisch. Anspannen, vorbeugen, nach jedem kleinen Vorteil greifen. In diesem Spiel wurden Fehler in Hundertstelsekunden gemessen.

Das ernsthafte Training würde in ein paar Tagen beginnen. Kipling war bereit. Er hatte die späten Abende und das Trinken aufgegeben. Und die Frauen. Jetzt würde er sich konzentrieren. Die Kälte fühlte sich gut an, genau wie sein Körper. Die Zeit im Fitnessstudio zahlte sich in schnellem Reaktionsvermögen aus. Er hatte die Kontrolle.

Aber er war nicht allein auf dem Berg. Die Brille behinderte seine Sicht gerade genug, dass er sich nicht sicher war, was der verschwommene Fleck war, der an der Bergflanke hinunterraste. Er war weit genug weg, dass es kein Problem sein sollte, aber dann machte der Kerl zu seiner Linken eine unfreiwillige Bewegung – und bei sechzig Meilen pro Stunde konnte das tödlich sein.

Kipling wich aus, doch das reichte nicht. In der einen Sekunde flog er, in der nächsten stürzte er.

Einige Herzschläge lang herrschte Stille, als die Welt sich drehte und drehte. Er wusste, dass er in Schwierigkeiten steckte, aber er hatte keine Zeit, bewusst zu reagieren. Die Bäume kamen immer schneller näher, und als er dort einschlug, sah er nur ein helles Licht und dann nichts mehr.

Dellina hatte gewusst, dass die Panik kommen würde. Das war bei einem so großen Projekt unausweichlich. Der Trick war, sie so lange wie möglich in Schach zu halten und sich auf ihre Liste zu konzentrieren. Denn am Ende würde ihre gute Planung sie retten.

Nur war sie an diesem Morgen aufgewacht und hatte das laute Ticken einer Uhr in ihrem Kopf gehört. Bis zur Party waren es keine zwei Wochen mehr, und sie hatte weder die Menüreihenfolge festgelegt noch den Zeitplan oder den Inhalt der Geschenktüten. Sie musste Entscheidungen treffen, damit sie alles mit ihren Lieferanten klarmachen konnte. Warum verstand Sam das nicht?

Ein paar Mal atmete sie tief durch und ging zur Haustür. Sie zog sie auf, schaute den attraktiven Mann an, der auf ihrer Veranda stand, und verkündete: „Du machst es mir nicht leicht."

Erstaunt runzelte Sam die Stirn. „Wovon redest du?"

„Ich habe Panik. Wir müssen Entscheidungen treffen. Die Zeit läuft uns davon."

„Was genau hat die Panik ausgelöst?"

„Alles. Stell dir vor, es wäre der Zeitpunkt für die Abgabe der Steuererklärung."

Sein Stirnrunzeln vertiefte sich, dann entspannte sich seine Miene. „Finanzen", erklärte er ihr. „Nicht Buchhaltung. Ich habe mit Steuererklärungen nichts zu tun."

„Okay, wie auch immer. Du musst ein paar Entscheidungen treffen."

Er trat ein. „Sehr gerne. Wo willst du anfangen?"

„Bei den Geschenktüten."

Sie ging vor zu ihrer kleinen Essnische. Dort hatte sie alle Muster ausgelegt. Es gab Pflegelotionen, Tücher, Grillbestecke, Larks Buch, ein NFL-Computerspiel und einen Ausdruck aller drei Männer von Score. Sie nahm den Ausdruck in die Hand.

„Ihr müsstet alle Abzüge signieren", sagte sie. „Ich war nicht sicher, ob es gut ist, Taryn rauszulassen, aber sie ist kein berühmter ehemaliger NFL-Spieler."

„Das ist bestimmt okay für sie."

Sie ging die Sachen durch, die sie für die Kinder vorgesehen hatte, und zog sich dann ein Stück zurück, als er um den Tisch herumging.

„Wir brauchen mehr Bums", verkündete er.

Es war wirklich gut, dass auf dem Tisch kein Spielzeugschwert lag, denn sonst hätte sie ihn vermutlich damit attackiert. So aber atmete sie nur tief durch und sprach ganz langsam.

„Kannst du *mehr Bums* etwas näher definieren?"

Sam ließ sein Grinsen aufblitzen, das ihr durch und durch ging. „Du bist ja wirklich gestresst."

„Danke für die Neuigkeit. Ja, bin ich. Also, hast du was Spezielles im Sinn?" Sie hob die Hand. „Wenn du mir jetzt sagst, dass du es erkennst, wenn du es siehst, werde ich einen sehr großen Mann auf dir sitzen lassen, bis du wimmerst wie ein kleines Mädchen."

Das Grinsen wurde breiter. „Du kennst niemanden, der das tun könnte."

Sie verschränke die Arme vor der Brust und hob die Augenbrauen. „Hast du Kenny Scott kennengelernt? Weil ich mir sicher bin, dass er dich wie einen Käfer zerquetschen könnte."

Sam behielt seine gute Laune bei. „Okay, verstanden. Ich werde deutlicher. Kann ich mal kurz deinen Computer benutzen?"

Kurz vergegenwärtigte sie sich den Zustand ihres Büros und beschloss, dass seine Informationen sie mehr interessierten als das, was er vermutlich über ihr Ablagesystem denken würde. Also bedeutete sie ihm, ihr zu folgen, und ging über den Flur ins Büro.

Hier gab es die üblichen Stapel mal fünfhundert. Rechnungen lagen auf ihrem Schreibtisch. Da sie wirklich einen Überblick über sie behalten musste, sammelte sie sie ein und legte sie in ihren Ablagekorb mit der Aufschrift „Superwichtig".

„Über die sprechen wir später", sagte sie. „Wenn ich sie erfasst habe."

„Rechnungen von den Lieferanten?", fragte er.

„Ja. Meine Bücher und Kostenvoranschläge stimmen nicht mit ihren Rechnungen überein. Aber das ist kein Problem, um das wir uns heute kümmern. Also, such mir etwas mit mehr Bums."

Er setzte sich auf ihren Stuhl und fing an zu tippen. Sie blinzelte ein paar Mal, als sie sah, dass die erste Webadresse, die er eingab, die von Tiffany & Co. war. Bevor sie noch fragen konnte, was er sich dabei dachte, hatte er das Bild von Diamantohrringen aufgerufen, bei denen sie überlegte, dass sie sich für den Preis ein neues Auto kaufen könnte.

„Die sind schön", stellte er fest.

„Oh ja, das sind sie."

„Bestell sie, und lass einen Beleg mitliefern, damit die Frauen, denen sie nicht gefallen, sie umtauschen können."

Sie dachte an die Tücher, die sie ausgesucht hatte, und erkannte, dass es hilfreich gewesen wäre, zu wissen, welches Budget ihr zur Verfügung stand.

Sams nächster Stopp im Internet galt Spielekonsolen für die Kinder, dann folgte eine komplizierte Kompassuhr für die Männer. Innerhalb weniger Minuten hatte er mehr Geld ausgegeben, als das Bruttoinlandsprodukt verschiedener kleiner Länder betrug. Sie zog sich einen Stuhl heran und setzte sich.

Sam war großzügig, was keine Neuigkeit war. Dellina mochte

es ihm gegenüber vielleicht nicht zugeben, aber sie hatte tatsächlich angefangen, das Buch zu lesen, das Taryn ihr gegeben hatte und das von Sams Exfrau Simone geschrieben worden war. Darin offenbarte sie viele persönliche Informationen – von der Art, die Sam vermutlich erschaudern lassen würde. Aber was auf den Seiten rüberkam, war, dass Sam ein toller Mann war. Dellina hatte den Eindruck bekommen, dass Simone dumm gewesen war, ihn gehen zu lassen. Und vermutlich war sie nicht die Einzige, die das nach dem Lesen des Buchs dachte.

Er bestellte ein paar weitere Dinge und wandte sich dann an sie. „Erledigt. Womit kann ich dir noch helfen?"

Sie zeigte auf die Menüvorschläge, die an der Wand hingen. „Sprechen wir darüber."

„Darin bin ich gut."

Sie lächelte. „Du hast so gute Laune. Liegt das am Shopping? Ich dachte, Männer hassen es einzukaufen."

„Ich mag keine Läden, aber das Internet schon. Da kann ich aus der Ferne erobern. Das ist sehr befriedigend." Er stand auf und ging zu den Menüs an der Wand.

Sie gesellte sich zu ihm. „Okay. Dinner am Freitagabend." Sie zeigte auf die Zeichnung, die den Tisch in dem privaten Speisesaal darstellen sollte. „Ich habe deine Eltern auf die Gästeliste gesetzt …", fing sie an.

Sam seufzte. „Musste das sein?"

„Ich dachte, ich sollte es. Wäre es dir lieber, wenn sie nicht hier wären?"

„Ja, aber du hast recht. Sie kommen sowieso, ob wir sie nun einladen oder nicht."

Obwohl sie verstand, dass er nicht darüber nachdenken wollte, dass seine Eltern an dem Wochenende teilnahmen, konnte sie es kaum erwarten, sie kennenzulernen. Taryn und Larissa hatten versucht, ihr Angst zu machen, aber das hatte nicht funktioniert. Sie fände es interessant, einen Teil von Sams Familie zu treffen.

Lächelnd zeigte sie auf die Namen auf dem Zettel. „Kenny

und Jack kommen ohne Begleitung. Larissa will nicht zum Dinner erscheinen. Taryn bringt Angel mit. Also sollte das hier die endgültige Gästezahl sein."

„Da fehlt jemand."

Sie runzelte die Stirn. „Wirklich? Nein, ich glaube nicht. Ich bin das ungefähr fünfzehnmal durchgegangen."

Er schüttelte den Kopf. „Du stehst nicht auf der Liste."

„Ich komme ja auch nicht zu der Party."

„Du wirst doch das ganze Wochenende über da sein, oder nicht?"

„Klar, aber nur, um alles zu koordinieren. Ich arbeite hinter den Kulissen."

„Du solltest am Essen teilnehmen."

„Das ist für eure Firma und eure Kunden. Ich gehöre zu keinem von beiden. Das wäre so, als würde ich eine Hochzeit planen und dann an einem der Tische sitzen."

„Was wäre daran verkehrt?"

Sie lachte. „So funktioniert das nicht. Ich bin da, um sicherzustellen, dass an dem Wochenende alles glattläuft, aber mehr auch nicht."

Er guckte wieder auf die Liste. „Das ist eine dumme Regel."

„Davon gibt es einige."

„Ich würde ohne Begleitung kommen." Er starrte immer noch auf die Namen und die winzige Zeichnung des Tisches, dann drehte er sich zu Dellina um. „Wir haben uns geküsst."

„Du und ich?"

„Ist hier sonst noch jemand im Zimmer?"

Sie hielt seinen dunklen Blick fest und wusste nicht, ob sie näher treten oder sich zurückziehen wollte. Nein, das stimmte nicht. Sie wusste genau, was sie tun *wollte*. Die Frage war eher, ob das klug wäre.

„Ich hätte dich nicht geküsst, wenn ich mit jemandem liiert gewesen wäre."

„Gut zu wissen", flüsterte sie. „Mir geht's genauso."

„Also gibt es keinen geheimnisvollen Freund?"

Sie lächelte. „Das habe ich dir doch schon gesagt. Nicht nur, weil das nicht mein Stil ist, sondern weil das hier Fool's Gold ist und wir keine Geheimnisse voreinander haben."

„Von den Hasen habe ich nichts gewusst."

„Das macht sie aber noch nicht zu einem Geheimnis."

Sie hatte nicht das Gefühl, sich zu bewegen, aber es kam ihr so vor, als ob sie und Sam auf einmal ein wenig näher beieinanderstanden. Und er schaute auch nicht mehr auf ihre Listen. Seine gesamte Aufmerksamkeit war auf sie gerichtet.

Die Intensität seines Blickes ließ sie erschauern – aber nicht, weil ihr kalt war. Ganz im Gegenteil. Im Zimmer war es plötzlich sehr warm, und es fiel ihr schwer zu atmen. Dass er nun die Hand ausstreckte und an ihre Wange legte, half auch nicht wirklich. Ihre Lider flatterten und fielen zu, weshalb sie nicht sah, dass er sich vorbeugte, um sie zu küssen.

Das Gefühl von seinem Mund auf ihrem ließ ihr den Atem stocken und die Knie weich werden. Generell kämpfte Dellina dagegen an, sich wie ein Klischee zu verhalten, aber dieses Mal machte es ihr nichts aus. Nicht, wenn Sams warme Lippen sie mit einer Mischung aus Lust und Leidenschaft eroberten, die sie dazu brachte, ihm die Hände auf die breite Brust zu legen und sich dem Unvermeidlichen zu ergeben.

Was gut war, denn er zog sie an sich, schlang beide Arme um sie, neigte den Kopf und ließ seine Zunge zwischen ihre Lippen gleiten.

Sie erwiderte den Kuss und verlor sich in der Lust, die sie durchflutete. Ihr Körper brannte vor Erregung und Hunger. Sie wollte ihn überall berühren, aber was noch wichtiger war: Sie wollte von ihm berührt werden, seine Haut an ihrer spüren. Nur seine Finger oder seine Lippen könnten den süßen Schmerz stillen. Bis auf die eine Stelle. Da bräuchte sie mehr als nur seinen Mund oder seine Hände.

Er küsste sie mit einer tiefen, besitzergreifenden Leidenschaft und strich ihr über den Rücken. Eine Sekunde lang dachte sie … hoffte sie … dass er ihre Brüste umfassen würde. Oder mehr.

Stattdessen küsste er sie weiter, umspielte ihre Zunge, bis sie kurz davor stand, ihn anzuflehen.

Doch bevor sie das tun konnte, zog er sich ein wenig zurück und hauchte federleichte, sanfte Küsse auf ihre Wangen, ihr Kinn und ihre Lippen. Er strich ihr die Haare hinter die Ohren und gab ihr dann einen Kuss auf die Nasenspitze.

„Du wirst an dem Essen teilnehmen", erklärte er ihr. „Habe ich mich da klar ausgedrückt?"

Sie nickte, weil sie nicht sprechen konnte.

„Das darf nicht noch mal passieren", sagte er. „Wir arbeiten zusammen. Aber das bedeutet nicht, dass ich dich nicht will."

Und mit dieser Erklärung ging er. Sie starrte ihm hinterher, dann sank sie auf ihren Stuhl und versuchte, wieder zu Atem zu kommen. Sam war kein einfacher Mann. Aber er wusste, wie man sich einen guten Abgang verschaffte. Sie mochte nicht oft ausgehen, war aber dennoch erfahren genug, um zu wissen, dass das keine Eigenschaft war, die eine intelligente Frau bei einem Mann suchte.

8. KAPITEL

Gedankenverloren streichelte Fayrene Caramel den Rücken, während sie die Liste las, die ihre Schwester ihr gegeben hatte. Der Zeitplan für die Kinder war nicht übertrieben straff. Es gab genügend Aktivitäten, um die Kleinen bei Laune zu halten, und sie würde die Oberaufsicht führen. Zusätzlich hatte Dellina mehrere Teenager engagiert, die ausreichend Erfahrungen als Babysitter hatten. Jetzt musste sie, Fayrene, nur noch Ryan mit einbeziehen.

Denn das war ihr Plan: dass Ryan ihr mit den Kindern half. Das Abendessen mit Pia und Raoul war eine Katastrophe gewesen. Auf keinen Fall würde er die Magie einer liebevollen Familie erkennen, wenn die Frau in der Beziehung es nicht schaffte, bis sechs Uhr abends wach zu bleiben. Aber das war Geschichte. Die Party wäre genau das, was sie bräuchte.

Sie schaute zu Ryan, der auf dem Sofa saß und ein Baseballspiel guckte. Er sah auf und lächelte, dann stellte er den Ton ab und klopfte neben sich auf die Couch.

„Ist das Spiel nicht interessant?", fragte sie und ließ sich mit Caramel im Arm neben ihm auf die Kissen fallen. Der Hund sprang sofort auf Ryans Schoß und stellte sich dann auf die Hinterbeine, um ihm das Kinn abzuschlecken. Dann rollte er sich auf seinem Schoß zusammen und schlief ein. Fayrene kuschelte sich an die beiden.

„Das Spiel ist ganz in Ordnung." Er küsste sie. „Aber du bist besser."

Sie schaute zu ihm auf. „Du bist so süß."

„Ich liebe dich."

„Ich liebe dich auch." Sie sah zum Tisch. „Ich habe mir eben den Zeitplan für die Kinderbetreuung angeschaut. Er sieht machbar aus."

„Du weißt, dass ich dir gerne helfe. Sag mir einfach nur, wann ich wo sein soll."

„Du hast keine Probleme damit, dich mit einem Haufen Kinder herumzuschlagen?"

Er lachte leise. „Nein. Das ist eine gute Übung für uns."

Fayrene sagte sich, dass sie entspannt bleiben sollte. Dass sie in seine Worte nicht zu viel hineinlesen durfte. Obwohl, wenn er ihr endlich einen Antrag machte, würde das alle ihre Probleme lösen.

„Inwiefern?", fragte sie unschuldig.

Er grinste und gab ihr einen Kuss auf den Mund. „Für die Zeit, wenn wir erst verheiratet sind. Obwohl wir nicht so viele Kinder haben werden wie zu der Party kommen. Wie viele sind das noch mal?"

„Zwölf."

„Okay. Ich dachte eher an zwei oder drei."

„Willst du Mädchen oder Jungen?", fragte sie und zwang sich, weiterhin ruhig zu bleiben.

„Mir ist beides recht." Er küsste sie erneut und nahm dann die Fernbedienung in die Hand. „Aber wir werden nicht weiter darüber sprechen."

Enttäuschung wallte in ihr auf. „Werden wir nicht?"

„Nein. Du hast klargemacht, dass du mit einer Hochzeit noch warten willst, und ich habe versprochen, dich nicht zu drängen." Ernst sah er sie an. „Ich meine es so, wie ich es sage, Fayrene. Mir ist wichtig, was du willst. Ich weiß, dass es dich zu sehr unter Druck setzt, über unsere Zukunft zu sprechen. Also lassen wir das Thema fallen und schauen uns das Spiel an. Caramel ist Dodgers-Fan."

Fayrene hätte am liebsten frustriert mit dem Fuß aufgestampft. Ryan war ein toller Mann, der nur tat, worum sie ihn gebeten hatte. Darüber sollte sie sich freuen.

Nur tat sie das nicht.

„Ich glaube nicht", brachte sie hervor. „Sie steht mehr auf die American League."

Ryan lachte und streichelte dann den Bauch der Hündin. „Stimmt das, mein kleines Mädchen?"

Caramel rollte sich auf den Rücken, schloss erneut die Augen und seufzte zufrieden.

Dellina kam mit einem Stapel Mappen und Listen in Sams Büro, entschlossen, sich einmal ernsthaft mit ihm zu unterhalten. Beim letzten Mal war sie von den Büroräumen überwältigt gewesen – von den riesigen Bildern, dem Erfolg und der Macht, die hier förmlich in der Luft lagen. Jetzt sah sie die überlebensgroßen Fotos kaum, machte sich allerdings immer noch Sorgen, dass sie sich erneut von dem Mann verwirren ließ. Aber wenigstens hatte sich die Anzahl ihrer Probleme halbiert.

„Ich kenne den Weg", sagte sie der Empfangsdame und ging entschlossen auf Sams Büro zu. Da sie nirgendwo aufgehalten wurde, mussten Sam oder Taryn die Erlaubnis erteilt haben, sie durchzulassen.

Kurz blieb sie vor seiner leicht geöffneten Bürotür stehen und atmete tief ein, um Mut zu fassen. Dann klopfte sie einmal an und trat ein.

Sam saß hinter seinem Schreibtisch. Er trug ein langärmliges weißes Hemd, dessen Ärmel er aufgerollt hatte, und eine locker sitzende Krawatte. Er sah zerzaust und ein wenig abgelenkt aus, als wenn er mit einem schwierigen Problem gerungen hätte. Sie dachte kurz, wie viel mehr Spaß es machen würde, wenn sie beide miteinander ringen würden.

Noch bevor sie sich dafür schelten konnte, so schnell vom Thema abzukommen, selbst wenn es nur in ihrer Fantasie war, schaute er auf und sah sie an. In dieser Nanosekunde, bevor er die Mauer wieder hochzog, sah sie die Lust in seinen Augen aufblitzen. Sie war heiß und hell und ließ sie innerlich dahinschmelzen. Ihr Ärger verrauchte ein wenig. Sie würden sich immer noch über das unterhalten müssen, was passiert war, aber vielleicht könnten sie das in ruhigerem Ton tun als gedacht.

Er erhob sich. „Dellina. Hatten wir einen Termin?"

„Nein. Ich bin einfach so vorbeigekommen. Hast du eine Minute?"

Die Frage stellte sie nur aus Höflichkeit, denn sie würde nicht gehen, bevor sie das Problem gelöst – oder wenigstens in den Griff bekommen – hatten.

„Natürlich“, sagte er und schaute auf die Tasche, die sie dabeihatte. „Lass uns zum Konferenztisch gehen.“

Besser als das Sofa, dachte sie. Weniger sexy. Mit einem Tisch zwischen ihnen hätte sie wenigstens die Chance, sich daran zu erinnern, dass sie wegen etwas Geschäftlichem hier war, nämlich dass sie und Sam ein Partywochenende durchgehen mussten.

Sie setzten sich einander gegenüber. Dellina bemühte sich, zu ignorieren, dass Sams zerzaustes Äußeres ihn nahbarer und dadurch noch anziehender wirken ließ.

„Du bist wie Mr. Darcy“, sagte sie, ohne nachzudenken.

Erstaunt hob er die Augenbrauen. „Wie bitte?“

Sie unterdrückte ein Grinsen. Jetzt, da sie den Gedanken einmal gehabt hatte, ließ er sie nicht mehr los. „Stolz, unnahbar, schwierig zu lesen.“ Sie hielt inne. „Das ist nichts Schlechtes. Die meisten Frauen mögen Mr. Darcy. Er ist der Held in einem Jane-Austen-Roman. Aus *Stolz und Vorurteil*.“

„Ich kenne das Buch“, warf er trocken ein.

„Du hast es gelesen?“

„Und den Film gesehen. Ja.“

Sie wollte so gern fragen, warum. Das mit dem Film verstand sie noch. Viele Männer waren von ihren Freundinnen, Schwestern und Frauen mit ins Kino geschleppt worden. Aber das Buch zu lesen war etwas ganz anderes.

Interessant. Aber nicht der Grund ihres Besuchs.

Sie dachte daran, ein paar Papiere herauszuholen, um so zu tun, als ginge es um etwas, das die Feier betraf. Aber das fühlte sich an, wie zu schummeln. Also straffte sie die Schultern, schaute ihm in die Augen und sagte: „Das darfst du nicht noch mal machen. Mich küssen, einen kryptischen Kommentar abgeben und dann einfach gehen. Das ist nicht richtig. Wir müssen zusammenarbeiten. Unsere Beziehung muss rein professionell bleiben.“

Denn nach einer weiteren Nacht, in der sie sich schlaflos im Bett herumgewälzt hatte, wusste sie, dass sie auch so genügend unter Stress stand – ohne sich Sorgen darüber machen zu müssen, wie sie die Sache zwischen ihr und Sam definieren sollte.

„Wenn du mehr von mir willst, muss das hintangestellt werden, bis die Party vorbei ist. Sich jetzt aufeinander einzulassen würde uns nur ablenken."

„Du hast recht."

Sie blinzelte. „Okay. Womit?"

„Mit allem." Er hielt ihren Blick weiter fest. „Ich entschuldige mich dafür, dich geküsst zu haben. Ich werde nicht sagen, dass es mir leidtut, denn das tut es nicht, aber es war falsch. Ich habe dich in eine schwierige Lage gebracht. Wir haben eine geschäftliche Beziehung, wie du gerade gesagt hast. Es ist wichtig, dass wir uns auf die vor uns liegende Aufgabe konzentrieren. Ich schätze, dir zu sagen, dass ich mich über alle Maßen von dir angezogen fühle, wird mir auch nicht helfen."

Sein Tonfall klang kein bisschen neckend, und er lächelte nicht, aber Dellina war sich auch nicht sicher, dass er das ernst meinte.

„Dieser Job ist mir wichtig", betonte sie.

„Das verstehe ich. Ich verspreche, zwischen uns wird nichts mehr geschehen."

Sie wartete, hoffte auf den Zusatz „bis nach der Party", aber der kam nicht.

„Danke", murmelte sie. Sie wollte sagen, dass sie den Kuss wirklich genossen hatte und es eher das Timing war, das ihr Probleme bereitete. Nur schien ihr das jetzt unangemessen, als wenn sie sich im gleichen Atemzug beschwerte und ihn anmachte. Was ziemlich genau das war, was er mit seinem Kuss getan hatte. Aber da würde sie drüberstehen.

Sex macht alles so kompliziert, dachte sie seufzend.

Sie zog mehrere Mappen aus ihrer Tasche und breitete sie vor ihm aus. „Heute ist Freitag. Die Party findet in einer Woche statt. Alles ist bestellt und wird bis Mittwoch zu mir geliefert. Die

Taschen für die Geschenktüten habe ich bereits, also bleibt mir ausreichend Zeit, sie zu füllen. Mein letzter Rundgang durchs Hotel findet Montagmorgen statt. Morgen bespreche ich mit Heidi die letzten Einzelheiten. Josh ist für die Radtour bereits bestätigt, genau wie die Unterhaltung für die Kinder. Der Shuttleservice zum Hindernisparcours, zum Festival, zum Golfplatz und zur Castle Ranch steht."

Sie ging alle anderen Punkte auf dem Plan durch und erklärte, was erledigt war und was noch getan werden musste. Dank der einsetzenden Panik der letzten Tage hatte sie nicht gut geschlafen, was ihr mehr Zeit gelassen hatte, ihre Listen auf den neuesten Stand zu bringen.

Sam schwieg, bis sie fertig war. „Du bist gut", sagte er. „Danke dir für alles. Diese Feier wird ein großer Erfolg, und du bist der Grund dafür. Ich hätte eher zu dir kommen sollen."

„Ja, das hättest du, aber du hattest Angst. Um ehrlich zu sein, verstehe ich, warum. Die Nacht war seltsam."

Er runzelte die Stirn. „Seltsam?"

Sie lächelte. „Danach. Die Brautkleider, die Tafel – alles ein wenig komisch. Du hattest Angst, und das ist in Ordnung. An deiner Stelle wäre ich auch ausgeflippt. Jetzt wäre es anders. Du kennst mich und würdest mich darauf ansprechen." Sie hob die Hand. „Ich will damit nichts andeuten." Oder auf etwas anspielen. Oder träumen – obwohl, wenn sie so darüber nachdachte, zu träumen wäre nur allzu leicht.

„Ich verstehe, was du sagst. Wir sind die Opfer eines schlechten Timings. Meine Mutter würde sagen, dass darin eine Botschaft verborgen ist."

Dellina versuchte, nicht zu lächeln. „Die sexuellen Vorführungen, vor denen mich alle warnen, reichen noch nicht? Sie bekommt auch Nachrichten aus dem Jenseits?"

Sam grinste. „Nicht ganz, aber sie glaubt fest daran, dass man auf die kleinen Dinge im Leben achten sollte. Ich schätze, sie hat ihren Vortrag nicht abgesagt?"

„Tut mir leid, nein. Im Gegenteil: Sie hat ihn bestätigt."

„Bei mir auch. Ich hatte gestern Abend einen Anruf von meinem Dad."

Sie beugte sich vor. „Es sind deine Eltern. Taryn und Larissa haben versucht, mir Angst zu machen, indem sie mir Geschichten erzählt haben, aber mal ehrlich, wie alt sind sie? Über sechzig? Wie schlimm kann das schon werden?"

„Du wirst sie noch früh genug kennenlernen. Dann kannst du dir selber eine Meinung bilden." Er entspannte sich. „Ich schätze deine Einstellung, was das alles angeht. Du hättest mich die ganze Zeit daran erinnern können, dass es meine Schuld ist, dass du so unter Zeitdruck stehst."

„Das ist nicht mein Stil."

„Dann gefällt mir dein Stil." Er betrachtete sie eine Sekunde. „Warum gibt es keinen Mr. Dellina?"

Sie lachte. „Ich bin mir nicht sicher, ob mir ein Mann gefallen würde, der sich so nennt. Und ich weiß nicht, ob ich überhaupt eine ernsthafte Beziehung haben will."

„Warum nicht?"

„Es ist nur ... Ich weiß nicht. Ich habe meine Schwestern großgezogen, also fühlt es sich so an, als hätte ich das alles schon durchgemacht. Ich bin mir nicht sicher, ob ich eine Familie will."

Er musterte sie weiter.

Nervös rutschte sie auf ihrem Stuhl hin und her, unsicher, wie es dazu gekommen war, dass sie jetzt über sie und nicht über die Party sprachen.

„Ich weiß, dass nicht jede Beziehung in etwas Festem oder gar mit Kindern endet", fuhr sie fort. „Vor ein paar Jahren hat es mal einen Mann gegeben. Ich fand ihn toll und dachte, wir wären glücklich, aber dann hat er mich betrogen. Ich habe sofort Schluss gemacht, als ich davon erfahren habe."

„Und?"

Woher wusste er, dass noch mehr dahintersteckte? „Sie wurde schwanger, und sie haben geheiratet. Ungefähr ein Jahr später ist er aufgetaucht und hat gefragt, ob ich Interesse hätte, mich wieder mit ihm zu treffen."

„Hatte er sich scheiden lassen?"

„Nein", sagte sie leise. „Hatte er nicht. Was ihn zu einem Idioten macht. Aber was mich wirklich gestört hat, war, dass er glaubte, ich wäre jemand, der an so einer Beziehung interessiert wäre. Ich mochte nicht, was das über meinen Charakter aussagt."

Sam verzog das Gesicht. „Das sagt gar nichts über dich aus, Dellina. Du hast recht – der Kerl ist ein Idiot und hat nur an sich gedacht. Er hat es vermasselt, dich vermisst und dann gehofft, du wärst genauso mies wie er. Du hast ihm das Gegenteil bewiesen."

„War das eine Frage oder eine Feststellung?"

„Eine Feststellung. Ich kenne dich. So etwas würdest du nie tun."

„Du hast recht. Es hat mich schon angeekelt, nur mit ihm zu sprechen. Sie sind vor ein paar Jahren weggezogen. Seitdem habe ich mich um den Aufbau meiner Firma gekümmert. Außerdem ist Fool's Gold eine sehr kleine Stadt. Es kann anstrengend sein, hier ein Privatleben zu haben. Ich weiß aus Erfahrung, wie hart es ist, jeden Tag dem Ex über den Weg zu laufen."

„Zumindest ist mir das erspart geblieben", meinte er trocken. „Du weißt, dass ich geschieden bin."

Sie zögerte. „Taryn hat mir Simones Buch gegeben. Ich hätte es vermutlich nicht lesen sollen, aber …"

Ein kleiner Muskel zuckte in seinem Kiefer, aber ansonsten reagierte er nicht. „Das ist wie ein Zugunglück", erklärte er. „Unmöglich, es zu ignorieren. Dann weißt du über unsere Beziehung Bescheid."

„Ich weiß, was sie über eure Ehe sagt. Ich schätze, vieles davon stimmt nicht. Oder zumindest kann man es auch aus vielen anderen Blickwinkeln betrachten."

Simone hatte alles offengelegt – von ihrem ersten Date bis zu Sams Vorlieben im Bett. Sie hatte von seinem Frust erzählt, wenn ihm ein Kick misslungen war, und darüber, dass das Team ihm über alles ging.

„Falls es dich interessiert", fuhr sie fort, „du kommst in dem Buch ziemlich gut weg."

„Ich habe es gelesen, und du übertreibst."

„Tue ich nicht. Sie macht ziemlich klar, dass es dir wichtig ist, immer das Beste zu geben – ob bei der Arbeit oder in einer Beziehung. Du sorgst dich um deine Privatsphäre, aber deine Familie ist nicht sonderlich gut darin, sich an Grenzen zu halten, und außerdem ist da noch deine Vergangenheit als Profisportler, die dich zur Legende gemacht hat."

Er lächelte. „Jetzt machst du dich über mich lustig. Ich war gut. Aber ich bin keine Legende."

„So bescheiden. Wie erfrischend."

„Nicht bescheiden. Realistisch." Das Lächeln verblasste. „Ich habe versucht, Simone von der Veröffentlichung des Buchs abzuhalten, aber es ist mir nicht gelungen. Weil ich eine Person von öffentlichem Interesse war, musste ich es hinnehmen. Das einzig Gute ist, dass der Richter während der Unterhaltsverhandlungen ihren Vorschuss und die Tantiemen mit eingerechnet hat. Simone muss mir fünfzig Prozent von jedem Scheck, den sie bekommt, abgeben."

„Hilft das?"

Er zuckte mit den Schultern. „Ich spende es einer Wohltätigkeitseinrichtung. Ich will ihr Geld nicht. Schließlich habe ich versucht, die Veröffentlichung des Buchs zu verhindern. Aber wenn sie nicht diese Art von Frau gewesen wäre, hätte es zwischen uns vielleicht besser laufen können."

„Vermisst du sie?"

„Verdammt, nein. Sie war ein Fehler. Ich war jung, und sie wusste, welche Knöpfe sie drücken musste."

„Du hast Knöpfe?" Sie nahm einen Stift in die Hand und hielt ihn schreibbereit über ein Blatt Papier. „Welche wären das?"

„Oh nein. Das musst du schon selber herausfinden. Außerdem ist es lange her." Jetzt zögerte er, bevor er weitersprach. „Ich habe dir ja schon erzählt, dass ich als Kind krank war."

Sie nickte.

„Ich war außerdem sehr klein für mein Alter. Nahezu unsichtbar. Ich habe in der zehnten Klasse als Kicker angefangen und war gut, aber kein Mädchen will mit einem Jungen ausgehen, der fast zehn Zentimeter kleiner ist als sie."

Sie versuchte, dieses Bild mit dem des großen, attraktiven, muskulösen Mannes in Einklang zu bringen, der ihr gegenübersaß, doch es gelang ihr nicht.

„An irgendeinem Punkt muss es eine Verwandlung gegeben haben", sagte sie.

„Im Sommer vor meinem letzten Jahr an der Highschool. Ich bin ungefähr fünfzehn Zentimeter gewachsen. Während des letzten Schuljahres kamen noch ein paar Zentimeter mehr dazu, und ich wurde langsam muskulöser. Kombiniere das mit einer kometenartigen Karriere als Footballer, und alles verändert sich. Zumindest für die anderen Menschen. Ich war aber immer noch der gleiche Kerl. Als Simone daher meinen Weg kreuzte, war ich reif, gepflückt zu werden."

„Ich kann mir gar nicht vorstellen, dass du mal verletzlich warst."

„Das ist jeder", erklärte er. „Man muss nur herausfinden, wo."

Sie schätzte, dass er damit recht hatte. Jetzt war Sam ein erfolgreicher, weltgewandter Geschäftsmann, aber auf dem College schien es anders gewesen zu sein. Innerhalb weniger Jahre hatte er sich von einem schmächtigen Schwächling in einen Football-Gott verwandelt.

„Ich hoffe, du glaubst nicht, für das verantwortlich zu sein, was zwischen euch geschehen ist", sagte sie.

„An den meisten Tagen nicht." Er erhob sich. „Komm, ich begleite dich hinaus."

Sie grinste. „Du bist so subtil. Du kannst auch einfach sagen, dass du nicht mehr über dich reden willst."

„Okay. Ich will nicht mehr über mich reden."

„Dann tun wir es nicht."

Sie sammelte ihre Mappen zusammen und folgte ihm zur Vorderseite des Gebäudes. Dort berührte er leicht ihren Arm.

„Lass mich wissen, wenn du irgendetwas brauchst", sagte er. „Ich halte mir die Tage ab Mittwoch frei. Ich kann Sachen besorgen, Geschenktüten füllen, die Getränkelieferungen überwachen. Du musst nur was sagen."

„Vielleicht nehme ich dich beim Wort."

„Das hoffe ich."

Sie lächelte und ging. Auf dem Weg zu ihrem Haus dachte sie darüber nach, wie nett Sam war und was für eine Idiotin Simone sein musste. Warum sollte man sich gegen ihn und für ein Buch entscheiden? Wenn sie auf der Suche nach etwas Festem wäre …

Aber das bist du nicht, ermahnte sie sich. Doch zum ersten Mal kam ihr nicht das Argument in den Sinn, dass sie das alles schon erlebt hatte. Sie gab zu – und zwar nur sich selbst gegenüber und bloß dieses eine Mal –, dass es andere Gründe gab, weshalb sie keine Beziehung wollte. Die meisten hatten damit zu tun, wie sehr sie der plötzliche Verlust ihrer Eltern verstört hatte. Ihr Tod und ihre eigenen Erfahrungen im Leben hatten sie gelehrt, dass es einen Preis hatte, jemanden gernzuhaben. Einen, den sie meistens nicht zu zahlen gewillt war.

Sam tippte auf das Display an seinem Laufband. Er joggte bereits, und die erhöhte Geschwindigkeit sorgte dafür, dass er laufen musste. Das war nicht das Beste für seine Knie, aber über die Schmerzen und die Schwellung würde er sich später Sorgen machen. Im Moment musste er den Kopf frei bekommen.

Der Schweiß rann ihm in Strömen über den Körper. Auf dem großen Flachbildfernseher an der Wand gegenüber den Kardiogeräten lief ein Baseballspiel. Er hatte den Ton nicht angeschaltet, denn es war ihm unmöglich, sich auf die Spieler und den Spielstand zu konzentrieren. Im Moment konnte er nur an Dellina denken und daran, wie sehr er sie wollte.

Er wusste nicht, was genau es war, das ihn so an ihr anzog. Okay, sie war hübsch, aber er kannte Frauen, die unglaublich attraktiv waren und ihn trotzdem nicht interessierten. Es war auch nicht ihr Sinn für Humor, obwohl ihm der gefiel. Oder wie klug sie war. Er kannte auch viele intelligente Frauen. Also was war es? Warum sie?

Vielleicht war es die Mischung – diese undefinierbare Essenz. Wie beim Kicken. Man konnte alles wissen und Talent haben, aber wenn einem das Bauchgefühl fehlte, das einem verriet, wie genau man den Ball treffen musste, würde man niemals großartig sein. Und Dellina war großartig.

Sie hatte recht gehabt, ihn wegen des Kusses zurechtzuweisen. Sie so zu küssen und dann zu sagen, dass es nicht weitergehen konnte, weil sie zusammenarbeiteten, war falsch gewesen. Das wusste er, und außerdem hatte sie mehr verdient. Es war nur so, wenn er in ihrer Nähe war, wollte er sie. An einer Wand, im Bett, am Strand, in den Bergen ... wo, war ihm eigentlich egal. Solange sie nackt waren und sie, fünf Sekunden bevor er so weit war, zum Höhepunkt kam.

Die Kombination von den Bildern in seinem Kopf und der körperlichen Anstrengung machte es ihm unmöglich zu atmen. Er fügte sich ins Unvermeidliche und reduzierte die Geschwindigkeit. Dann nahm er das Handtuch und wischte sich den Schweiß vom Gesicht.

Kenny kam in den Fitnessraum und hob die Augenbrauen. „Wir haben heute Morgen Basketball gespielt", sagte er.

„Und?"

„Warum läufst du dann?" Sein Freund grinste. „Hast du Angst, fett zu werden?"

Sam warf das Handtuch nach ihm und schaltete das Laufband ab. Sein Freund duckte sich und ließ das Handtuch über seinen Kopf hinwegsegeln.

„So alt bist du doch noch gar nicht", meinte Kenny fröhlich. „Du hast noch ein paar Jahre, bevor alles den Bach runtergeht."

„Danke für die Unterstützung."

„Jederzeit." Kenny musterte ihn. „Was ist los?"

Sam hatte Jack und Kenny auf dem College kennengelernt. Gemeinsam waren sie das unschlagbare Trio geworden. Jack konnte weiter und schneller werfen als jeder andere Quarterback in ihrer Liga, und Kenny verfügte über wahnsinnige Schnelligkeit und magische Hände. Wenn das nicht reichte, holte Sam sie mit einem perfekten Dreipunkttor aus der Klemme.

Über eine Million Kinder spielten Highschool-Football. Statistisch betrachtet schaffte einer von siebzehn es in die Collegeauswahl. Und aus dem Pool wurde ungefähr jeder Fünfzigste für einen großen Verein ausgewählt. Die Chancen, es zu schaffen, ganz zu schweigen davon, richtig erfolgreich zu sein, waren winzig. Aber ihm und seinen Freunden war es gelungen.

Nach dem College waren sie alle ausgewählt worden. Jack in der ersten Runde und Kenny in der zweiten, aber von einem anderen Team. Niemand vergeudete eine wertvolle Stimme, um einen Kicker zu wählen – schon gar nicht seit dem Jahr 2000, und man wusste ja, wie das geendet hatte. Er war in der vierten Runde für mehr Geld gezogen worden, als er sich jemals erhofft hatte.

Vier Jahre später waren sie alle als Spieler der L. A. Stallions wiedervereint. Sie hatten den Super Bowl gewonnen und waren an der Spitze angekommen. Dann hatte Kenny sich verletzt und beinahe die Hälfte der Saison auf der Ersatzbank sitzen müssen. Und Sam hatte beschlossen, es sei an der Zeit, alles noch einmal gründlich zu überdenken. Sie beide waren bereit, aus dem Sport auszuscheiden. Jack war immer noch ganz oben gewesen, aber er hatte trotzdem aufgehört und sie zu Score gebracht.

Jetzt schaute Sam seinen Freund an und fragte sich, was Kenny alles bereute. Er schätzte, einiges, bezweifelte aber, dass irgendetwas davon mit seiner Karriere zu tun hatte.

„Wieso bist du so aufgewühlt?“, fragte Kenny. „Du läufst nur, wenn dich was belastet.“

„Ich will nicht darüber reden.“

Kenny grinste. „Sag mir was, was ich noch nicht weiß.“ Er hielt die Tür auf. „Komm, ich spendiere dir ein Bier.“

Sam folgte ihm nach oben. Dort gingen sie den langen Flur entlang und durch eine Flügeltür in einen Raum, der so groß war wie ein halber Flugzeughangar. Hier gab es ein halbes Dutzend schwarzer Ledersofas, einen riesigen Flachbildfernseher und einen Zapfhahn. Es war ein Ort, um sich zu entspannen und ein wenig abzuhängen. Zu entfliehen. Wenn der Ruhm zu viel wurde und die Jungs runterkommen mussten, trafen sie sich hier. Hier wurden sie von niemandem gestört.

In L. A. hatten sie auch so einen Raum gehabt. Sie hatten versucht, Taryn auszuschließen, aber sie hatte ihnen einfach mitten in einem Spiel den Kabelanschluss gekappt. Danach hatten sie es nie wieder versucht.

Kenny ging hinter die Bar und zapfte ihnen beiden ein Bier. Währenddessen nahm Sam sich ein großes Handtuch von einem Stapel auf einem Regal, warf es auf eines der Sofas und setzte sich. Kenny nahm ihm gegenüber Platz und lehnte sich zurück.

„Familie?“, fragte er.

Sam schüttelte den Kopf.

„Dann ist es eine Frau.“

Sam verzog das Gesicht. „Ich weiß, dass ich davon lieber die Finger lassen sollte.“

„Das wissen wir alle, aber nur Jack schafft es, sich nie auf jemanden einzulassen.“

Nachdenklich trank Sam sein Bier. Kenny hatte recht. Jack war gut darin, es so wirken zu lassen, als würde ihm etwas an der jeweiligen Frau liegen, ohne sich jemals näher auf sie einzulassen. Seine kurze Ehe mit Taryn war der Schwangerschaft geschuldet gewesen, nicht den Gefühlen. Vor und nach ihr hatte es eine ganze Reihe Schönheiten gegeben, die eigentlich nur daran interessiert gewesen waren, sagen zu können, dass sie mit Jack McGarry geschlafen hatten. Und auch bei den verschiedenen Wohltätigkeitseinrichtungen, für die Jack sich engagierte, blieb er immer auf Distanz. Wenn persönlicher Einsatz erforderlich war, schickte er Larissa.

Sam schaute Kenny an. „Denkst du noch daran, was passiert ist?“

„Jeden Tag“, sagte sein Freund ausdruckslos. „Jeden verdammten Tag.“

„Tut mir leid.“

Kenny zuckte die Achseln. „Was passiert ist, ist passiert. Ich war ein Idiot. Die Zeichen waren da, aber ich wollte sie nicht sehen."

Was seine Situation weniger schrecklich klingen ließ, als sie war.

„Sprichst du manchmal noch mit ihr?", wollte Sam wissen.

Kenny schüttelte den Kopf. „Nie."

Sam fragte lieber nicht, ob sein Freund wenigstens ab und zu mit dem Kind redete, das er als sein eigenes betrachtete. Die Antwort wäre nein. Und das war die Hölle, in der er steckte.

„Schläfst du mit Dellina?", fragte Kenny.

Sam hätte sich beinah an seinem Bier verschluckt. „Nein."

„Warum nicht? Sie ist hübsch. Sexy. Sie mag dich."

Sam zwang sich, ruhig sitzen zu bleiben, obwohl er in Wahrheit am liebsten aufgesprungen wäre und seinen Freund gefragt hätte, woher, zum Teufel, er das wissen wollte. Hatte sie etwas gesagt? Hatte er etwas gehört?

Was genau das war, was Kenny wollte. Also streckte Sam die Beine aus und bemühte sich, locker zu wirken. „Wie viel bist du bereit zu verlieren, wenn wir dieses Wochenende Golf spielen?"

„Ich werde dir in den Hintern treten", erklärte Kenny. „Glaub ja nicht, dass mir der Themenwechsel nicht aufgefallen ist."

Sam lächelte. „Ich habe keine Ahnung, wovon du sprichst."

„Ich hasse dich", sagte Dellina energisch. „Und ich benutze das Wort nicht leichtfertig, nur damit du es weißt. Aber ich meine es ernst. Ich hasse dich wirklich."

Ihr Cursor blinkte ungerührt von ihrer Erklärung, was keine Überraschung war. Dummer Computer, dachte sie düster. Und blödes Programm. Warum funktionierte es nicht?

Sie schaute auf den Ausdruck in ihrer Hand, dann wieder auf den Bildschirm, und seufzte schwer. Der Auftrag von Score war groß. Sie konnte unzählige Stunden in Rechnung stellen und alles weiterberechnen, was sie gekauft hatte. Sam bezahlte sie immer sofort. Warum blieb dann trotzdem kaum etwas übrig?

Eine Feier wie diese hätte ihr ausreichend zusätzliches Einkommen bescheren sollen. Aber wenn sie ihre Kontoauszüge anschaute, sah sie, dass sie nicht viel weiter gekommen war als zwei Monate zuvor. Sie würde ihre Kosten decken und ein kleines Extra kassieren, aber nicht so viel, wie sie gedacht hatte. Und nicht einmal annähernd den Betrag, auf den sie gehofft hatte.

Frustriert warf sie die Papiere auf den Tisch und wandte sich vom Monitor ab. Das gucke ich mir alles nach der Feier an, versprach sie sich. Wenn sie sich nicht um fünfzig Millionen andere Dinge kümmern musste. Dann würde sie herausfinden, warum sie trotz der harten Arbeit immer weniger Geld übrig hatte – und sich der Möglichkeit stellen, dass sie ihre Firma vielleicht schließen musste.

9. KAPITEL

In Los Angeles hatte Sam in einer Wohnung gewohnt. Das Gebäude war gut gesichert gewesen und hatte über ausreichend Personal verfügt, um die Welt auf Abstand zu halten. In Fool's Gold war das keine Option gewesen, also hatte er ein Haus gekauft. Es war größer, als für ihn nötig wäre, aber es lag direkt am Golfplatz, was ihm gefiel, und hatte große Zimmer und hohe Decken. Er mochte den zusätzlichen Platz. Der Nachteil an so vielen Zimmern war, dass man auch mehr Schlafzimmer hatte. Und das hatte wiederum zur Folge, dass er keinen Grund hatte, seinen Eltern zu sagen, dass sie nicht bei ihm wohnen könnten, wenn sie in die Stadt kämen. Weshalb er gerade in seinem Eingangsbereich auf und ab lief und sich überlegte, wie lange er wohl brauchen würde, um nach Mexiko zu fliehen.

Er hörte einen Wagen vorfahren und öffnete die Haustür. Glücklicherweise waren es nur Jack und Taryn. Kenny bog hinter ihnen ein. Ihm fiel auf, dass sie jetzt seine Auffahrt blockierten, was es noch schwerer machte abzuhauen. Schwerer, dachte er, aber nicht unmöglich.

Es war später Nachmittag, und sie alle kamen direkt aus dem Büro. Taryn trug eines ihrer üblichen engen Kleider, das vermutlich mehr gekostet hatte als sein Lieblingsanzug. Aber sie sieht gut aus, dachte er. Glücklich. Ihre Beziehung mit Angel ist gut für sie und …

Er fluchte innerlich. Guter Gott, es ging bereits los. Allein zu wissen, dass seine Eltern nur noch ein paar Meilen entfernt waren, ließ ihn wie eine Frau denken! Er musste sofort hier weg.

„Keine Chance", sagte Taryn, als sie auf ihn zukam. „Du wirst nicht abhauen. Du wirst hierbleiben und deine Eltern begrüßen wie der erwachsene, vernünftige Mann, der du bist. Du wirst dir ihre Geschichten anhören und dankbar sein, dass du eine liebevolle Familie hast, egal, wie sehr sie dich nervt und dir Angst macht."

Der Blick ihrer violettblauen Augen war direkt auf ihn gerichtet. Sie sprach leise, als sollte nur er ihre Worte hören. Und er verstand die Nachricht. Denn Taryns Familienleben war mies gewesen. Sie hatte nicht viel darüber erzählt, aber er hatte genügend erfahren, um zu wissen, dass es für sie schlimm gelaufen war. Als Jack sie kennengelernt hatte, war sie gerade dabei, sich allein durchs College zu kämpfen. Sie hatte ihr Studium mit Auszeichnung abgeschlossen, aber sie war auch pleite gewesen und hatte praktisch in ihrem Auto gelebt.

Angesichts all dessen hatte er es leicht. Sein einziges Problem war, dass seine Familie ihn zu sehr liebte. Und dass seine Eltern nur Sex im Kopf hatten. Armer, armer Sam.

„Guter Punkt", sagte er und zog sie in eine Umarmung. Sie schlang ihre Arme um ihn und drückte ihn. Die Berührung war tröstend. Wie unter Geschwistern. Wenn er Taryn hielt, kribbelte nichts, gab es kein Bedürfnis nach mehr, keinen brennenden Hunger.

Er trat zurück und grinste. Das ist auch besser so, dachte er. Angel könnte es mit allen von ihnen aufnehmen. Vermutlich sogar gleichzeitig. Was nicht daran lag, dass er stärker war, sondern dass er wusste, wie man kämpfte, und nicht zögern würde, alles zu tun, um zu gewinnen. Jack, Kenny und Sam hingegen waren mit einem Ehrenkodex aufgezogen worden und kämpften fair.

„Das wird schon", sagte Taryn in dem Moment, in dem ein BMW X5 vorfuhr und vor dem Haus parkte. Die Türen öffneten sich, und ein attraktives älteres Paar stieg aus.

Sam wusste, wie alt seine Eltern waren, aber er nahm an, dass andere Menschen sie mindestens zehn Jahre jünger schätzten. Sein Dad war groß, hatte dunkles Haar und dunkle Augen. Lark war eins fünfundsiebzig, hatte wellige dunkelblonde Haare und blaue Augen. Sie trugen beide Jeans und T-Shirt wie ganz normale Leute, aber Sam wusste, dass diese Verkleidung ihnen nur half, sich optisch anzupassen. Schon bald würden sie ihr echtes, verrücktes Wesen zeigen.

Aber sie waren auch seine Eltern, und trotz allem freute er sich, sie zu sehen. Vielleicht reagiere ich über, dachte er. Vielleicht würde der Besuch gut gehen. Menschen wurden mit dem Alter milder. Sie könnten inzwischen total normal sein.

Lark erreichte Taryn als Erste und umarmte sie. „Meine liebste Beinahetochter“, sagte sie und trat zurück, um sie zu betrachten. „Du bist so schön. Ich kann sehen, dass du regelmäßig Sex hast, was wunderbar ist.“ Sie neigte den Kopf. „Du bist verliebt.“

Taryn lachte. „Ja, das bin ich. Du wirst ihn am Wochenende kennenlernen.“ Sie hob die linke Hand, an deren Ringfinger ein großer Diamant in der Sonne glitzerte.

„Ich kann nicht erwarten, ihn in meinen Armen zu halten.“ Lark seufzte. „Wundervoll. Reggie, sieh nur, Taryn ist verlobt.“

„Herzlichen Glückwunsch“, sagte Reggie und umarmte sie fest. „Ist er ein guter Mann?“

„Der beste.“

Lark lächelte. „Weißt du, eine gute sexuelle Beziehung ist der Grundpfeiler für jede Ehe. Ich habe ein paar neue Techniken, die ich mit dir und deinem jungen Mann besprechen will. Es dreht sich alles um Achtsamkeit und Atemtechniken. Damit kann ein Mann stundenlang durchhalten. Reggie, mein Lieber, du wirst mit Taryns Freund über seinen Teil sprechen.“

„Natürlich.“ Reggie drückte seiner Frau einen Kuss auf den Scheitel. „Je nachdem, wie schüchtern er ist, kann ich ihm entweder das Video von dem zeigen, was wir geübt haben, oder es ihm einfach erklären.“

Sam ließ den Kopf sinken. Ja, das hier waren seine Eltern, und nach allem, was er bislang sagen konnte, waren sie noch genauso verrückt wie eh und je.

Kenny klopfte ihm auf den Rücken. „Das ist die beste Show der Stadt.“

„Pass auf“, warnte Sam. „Oder ich bitte meinen Dad, dir eine Privatvorführung zu geben.“

Kenny zuckte zusammen. „Ah, danke, nein.“

Lark ging zu Jack und umarmte ihn. Dann musterte sie sein Gesicht. „Du hast dein Herz noch immer verschlossen?“

Er zuckte unbehaglich mit den Schultern. „Es ist immer schön, dich zu sehen, Lark“, sagte er und gab ihr einen Kuss auf die Wange.

Sie seufzte. „Du bist emotional schwer greifbar. Daran müssen wir arbeiten.“ Sie drehte sich zu Kenny um und lächelte. „Weißt du, von Sams Freunden bist du derjenige, von dem ich immer gedacht habe, er wäre im Bett am interessantesten.“

Reggie verdrehte die Augen. „Das erzählst du ihm jedes Mal, wenn du ihn siehst. Gönn dem Jungen doch mal eine Pause.“

Kenny grinste. „Ich bin gerne der Liebling.“

Sie umarmten einander, und dann war Sam dran. Er wappnete sich, weil er wusste, dass ein Zusammentreffen mit seinen Eltern wie immer den Wunsch in ihm wecken würde, nach einem Fluchtweg zu suchen. Das Schlimmste daran war, dass er nie wusste, aus welcher Richtung die Peinlichkeit auf ihn zukäme, also war es schwer, sich darauf vorzubereiten.

Sein Vater schüttelte ihm die Hand, umarmte ihn kurz und übergab ihn dann an seine Mutter. Lark musterte ihn lange, bevor sie ihn so fest umarmte, dass seine Rippen schmerzten.

„Ich liebe dich so sehr“, flüsterte sie. „Du hast mir gefehlt. Du bist jeden Tag Teil meiner Gebete.“

„Ich liebe dich auch, Mom.“

Sie trat zurück und lächelte, dann legte sie ihm die Hände auf die Schultern. „Du bist in guter Form. Ich liebe es, dass ich so wunderschöne Babys produziert habe. Du bist immer noch stark und siehst toll aus. Ich bin froh, dass du zugehört hast, als ich dir erzählt habe, welche Vorzüge es hat, ausreichend Wasser zu trinken. Das hält die Verdauung in Schuss. Noch bist du zu jung, um dir darüber Gedanken zu machen, aber vertrau mir, in ein paar Jahren wirst du dich dafür wesentlich mehr interessieren.“

„Hör auf deine Mutter“, pflichtete Reggie ihr bei.

Kenny kicherte. „Kommt rein“, sagte er. „Ihr habt Sams neues Haus ja noch gar nicht gesehen.“

Auch wenn Sam dankbar für die Ablenkung war, wusste er, dass sie nicht lange anhalten würde. Oder viel helfen. Denn seine Mutter war noch nie auf eine Grenze gestoßen, die sie nicht hatte überschreiten wollen.

Jetzt schlenderte sie ins Haus, und die Jungs machten sich daran, den ansehnlichen Berg an Koffern hereinzuholen. Während Sam, Kenny und Jack das Gepäck ins Gästezimmer brachten, mixte Taryn in der Küche Drinks. Sam stellte die beiden Taschen, die er getragen hatte, ab und hörte schon das vertraute Auf- und Zuziehen von Schubladen. In *seinem* Schlafzimmer.

„Darling, ich kenne eine viel bessere Kondommarke“, rief seine Mutter. „Und wo ist der pinkfarbene Vibrator, den ich dir letztes Weihnachten geschickt habe? Der, der so geformt ist, dass er den G-Punkt der Frau erreicht? Ich kann ihn nirgendwo entdecken.“

„Mom, verlass sofort mein Schlafzimmer.“

Sie erschien in der Tür, und ihre Miene zeugte von ernsthafter Verwirrung. „Ich habe doch nur dein Leben erkundet, Darling. So lernen wir uns wieder kennen, nachdem wir so lange nicht zusammen waren.“

„Einige Menschen unterhalten sich dafür einfach“, murmelte er.

„Die Martinis sind fertig!“, rief Taryn aus der Küche.

„Wundervoll.“ Lark lächelte.

Sie gingen ins Wohnzimmer. Reggie trug das Tablett mit den Drinks, während Taryn mit einigen Vorspeisen folgte, die Sam von Angelo’s, dem örtlichen Italiener, geholt hatte.

Taryn deutete auf die Getränke. „Geschüttelt ohne Eis und Zitrone, geschüttelt ohne Eis und mit Oliven, geschüttelt ohne Eis mit einem Hauch von Lavendel für die wunderschöne Frau, die ich so sehr liebe.“

Lark lächelte noch immer.

„Geschüttelt scheint das Thema des Tages zu sein“, flüsterte Jack und nahm eines der Gläser.

„Solange es die Nerven beruhigt“, sagte Sam und nahm sich selbst eins.

Er trank es in einem Zug bis zur Hälfte aus und warf dann Taryn einen Blick zu. Sie grinste und zeigte auf ihn, als wollte sie sagen, ja, im Kühlschrank steht noch ein Krug mit mehr. Und den bräuchte er auch, um diesen Besuch zu überstehen.

Sobald alle sich gesetzt hatten, schien die Unterhaltung etwas flüssiger zu laufen. Lark und Reggie erzählten von Sams Schwestern und wie gut es ihnen ging. Das Gespräch war ziemlich normal, und es wurde nur einmal die Vagina von Sams Schwester Lotti erwähnt, was Sam in Anbetracht seiner Eltern als Gewinn verbuchte.

„Ihr seid gerade auf Lesereise?“, fragte Kenny.

Lark nickte. „Ich habe früher nie auf Promotour gehen wollen. Nicht wenn ich dadurch so lange von Reggie getrennt bin.“ Sie lächelte ihren Ehemann an. „Wir versuchen, nie länger als vierundzwanzig Stunden voneinander getrennt zu sein, und unser Ziel ist es, mindestens alle achtundvierzig Stunden Liebe zu machen.“

„Mom“, sagte Sam. „Zu viel Information.“

„Das sagst du immer. Es ist nicht möglich, zu viele Informationen zu haben. Wissen ist wichtig.“

„Nicht, wenn es um das Sexleben meiner Eltern geht.“

„Du solltest dich freuen“, schaltete Reggie sich ein. „Du hast die Sportausrüstung der Ridges, wie mein Dad immer zu mir gesagt hat.“

Sam verspürte die vertraute Hoffnungslosigkeit, die ihn immer zu verschlucken schien, wenn seine Eltern in der Nähe waren. Es war nicht so, dass er sie nicht liebte; es war eher so, dass er nicht wusste, wie er sie überleben sollte.

Taryn beugte sich vor. „Vielleicht könnten Kenny oder Jack vor ihr blankziehen“, murmelte sie. „Das wäre eine Ablenkung.“

„Aber keine besonders gute.“

Sie tätschelte ihm die Hand und nahm sein leeres Glas. Eine Minute später kehrte sie mit dem vollen Glas zurück.

„Du bist eine gute Frau“, sagte er.

Lark lehnte sich gegen Reggie. „Jetzt, wo dein Vater in Rente gegangen ist, kann er mich begleiten, deshalb machen wir die Lesereise gemeinsam. Wir fahren mit dem Auto, was es viel lustiger macht. Dieses Land ist so schön, und wir waren schon an den interessantesten Orten. Du kannst dir nicht vorstellen, wo wir schon überall draußen Sex hatten."

Reggie lachte leise. „Wir sind ein paarmal erwischt worden, aber das macht es nur noch besser."

Sam spürte den Anflug von Kopfschmerzen.

Kenny beugte sich vor. „Wo denn?"

Jack lachte. „Seid ihr auch verhaftet worden?"

Reggie schüttelte den Kopf. „Einmal haben uns die Cops gesagt, wir mögen bitte nach drinnen gehen, aber dann hat der eine zugegeben, dass er froh ist, zu wissen, dass auch Leute in unserem Alter es noch tun. Außerdem ist Lark eine wunderschöne Frau. Jeder würde sie nackt sehen wollen."

Sam schaute zur Tür und dachte sehnsüchtig an Mexiko.

Die Unterhaltung ging noch eine halbe Stunde oder so weiter. Sam verlor den Überblick über die Menge an Martinis, die Taryn ihm einschenkte. Schließlich verkündeten seine Freunde, dass sie gehen müssten. Kenny und Jack sagten, sie würden zu Fuß gehen und ihre Autos am folgenden Morgen mitnehmen, was bedeutete, Taryn musste Angel bitten, sie abzuholen.

„Vergiss nicht, ich will mit euch über diese neue Technik reden", erinnerte Lark sie.

„Ich kann es kaum erwarten."

Lark schaute sich im Zimmer um. „Will noch jemand an dem Gespräch teilnehmen?"

Jack und Kenny schauten einander an, als wären sie nicht sicher, was sie tun sollten. Taryn hatte bereits zugestimmt, und für Sam kam es definitiv nicht infrage. Er ging zur Haustür und schaute nicht ein einziges Mal zurück.

„Ich liebe ihn", sagte Dellina, als sie spürte, wie der Stress ein wenig von ihr abfiel. Was auch immer passierte, sie konnte darauf vertrauen, dass ihre Schwestern für sie da waren. Das ist einer der Vorteile einer Familie, dachte sie. Zu wissen, dass sie sich mit keiner Krise allein herumschlagen müsste.

Ana Raquel errötete vor Stolz und riss ein kleines Stück Bacon ab, um Caramel damit zu füttern. Die winzige Hündin nahm es vorsichtig und schlang es dann herunter. Danach drehte sie sich im Kreis, als wollte sie sagen, dass es so köstlich gewesen war, dass sie gern noch mehr davon hätte.

Fayrene machte sich ein paar Notizen und probierte dann den alkoholfreien Cocktail. „Ich stimme dir zu. Diese Drinks sind perfekt“, sagte sie zu ihrer Zwillingsschwester. „Mit den verschiedenen Zutaten können die Kinder unterschiedliche Geschmacksrichtungen entwickeln und ausprobieren, was ihnen am besten gefällt.“

„Verschiedene Säfte zu benutzen ist einfach genial“, sagte Dellina zu Ana Raquel.

„Ich bin froh, dass ihr das so seht. Ich werde das, was übrig bleibt, in dem Sorbet für das Abendessen am nächsten Tag verwenden. So können die Kinder erzählen, dass sie daran auch mitgewirkt haben, weil sie den Saft gepresst haben.“ Sie griff nach einem Würstchen im Schlafrock und biss zwei Drittel davon ab. Den Rest gab sie Caramel.

„Sie darf so was doch fressen, oder?“, fragte sie.

Fayrene tätschelte den Zwergspitz. „Sie scheint alles zu mögen, was Menschen essen, und hat einen Magen aus Stahl.“ Sie hob Caramel auf ihren Schoß, wo die Hündin sich elegant hinlegte und dann so herumrollte, dass sie ihren Bauch zum Streicheln präsentierte.

„Ich liebe Sorbets und die alkoholfreien Cocktails. Und die Vorspeisen sind sowohl kinderfreundlich als auch köstlich“, sagte Dellina, glücklich, dass sie so viele Punkte von ihrer Liste streichen konnte.

Die Zutaten, die zu dem Pastabuffet gehörten, waren sie bereits durchgegangen. Als Nachtisch gäbe es Softeis zum Selberzapfen. Das würde zwar eine kleine Sauerei geben, aber Spaß bringen. Heidi hatte das Menü für Sonntag vorbeigebracht. Die Kinderband und die Theatergruppe waren bestätigt. Dellina überflog ihre Liste mit dem Kinderprogramm noch zweimal und warf die Blätter dann in die Luft.

„Ich bin offiziell für mindestens die Hälfte des Wochenendes bereit, und es ist erst Dienstag."

„Du bist für mehr als nur die Hälfte bereit", erwiderte Fayrene. „Ich habe deine andere Liste gesehen. Die meisten Sachen für die Geschenktüten sind heute an dich geliefert worden, und der Rest kommt morgen. Was bedeutet, du bist beinahe fertig."

Dellina hoffte, dass sie recht hatte. „Heute Abend bin ich noch einmal zum Essen im Henri's, um die letzten Änderungen am Menü vorzunehmen, und bis auf ein paar Details ist es das dann."

„Ein Abendessen?", fragte Ana Raquel. „Kein Probeessen?"

Sie saßen alle auf dem Boden in Dellinas Wohnzimmer. Auf dem Couchtisch standen die Getränke und die Snacks. Kurierkisten quollen aus ihrem Büro bis in den Flur. Ihr Esszimmertisch war voll leerer Geschenktüten, und in ihrem Kopf wirbelten die Details durcheinander. Sie brauchte eine Sekunde, bis die Frage ihrer Schwester gesackt war.

„Es sollte ein Probeessen sein, aber dann ist immer mehr daraus geworden. Sam kommt mit, genauso wie seine Eltern."

„Oh, du lernst seine Eltern kennen", zog Fayrene sie auf. „Überstürzt du es nicht ein bisschen?"

„Das ist rein geschäftlich, und das weißt du."

„Sam sieht ziemlich gut aus", warf Ana Raquel ein. „Ich meine, er ist nicht Greg, aber trotzdem ein attraktiver Mann. Du könntest es schlechter treffen."

Dellina lachte. „Ich bin sicher, er wäre sehr geschmeichelt von deiner Einschätzung." Sie rappelte sich auf. „Danke für eure Hilfe."

Fayrene hob Caramel hoch und stand dann auf. „Sie wirft uns raus."

„Das habe ich mitbekommen."

Ana Raquel erhob sich und umarmte Dellina. „Du wirst das rocken. Ruf mich an, wenn du etwas brauchst. Ansonsten bin ich am Freitag gegen Mittag im Büro, um alles vorzubereiten."

Fayrene umarmte Dellina ebenfalls. „Dem kann ich mich nur anschließen. Du bist gut vorbereitet."

Caramel schleckte ihr einmal über die Nase.

Dellina brachte sie raus und kehrte dann in ihr Büro zurück, wo sie ihre Masterliste studierte. Es war gut möglich, dass sie bereit war. Sie hatte ihre Notfalltasche gepackt – Sonnencreme, Aloe vera, ein großer Erste-Hilfe-Kasten, eine Liste mit allen Telefonnummern, die sie brauchen könnte, von der Autowerkstatt bis zu der Handynummer eines Privatpiloten, der in der Stadt lebte und vom örtlichen Flughafen aus Flüge anbot.

Ana Raquel kümmerte sich um die Getränke und Speisen, die nichts mit dem Hotel zu tun hatten. Sie hatte mit Heidi den Nachmittag auf der Ranch geplant, und sie und Greg waren bereit für die Weinprobe. Fayrene hatte den Zeitplan für die Kinder auswendig gelernt, hatte geholfen, alle Lieferanten zu bestätigen, und dafür gesorgt, dass die Babysitter da wären. Die Mani- und Pediküren waren vereinbart, der Golfplatz war reserviert und …

Es klingelte an der Tür. Sie drehte sich um und verließ ihr Büro. Ihre Schritte beschleunigten sich, als heftig gegen die Tür gehämmert wurde.

„Was ist los?", wollte sie wissen, als sie die Tür aufriss.

Sam stand vor ihr. Das Haar zerzaust, die Augen weit aufgerissen, schien er leicht zu schwanken.

„Sie sind hier", sagte er. „Sie sind hier, und es ist schlimmer, als ich befürchtet hatte."

Dellina bat Sam herein. Sie schob ihre Papiere herum, bis auf dem Sofa Platz war, dann zeigte sie darauf. Blicklos starrte er die Couch an.

„Geht es dir gut?", fragte sie.

„Ja. Nein. Mir geht es nicht gut. Sie sind hier."

„Wir reden von deinen Eltern, richtig? Nicht von einer Invasion von Aliens? Denn wenn die Echsenmenschen die Welt erobern, möchte ich mein Honorar noch vor der Party haben."

Er starrte sie an. „Du findest das lustig."

„Irgendwie schon." Sie setzte sich neben ihn und nahm, ohne darüber nachzudenken, seine Hand in ihre. In der Sekunde, in der sie einander berührten, war sie sich seiner Männlichkeit sehr bewusst. Manchmal waren Gegensätze auch etwas Gutes.

„Sam, es sind deine Eltern. Das ist keine große Sache."

„Du hast sie noch nicht kennengelernt." Er rutschte auf dem Sofa herum und schwankte ein wenig.

Sie sah genauer hin. „Bist du ... bist du betrunken?"

„Vielleicht. Ich weiß nicht, wie viele Martinis Taryn mir eingeschenkt hat. Keine Sorge, ich bin zu Fuß hier."

„Du hast deine Eltern allein bei dir zu Hause gelassen?"

„Das musste ich. Sie wollten Sex haben. Oder eine Demonstration. Ist ja auch egal. Beides bedeutet, dass sie sich nackt ausziehen wollten." Er erschauderte. „Warum kann ich keine normalen Eltern haben? Mit einem gewissen Maß an Exzentrik könnte ich leben, aber hiermit nicht."

Sie war nicht sicher, wie viel sie von alldem glauben sollte, aber fest stand, dass es schon eine gehörige Portion Stress benötigte, damit Sam sich mitten an einem Wochentag betrank.

„So schlimm können sie doch nicht sein", setzte sie an.

„Meine Mutter will, dass ich meine Kondommarke wechsle."

Dellina runzelte die Stirn. „Woher weiß sie, welche Marke du benutzt?"

„Weil das Erste, was sie tut, wenn sie bei mir ankommt, ist, alles zu durchsuchen. Meine Regale, meine Schubladen. Sie hat mich nach einem Vibrator gefragt, den sie mir geschickt hat. Er ist pink." Er schüttelte sich.

Sie presste die Lippen aufeinander, um nicht loszukichern. Zum Teil, weil es lustig war, zum anderen, weil sie das ehrlich gesagt entsetzte. „Deine Mutter hat dir einen Vibrator geschickt?"

„Ja. Er ist so konstruiert, dass er den G-Punkt einer Frau stimuliert.“

„Ich bin nicht sicher, ob ich weiß, was das ist.“

Sam hob den Kopf und funkelte sie an. „Sag das *unter keinen Umständen* vor meiner Mutter. Habe ich mich klar ausgedrückt? Wenn du ihr gegenüber erwähnst, dass du nicht weißt, wo der ist, wird sie dich innerhalb von zehn Sekunden ausgezogen haben und es dir zeigen.“

Entsetzt riss Dellina die Augen auf. „Sie wird …“

„Ihn berühren. Ja. Oder dich dazu bringen, ihn anzufassen. Sie wird darüber reden, wie man ihn stimuliert und wie das die Lust während des Höhepunktes verstärkt.“

Obwohl Dellina die Mutter von Sam nirgendwo in der Nähe ihres G-Punkts haben wollte, fand sie den Gedanken an stärkere Lust während eines Orgasmus gar nicht mal so übel.

„Hast du den Vibrator noch?“, fragte sie so locker, wie sie nur konnte.

„Was? Das weiß ich nicht. Vielleicht. Aber darum geht es gar nicht.“

„Ich schätze nicht“, sagte sie sehnsüchtig und fragte sich, wie krass es wohl sein würde, im Internet über den G-Punkt zu recherchieren. Hauptsächlich auf Seiten ohne Bilder, denn es gab einige Dinge, die sie lieber nicht sehen wollte.

„Du hörst mir nicht zu“, beschwerte er sich. „Das sind meine *Eltern*. Die sind wie Heuschrecken. Sie müssen kontrolliert werden, oder sie fallen ein und verwüsten alles.“

„Ernsthaft?“

Er atmete tief ein. „Okay. Sie zerstören mein Leben und lassen alles andere unberührt.“ Er stand auf und tigerte im Wohnzimmer auf und ab. Dann ging er in den Flur.

Sie folgte ihm in ihr Büro. Er ging zum Fenster und drehte sich zu ihr um.

„Ich kann das nicht“, sagte er. „Ich muss das Land verlassen. Ich fahre nach Mexiko. Ich kann nicht eine Woche mit ihnen verbringen. Was habe ich mir nur dabei gedacht?“

„Du bläst das Ganze unnötig auf“, sagte sie sanft.

„Wirklich?“ Seine Stimme war überraschend schrill. „Das werden wir noch sehen. Heute Abend sind wir im Henri’s zum Dinner. Wenn du findest, dass sie komplett normal sind, werde ich mich nie wieder über sie beschweren. Aber wenn ich recht habe, darf ich bei dir wohnen, bis sie wieder abgereist sind.“

„Ich habe nur den Futon in dem anderen Zimmer“, sagte sie, ohne nachzudenken.

„Es ist mir egal, und wenn ich auf dem Fußboden schlafen muss.“ Er packte sie an den Oberarmen. „Sie sind nicht menschlich.“

Sie unterdrückte ein Lächeln. „Ich bin mir ziemlich sicher, dass sie das sind. Sie sind nur ein wenig seltsam. Das sind alle Eltern.“ Sie war sicher, wenn ihre Eltern noch leben würden, würde sie sich auch über sie beschweren.

„Oh“, sagte sie, als ihr eine offensichtliche Lösung einfiel. „Warum bringst du deine Eltern nicht im Hotel unter? Oder ist das ausgebucht? Soll ich mal anrufen?“

Er ließ die Arme sinken. „Kein Hotel“, erklärte er ausdruckslos. „Das ist zu riskant. Ich mag diese Stadt und möchte gerne hier wohnen bleiben.“

„Okay, und das hat genau was mit deinen Eltern zu tun?“

„Sie kennen keine Grenzen. Nicht so, wie man sich das vorstellt. Sie gehen über den Flur, um sich Eis zu holen. Aber dabei sind sie nackt. Oder haben Sex in der Lobby.“

Um ihre Lippen zuckte es. „Sam, du musst mal einen Gang zurückschalten. Wirklich, so schlimm können sie nicht sein.“

„Du irrst dich. Sie sind wesentlich schlimmer, als du denkst. Du wirst sie ja heute Abend treffen, danach unterhalten wir uns.“

„Ich kann es kaum erwarten.“ Sie grinste.

„Das sagst du jetzt.“

10. KAPITEL

Dellina fuhr früher zum Henri's. Sie sprach mit der Leiterin des Caterings und schaute sich dann kurz den separaten Speisesaal an, den sie nutzen würden. Obwohl er für nur vier Gäste ein wenig groß war, wollte sie wissen, wie die Arbeitsabläufe funktionierten. Nachdem sie durchgegangen waren, wo die Weinprobe stattfände, kehrte sie in den separaten Speisesaal zurück und sah, dass Sam und seine Eltern bereits angekommen waren.

Dellina blieb im Türrahmen stehen und musterte die beiden, bevor sie sie bemerkten. Sams Dad war groß und schlank. Er sah fit und sportlich aus, hatte ein angenehmes Lächeln und angegraute Schläfen. Lark trug ein tief ausgeschnittenes blaues Kleid von der Farbe ihrer Augen. Ihre welligen blonden Haare wurden von zwei hübschen Kämmen zurückgehalten. Sie war dezent geschminkt, wirkte entspannt, und wenn sie lachte, erfüllte ein fröhlicher Klang den Raum.

Sam drehte sich um und erblickte Dellina.

„Du hast es geschafft", sagte er. Seine Stimme klang locker, doch Dellina erkannte, wie angespannt er war.

„Ich habe mir noch eben die restlichen Räume für Freitagabend angesehen." Sie ging auf die drei zu. „Ich bin Dellina."

Lächelnd streckte sie die Hand aus. Reggie stellte sich und seine Frau vor und schüttelte ihre Hand. Lark erwiderte ihr Lächeln und verkündete: „Sie sind sehr hübsch, mein Kind." Dann zog sie sie in eine warme Umarmung, die Dellina ihre eigene Mutter schmerzlich vermissen ließ.

„Sam hat mir so viel von dieser Feier am Wochenende erzählt. Es klingt, als wären Sie eifrig damit beschäftigt, alles zu organisieren." Aufmerksam sah Lark sie an.

„Ich freue mich, dass langsam alles seinen Platz findet", sagte sie. „Normalerweise richten wir in dieser Stadt keine so mondänen Events aus."

„Wir freuen uns schon sehr darauf", betonte Lark und hakte sich bei ihrem Ehemann unter.

Ein Kellner kam mit Champagner und Gläsern herein. Ein zweiter folgte mit einem Tablett voller Appetithäppchen.

„Bitte." Dellina nickte in Richtung der Getränke und Snacks. „Ich hätte gerne Ihre objektive Einschätzung. Das ist unsere letzte Möglichkeit, um noch etwas am Menü zu verändern. Es würde mir sehr helfen, wenn Sie mir zu jedem einzelnen Gang Ihre ehrliche Meinung sagen."

Sie stießen auf das Wochenende an und probierten dann die Häppchen. Dellina achtete darauf, von allem etwas zu nehmen und sich Notizen dazu zu machen.

„Mir gefällt die Präsentation", sagte sie und legte ein Würstchen im Schlafrock auf einen Teller, damit es abkühlen konnte. Eine der Herausforderungen beim Servieren von Fingerfood war, dass die Menschen dazu neigten, sich erst zu unterhalten, bevor sie aßen. Etwas zu finden, das auch bei Raumtemperatur noch gut schmeckte, könnte schwierig werden.

Reggie warf einen Blick auf ihre Notizen. „Sie sind sehr gut organisiert."

„Das muss ich sein."

„Sie haben eine eigene Firma?"

Sie lächelte. „Ja. Sie besteht nur aus mir. Manchmal denke ich darüber nach, zu expandieren, aber dann müsste ich Kontrolle abgeben. Außerdem gibt es viele Bereiche an meiner Arbeit, die ich sehr liebe. Die würde ich ungern an jemand anderen abgeben." Sie hielt inne. „Ich überlege, jemanden für die Büroarbeiten einzustellen. In Buchführung bin ich nicht so gut."

„Das verstehe ich", erklärte Reggie. „Als ich mich vom Basketball zurückgezogen habe, musste ich mir überlegen, was ich mit dem Rest meines Lebens anfangen wollte. Ich hatte einen Abschluss, den ich nicht nutzen konnte, und keine Erfahrungen abseits des Spielfelds."

Lark trat neben ihren Mann und lehnte sich an ihn. „Das stimmt nicht. Du hattest viele Fähigkeiten. Du musstest nur herausfinden, wie du sie am besten nutzen konntest."

Er nickte. „Ich bin wieder aufs College gegangen und habe

dieses Mal in den Vorlesungen aufgepasst. Dann habe ich meinen Abschluss in BWL gemacht, bei einer großen Firma angefangen und mich langsam hochgearbeitet."

Dellina lächelte Sam an. „Ach, daher dein Interesse an Finanzen."

„Dad hat mich durchaus beeinflusst", gab er zu.

Reggie strahlte seinen Sohn an. „Sam ist sehr intelligent. Er hat Football gespielt, aber auch an die Zukunft gedacht. Im Gegensatz zu ihm habe ich ein paar Jahre verloren, nachdem die Aufmerksamkeit der Massen nachgelassen hatte."

„Kenny und Jack zu haben hat aber auch sehr geholfen", fügte Lark an. „Sie sind gute Freunde und haben sich umeinander gekümmert. Die Welt des Profisports kann schwierig sein. Nicht nur wegen der körperlichen Herausforderungen, sondern auch wegen der Aufmerksamkeit der Medien. Und heute, mit dem Internet und allem, gibt es keine Möglichkeit mehr, sich zu verstecken. Aber Sam ist der Wechsel sehr gut gelungen."

Sie und Reggie klangen wie extrem stolze Eltern. Dellina verstand nicht, worüber Sam sich beschwerte. Nach allem, was sie bisher gesehen hatte, war seine Familie ganz bezaubernd.

Er fing ihren Blick auf und schüttelte den Kopf, als wollte er ihr sagen, sie solle nur abwarten. Dass alles noch schlimmer werden würde.

„Wann haben Sie mit dem Schreiben angefangen?", fragte sie Lark, als sie an den Tisch gingen und Platz nahmen.

Lark zuckte mit den Schultern. „Ungefähr vor fünfzehn Jahren. Ich habe mich schon immer für Sexualität in der Ehe interessiert. Als die Kinder älter wurden, habe ich angefangen, das Thema ernsthafter zu studieren. Schließlich habe ich eine Gruppe für Frauen gegründet, in der wir Informationen austauschen konnten. Daraus ist mein erstes Buch entstanden."

Dellina wartete, aber Lark lächelte nur. Genau wie sie es sich gedacht hatte – Lark war weniger zügellos, als man es ihr, Dellina, hatte weismachen wollen. Sie entspannte sich und erklärte ihnen das Menü des Abends.

„Wir werden von allem etwas serviert bekommen“, sagte sie. „Drei verschiedene Hauptspeisen, aber jeweils nur eine kleine Probeportion. Ich brauche wirklich Ihre ehrliche Meinung. Wir werden unseren Gästen nur eine kleine Karte anbieten.“

Lark beugte sich zu Sam vor. „War diese Feier deine Idee?“

„Wir fanden, es wäre eine gute Möglichkeit, unsere Kunden zusammenzubringen“, erklärte er ein wenig steif. „Und um ihnen für ihre Geschäfte mit uns zu danken.“

„Es ist auch eine schöne Art, die Kunden näher an sich zu binden und etwas für die Stadt zu tun“, sagte Lark. „Nach allem, was ich bisher gesehen habe, ist Fool's Gold charmant und zauberhaft, aber auch sehr klein. Da will man es sich mit niemandem verscherzen. Die Feier erlaubt es euch, auf subtile Weise Geld in die Gemeindekasse zu spülen.“

„Danke“, murmelte er und griff nach seinem Weinglas.

Dellina wollte ihn am Arm packen und für eine private Unterhaltung aus dem Raum zerren. Sie spürte seine Anspannung und war sicher, dass sie seinen Eltern ebenfalls nicht entging. Und wofür das alles? Lark und Reggie waren ein charmantes, zauberhaftes Paar. Okay, sie berührten sich oft, aber war das nicht ein Zeichen für ihre glückliche Ehe? In einer Zeit, in der so viele Paare sich scheiden ließen, sollte ihre gegenseitige Liebe gefeiert werden.

Sie fragte sich, ob seine gescheiterte Ehe mit Simone ihn so unentspannt gemacht hatte, was andere verliebte Paare anging. Taryn hatte erwähnt, dass es noch mehrere fehlgeschlagene Beziehungen gegeben hatte. War er dadurch so zynisch geworden?

Die Kellner brachten den ersten Gang. Es gab drei Suppen und zwei Salate. Dellina schaute sich alles genau an und machte sich Notizen.

Lark probierte die erste Suppe. „Köstlich“, sagte sie. „Wie lange sind Sie und Sam schon zusammen?“

Dellina hatte gerade die Suppe probiert und verschluckte sich beinahe. Als sie wieder atmen konnte, tupfte sie sich die Augen ab und nippte an ihrem Wasser.

„Entschuldigen Sie?“, fragte sie krächzend.

„Sie und Sam“, sagte Lark. „Sie schlafen miteinander.“

Dellina brannten die Wangen. „Äh, nein. Wir arbeiten nur zusammen. Das ist alles.“

Sie wagte es nicht, Sam anzuschauen. Ohne Zweifel würde er ihr stumm mitteilen: „Ich habe es dir doch gesagt“, und das wollte sie nicht hören. Oder sehen.

Lark schüttelte den Kopf. „Dann waren Sie mal sexuell intim miteinander. Ich spüre die Verbindung zwischen Ihnen. Was war das Problem? Ich bezweifle, dass es Sams Fähigkeiten im Bett waren. Auch wenn er mir nicht gestattet hat, ihn zu coachen, weiß ich, dass er und sein Vater mehrere Unterhaltungen über die verschiedenen Techniken geführt haben. So viele Männer wissen nicht, wie man eine Frau richtig befriedigt.“

Dellina trank noch mehr Wasser und beschloss, dass sie die anderen entscheiden lassen würde, welche Vorspeise die beste war.

Über den Tisch hinweg sah Lark ihren Sohn an. „Simone hat mich vor Kurzem angerufen. Sie hat zugegeben, dass sie zwar das Ende eurer Ehe nicht bedauert, dich aber im Bett vermisst.“ Sie strahlte vor Stolz. „Sie hat gesagt, es wäre nicht die Anzahl der Orgasmen, sondern mehr die Intensität ihrer Höhepunkte, die ihr immer noch fehlt.“

Reggie nickte wissend. „Es muss schwer sein, darüber hinwegzukommen. Selbstbefriedigung ist kein Ersatz für richtigen Sex. Ein erfahrener, interessierter Partner fügt das besondere, undefinierbare Etwas hinzu.“

Dellina fragte sich, ob ihr Make-up die intensive Röte auf ihren Wangen wohl verdeckte. Das hier passierte nicht wirklich. Dieses nette Pärchen mittleren Alters diskutierte gerade nicht am Dinnertisch über Sex und Orgasmen. Das konnte einfach nicht sein.

„Ich habe mit ihr über Selbstbefriedigung gesprochen“, sagte Lark und zog sich eine der Salatschüsseln näher heran. „Erinnerst du dich noch an diesen Druck, den ich so gerne mag?“

„Mom“, wies Sam sie scharf zurecht. „Es reicht.“

Seine Mutter hielt kurz inne. „Okay, meinetwegen. Ich wollte ja nur sagen, dass Simone dich im Bett vermisst.“

Dellina konnte sich nicht erinnern, jemals ein anstrengenderes Abendessen erlebt zu haben. Es war nichts passiert, aber das war egal. Nun, da sie die Ridges in Aktion erlebt hatte, wusste sie, dass man sich nie sicher sein konnte, wann die nächste erstaunliche Bemerkung fallen würde. Larks sachliche Art, darüber zu reden, machte es beinahe noch schlimmer, weil Dellina jedes Mal für eine Sekunde glaubte, sich verhört zu haben.

Nach dem Simone-Debakel wandte sich die Unterhaltung normaleren Themen zu, aber das bedeutete nicht, dass Dellina sich entspannen konnte. Sich für den nächsten Schock zu wappnen kostete genauso viel Energie, wie ihn zu überstehen. Als das Dessert serviert wurde, fühlte sie sich, als wäre sie einen Marathon gelaufen – zumindest emotional. Nicht, dass sie das je wirklich getan hatte, aber das war nicht der Punkt.

„Ich interessiere mich sehr für die Geschichte der Stadt“, sagte Lark, nachdem sie die Mousse au Chocolat probiert hatte. „Vor allem für den Máa-zib-Stamm.“

„Damit kenne ich mich ein wenig aus“, erwiderte Dellina. „In der Schule lernen wir alles darüber, wie sie aus Mittelamerika hergewandert sind und sich hier niedergelassen haben.“

„Der matriarchalische Aspekt ist sehr faszinierend“, sagte Sam. „Das wird dir gefallen, Mum. Sie haben die Männer nur für Sex benutzt und dann wieder rausgeworfen.“

Lark schüttelte den Kopf. „Ich habe deinen Vater gerne bei mir. Ich würde ihn nie rauswerfen.“

Reggie nahm ihre Hand. „Das weiß ich sehr zu schätzen, meine Liebe, und mir geht es genauso.“

„Außerhalb der Stadt gibt es ein Museum“, erklärte Dellina. „Vor drei Jahren hat man dort eine außergewöhnliche Entdeckung gemacht. Viel Goldschmuck und kleine Statuen.“

„Tja, das werden wir uns auf jeden Fall ansehen“, sagte Reggie.

Lark nickte. „Und gibt es nicht auch eine Skulptur in der Stadt? Von Caterina Stoicasescu? Ich meine, irgendwo etwas darüber gelesen zu haben."

Dellina erinnerte sich noch an den Skandal, als das Werk damals enthüllt worden war.

„Sie ist gerade an einen Skulpturengarten in San Francisco ausgeliehen", sagte sie.

Eine Dauerleihgabe, dachte sie grinsend. Zumindest wenn Bürgermeisterin Marsha etwas dazu zu sagen hätte.

„Ich kenne ihr Werk", meinte Sam. „Sie arbeitet mit Metall. Was hat sie für die Stadt gemacht?"

Dellina zuckte zusammen. „Es war eine, äh …"

„Eine riesige Vagina", erklärte Lark ihm. „Ich habe Bilder davon gesehen. Sie war wunderschön. Caterina versteht die Bedeutung von Sexualität wirklich. Ich will nicht sagen, dass sie uns definiert, aber sie ist ein wichtiger Teil unseres Lebens. Vor allem für Frauen. Wir bringen unseren Kindern bei, Auto zu fahren, zu kochen, ein Konto zu führen, aber über Sex sagen wir ihnen nichts."

Dellina sah, dass Sam seine Mutter entsetzt anschaute. Als wenn er wüsste, was sie als Nächstes raushauen würde, und nichts tun könnte, um sie aufzuhalten – oder zu fliehen.

„Was sie in der Schule lehren, reicht nicht", warf Reggie ein. „Empfängnisverhütung ist wichtig, aber was ist mit dem Rest?"

„Der Rest?", fragte Dellina, bevor sie sich zurückhalten konnte. „Sie meinen …"

„Lust." Lark lächelte ihren Mann an. „Erinnerst du dich noch, als ich unseren Mädchen beigebracht habe, wie man masturbiert?"

Er nickte. „Das war eine schöne Zeit."

Sam zuckte zusammen.

Lark seufzte bei der Erinnerung. „Reggie ist mit Sam das Wochenende über weggefahren. Immerhin war er ein Junge, und für die ist es leichter zu verstehen, was sie mit sich anstellen können. Aber für die Mädchen gab es keine Erektion als eindeutiges

Anzeichen für ihre Erregung. Ich habe ihnen von ihrer Klitoris erzählt und einige der grundlegenden Techniken erklärt." Ihre Augen füllten sich mit Tränen. „Sie hatten das gesamte Wochenende, um sich selbst zu erkunden. Ich habe alle ihre Fragen beantwortet." Sie seufzte. „Es ist eine wunderschöne Erinnerung, die ich für immer in meinem Herzen bewahren werde."

An den Rest des Abends erinnerte Dellina sich nur verschwommen. Sie war ziemlich sicher, dass die Unterhaltung weitergegangen war, während sie Kaffee und Tee getrunken hatten, aber das Rauschen in ihren Ohren hatte alles übertönt.

Nachdem sie das Restaurant verlassen hatten, gingen Lark und Reggie, um den Garten zu erkunden, während Sam Dellina zu ihrem Auto begleitete. Auf dem Parkplatz drehte sie sich zu ihm um und blieb stehen.

„Ich habe mich geirrt", gab sie zu. „Ich habe mich schrecklich geirrt. Es tut mir leid. Ich weiß nicht, wie ich es sagen soll. Deine Eltern sind …"

„… unbeschreiblich?", vollendete er den Satz für sie.

„Ja, und so viel mehr." Sie erschauderte. „Dein Dad, der darüber spricht, welche Sachen er genau sagt, während er …" Sie schloss kurz die Augen. „Ich will mir nicht vorstellen, wie deine Eltern so etwas tun."

Es zuckte um Sams Mundwinkel. „Wenigstens weißt du jetzt alles über deinen G-Punkt."

Dellina presste sich die Hand an ihre Wange. Lark hatte das Thema aufgebracht, und sie hatte den Fehler begangen, Interesse auszudrücken. Daraufhin hatte Lark sofort ein altes Rezept aus ihrer Handtasche geholt und angefangen, ein peinlich genaues Bild zu zeichnen. Dann hatte sie angeboten, mit Dellina nach Hause zu gehen und ihr zu zeigen, wo er sich befand und auf welche Arten man ihn stimulieren konnte.

„Versteh mich nicht falsch", murmelte sie, wobei sie ihn kaum ansehen konnte. „Aber ich möchte deine Mutter während eines Orgasmus niemals im gleichen Zimmer haben."

„Dann sind wir uns darüber ja schon mal einig."

„Ich hätte nie geglaubt, dass jemand so sein kann", gab sie zu. „Als Taryn und Larissa davon erzählt haben, dachte ich, sie wollten mich nur aufziehen, indem sie sie schlimmer darstellen, als sie ist. Aber das haben sie nicht."

Er atmete tief ein. „Willkommen in meiner Welt."

„Kein Wunder, dass du sie nicht im Hotel unterbringen willst. Sie würden vermutlich von Zimmer zu Zimmer gehen und die Gäste fragen, ob sie ihnen sexuell irgendwie behilflich sein können."

„Oder schlimmer", sagte er düster.

Sie fragte lieber nicht, was er damit meinte. Ihre Vorstellungen waren auch so schon schlimm genug. „Sie ist wirklich süß. Das sind sie beide. Und sie lieben dich sehr. Sie haben nur einen ungewöhnlichen Fokus in ihrem Leben."

„Wem sagst du das. Kein dreizehnjähriger Junge sollte beim Frühstück von seiner Mutter über seine feuchten Träume ausgefragt werden."

Sie biss sich auf die Unterlippe. „Hat sie deinen Schwestern wirklich beigebracht, wie sie sich …"

„Oh ja. Dad hat mich mit zum Campen genommen. Als ich nach Hause kam, waren meine Schwestern in ihren Zimmern und erkundeten die Wunder der Selbstbefriedigung. Dann haben wir beim Abendessen alle darüber gesprochen."

„Das ist so falsch", sagte sie und unterbrach sich dann. „Weißt du, ich bin nicht sicher, ob es falsch ist. Offensichtlich widerspricht es den gesellschaftlichen Normen, aber sie hat ihnen damit ja nicht wehgetan. Sex ist wichtig, und überall steht, dass Frauen, wenn sie guten Sex haben wollen, ihren Körper verstehen müssen. So gesehen hat sie ihren Töchtern einen guten Start ermöglicht. Es ist nur … seltsam."

Sam hob beide Hände. „Hey, ich bin damit aufgewachsen. Mir musst du nicht erzählen, was normal ist und was nicht. Jeden Tag meines Lebens wollte ich, dass meine Familie so ist wie jede andere. Ein wenig Zurückhaltung ist was Gutes."

Unter gesenkten Wimpern heraus schaute sie ihn an. „Also Simone vermisst dich, hm?"

„Diese Unterhaltung werden wir nicht führen."

„Warum nicht? Das wäre bestimmt lustig."

„Nicht für mich." Er legte einen Arm um sie und drehte sie in Richtung Auto. „Und wie meine Eltern dir nur zu gerne erzählen würden, sollte Lust auf Gegenseitigkeit beruhen."

„Oh sicher. Verwende nur ihre Lehren gegen mich."

Sie mochte das Gefühl, so nah bei ihm zu sein. Auch wenn die Unterhaltung beim Abendessen unangenehm gewesen war, das ganze Gerede über Orgasmen hatte sie an ihre Nacht mit Sam erinnert. Und die Information über ihren G-Punkt war sehr interessant gewesen. Sam wusste vermutlich alles darüber. Nicht, dass sie diese Art von Beziehung hatten, aber es war etwas, was sie im Kopf behalten sollte – für das nächste Mal, wenn sie mit einem Mann zusammen war.

Als sie ihr Auto erreichten, drehte sie sich noch einmal zu ihm um.

Die Sonne war bereits hinter den Bergen verschwunden. Die Bäume zeichneten sich als dunkle Silhouetten gegen den tintenschwarzen Himmel ab, und Sams Gesicht lag im Schatten. Sie wollte wissen, was er dachte, und fragte sich, ob irgendein Teil der Unterhaltung auch für ihn interessant gewesen war. Oder ob er sich die ganze Zeit gewünscht hätte, er wäre woanders.

Ohne ihn zu fragen, würde sie das niemals herausfinden, aber sie waren übereingekommen, dass sie nur eine rein geschäftliche Beziehung hatten. Was klug ist, wie sie sich sagte. Vernünftig. Aber wow, es würde ihr ganz sicher nichts ausmachen, wenn Sam sie jetzt in die Arme nähme und küsste, bis ihr die Sinne schwanden, bevor er ihr ganz genau zeigte, was passieren konnte, wenn ein Mann wusste, was man mit dem G-Punkt einer Frau alles anstellen konnte.

Da das allerdings nicht passieren würde, musste sie jetzt nach Hause und das endgültige Dinner für den Freitagabend zusammenstellen.

„Um wie viel Uhr kommst du vorbei?“, fragte sie und holte ihre Schlüssel aus der Handtasche.

„Wovon redest du?“

„Du wolltest doch bei mir wohnen, oder nicht? Ich habe gesagt, ich würde deine Eltern treffen, und wenn ich dir zustimme, darfst du gerne auf meinem Futon schlafen.“ Sie lächelte. „Du kennst das Zimmer, Sam. Das, in dem Fayrene ihre Liste mit Ideen hängen hat, wie sie Ryan dazu bringen kann, ihr einen Antrag zu machen.“

„Sehr lustig.“ Sein Blick wurde eindringlich. „Bist du sicher, dass es dir nichts ausmacht?“

„Ja. Das ist schon okay.“ Es hatten schon früher Freunde bei ihr übernachtet. Und auch wenn Sam auf eine sehr männliche Art wesentlich interessanter war, wusste sie, dass es gefährlich war, in ihm mehr als nur einen Freund zu sehen.

„Danke. Das weiß ich sehr zu schätzen.“

„Ich kann es mir nicht mal vorstellen“, gab sie zu. „Ich meine nicht, dass sie etwas sagen, was, wie ich zugeben muss, schon problematisch genug ist. Aber dass du Angst davor haben musst, sie bei irgendetwas in was auch immer für einer Position zu überraschen …“

Er seufzte. „Ich bin in einer Stunde da.“

„Ich beziehe schon mal dein Bett.“

„Danke, Dellina.“

„Gern geschehen.“ Sie schloss ihren Wagen auf.

Sanft berührte Sam ihren Arm. „Willst du ein paar Regeln festlegen?“

Sie sah ihn an und dachte, ja, das will ich. Solange diese Regeln beinhalteten, dass er sich ein wenig mit ihrem G-Punkt beschäftigte.

Stattdessen sagte sie jedoch: „Nein, Sam. Regeln sind nicht nötig. Wenn es einen Menschen auf der Welt gibt, bei dem ich darauf vertrauen kann, meine Privatsphäre zu wahren, bist du das.“

Der Fehler in dem Plan war nicht – wie Sam gegen zwei Uhr nachts erkannte –, dass der Futon unbequem war. Das war er, aber er hatte schon in schlimmeren Betten geschlafen. Nein, das Problem war, dass er in Dellinas Haus und nur wenige Meter von ihrem Schlafzimmer entfernt war.

Zwar konnte er sie nicht hören, wusste aber, dass sie da war. In ihrem Bett.

Er wollte aufstehen und zu ihr gehen, sie wachküssen und sie dann überall berühren. Er wollte sie beide nackt, und dann wollte er ihr Lust verschaffen, bis sie keuchend unter ihm lag.

Das ist keine Vorstellung, die mir hilft, einzuschlafen, dachte er und setzte sich auf.

Er ignorierte seine Erektion und ging zum Fenster. Nachdem er die Vorhänge ein Stück aufgezogen hatte, starrte er in die Nacht hinaus. Nicht, dass es dort etwas zu sehen gegeben hätte. Dellinas Haus lag in einem Wohngebiet von Fool's Gold. Alle schliefen. Hier passierte niemals etwas Schlimmes.

Er öffnete das Fenster und atmete die kühle Luft ein. Sie fühlte sich gut an auf seiner nackten Brust, schien seine Lenden aber eher noch mehr zu reizen, anstatt seinen Hunger zu lindern. Vielleicht war das einfach die Reaktion darauf, dass er Dellina wollte. Nichts konnte diese Sehnsucht befriedigen außer die Frau selbst.

Eine Stimme in seinem Kopf, die verdächtig nach der seiner Mutter klang, flüsterte, dass es noch einen anderen Weg gab. Aber Sam ignorierte ihren Vorschlag. Er war nicht mehr vierzehn. Er würde sich damit abfinden, und irgendwann würde seine Erregung abebben.

Um den Prozess zu beschleunigen, verließ er das Gästezimmer, weil er hoffte, ein wenig auf und ab zu gehen würde helfen. Er würde so lange im Wohnzimmer herumtigern, bis er müde war und schlafen könnte. Aber auf dem Weg kam er an Dellinas Büro vorbei. Ihr Computer stand auf dem Schreibtisch. Vielleicht würde es noch besser helfen, ein wenig im Internet zu surfen.

Er betrat das Zimmer und schloss die Tür leise hinter sich. Dann trat er an den Schreibtisch und schaltete das Licht an, bevor er den PC hochfuhr. Nachdem er sich gesetzt hatte, schob er ein paar Papiere zur Seite, um an die Tastatur zu gelangen.

Eine der Seiten flatterte zu Boden. Er hob sie auf und erkannte den Namen von einem der Lieferanten. Als er den Betrag sah, der Dellina in Rechnung gestellt worden war, runzelte er die Stirn.

Wie sie vereinbart hatten, liefen alle Rechnungen über sie. Sie forderte Kostenvoranschläge an, besprach sie mit ihm, bestellte die Ware und bezahlte den Lieferanten. Im Gegenzug bezahlte er sie. Mit all dem, was sie gekauft hatten, und bei der Geschwindigkeit, mit der sie das hatten tun müssen, hatte er ihr einen Vorschuss gezahlt, damit sie das entsprechende Bargeld hatte, um die Einkäufe zu tätigen.

Gemäß ihrem Vertrag rechnete sie ihre Arbeit auf Stundenbasis ab. Außerdem schlug sie einen kleinen Prozentsatz auf jeden Einkauf drauf. Wenn die Geschenktüten also Uhren für tausend Dollar enthielten, stellte sie ihm fünf Prozent mehr in Rechnung. Nur passte der Betrag auf der Rechnung nicht zu dem, was sie an ihn weiterberechnet hatte.

Sam wandte sich wieder dem Computer zu und öffnete den Internetbrowser. Er ging auf die Score-Website und loggte sich ein. In dem gesicherten Bereich konnte er auf alle Informationen zugreifen, einschließlich aller Rechnungen. Und richtig, da war eine Diskrepanz. Dellina hatte ihm den Betrag des Kostenvoranschlags einschließlich ihrer fünf Prozent berechnet. Das Problem war, dass der Voranschlag dreihundert Dollar *unter* der tatsächlichen Rechnung lag. Die Differenz trug sie.

Er unterdrückte einen Fluch und betrachtete den Stapel an Rechnungen auf ihrem Schreibtisch und in den Ablagefächern. Der Teil von ihm, der seine Privatsphäre schützte, sagte sich, dass er hier nicht ohne ihre Zustimmung herumschnüffeln durfte. Der Geschäftsmann aber ärgerte sich, dass Dellina über den Tisch gezogen wurde, was niemals seine Absicht gewesen war. So arbeitete er nicht. Er glaubte daran, den bestmöglichen Deal auszuhandeln, aber nicht auf Kosten anderer.

Er verstand nicht, was sie sich dabei gedacht hatte. Warum stellte sie ihm nicht den Betrag in Rechnung, der wirklich anfiel? Lag es an einem verdrehten Gefühl von Stolz oder an einem Mangel an Geschäftserfahrung? Egal wie, das Problem musste gelöst werden.

Sam erhob sich und ging zu der Kiste mit den Rechnungen, die auf dem Boden stand. Eine Sekunde zögerte er, bevor er sie hochhob und auf einen Tisch in der Nähe stellte. Dann ging er sie Seite für Seite durch.

Dellina zog den Gürtel ihres Morgenmantels enger, bevor sie das Badezimmer verließ. Sie würde sich anziehen und die Haare machen, bevor sie Sam gegenübertrat.

Sie wusste, dass er bereits auf war – sie roch Kaffee. Ihr Magen flatterte aufgeregt. Sie hatten die Nacht zusammen verbracht. Zwar in verschiedenen Zimmern, aber trotzdem. So nah war sie seit ihrer unglückseligen Nacht am Valentinstag keinem Mann mehr gekommen.

Sie hatte erwartet, sich die ganze Nacht hin und her zu wälzen, aber in der Sekunde, in der ihr Kopf das Kissen berührt hatte, war sie eingeschlafen. Nachdem sie sich angezogen hatte, ging sie in die Küche. Dort schenkte sie sich einen Kaffee ein und machte sich auf die Suche nach Sam.

Sie fand ihn im Flur, als er gerade aus dem Badezimmer kam. Er hatte weder geduscht, noch war er angezogen. Interessant war, dass er nur eine Pyjamahose trug, aber kein Oberteil, sodass sie seine nackte Brust betrachten konnte. Sein Kinn war noch stoppelig.

Das ist eine sehr attraktive Mischung, dachte sie, als sie stehen blieb und ihn anschaute. Während der nächsten fünf Sekunden konzentrierte sie sich darauf, ihn nicht mit offenem Mund anzustarren. Wenn sie das schaffte, würde sie vermutlich auch den Rest des Tages überstehen.

Seine Schultern waren breit, genau wie seine Brust. Er war muskulös, aber nicht zu sehr, und perfekt definiert. Die Haare auf seiner Brust verjüngten sich zu einem schmalen Streifen, der über seinen Bauch auf etwas weiter unten zulief, das, wie sie sich erinnerte, sehr groß war …

„Guten Morgen“, brachte sie heraus.

„Wir müssen reden.“

Sein Ton war entschlossen, beinahe barsch. Sie blinzelte. „Okay. Worüber?“

„Deine Rechnungen.“ Er zeigte auf ihr Büro.

Sie ging voran und hätte beinahe ihren Kaffeebecher fallen lassen, als sie sah, dass ihr Büro von irgendeinem Ordnungsfanatiker attackiert worden war. Anstatt offener Kisten, die vor Papieren überquollen, gab es ordentliche Mappenstapel. Neben der Tastatur lag etwas, das aussah wie ein zusammenfassender Bericht. Ihr Computer war an und summte glücklich vor sich hin, aber das schien ihre geringste Sorge zu sein.

„Was hast du getan?“, hauchte sie atemlos.

„Ich entschuldige mich“, sagte er schroff. „Ich hätte mich nicht in deine persönlichen Angelegenheiten einmischen dürfen. Aber ich konnte nicht schlafen und wollte ein wenig im Internet surfen. Dabei ist eine der Rechnungen heruntergefallen. Ich habe sie aufgehoben und den Betrag gesehen, den man dir in Rechnung gestellt hat. Er unterschied sich von dem, was du uns berechnet hast.“

Sie hob den Kopf und funkelte ihn an. „Warte mal. Wir haben einen Vertrag, der es mir gestattet, fünf Prozent auf die entstandenen Kosten aufzuschlagen.“

Sein dunkler Blick wurde weich. „Ich weiß. Aber das tust du nicht. Du hältst dich an die Kostenvoranschläge, selbst wenn die tatsächlichen Kosten steigen. Dellina, du verlierst bei diesem Auftrag Geld, und das war nie meine Absicht. Du bietest einen ausgezeichneten Service. Dafür sollst du auch bezahlt werden. Kostenvoranschläge sind einfach nur Kostenvoranschläge. Eine mehr oder weniger gute Schätzung. Du kannst sie nicht als Grundlage für deine Rechnungen nehmen. Wenn der schlussendliche Preis höher ist, muss ich das bezahlen, nicht du.“

Erleichterung löste die Spannung in ihr. „Oh. Okay. Ich verstehe, was du sagst, aber ich fühle mich immer schuldig und ein klein wenig verantwortungslos, wenn die tatsächlichen Kosten höher sind als erwartet. Ich fürchte, das verärgert meine Kunden. Also reiche ich sie nicht immer weiter."

„Also übernimmst du jedes Mal einen großen Prozentsatz der anfallenden Kosten für Essen und Unterhaltung?"

Wenn er das so ausdrückte, klang das nicht sonderlich intelligent. „Nicht immer", murmelte sie.

„Wie oft?"

Sie räusperte sich. „Du willst sagen, dass ich das nicht tun sollte?"

„Nicht, wenn du mit deiner Firma Erfolg haben willst." Er fuhr sich mit der Hand durch sein zerzaustes Haar. „Sieh mal, wir beide haben im Moment viel zu tun. Meine Eltern sind in der Stadt, in wenigen Tagen findet die Feier statt. Lass uns danach darüber sprechen. Ich will alle Rechnungen mit dir durchgehen und sicherstellen, dass du das Geld bekommst, das dir zusteht."

„Das fände ich gut", sagte sie.

„Okay. Ich springe jetzt kurz unter die Dusche und ziehe mich dann an. Wir sehen uns später?"

Sie nickte, aber heimlich dachte sie, dass ihre Dusche zwar klein war, aber trotzdem ausreichend Platz für zwei bot. Und wenn man sich dafür eng aneinanderdrücken musste … umso besser.

11. KAPITEL

„Ich habe keine Zeit“, sagte Dellina, während sie den großen Karton öffnete, der gerade zu ihr nach Hause geliefert worden war. Er enthielt die letzten Teile für die Geschenktüten. Sie musste zugeben, dass Sam einen guten Geschmack hatte. Die Kunden würden sich sicher riesig freuen, aber die Beutel alle zusammenzustellen bedeutete noch viel Arbeit.

„Du musst kommen“, sagte Taryn. „Wir treffen uns alle mit Lark zum Lunch, und das willst du nicht verpassen.“

„Stimmt, aber sieh dir das hier an.“

Auf ihrem Esstisch lagen vierzig leere Täschchen ausgebreitet. Dunkelblau für die Männer und Metallic-Rot für die Frauen. Weitere zwölf gelbe Taschen lagen auf dem Küchentresen.

„Die muss ich alle noch befüllen, und das ist nicht so leicht, wie es klingt. Die Kindertüten sind alle anders, je nach Alter und Geschlecht. Ich muss noch Namensschilder machen und das Seidenpapier hineintun und sie dann alle füllen. Außerdem habe ich noch ein paar letzte Telefonate zu erledigen und ein Meeting mit der Hotelmanagerin.“

Taryn neigte den Kopf. „Ich höre irgendwie nur ein Rauschen. Und außerdem musst du auch irgendwann mal essen. Komm, geh mit uns und Lark zum Lunch.“

Dellina verschränkte die Hände hinter dem Rücken. „Sie macht mir Angst“, gab sie leise zu.

Taryn grinste. „Ah, du glaubst uns endlich, wie ich sehe.“

„Ja. Sie ist wirklich süß und lustig, aber die Themen, über die sie spricht … das ist nicht richtig.“

„Da stimme ich dir zu“, sagte Taryn. „Der arme Sam. Ich weiß nicht, wie er seine Familie überlebt hat.“

Und eine Exfrau zu haben, die einen als Selbsthilfebuch getarnten Enthüllungsroman über ihn geschrieben hat, ist auch nicht gut gewesen, dachte sie.

„Sag einfach Ja“, bat Taryn. „Du weißt, dass du dabei sein willst. Ich helfe dir dann auch später mit den Geschenktüten.“

„Ehrlich?“

„Nein, aber ich kann jemanden vorbeischicken.“

Dellina lachte. „Das klingt schon eher nach dir.“ Sie zögerte. „Um wie viel Uhr geht’s los?“

„Um halb eins. Im Margaritaville. Wenn du viel Zeit mit Lark verbringst, brauchst du genug Tequila.“

„Ich werde da sein“, sagte Dellina. „Und jetzt muss ich wieder an die Arbeit.“

„Jawohl, Ma’am.“

Zwei Stunden später eilte Dellina ins Restaurant. Sie war nur ein paar Minuten zu spät, hasste es aber, unpünktlich zu sein. Die gute Nachricht war, dass sie alle ihre Telefonate erledigt hatte und nun beinahe für die Wochenendparty bereit war. Und wenn Sam ihr mit ihren Rechnungen helfen würde, wäre sie auch finanziell gut aufgestellt. Womit dieser Auftrag für sie ein Gewinn wäre. Den sie allerdings erst feiern würde, wenn alles vorbei war. Sie war niemand, der das Schicksal herausforderte.

„Kann ich Ihnen helfen?“ Freundlich sah die Bedienung sie an.

Bevor Dellina nach ihren Freunden fragen konnte, hörte sie lautes Lachen an einem Tisch im hinteren Bereich des Restaurants.

„Ich bin ziemlich sicher, dass ich zu denen gehöre“, sagte sie. „Ich finde alleine hin.“

Und richtig, ihre Freundinnen saßen zu beiden Seiten eines langen Tisches. Taryn und Larissa neben Lark. Dazu Felicia, Patience und Isabel. Auch Consuelo und Bailey hatten sich zu ihnen gesellt. Der einzige freie Stuhl war der direkt gegenüber von Lark.

Dellina schaute Taryn an, die unschuldig grinsend auf den Platz zeigte.

„Den haben wir für dich reserviert“, murmelte sie.

„Oh, danke.“

Lark lächelte sie an. „Dellina. Es ist so schön, Sie wiederzusehen. Reggie und ich haben unser gemeinsames Dinner sehr genossen. Das Essen war genauso köstlich wie die Gesellschaft."

„Danke, dass Sie mir mit allem geholfen haben", sagte sie. Wenn Lark nicht gerade unanständig war, war sie wirklich nett. „Sind Sie bereit für Ihre Autogrammstunde heute Abend?"

„Oh ja. Erst wird es eine Fragerunde geben. Die liebe ich. Bei vorbereiteten Reden bin ich nie sicher, ob ich das Publikum wirklich erreiche. Aber wenn man mir Fragen stellt, weiß ich, dass die Gäste an der Unterhaltung interessiert sind. Das ist für uns alle wesentlich unterhaltsamer."

Die Kellnerin kam mit zwei großen Krügen Margaritas an den Tisch. Bevor Dellina etwas sagen konnte, war das Glas vor ihr voll. Taryn lächelte.

„Du hast doch nicht vorgehabt, heute Nachmittag noch zu arbeiten, oder?"

„Ich habe keine Wahl." Dellina beäugte das riesige Glas. „Ich werde sehr vorsichtig sein müssen."

Nachdem alle bedient worden waren, hob Lark das Glas. „Auf neue Freunde und ein wundervolles Leben."

Sie stießen an und tranken. Dellina nahm einen Schluck und spürte, dass er ihr viel zu leicht die Kehle hinunterfloss. Das hier könnte gefährlich werden, dachte sie.

Bailey saß neben ihr und beugte sich zu ihr herüber. „Wie läuft es mit der Party? Ich habe gehört, sie wird fabelhaft."

„Drück die Daumen", gab Dellina zurück. „Ich krieg allmählich Panik. Morgen geht's los. Ich hoffe, ich bin bereit." Sie lächelte. „Wie geht's dir? Hat Bürgermeisterin Marsha ihren Urlaub schon angetreten?"

„Ja, vor ein paar Tagen. Ich bin ein wenig nervös, ob alles glattläuft, aber die anderen Mitarbeiter helfen mir alle. Ich will diese paar Wochen nur ohne eine größere Krise überstehen."

„Das kann ich gut nachvollziehen."

Sie stießen miteinander an und nippten erneut an ihrem Drink. Dellina spürte, dass ihre Anspannung ein wenig nachließ. Vielleicht ist eine Margarita gar nicht so schlimm, dachte sie. Sie könnte mich ein wenig auflockern.

Die Kellnerin kam und nahm ihre Bestellungen auf.

Lark lächelte Taryn an. „Dir geht es so gut. Glücklich und verliebt. Das steht dir. Irgendwelche Pläne, in nächster Zeit schwanger zu werden?"

Eines musste Dellina ihrer Freundin lassen – Taryn blinzelte ob der persönlichen Frage nicht einmal.

„Angel und ich haben uns noch nicht entschieden."

„Auch wenn der Drang, sich fortzupflanzen, biologisch verankert ist", erklärte Felicia, „ist er nicht bei jedem gleich stark ausgeprägt. Menschen, die keine Kinder haben wollen, ziehen ihre Befriedigung aus ihrem Beruf oder der Kunst. Eine andere Art, etwas zu erschaffen. Es gibt außerdem Studien, die besagen, dass eine traumatische Kindheit dazu führen kann, keine Kinder haben zu wollen." Sie hielt inne und schaute Consuelo an. „Habe ich zu viel gesagt?"

Consuelo nahm ihre Margarita in die Hand. „Nein. Du hast absolut recht. Menschen entscheiden sich aus den unterschiedlichsten Gründen dafür oder dagegen, eine Familie zu gründen."

Felicia, die selbst hochschwanger war und deshalb Kräutertee trank, wirkte erleichtert. „Ja, das stimmt. Gideon und ich wussten, dass wir eine Familie wollten. Carter ist ein absoluter Sonnenschein, und jetzt ist unsere Tochter unterwegs."

„Kinder sind in der Tat ein Segen", warf Lark ein. „Reggie und ich wollten mindestens zwei. Als wir dann zwei Mädchen hatten, mussten wir natürlich noch probieren, einen Jungen zu bekommen. Und dann bekamen wir Sam."

Ihr Lächeln wirkte sehnsüchtig. „Er war so ein süßer kleiner Junge. Wie er seine älteren Schwestern angebetet hat und die ganze Zeit mit ihnen spielen wollte. Aber er war auch viel krank." Sie schaute sich am Tisch um. „Asthma. Es war schrecklich. Er wurde immer ganz blau, und dann mussten wir mit ihm zum Krankenhaus rasen. Ein paarmal haben wir gedacht, wir würden ihn verlieren."

Taryn griff nach Larks Hand und drückte sie. „Das habt ihr aber nicht."

„Ich weiß. Er ist groß und stark geworden." Ihr Mund verspannte sich ein wenig. „Und dann hat er Football spielen wollen. Ich wusste, dass Sport ihm im Blut liegt. Aber ich ertrug den Gedanken nicht, dass er auf diese Weise sein Leben riskierte. Kicker zu werden war ein Kompromiss, und wie sich herausstellte, war er darin ein Star."

In diesem Moment wurden Tacos und Salsa an den Tisch gebracht, dazu große Schüsseln mit Guacamole. Taryn zuckte kaum sichtbar zusammen. „Mein Verderben an der Kalorienfront", murmelte sie und schob die Guacamole von sich. „Einige meiner Röcke werden langsam zu eng."

„Mit der richtigen Atemtechnik kannst du deinen Kalorienverbrauch beim Sex erhöhen", erklärte Lark ihr und griff nach einem Taco. „Ich zeige dir später, wie das geht."

„Ich freu mich schon drauf", erwiderte Taryn.

Dellina schüttelte den Kopf. Die Wahrheit war, Lark und Reggie waren liebevolle Eltern, die nur eine etwas verquere Sichtweise hatten. Sie waren nicht schlecht, sie waren nur ... anders.

Nach dem Lunch verließ Dellina gemeinsam mit Patience das Restaurant.

„Die T-Shirts sind da", verkündete ihre Freundin. „Ich habe während des Essens eine SMS bekommen."

Einer der Vorteile, in einer Kleinstadt zu leben, dachte Dellina. Ihre T-Shirt-Bestellung war an Patiences Laden geliefert worden, weil der Paketbote sowieso ins Brew-haha musste.

Sie hatte T-Shirts für Fayrene und Ryan und die Babysitter bestellt. Die Kinder würden auch alle eins bekommen. Außerdem hatte sie ein winziges T-Shirt für Caramel geordert, was sicher unglaublich süß aussähe.

„Ich glaube, der Karton ist zu groß, als dass ich ihn tragen könnte", sagte sie. „Ich komme später vorbei, um ihn abzuholen."

Patience berührte ihren Arm. „Auf keinen Fall. Ich bringe ihn dir, sobald ich im Laden war. Du bist doch auch so schon am Rotieren. Die große Party geht immerhin morgen Abend los."

„Danke", sagte Dellina. „Du hast was gut bei mir."

„Bist du bereit?"

„So ziemlich. Das hoffe ich zumindest. Heute werde ich bis tief in die Nacht Geschenktüten packen und noch mal meine Listen durchgehen."

„Du wirst das super machen", versuchte ihre Freundin sie zu beruhigen. „Ich liebe, was du letztes Jahr bei Charlies Hochzeit auf die Beine gestellt hast. Das war perfekt." Sie grinste. „Irgendwelche Hinweise darauf, was Taryn vorhat?"

„Mir gegenüber hat sie kein Wort gesagt. Vielleicht brennen sie durch und heiraten heimlich."

„Auf keinen Fall." Patience lachte. „Taryn muss ein Designerkleid von irgendeinem Franzosen tragen, von dem wir noch nie gehört haben. Das kann sie nicht, wenn sie durchbrennt. Vermutlich wird sie bald auf dich zukommen."

„Nach Sonntag", sagte Dellina. „Davor könnte ich damit nicht umgehen."

„Ich will alle Einzelheiten wissen."

„Ich bin sicher, das wollen wir alle."

Patience ging mit ihr die Straße hinunter. „Und, wie läuft es so mit deinem attraktiven Footballspieler? Irgendwelche sprühenden Funken?"

Trotz des Stresses und ihrer Erschöpfung musste Dellina lachen. „Funken? Wer sagt denn so was. Ich arbeite nur mit Sam zusammen, und auch wenn er ein toller Kerl ist, haben wir eine rein geschäftliche Beziehung."

Patiences Augen funkelten amüsiert. „Das ist doch der gleiche Sam, mit dem du am Valentinstag geschlafen hast?"

„Ja, genau der."

Sie hob eine Augenbraue. „Ich kaufe dir eine rein geschäftliche Beziehung nicht ab, nur damit du es weißt."

Da sie und Patience sich schon ihr ganzes Leben kannten, gab es zwischen ihnen nicht viele Geheimnisse.

„Wir haben uns vielleicht geküsst, aber das hatte nichts zu bedeuten." Dellina hielt inne und grinste. „Abgesehen von den Funken."

„Ich wusste es. Ach, wie ich es liebe, recht zu haben. Wie geht es Fayrene? Ist sie immer noch auf ihrem Kreuzzug, Ryan zu einem Antrag zu bewegen?"

„Ja, und es ist lächerlich. Ryan betet sie an. Sie muss ihm nur sagen, dass sie ihre Meinung geändert hat."

„Ich weiß, aber manchmal ist es schwer, so etwas zuzugeben." Patience schüttelte den Kopf. „Alle anderen sehen, was er für sie empfindet, aber ich glaube, sie beharrt weniger wegen irgendwelcher Konventionen darauf, dass er ihr einen Antrag macht, sondern vielmehr aus Angst."

„Wie meinst du das?"

„Vielleicht fürchtet sie, dass er seine Meinung geändert hat. Dass er sie nicht mehr heiraten will. Wir alle denken uns ausgefeilte Geschichten aus, wenn die Wahrheit zu schmerzhaft ist."

Vor dem Brew-haha blieben sie stehen. „Da bin ich", sagte Patience und umarmte Dellina kurz. „Komm mit rein. Ich hole schnell die T-Shirts, und dann fahre ich dich nach Hause."

„Danke", sagte Dellina und folgte ihr in das Café.

Aber in Gedanken war sie nicht mehr bei der Party oder bei ihrer Schwester. Sie dachte daran, was Patience darüber gesagt hatte, dass man sich ausgefeilte Geschichten ausdachte, wenn es zu schmerzhaft war, die Wahrheit zuzugeben.

Hatte sie auch so eine Geschichte? Sie war sich so sicher, dass sie nicht heiraten wollte, weil sie bereits eine Familie großgezogen hatte. Und das stimmte auch – sie sagte das nicht nur so. Denn wenn sie es doch täte, gäbe es eine höhere Wahrheit. Eine schmerzhaftere Wahrheit. Wie, dass sie vielleicht bereits so viel verloren hatte. Dass sie Angst hatte, noch einen Verlust zu erleiden, und deshalb das Risiko scheute, ihr Herz zu verschenken.

„Die meisten Yards in einem Spiel?“, fragte Jack und warf Kenny den Ball zu.

„In der regulären Saison oder in den Play-offs?“, stellte Kenny die Gegenfrage. Er fing den Football auf und warf ihn über den Schreibtisch zurück.

„In der regulären Saison“, sagte Sam, auf den der Ball gerade zuflog.

Sie waren mit einem Football im Konferenzraum. Wenn Taryn das erfuhr, würde sie durch die Decke gehen. Sam fragte sich, warum es ihnen so viel Spaß machte, sie auf die Palme zu bringen. Sie zahlte es ihnen immer irgendwie heim, und trotzdem schienen sie nicht anders zu können. Ein paar Monate zuvor hatte ein Fehlwurf den eingebauten Fernseher kaputt gemacht. Daraufhin hatte Taryn für über eine Woche die normale Milch an der Kaffeemaschine durch Sojamilch ersetzt. Obwohl jeder von ihnen in den Laden gehen und normale Milch hätte kaufen können, hatte es keiner getan. Stattdessen hatten sie die Sojamilch geschluckt und versprochen, nie wieder drinnen mit einem Football zu werfen.

„Gegen die 49ers“, sagte Kenny. „Im Oktober 2011. Es hat geregnet. Wir haben das Spiel gewonnen.“

„Weil ich fünf Sekunden vor Ablauf der Zeit ein Feldtor geschossen habe“, erinnerte Sam sie. „Drei Punkte, Gentlemen. Der Unterschied zwischen gut sein und den Arsch versohlt kriegen.“

Die Rezeptionistin steckte den Kopf zur Tür herein. „Kenny, da ist eine junge Dame, die dich sehen möchte.“

Sam schaute zu Jack, der bereits pfiff und johlte.

„Eine junge Dame“, sagte er. „Ich hoffe, sie ist über achtzehn.“

Sam lachte leise. „Sieh dich einer an, Kenny. Jetzt triffst du dich schon im Büro mit ihnen. Hast du Angst, ihnen zu zeigen, wo du wohnst?“

Kenny ging zur Tür. „Sam, ich wollte dir eigentlich anbieten, bei mir zu wohnen, während deine Eltern in der Stadt sind, aber das kannst du jetzt vergessen.“

Sam hätte beinahe gesagt, dass er bei Dellina blieb, hielt aber den Mund. Das musste niemand wissen. Seine Partner würden nur unnötig eine große Sache daraus machen.

Sie begleiteten Kenny den Flur hinunter in die Eingangshalle. An der Tür blieben sie stehen und starrten die beiden Mädchen an, die dort warteten. Denn es waren tatsächlich Mädchen. Vielleicht sieben oder acht Jahre alt. Eine war dünn mit roten Haaren und grünen Augen. Die andere war blond und trug eine Brille.

Schüchtern lächelte die Rothaarige Kenny an.

„Chloe?“, fragte er und ging auf sie zu. „Was machst du hier?“

„Allison und ich brauchen deine Hilfe“, sagte sie. „Allison macht ihrer Mom ein Schmuckkästchen zum Geburtstag. Das ist ihr Sommerprogramm für die ZKM. Ihr Dad sollte ihr eigentlich helfen, aber er musste auf Geschäftsreise. Ihre Mom hat am Sonntag Geburtstag. Sie muss das Kästchen nur noch bemalen und lackieren. Kannst du uns dabei helfen?“

Während sie sprach, schaute sie Kenny aus großen Augen hoffnungsvoll an. Jack lachte leise.

„Da ist wohl jemand verknallt“, flüsterte er. „Das ist so süß.“

Was der Code dafür war, dass Jack Kenny später wegen der Kleinen quälen würde.

Kenny mit seinen ein Meter neunzig und gut hundert Kilo verlagerte unbehaglich das Gewicht von einem Fuß auf den anderen. „Äh, vielleicht kann einer der Freunde deiner Mutter euch dabei helfen. Ich bin nicht so gut mit Kunstprojekten.“

„Das ist kein Kunstprojekt“, warf Allison schnell ein. „Die Kiste ist schon fertig. Wir müssen sie nur noch bemalen. Geld für Farbe und Überlack haben wir. Wir würden ja Chloes Mom bitten, aber sie arbeitet. Sie wissen doch, dass Chloe keinen Dad hat, oder?“

Sam zuckte zusammen. „Das war unterhalb der Gürtellinie. Jetzt hängt er am Haken.“

„Vollkommen in die Knie gezwungen von zwei kleinen Mädchen“, sagte Jack bewundernd. „Ihre Taktik verdient Respekt. Einfach, aber effektiv.“

„In weniger als zehn Jahren werden sie die Welt regieren."

Kenny warf einen Blick über die Schulter. „Könnte einer von euch beiden …"

Jack und Sam zogen sich bereits zurück.

„Tut mir leid, Kumpel", meinte Sam. „Ich habe meine Familie, um die ich mich kümmern muss."

„Und ich bin schwer beschäftigt", fügte Jack hinzu.

Sie bogen um die Ecke und gingen zum Konferenzraum zurück.

„Es ist beinahe Mittag", sagte Jack. „Wollen wir zu Jo's Bar?"

Sam schüttelte den Kopf. „Ich bin mir nicht sicher, wo meine Mom sich rumtreibt. Lass uns lieber was bestellen."

„Gute Idee."

Um halb zehn am Abend waren die Kindertüten endlich gepackt und standen hübsch aufgereiht in Kisten, die die Wände von Dellinas Wohnzimmer säumten. Die T-Shirts in einem hellen Gelb, das einfach zu erkennen wäre, sollte eines der Kinder auf Abwege geraten, waren zusammengerollt und mit einer Schleife versehen und lagen ganz oben auf den Geschenktüten. Von den Griffen baumelten große Namensschilder. Sie hatte mit Fayrene gesprochen und noch einmal bestätigt, wann ihre Schwester sie am nächsten Morgen abholen würde. Und sie hatte einen Lieferwagen reserviert, um alles zum Hotel bringen zu können.

Jetzt arbeitete sie an den Geschenktüten für die Erwachsenen und hakte jedes Teil gewissenhaft ab, um ja nichts zu vergessen. Bei den Taschen für die Frauen würde sie das Schmuckkästchen von Tiffany's ganz obenauf legen. Das hübsche Blau wäre ein schöner Blickfang. Dellina musste zugeben, dass sie gehofft hatte, bei der Größe der Bestellung würde der Laden noch ein Extrapaar Ohrringe kostenlos dazugeben, aber dem war leider nicht so. Es gab drei zusätzliche Uhren, aber sie nahm an, dass Sam sie für sich und seine Partner bestellt hatte.

Gerade hatte sie die schweren Schatullen ganz unten in die Tüten für die Männer gesteckt, als sie hörte, dass die Haustür geöffnet wurde. Sie schaute ins Wohnzimmer und sah Sam auf sich zukommen. Er wirkte blass und erschüttert.

„Die Autogrammstunde?“, fragte sie.

Er zog sich einen Stuhl heran und sank darauf. „Oh ja.“

„Es hat doch keine, äh, Vorführung gegeben, oder?“

„Nein“, erwiderte er und seufzte schwer. „Sie hat ihre Kleidung anbehalten, und mein Dad ist im Publikum sitzen geblieben.“ Er hob den Kopf. „Am Anfang war alles gut. Sie hat über die Ehe gesprochen und darüber, wie man miteinander in Verbindung bleibt, sowohl emotional als auch sexuell. Dann hat sie Fragen beantwortet. Eine Frau, die ihr vorheriges Buch gelesen hatte, hat nach irgendeiner Sexpraktik gefragt, und die nächsten fünfzehn Minuten hat meine Mutter die Wichtigkeit der klitoralen Stimulation erklärt.“

Dellina ließ sich auf der anderen Tischseite auf einen Stuhl sinken. Sie wusste nicht, ob sie glücklich oder traurig darüber sein sollte, die Veranstaltung verpasst zu haben.

„Und, sind da alle gegangen?“, wollte sie wissen.

„Oh nein. Die Frauen haben alle genickt und ihre Männer angestoßen, als wollten sie sicherstellen, dass sie diese wichtige Nachricht auch mitbekommen.“

„Ja, sicher“, murmelte sie.

Sam starrte sie an. „Sollte das hilfreich sein?“

„Nicht wirklich.“

Er grinste. „Gut, ich werde meinen Schmerz alleine tragen.“

„Wie solltest du sonst deinen Charakter festigen?“ Sie stand auf. „Du kannst weitererzählen, während ich arbeite, weil ich diese Tüten noch fertig machen muss, bevor ich mir ein letztes Mal den Plan anschaue.“

„Klar. Lass mich dir helfen.“ Er erhob sich und stellte sich neben sie. „Sag mir, was wo hinkommt.“

Sie zeigte auf die Liste an der Wand. „In der Reihenfolge, bitte. Ich habe herumprobiert, wie alles in die Tüten passt, ohne zerquetscht zu werden. Die vollen Tüten stellen wir in die großen Kisten, um sie morgen ins Hotel zu bringen.“

Das klang alles so professionell, obwohl sie doch in Wahrheit darüber nachdachte, wie gut Sam sich mit ihrer Klitoris ausgekannt hatte in jener einen gemeinsamen Nacht. Und auch wenn die Lektionen seiner Mutter peinlich waren, sie dienten doch einem Zweck. Bildung war wichtig. Zum Beispiel wie für sie, zu erfahren, dass sie einen G-Punkt hatte. Sie wollte immer noch wissen, wo genau der sich befand und wie es sich anfühlte, wenn er stimuliert wurde.

Aber diese Fantasien müssen auf ein andermal verschoben werden, sagte sie sich stumm. Im Moment musste sie Geschenktüten vorbereiten und sich um tausend Dinge kümmern, bevor sie endlich ins Bett gehen konnte.

Dellina döste vor sich hin. Sie war bis nach Mitternacht auf gewesen, aber es hatte sich gelohnt. Als sie schließlich ins Bett gegangen war, war es in dem Wissen geschehen, dass sie so bereit war, wie sie nur sein konnte. Es gab keinen Grund zur Panik. Sie war auf alles vorbereitet, was der Tag bringen könnte.

Langsam öffnete sie die Augen und seufzte. Sie hatte ziemlich gut geschlafen. Angesichts der Kürze der Nacht hätte sie erwartet, müder zu sein. Aber sie fühlte sich voller Energie. Als wenn sie volle acht Stunden geschlafen hätte anstatt nur …

Sie drehte den Kopf zur Seite und schrie auf. Halb neun? Halb *neun*? Nein! Sie hatte doch den Wecker gestellt, oder nicht? Sie hatte um sechs aufstehen und sich fertig machen wollen. Fayrene würde den Lieferwagen um neun vorbeibringen. Um zehn mussten sie beim Hotel sein. Sie hatte extra dafür bezahlt, dass sie an diesem Morgen den Konferenzraum benutzen durfte. Es gab noch so viel zu tun.

Wie eine Furie sprang sie aus dem Bett, sammelte ihre Kleidung zusammen und rannte über den Flur ins Badezimmer. Dort knallte sie die Tür hinter sich zu und stellte das Wasser an.

In Rekordzeit hatte sie die Zähne geputzt, sich das Gesicht gewaschen und war unter die Dusche gesprungen. Sie hatte keine Zeit, ihre Haare zu waschen, also steckte sie sie hoch.

Einschäumen, abspülen, fertig. Nackt und tropfend griff sie in dem Moment nach ihrem Handtuch, in dem die Badezimmertür aufgedrückt wurde.

Zu ihrem Entsetzen fiel Dellina ein, dass sie vergessen hatte abzuschließen. Sie war zu sehr in Eile gewesen, und außerdem hatte sie kurzfristig nicht daran gedacht, dass sie einen Mitbewohner hatte. Und auch wenn es peinlich wäre, tropfnass und nackt vor ihm zu stehen, war es nicht das Ende der Welt. Schließlich hatte er sie schon einmal ohne Kleidung gesehen.

Sie schloss die Finger um das Handtuch, während sie darauf wartete, dass er sich entschuldigte und zurückzog. Nur tat er das nicht. Stattdessen starrte er sie derart verlangend an, dass ihr die Knie weich wurden.

Mit einem unterdrückten Fluch streckte er die Hand nach ihr aus, fluchte noch einmal und trat zurück.

„Die Tür war nicht abgeschlossen", sagte er heiser.

Ich hatte keine Zeit, dachte sie. Das hier war verrückt. Sie hatten sich auf ein paar grundlegende Regeln geeinigt. Es gab tausend Gründe, einfach zu sagen: „Hey, kein Problem", und sich zu bedecken. So zu tun, als wäre das hier nie passiert. Das wäre vernünftig. Aber auch unmöglich.

„Sam", hauchte sie.

Seine Kiefer verspannten sich. Für eine quälend lange Sekunde rührte er sich nicht. Dann riss er sein Hemd auf und ließ es auf den Boden fallen, während er einen Schritt auf sie zumachte. Seine Arme umfingen sie, und sie klammerte sich an ihn. Dann war sein Mund auf ihrem, und nichts anderes zählte mehr.

12. KAPITEL

Sam eroberte Dellina mit einem Kuss, der sie bis ins Mark erschütterte. Lippen pressten sich aufeinander. Atem vermischte sich. Dellina öffnete sich ihm sofort, und ihre Zungen trafen sich zu einem erotischen Tanz. Aber es war schwer, sich auf Sams Kuss zu konzentrieren, während er die Hände über ihren nackten, feuchten Körper wandern ließ.

Er erkundete ihren Rücken, dann ihren Po, bevor er ihn umfasste. Begierig drängte sie sich ihm entgegen und spürte, dass er hart war. Sehr hart. Jetzt ließ er die Hände zu ihren Brüsten gleiten. Seine langen Finger fanden ihre aufgerichteten Spitzen und strichen darüber.

Die Lust brannte so heiß in ihr, dass sie glaubte zu schmelzen. Ein köstlicher Schmerz breitete sich zwischen ihren Beinen aus, und ihr ganzer Körper schien anzuschwellen. Mit fiebrigen Händen löste sie seinen Gürtel, öffnete die Jeans und schob sie an seinen Oberschenkeln hinunter.

Er zog sich gerade weit genug zurück, um sich seiner restlichen Kleidung zu entledigen. Er schob alles mit den bloßen Füßen beiseite, sank dann auf die Knie und drückte sanft ihre Schenkel auseinander. Sie hatte kaum Zeit, sich am Waschbecken festzuhalten, bevor er begann, sie mit Fingern und Zunge zu verwöhnen.

Das ist zu viel, dachte sie und keuchte auf, als seine Zunge über ihre Klitoris schnellte. Zu gut, zu intensiv, zu früh. Aber sie wollte nicht, dass er aufhörte. Nicht wenn er diese kleinen Kreise zog und nur kurz innehielt, um an ihr zu saugen.

Langsam ließ er die Hände zu ihren Hüften wandern und hob dann ihr linkes Bein an, sodass ihr Fuß auf dem Wannenrand ruhte. Sie wartete darauf, dass diese entblößte Stellung ihr peinlich wäre, doch noch bevor sie dieses Gefühl heraufbeschwören konnte, schob er zwei Finger tief in sie hinein. Sie spürte einen köstlichen Druck und dann ein seltsames Reiben.

Es war, als würde er ihre Klit von innen heraus verwöhnen. Aber anders. Tiefer. Sie drängte sich an ihn, um den Druck zu erhöhen. Laut stöhnte sie auf, als die Finger weiter rieben und massierten, während er sie immer intensiver mit der Zunge verwöhnte. Die Gefühle vermischten sich miteinander, bis sie ihnen auf Gedeih und Verderb ausgeliefert war. Sie konnte nichts tun, außer zu atmen und zu fühlen und sich dem unausweichlichen Höhepunkt zu ergeben, der sie so hart packte, dass sie ihre Erlösung laut herausschreien musste.

„Oh Sam“, keuchte sie, als sie kam. „Bitte!“

Er berührte sie von innen und von außen, zog jedes noch so kleine Zittern in die Länge, bis sie vollkommen erschöpft war.

„Kondome.“

Das Wort war beinahe nur ein gutturales Knurren. Sie öffnete die Augen und sah, wie Sam sich aufrichtete. Er war hart und zitterte und schaute sie mit einer Eindringlichkeit an, von der ihr schwindelig wurde.

Die Bedeutung dessen, was er gesagt hatte, sackte allmählich. Sie drehte sich um, öffnete eine Schublade und reichte ihm eine ungeöffnete Schachtel.

Der Pappdeckel flog auf den Boden. In weniger als drei Sekunden hatte er ein Kondom herausgeholt, es sich übergestreift und war wieder bei ihr. Einen Herzschlag später saß sie mit gespreizten Beinen auf dem Waschtisch, und er schob sich in sie hinein.

Sein scharfes Ausatmen verriet ihr, wie nah er schon dran gewesen war, und dieses Wissen ließ sie erschauern. Sie schlang ihre Beine um seine Hüften und zog ihn enger an sich.

Er erfüllte sie ganz, sorgte dafür, dass sie sich ihm entgegenbog. Mehr, dachte sie benebelt. Wenn er das hier noch ein klein wenig länger machen würde, käme sie erneut. Wenn er nur …

Erneut umfasste er ihre Brüste. Ihre Knospen waren aufgerichtet, aber nach dem Höhepunkt unglaublich empfindlich. Als er anfing, sie zu massieren, hätte sie ihm beinahe gesagt, dass es zu viel war. Nur fing er dann an, sie weiter zu reiben, während er die Finger direkt darunter in ihre Brust drückte. Und er fand eine Stelle, die direkt mit ihrem Lustzentrum verbunden zu sein schien.

Erstaunt riss sie die Augen auf und sah, dass er sie beobachtete.

„Was tust du mit mir?“, fragte sie atemlos.

Er lächelte, als er erneut in sie eindrang. Gleichzeitig drückte und schob oder drehte er …

Ist doch auch egal, dachte sie, als sie sich in einem zweiten Höhepunkt verlor. Sie zog ihn so tief in sich hinein, wie sie nur konnte. Ihr Körper pulsierte um ihn herum. Er stieß härter und schneller zu, bis auch er kam. Dann hielten sie einander fest und versuchten, wieder zu Atem zu kommen.

„Deine Mutter ist unglaublich“, sagte Dellina, als sie wieder sprechen konnte.

Sam schaute sie an und fing dann an zu lachen.

„Wir sind viel zu spät“, sagte Dellina, als sie ihre Kleidung von dem Handtuchhalter nahm und in den Flur hinauslief. „Zu spät, zu spät, zu spät.“

Sam wusste, dass sie recht hatte, aber es war ihm total egal. Verdammt, das war mal ein guter Start in den Tag gewesen.

Er zog seine Boxershorts an, dann seine Jeans und folgte ihr in den Flur hinaus. Seine Belohnung war, zu sehen, wie sie ihren BH anzog und ihre Brüste richtete. Sie schlüpfte in ihre Jeans, zog eine Bluse über und knöpfte sie zu. Dann drehte sie sich um und sah ihn.

„Hör auf! Du hast dieses Lächeln.“

Er lehnte sich gegen die Wand. „Was für ein Lächeln?“

„Eins, das verrät, dass du gerade flachgelegt wurdest. Willst du, dass es alle erfahren? Wie spät ist es? Oh mein Gott. Schon neun. Fayrene wird jede Sekunde hier sein. Zieh dein Hemd an.“

Sie ist nervlich am Ende, dachte er zufrieden. Durcheinander und zerstreut und all die anderen Worte, die eine Frau beschrieben, deren Welt gerade erschüttert worden war. Ja, das war gut, und er war der Mann, der dafür verantwortlich war.

Draußen hörte er das Geräusch eines Wagens, der in die Auffahrt fuhr.

Dellina schrie kurz auf und rannte in ihr Schlafzimmer. Als sie zurückkam, hatte sie Ballerinas an und zog sich Klammern aus den Haaren. „Zieh dich an“, befahl sie, als sie an ihm vorbeihastete. „Fayrene darf nichts davon erfahren. Sehe ich schuldbewusst aus? Ich habe das Gefühl, schuldbewusst auszusehen.“

„Du siehst wunderschön aus.“

Sie hielt an und lächelte, dann schüttelte sie den Kopf. „Sprich nicht so nett zu mir. Wir müssen komplett normal wirken.“

„Ich bin aber nett, wenn ich normal bin.“

„Du weißt, was ich meine.“

Sie ging zur Tür und strich sich über die Haare. „Okay. Alles ist gut. Ich bin fertig.“ Entschlossen griff sie nach der Türklinke.

„Dellina?“

Sie drehte sich um und sah ihn fragend an. „Ja?“

„Nur falls du dich gefragt hast – das war dein G-Punkt.“

Kipling befand sich in einem Dämmerzustand. Selbst wenn er nicht bei Bewusstsein war, war er sich der Schmerzen bewusst, aber wenn die Medikamente wirkten, war es ihm egal. Es war ein Summen im Hintergrund, das ihn nicht berührte. Doch wenn die Wirkung der Medikamente nachließ, war da die Qual von tausend zerbrochenen Knochen. Scherben und Schwellungen und Fleischwunden. Die sorgfältig zusammengefügten Nähte der Operationen.

Er war verlegt worden. Das wusste er. Und er konnte allein atmen. Die Krankenschwestern waren nicht mehr so leise, nicht mehr so besorgt in diesem neuen Zimmer. Sie hatten ihn immer noch unter strenger Beobachtung und sprachen auf eine Weise über Flüssigkeiten, die in ihn hinein- und aus ihm hinausliefen, dass er wusste, er hatte einen Katheter. Diese spezielle Hölle war eine, über die er nicht nachdenken wollte.

„Kip?“

Die sanfte Stimme war ihm vertraut. Vielleicht war es die einzige Stimme auf der ganzen Welt, die er je geliebt hatte. Er zwang sich, die Augen zu öffnen. Anfangs verschwamm das Zimmer um ihn herum, dann wurde das Bild stabil, und er sah Shelby an seinem Bett stehen.

Als Erstes nahm er ihre Augen wahr. Groß und blau. Wie seine eigenen. Das hatten sie gemeinsam, genau wie die dunkelblonden Haare. Beides hatten sie von ihrem gemeinsamen Vater geerbt. Aber sie hatten verschiedene Mütter. Das zeigte sich in ihren restlichen Zügen. Shelby war feingliedrig und zart. Wie eine zum Leben erwachte Märchenprinzessin. Nur sollte eine Märchenprinzessin keinen faustgroßen Bluterguss auf der Wange haben.

„Ich werde ihn umbringen", sagte er oder versuchte es zumindest. Sein Mund war trocken, und das Sprechen fiel ihm schwerer, als er erwartet hatte.

„Kip." Seine kleine Halbschwester lehnte sich über ihn und gab ihm einen Kuss auf die Wange. „Oh Kip, ich habe mir solche Sorgen gemacht. Sie haben gesagt, dass du beinahe gestorben wärst."

Sie nahm seine unverletzte Hand in ihre und drückte sie. „Ich bin sofort gekommen, als ich davon gehört habe."

„Ich wünschte, das hättest du nicht getan."

Sie war um die halbe Welt geflogen, aber wofür? Um zu sehen, wie er in einem Krankenhausbett lag? Er hatte sich schon früher mal verletzt – sie beide wussten, wie das lief. Obwohl es ihn – was er jedoch niemals offen zugeben würde – noch nie so schwer erwischt hatte. Er würde jedoch die Angst in seinem Inneren ignorieren, die ihm zuflüsterte, dass es dieses Mal anders war. Dass dieser Unfall bedeutete, dass er nie wieder an einem Wettbewerb teilnehmen würde, nie wieder professionell Ski fahren könnte. Dass er dieses Mal vielleicht sogar nicht wieder laufen könnte.

Die Ärzte hatten nichts gesagt, und er hatte nicht gefragt. Aber er war nicht dumm. Und die Möglichkeit, dass es so schlimm sein könnte, machte ihm panische Angst.

Shelby berührte sein Gesicht. „Du siehst fürchterlich aus."

„Du verstehst es, Komplimente zu machen." Er löste die Hand aus ihrem Griff und drückte auf den Knopf, um das Kopfteil des Bettes hochzufahren. Dann musterte er sie. „Verdammt, Shelby, warum bist du wieder zu Hause?"

„Das weißt du doch."

Das stimmte. Shelbys Mutter hatte Krebs. Eine Zeit lang war es ihr besser gegangen, aber jetzt war die Krankheit erneut ausgebrochen. Bei ihrer Mom zu bleiben bedeutete, auch bei ihrem Dad zu bleiben. Und wenn Nigel Gilmore trank, war er ein gemeiner Hundesohn.

„Sie hat nur noch wenige Wochen", erklärte Shelby ihm. „Ich ertrage es nicht." Sie presste den Handrücken gegen ihre Wange. „Normalerweise gehe ich ihm aus dem Weg, aber sie hatte eine schlimme Nacht, und er hat mich im Schlaf erwischt."

Kipling schloss die Augen, wehrte sich gegen die Bilder seines Vaters, der Shelby im Schlaf schlug. Er fluchte. Normalerweise wäre er nach Colorado geflogen und hätte seinen Vater persönlich zur Rede gestellt. Diese hässlichen Besuche bewirkten meistens, dass Shelby wenigstens für ein paar Monate Ruhe vor ihm hatte. Aber er würde für eine ziemlich lange Zeit nirgendwo hingehen.

Erneut griff sie nach seiner Hand. „Mir geht's gut. Das wird wieder. In der Sekunde, in der sie fort ist, verschwinde ich. Das weißt du, oder? Ich würde nie dableiben, wenn es nicht für sie wäre."

Er nickte, weil er ihr glaubte. Zum Glück hatte Nigel seine zweite Frau nie geschlagen. Kipling hatte keine Ahnung, warum sie Immunität genoss, aber das war auch egal.

Sie beugte sich vor und gab ihm noch einen Kuss auf die Wange. „Ich hab dich lieb, Kip."

„Ich dich auch."

Sie war seine Familie. Sein Herz. Sie war die Beste von ihnen allen.

Sie setzte sich auf den Stuhl und nahm das *People*-Magazin aus ihrer Handtasche. „Also, bist du bereit, den neuesten Klatsch zu hören? Man munkelt, Katy Perry hätte einen neuen Freund. Du stehst doch auf sie, oder?"

„Das lag nur an den blauen Haaren", sagte er und schloss die Augen. „Wer könnte denen widerstehen?"

Dellina fuhr hinter dem großen Lieferwagen vor dem Hotel vor. Ihr Herz klopfte, und sie war ziemlich sicher, dass sie am ganzen Leib zitterte. Doch ihre Reaktion hatte nichts mit dem anbrechenden Wochenende zu tun, sondern allein mit ihrer morgendlichen intimen Begegnung mit Sam.

Es war einfach unglaublich gewesen. Die Dinge, die er mit ihrem Körper angestellt hatte, waren … einfach unbeschreiblich. Sie wollte so gern glauben, dass das alles eine Frage der Technik war, aber sie hatte das Gefühl, dass mehr dahintersteckte. Offensichtlich stimmte die Chemie zwischen ihnen. Ihr erstes Mal zusammen war auch spektakulär gewesen. Aber dieses Mal war es anders. Da war ein wenig extra *Bums* drin gewesen – vermutlich weil sie ihn kannte und mochte. Eine Verbindung zu haben machte einen großen Unterschied.

„Eine Verbindung ist aber keine Beziehung", sagte sie sich und schaltete den Motor ab. „Und ich kann mich im Moment nicht damit beschäftigen."

Sie würde später darüber nachdenken. Im Moment musste sie sich einfach nur zusammenreißen und sich um ihren Auftrag kümmern.

Kopfschüttelnd nahm sie ihre Tasche, stieg aus und ging zu dem Lieferwagen.

Eine Stunde später waren die Geschenktüten ausgepackt, und sie war mit der Empfangsdame die einzelnen Zimmer durchgegangen. Dann hatte sie sich eine ruhige Ecke auf der Terrasse gesucht und ihre Lieferanten angerufen, um sich noch einmal alles bestätigen zu lassen.

„Du weißt, dass das dein dritter Anruf ist?", sagte Angel, als er sich meldete. „Ich bin bereit. Es ist echt ein Albtraum, mit dir zusammenzuarbeiten."

Sie grinste. „Du lügst. Ich habe deine Verlobte kennengelernt und weiß zufällig, dass du es magst, wenn eine Frau die Kontrolle übernimmt."

Angel lachte leise. „Aber verrate es keinem. Ja, der Hindernisparcours ist fertig. Ich habe ausreichend Wasserflaschen da, damit die Gäste nicht verdursten. Und außerdem gibt es einen Erste-Hilfe-Kasten. Alle, die hier arbeiten, können Wiederbelebungsmaßnahmen durchführen, und das Wetter ist gut. Können wir das jetzt endlich abhaken?"

„Können wir. Vielen Dank."

Als Nächstes rief sie Ana Raquel an.

„Der Wein ist geliefert worden, die Lebensmittel kamen heute Morgen und sehen super aus. Greg und ich bereiten bereits alles vor, wir sind noch voll im Zeitplan, und ich glaube, ich werde einen Bananenschichtkuchen machen, einfach weil ich in der Stimmung bin. Wie geht's dir?"

Dellina lächelte und zog die Beine an. „Du bist eine meiner beiden Lieblingsschwestern. Habe ich dir das in letzter Zeit gesagt?"

„Nein, aber es ist immer in meinem Kopf. Ich weiß es. Schwesterlein, du musst dich entspannen. Wir sind alle bereit. Es wird ein fabelhaftes Wochenende."

„Das liegt allein an meiner guten Planung."

Sie besprachen noch ein paar Details, dann legten sie auf, und Dellina wählte die nächste Nummer.

Gegen Mittag hatten sie und ein Hotelpage die Geschenktüten hübsch im Foyer auf einem Tisch arrangiert, weil sie sie persönlich während des Check-ins übergeben wollte. Sie hatte die Temperatur in den Zimmern überprüft, die Betten gecheckt und sichergestellt, dass jede Minibar gut gefüllt war. Um zwei hatte sie ihren Koffer in ihr Zimmer gebracht und sich ein hübsches Sommerkleid und flache Sandalen angezogen. Sie würde bis Mitternacht auf den Beinen sein, da musste sie vernünftig denken.

Als sie sich schminkte, schweiften ihre Gedanken zu einem anderen Badezimmer zurück. Ihrem. An diesem Morgen. Mit

Sam. Sie erschauerte leicht, als sie sich daran erinnerte, wie er sie berührt hatte – und an ihre Reaktion darauf. Sie wollte das noch einmal erleben. Oder fünfzig Male. Immer noch lächelnd begab sie sich auf den Weg nach unten.

Am Empfang ließ sie sich bestätigen, dass noch keine Gäste eingetroffen waren, und überprüfte noch einmal, ob die Geschenktüten ordentlich auf dem Tischchen neben der Rezeption standen.

„Du siehst so offiziell aus."

Sie sah Jack und Kenny auf sich zukommen. Beim Anblick der beiden attraktiven Footballspieler zog sich ihr Magen ein wenig zusammen. Nicht als Reaktion auf sie, sondern weil ihr Eintreffen bedeutete, dass auch Sam da sein musste.

„Ich habe kein Namensschild", sagte sie. „Und ohne Namensschild ist es nicht offiziell."

Kenny schüttelte den Kopf. „Das haben wir ganz vergessen. Wie dumm von uns."

„Weißt du, manchmal sind wir einfach nur eine Truppe von Footballspielern."

Taryn eilte zu ihnen. „Hab ich schon was verpasst? Wo ist Sam? Ich schwöre, wenn er zu dieser Party zu spät kommt, schlage ich ihn mit dem Stock."

„Ich bin hier."

Sam tauchte neben Kenny auf.

In der Sekunde, in der Dellina ihn sah, vergaß sie zu atmen. Hatte er immer schon so gut ausgesehen? Wie hielten sich die anderen Frauen im Raum nur davon ab, sich die Kleider herunterzureißen und ihn anzuflehen, sie zu nehmen – denn das war genau das, was sie jetzt verzweifelt tun wollte, aber natürlich nicht konnte. Genauso wenig, wie ihn anzuschauen. Denn als er sie anlächelte, senkte sie den Kopf und betete, dass sie nicht rot anlief.

Anfangs verstand sie nicht, was los war. Aber dann wurde es ihr klar. Sie war schüchtern. Offensichtlich hatte der heiße, schnelle, alle Gedanken aus dem Kopf vertreibende Sex sie beschwingt, aber auch ein wenig verunsichert. Was dachte Sam wohl gerade? Wusste irgendjemand davon? Das wollte sie nicht. Sie war gut in ihrem Job, und ihr Ruf war ihr wichtig. Mit Kunden zu schlafen wäre nicht gut fürs Geschäft.

„Wir danken dir sehr für alles, was du für uns getan hast“, sagte Taryn und holte Dellina damit in die Gegenwart zurück. „Vor allem ich. Denn ich habe mich geweigert, irgendetwas mit der Planung der Party zu tun zu haben, und wenn du nicht eingesprungen wärst, wäre es eine Katastrophe geworden.“

Kenny funkelte sie an. „Willst du damit sagen, dass wir drei das nicht hinbekommen hätten?“

„Ganz genau.“

Er zuckte mit den Schultern. „Da hast du recht.“

Jack reichte Dellina eine blaue Tüte. Eine besondere blaue Tüte, denn von denen hatte sie gerade zwanzig Stück ordentlich aufgestellt.

„Danke“, sagte Taryn. „Von uns allen.“

Die Jungs nickten. Sie glaubte, dass Sams Blick vielleicht ein wenig intensiver war als der der anderen, aber sie war sich nicht sicher.

Sie nahm die Tüte und schaute hinein. Die blaue Tiffany's-Schachtel war größer als die, die sie in die Geschenktüten getan hatte. Also bekam sie nicht die gleichen Diamantohrringe.

Sie löste die weiße Schleife und nahm dann den Deckel der Schachtel ab. Darin lag ein wunderschönes Armband. Eine Reihe Diamanten, eingefasst von gedrehten Kordeln aus Gold. Das Stück war umwerfend, aber nicht so auffallend, dass sie es nicht jeden Tag tragen könnte.

„Das ist wunderschön“, murmelte sie. „Vielen Dank.“

„Sam hat gesagt, du wärst nicht so der Typ für Diamantohrringe.“ Taryn half ihr, das Armband anzulegen. „Und dass du das hier jeden Tag tragen könntest. Ehrlich, du hast bei der Party tolle Arbeit geleistet. Danke dir für alles.“

„Gern geschehen.“

Dellina betrachtete das Armband an ihrem Handgelenk und wusste, dass sie noch nie etwas so Schönes besessen hatte.

Taryn umarmte sie. Kenny und Jack taten es ihr nach. Sam war der Letzte, er zog sie kurz an sich und ließ sie gleich wieder los.

„Okay, ich muss auspacken“, meinte Taryn.

„Wie viele Koffer?“, fragte Jack. „Drei?“

Taryn stieß einen missbilligenden Laut aus. „Nur einen. Wir sind schließlich nur zwei Nächte hier.“

„Du lügst“, sagte Kenny im Plauderton. „Niemals würdest du es schaffen, mit nur einem Koffer irgendwo hinzufahren.“

„Oh doch. Angel hat mir ein wenig Platz in seinem eingeräumt.“ Damit drehte sie sich um und ging.

Kenny und Jack folgten ihr, doch Sam blieb bei Dellina stehen.

„Alles okay?“, fragte er sie, als sie allein waren.

Sie schaute in seine dunklen Augen. „Ja. Und bei dir?“

Er grinste schief. „Mir ist es nie besser gegangen.“ Dann wurde er wieder ernst. „Wegen heute Morgen …“, sagte er. „Das war unerwartet.“

„Ich weiß.“

„Und großartig.“

Jetzt lächelte sie. „Besser als großartig. Aber privat.“

Seine Miene entspannte sich. „Ganz genau.“

„Weil es niemanden etwas angeht und wir dieses Wochenende zusammenarbeiten müssen.“ Ganz zu schweigen davon, dass sie keine Ahnung hatte, ob es eine einmalige Sache gewesen war oder sie sich wiedersehen würden.

„Hallo, meine Liebe.“

Dellina sah, dass Lark und Reggie auf sie zukamen. „Elternalarm hinter dir.“

„Ich wusste, dass mein Glück nicht lange anhalten würde“, murmelte Sam, bevor er sich umdrehte. „Mom. Dad. Ihr seid gekommen.“

„Natürlich sind wir gekommen“, sagte Lark und zog ihn an sich. „Ich freue mich sehr darauf, deine Kunden kennenzulernen. Außerdem können wir so mehr Zeit mit dir verbringen.“

Sie kam zu Dellina, während Reggie seinen Sohn umarmte. Bevor Lark sie in eine, wie Dellina wusste, enthusiastische Umarmung zog, zögerte sie kurz. Ihre blauen Augen weiteten sich, und ihr Lächeln wurde breiter.

„Reggie, sieh nur." Ihre Stimme hallte durch das gesamte Foyer des Hotels. „Sam und Dellina haben heute Sex gehabt. Und dem Strahlen in ihrem Gesicht und der Art, wie sie sich hält, nach zu urteilen, waren die Orgasmen ganz besonders köstlich."

Langsam zog Dellina den seitlichen Reißverschluss ihres schwarzen Taftkleides hoch, das sie anhatte. Es war von einem Designer, dessen Namen sie nicht aussprechen konnte. Eins der abgelegten Kleider von Taryns Kleidertausch ein paar Wochen zuvor und das einzige, von dem Dellina geglaubt hatte, es könnte weit genug ausgelassen werden, um ihr zu passen.

Das Oberteil war gekräuselt und bis zur Taille auf Figur geschnitten. Der Rock war weiter und endete kurz über dem Knie. Eine begabte Freundin von ihr hatte an dem Kleid wahre Wunder gewirkt und seitlich passende Stoffstücke eingesetzt, die Dellina die paar Zentimeter extra schenkten, die sie brauchte. Der V-Ausschnitt war tief genug, um für eine Abendveranstaltung angemessen zu sein, aber nicht so tief, dass er zu viel zeigte. Denn an diesem Abend ging es nicht um sie. Sie war zwar eingeladen worden, aber nur eine Mitarbeiterin, kein Gast. Eine Mitarbeiterin, die mit dem Boss geschlafen hatte.

Dellina presste die Hände ans Gesicht. Sie hatte ihr Make-up aufgefrischt und hoffte, damit ihre Röte zu überdecken, die nicht mehr von ihren Wangen zu weichen schien. Auch wenn nicht alle gehört hatten, was Lark verkündet hatte – Taryn, Jack und Kenny sowie die Damen an der Rezeption hatten es sehr wohl mitbekommen. Außerdem ein Pärchen aus Omaha und ein paar andere, die sie nicht kannte. Zum Glück war zu dem Zeitpunkt noch keiner der Score-Kunden da gewesen.

Trotzdem fühlte sie sich gedemütigt. Nicht weil sie mit Sam geschlafen hatte, sondern weil es sie unprofessionell wirken ließ. Sie war gut in ihrem Job und wollte nicht, dass die Menschen weniger von ihr hielten.

Es klopfte an ihrer Tür. Sie öffnete und fand Taryn im Flur stehen.

„Wie geht's dir?", fragte sie und trat ein.

„Ich hatte schon bessere Momente", gab Dellina zu. „Und es tut mir leid wegen …"

Taryn wartete. Ihre blauvioletten Augen funkelten eher amüsiert als empört. „Ja? Ich denke nicht, dass es dir leidtut, mit Sam geschlafen zu haben. Das letzte Mal hat dir auch schon gefallen."

„Tja, es ist mehr wegen der Arbeit als wegen allem anderen."

Taryn schüttelte den Kopf. „Das ist nicht deine Schuld, sondern Larks. Das wissen wir alle. Ich werde nichts sagen und die Jungs auch nicht. Keiner der Kunden hat es gehört. Ich dachte mir schon, dass du ein wenig aufgewühlt bist, und bin hier, um dir zu sagen, dass du das nicht sein musst."

Dellina wünschte, es wäre so einfach, diese Gefühle loszulassen. „Ich mache mir Sorgen wegen heute Abend."

„Versuch loszulassen. Ich habe mich mit Lark und Reggie unterhalten, und sie haben mir versprochen, sich zu benehmen."

„Reicht das?"

„Über kürzere Zeitabschnitte können sie sich durchaus zusammenreißen. Alles wird gut." Taryn ging zur Tür und drehte sich dort noch einmal um. „Was Sam angeht …", fing sie an. „Wie ich schon gesagt habe, brich ihm nicht das Herz."

„Das werde ich nicht." Das Versprechen zu geben fiel ihr leicht. Sam war nicht auf diese Weise an ihr interessiert.

Taryn lächelte und ging.

Dellina machte sich zu Ende fertig, legte schlichte goldene Creolen an und das wunderschöne Armband, das sie geschenkt bekommen hatte. Mit ihrer Tasche und ihrer stets präsenten Liste bewaffnet, verließ sie dann das Zimmer.

Als sie den Speisesaal betrat, war Sam bereits da. Er trug einen dunklen Anzug und ein weißes Hemd, was beides wirklich gut an ihm aussah. Offensichtlich hatte er geduscht und sich rasiert, und als sie ihn anschaute, verspürte sie ein ganz besonderes Flattern tief in ihrer Brust.

Anziehungskraft, sagte sie sich. Nicht mehr. Und wenn es an etwas anderem lag, dann nur an Taryns dummen Kommentaren darüber, dass sie ihm nicht das Herz brechen sollte. Als ob sie das könnte.

„Ich habe bereits die Platzkarten überprüft und mit dem Oberkellner gesprochen", sagte er.

„Das ist aber meine Aufgabe."

„Ich weiß, aber ich wollte mit dir reden." Er kam näher und berührte sanft ihre Wange. „Geht's dir gut?"

„Natürlich. Ich habe viel im Kopf, aber ansonsten ist alles prima."

Um seine Mundwinkel zuckte es. „Meine Mutter ist ein Problem."

„Sie ist auf jeden Fall interessant, das muss man ihr lassen."

„Es tut mir leid, was sie gesagt hat. Wir beide wollten das privat halten. Taryn und die Jungs werden dichthalten, und von unseren Gästen hat es keiner gehört. Ich habe mit ihr geredet, und sie hat versprochen, sich heute Abend von ihrer besten Seite zu zeigen."

„Taryn hat auch mit ihr gesprochen."

„Ja, das hat sie erwähnt." Er hielt kurz inne. „Du weißt, dass es nichts Persönliches ist. Sie platzt einfach mit solchen Dingen heraus, ohne einen Gedanken an die Konsequenzen zu verschwenden."

Dellina nickte. „Ich weiß. Sie kann nicht anders. Es wäre nicht so schlimm, wenn sie nicht so intuitiv wäre."

„Da hast du recht."

Er wirkte besorgt, was süß war. Und er war extra früher heruntergekommen, um mit ihr zu reden. Das war ebenfalls süß. Sie lächelte. „Ich komme schon klar. So was passiert eben. Ich bereue heute Morgen allerdings nicht."

Hitze flammte in seinen Augen auf. „Ich auch nicht. Du warst der Wahnsinn."

„Mit der Beschreibung kann ich leben."

13. KAPITEL

Fayrene zog an dem Saum ihres T-Shirts und sagte sich, dass sie angemessen gekleidet war und nicht im Geringsten verbittert, weil sie sich um zwölf Kinder kümmern musste, während ihre Schwester an einer eleganten Dinnertafel Platz nehmen durfte. Das musste bis später warten. Im Moment hatte sie eine Krise.

Ryan war bei der Arbeit aufgehalten worden. Er hatte ihr eine SMS geschickt und sie wissen lassen, dass er ein paar Minuten später käme. Sie hatte ihn daran erinnert, dass er auf dem Weg bei ihrer Wohnung vorbeifahren und Caramel abholen sollte. Sie ließ die Hündin zwar durchaus für ein paar Stunden allein im Haus, aber jetzt, da alles ins Hotel geliefert worden war, hatte sie vor, den kleinen Zwergspitz übers Wochenende bei sich zu haben. Denn im Moment konnte Fayrene ein freundliches Gesicht gut gebrauchen.

Zwölf Kinder unterschiedlichen Alters schauten sie an. Sie kannten einander nicht, und sie kannten auch sie nicht. Die anderen Babysitter, die so etwas regelmäßig machten, überprüften gerade die Vorbereitungen zum Abendessen, was bedeutete, Fayrene war allein in einem Raum, in dem es viel zu still war.

„Ich will zu meiner Mom“, sagte ein kleines Mädchen von vielleicht sieben oder acht Jahren. „Warum dürfen sie und mein Dad zu einem schönen Essen gehen und ich muss hierbleiben? Das ist so unfair.“

„Das ist doch alles doof“, schaltete einer der Jungs sich ein. „Wir sollten hier Spaß haben, aber den haben wir nicht.“

Fayrene schluckte die aufsteigende Panik hinunter. Sie hatte den Job mit den Kindern aus verschiedenen Gründen angenommen. Zum einen wollte sie ihrer Schwester helfen. Zum anderen wären die Referenzen gut für ihr Geschäft. Aber noch wichtiger war, dass sie hoffte, Zeit mit einer Gruppe Kinder zu verbringen würde es ihr und Ryan erlauben, darüber zu sprechen, wie es wäre, wenn sie eigene Kinder hätten. Was dann wiederum zu einer Unterhaltung übers Heiraten führen würde. Und somit hoffentlich dazu, dass er ihr endlich einen Antrag machte.

Aber nichts davon würde passieren, wenn sie gleich am ersten Tag eine Meuterei auslöste. Dellina wäre nicht glücklich, wenn die Kids ausreißen und sich auf die Suche nach ihren Eltern machen würden.

Fayrene schaute sich in dem großen Raum um, den sie für den ersten Abend nutzten. Es gab Ballons und eine funktionierende Jukebox und Tische mit den Zutaten für die alkoholfreien Cocktails. Aber keine Aktivitäten und keine Unterhaltung. Sie wusste nicht, was sie tun sollte, aber es wäre besser, wenn ihr schnell etwas einfiele.

In diesem Moment kam Ana Raquel zur Tür herein. Fayrene eilte zu ihr.

„Hilfe. Die Kinder haben keinen Spaß. Mach was."

Ihre Zwillingsschwester hob die Augenbrauen. „Ich bin Köchin, keine Entertainerin."

„Dann gib ihnen was zu essen. Das wird sie ablenken."

„In ein paar Minuten sollen wir mit der Cocktailstunde und der Zubereitung der Appetithäppchen loslegen. Greg bringt die restlichen Zutaten vorbei, bevor er zur Weinprobe nach draußen geht. Wir können erst anfangen, wenn alles da ist."

„Wir müssen aber etwas tun."

„Du weißt, dass das hier deine Aufgabe ist, oder? Technisch gesehen gibt es kein ‚wir'."

Fayrene wollte sie gerade anflehen, als Ryan hereinkam. Er trug Caramel auf dem Arm. Als die Hündin Fayrene erblickte, wand sie sich geschickt aus seinem Griff und rannte auf sie zu.

Fayrene hob die glückliche Hündin hoch und drückte sie an sich. Endlich jemand, der sie beschützte. Ryan umarmte sie kurz und gab ihr einen Kuss auf die Wange.

„Es ist so still hier", sagte er. „Zu still."

„Ich weiß. Ich dachte, sie wären aktiver. Wir müssen dringend was unternehmen." Sie hatte gedacht, sie müsste einfach nur auf die Kinder achtgeben. Dass sie sie unterhalten musste, damit hatte sie nicht gerechnet. Sollten Kinder nicht eigentlich freundlich und aufgeschlossen sein? Sie erinnerte sich daran, als Kind Dutzende von Freunden gehabt und beinahe mit jedem geredet zu haben, der gewillt gewesen war, ihr zuzuhören.

Ryan nahm sich einen Stift und schrieb seinen Namen auf ein Namensschild, das er sich ans Hemd heftete. „Keine Sorge. Beobachte, wie der Meister das macht, und lerne."

Er nahm ihr Caramel ab und trug den Hund zu den in einem Grüppchen zusammenstehenden Kindern.

„Wer von euch mag Hunde?", fragte er.

Ein paar Hände wurden gehoben.

„Und wer hat Angst vor Hunden?"

Fayrene sah, dass eines der kleinen Mädchen auf den Boden starrte, aber niemand sagte etwas.

„Könnt ihr mir sagen, was für eine Rasse dieser Hund hier ist?", fragte Ryan.

Ausdruckslos schauten die Kinder ihn an.

„Das ist ein Zwergspitz. Sie heißt Caramel und hat viel Fell, aber darunter ist sie winzig."

„Sie hat wirklich kleine Pfoten", bemerkte ein kleines Mädchen. „Aber sie ist hübsch."

„Das ist sie. Sie ist außerdem sehr freundlich und liebt Menschen." Er zwinkerte dem blonden Mädchen in Sandalen zu. „Sie leckt gerne an Zehen."

Das Mädchen kicherte.

„Ich werde sie jetzt auf den Boden setzen, damit sie euch alle kennenlernen kann. Während sie das tut, machen wir uns unsere Namensschilder. Wir haben nicht mehr viel Zeit, bevor die Aktivitäten losgehen."

„Was für Aktivitäten?", wollte einer der älteren Jungen wissen. „Denn bislang bringt das hier noch keinen Spaß."

Ryan tätschelte seine Schulter. „Nur Geduld, mein Guter. Weißt du, was ein Cocktail ist?"

Der Junge grinste. „Wir kriegen Cocktails?"

„Beinahe. Wir machen Mocktails – das sind Cocktails ohne Alkohol. Und Appetithappen bereiten wir auch zu. Oh, und später spielt noch eine Band."

„Eine Liveband?", fragte eines der Mädchen.

„Jupp." Er setzte Caramel ab und zeigte auf den Tisch. „Okay, finden wir heraus, wer wer ist, und dann kann der Spaß beginnen."

Fayrene atmete tief ein und erleichtert wieder aus. Alles würde gut. Ryan war hier, und was sie betraf, war er ihr Held. Sie würde ihn später dafür belohnen, aber im Moment musste sie einem kleinen Mädchen helfen, das Angst vor Hunden hatte.

Sie ging zu der kleinen Brünetten hinüber und lächelte sie an. „Wie heißt du?"

„Sally."

Fayrene setzte sich vor ihr auf den Boden. „Habt ihr zu Hause Hunde, Sally?"

„Nein. Mein Dad ist allergisch. Ich war noch nie zuvor mit einem Hund zusammen." Sie beobachtete Caramel, die durch den Raum stromerte. „Beißt sie?"

„Nein, gar nicht. Warum setzt du dich nicht, und ich stelle dich ihr vor? Es ist einfacher, Freunde zu werden, wenn man einander vorgestellt wurde."

Sallys Haare waren zu einem dicken Zopf geflochten, der ihr über den Rücken hing. Ihre Augen waren groß und ernst. Sie zögerte, dann ließ sie sich auf den Boden sinken. Fayrene rief Caramel zu sich.

Die kleine Hündin kam angerannt und sprang anmutig über Fayrenes Beine, dann setzte sie sich Sally gegenüber. Sie hechelte ein wenig, wodurch sie aussah, als grinse sie.

„Das Beste, was man bei der ersten Begegnung mit einem Hund machen kann, ist, den Besitzer zu fragen, ob der Hund lieb ist. Wenn der Besitzer Ja sagt und erlaubt, dass man den Hund streichelt, muss man sich ihm erst mal vorstellen." Sie tätschelte Caramel. „Ball deine Hand zur Faust, und lass sie daran schnüffeln. Das ist Hundesprache für Hallo."

Sally biss sich auf die Unterlippe, dann streckte sie ihre kleine Faust langsam dem Hund entgegen. Caramel reckte den Kopf und schnüffelte vorsichtig, bevor sie kurz über Sallys Knöchel leckte.

Sally zuckte zusammen und schaute Fayrene an. „Heißt das, dass sie mich mag?"

„Ja, das heißt es. Willst du sie mal streicheln?"

Sally nickte, rutschte ein Stück näher und streckte die Hand aus, um Caramels Rücken zu streicheln.

„Sie ist so weich!"

„Ich weiß. Und fühl mal, wie viel Fell sie hat. Darunter ist sie ziemlich klein."

Sally streichelte sie weiter. Caramel sprang erneut über Fayrenes Beine und setzte sich neben das Mädchen. Dann rollte sie sich auf den Rücken und bot ihren Bauch dar. Fayrene zeigte Sally, wie man die Brust und den Bauch der kleinen Hündin richtig streichelte. Caramel seufzte zufrieden.

Sally lachte. „Hunde sind seltsam", sagte sie. „Aber den hier mag ich."

Schweigend dankte Fayrene ihrem vorübergehenden Haustier und versprach in Gedanken, Caramel eine Woche lang jeden Morgen ein Stück Bacon zu geben. Ein Kind überzeugt, fehlen nur noch elf, dachte sie. Aber sie verspürte ein klein wenig mehr Optimismus als zuvor.

Am Samstagmorgen wachte Dellina schon vor sechs Uhr auf. Der Vorabend war perfekt gelaufen. Die Weinprobe war sehr gut angekommen, und auch das Essen hatte allen gefallen. Die Speisen selbst waren ausgezeichnet, die Unterhaltungen angeregt, und die meisten Gäste waren ein wenig angeschickert in ihre Zimmer gegangen. Sie hoffte, das bedeutete, dass alle gut geschlafen hatten.

Um halb sieben war Dellina unten und machte sich an die Vorbereitungen. Heute war ein geschäftiger Tag. Nach der morgendlichen Stretching-und-Yoga-Klasse würde es auf der Terrasse ein Frühstücksbuffet geben. Dann kämen die Shuttlebusse. Die Erwachsenen würden zu CDS fahren, um dort den Hindernisparcours zu bewältigen, während die Kinder eine Fahrradtour machten. Gegen elf würden sich alle hier wiedertreffen, bevor man gemeinsam zum Lunch in die Stadt fuhr, wo alle ausreichend Zeit hätten, sich auf dem Sommerfestival zu vergnügen. Um halb vier würden die Shuttlebusse alle wieder zum Hotel zurückbringen.

Um vier kämen Max und seine Therapiehunde zu den Kindern. Angel und die Eicheln wären da, um die neuen Welpen vorzustellen. Es gäbe eine Vorführung, was Therapiehunde alles können. Für die Erwachsenen fände gleichzeitig der heikelste Teil des Wochenendes statt: Larks Vortrag. Danach gäbe es ein großes Barbecue, an dem auch die Kinder teilnähmen. Dellina hoffte, dass gegen neun Uhr alle so erschöpft wären, dass der Abend früh endete.

Mit Josh, Angel und dem Shuttleservice hatte sie bereits alles bestätigt. Und obwohl es ihr in den Fingern juckte, noch ein paar Telefonate zu führen, unterließ sie es. Sie musste den Menschen vertrauen, die sie angeheuert hatte.

Gegen sieben gesellte sich eine gähnende Fayrene zu ihr. Sie trug Shorts und ein T-Shirt und hatte Caramel bei sich.

„Ich bin erschöpft“, sagte sie, als sie sich mit Caramel auf dem Schoß in den Stuhl gegenüber fallen ließ. „Zwölf Kinder sind einfach zu viel. Aber es ist gut gelaufen.“

„Dann hatten alle Spaß?“

„Oh ja. Dieses kleine Mädchen und Ryan waren der Hit. Ich war mehr im Hintergrund.“ Sie gähnte erneut. „Ich brauche Kaffee, um für die Radtour fit zu werden.“ Sie erhob sich. „Wir sind übrigens perfekt vorbereitet. Ich habe Sonnencreme und Wasser. Josh stellt die Fahrräder und Helme. Außerdem wird er einen kleinen Vortrag über die Tour de France halten und Bilder zeigen.“

„Klingt super. Geht’s dir gut?“

Fayrene nickte. „Ich bin nur müde. Ich weiß den Auftrag sehr zu schätzen, aber jetzt gerade sehne ich mich nach einem schlichten Job irgendwo am Empfang. Einfach nur dazusitzen und acht Stunden lang Telefonate anzunehmen klingt im Moment wie Urlaub.“ Sie winkte und ging zu dem Kaffeewagen in der Lobby.

Dellina sprach mit der Cateringmanagerin und ließ sich bestätigen, dass die Vorbereitungen für das Frühstück nach Plan liefen. Dann ging sie ebenfalls in die Lobby, um sich einen Kaffee zu holen. Sie sah, dass Lark bereits am Wagen stand und auf ihren Latte macchiato wartete.

Dellina hielt inne, nicht sicher, ob sie zu ihr gehen oder sich fernhalten sollte. Seit dem gestrigen Nachmittag, als Lark lauthals verkündet hatte, dass Dellina und Sam Sex gehabt hatten, hatte sie nicht mehr mit ihr gesprochen. Offensichtlich hatte Taryns Ansprache gewirkt, denn während des Dinners war Lark überaus charmant gewesen, hatte sich aber von allen fragwürdigen Themen ferngehalten. Jetzt nahm sie ihr Glas entgegen, drehte sich um, sah Dellina und winkte sie zu sich.

„Alles läuft ganz hervorragend“, sagte sie. „Reggie und ich hatten gestern Abend so viel Spaß. Wir lieben Kenny, Jack und Taryn einfach. Zeit mit ihnen zu verbringen ist so erfrischend. Ich wünschte nur, Larissa wäre auch da gewesen.“

„Sie ist in Los Angeles und besucht ihre Familie.“ Dellina bestellte ihren Kaffee bei dem Teenager, der die Maschine bediente. „Offensichtlich hat ihre Schwester gerade erfahren, dass sie schwanger ist.“

Lark senkte die Stimme. „Das mit gestern tut mir so leid“, sagte sie leise. „Ich habe nicht nachgedacht. Ich war nur so glücklich, zu sehen, dass Sam und Sie zusammen gewesen sind. Er geht Beziehungen schon eine ganze Weile aus dem Weg, und ich mache mir Sorgen um ihn.“

Dellina war hin- und hergerissen zwischen der offensichtlichen Besorgnis einer liebenden Mutter und dem Wunsch, klarzustellen, dass sie und Sam keine Beziehung hatten. Wobei das auszusprechen die Sache nicht besser machte. Zum Glück brauchte Lark keine sonderlich aktiven Gesprächspartner, um eine Unterhaltung zu führen.

„Ich muss zugeben, er hatte viel Pech mit den Frauen“, fuhr sie fort. „Seine erste feste Freundin hat sich als Stalkerin entpuppt. Als er versucht hat, Schluss zu machen, hat sie ihm die Reifen aufgeschlitzt.“

„Sie machen Witze“, sagte Dellina. „Ist sie verhaftet worden?“

„Ja, und das schien geholfen zu haben. Sie hat sich schuldig bekannt und zugestimmt, in einen anderen Staat zu ziehen. Dann war da die Sache mit Simone, die mit dem Buch geendet hat.“

„Ein Albtraum.“ Dankend nahm Dellina ihren Latte macchiato entgegen. Gemeinsam mit Lark trat sie auf die Terrasse.

„Er war entschlossen, aus seinen Fehlern zu lernen, also hat er über seine nächste Beziehung Stillschweigen gewahrt. Aber scheinbar hat er es damit ein wenig übertrieben, denn seine Neue hat sowohl mit Kenny als auch mit Jack geschlafen und Sam dann gefragt, ob er Interesse an einem Vierer hätte.“ Lark presste die Lippen zusammen. „Ich bin ja wirklich sehr offen, wenn es um Sex geht, aber ich glaube an Treue in einer Beziehung. Außerdem ist Sam wohl kaum der Mann, der an so etwas Spaß hat.“

Dellina hätte sich beinahe an ihrem Kaffee verschluckt. Ein Vierer? Vielleicht war sie langweilig, aber an so etwas hatte sie auch kein Interesse.

„Er ist ein vorsichtiger Mann“, erklärte Lark. „Und das zu Recht, schätze ich. Ich hoffe nur, dass er noch die richtige Frau findet. Eine Partnerin.“ Vielsagend schaute sie Dellina an.

„Das hoffe ich auch für ihn“, murmelte sie und nippte erneut an ihrem Glas, um nicht mehr sagen zu müssen. „Wenn Sie mich jetzt entschuldigen wollen, ich muss nach dem Buffet sehen.“

„Natürlich.“

Dellina steuerte auf das Restaurant zu. Da sie bereits mit der Cateringmanagerin gesprochen hatte, hatte sie nicht wirklich einen Termin, aber das war egal. Es schien nur vernünftig zu sein, sich von Lark zu entfernen. Sie war dankbar für die Entschuldigung und fand Larks Sorgen um ihren Sohn bewundernswert, aber über mögliche Partnerinnen für ihn wollte sie trotzdem nicht sprechen.

Sie und Sam gingen ja nicht einmal offiziell miteinander aus. Sie mochte ihn – sehr sogar. Er war ein toller Mann. Gut aussehend und fürsorglich und überraschend lustig. Er war ehrgeizig, ohne ein Arschloch zu sein. Und was er bei fünf Minuten heißem, hungrigem Sex so alles anstellen konnte, raubte ihr den Atem. Sie würde so gern sehen, was er anzubieten hätte, wenn ihm eine ganze Stunde zur Verfügung stünde. Denn auch wenn ihr Treffen im Februar toll gewesen war, hatte sie ihn da noch nicht gekannt. Und Sam zu kennen machte das intime Zusammensein mit ihm so viel besser.

Vielleicht nach dem Wochenende, dachte sie sehnsüchtig. Das würde ihr gut gefallen. Aber was den Rest anging …

Am Ende des Flurs sah sie Ryan und Fayrene. Er hatte einen Arm um sie gelegt und flüsterte ihr etwas ins Ohr, das sie zum Lachen brachte. So verrückt Fayrene sich auch wegen des Heiratsantrags benahm, so verrückt schien sie vor Liebe zu ihm zu sein. Ana Raquel hatte ihr Glück ebenfalls gefunden. Ein Teil von etwas zu sein, durch Liebe miteinander verbunden, war eine schöne Vorstellung. Nur war Dellina nicht sicher, ob das auch für sie das Richtige wäre. Allerdings freute sie sich auch nicht gerade darauf, ihr Leben allein zu verbringen.

„Das ist ein Problem für ein andermal", sagte sie sich und schaute auf die Uhr. Sie musste sich um die Yogastunde kümmern.

Um halb acht war die Stretching-Yoga-Stunde in vollem Gange. Dellina eilte ins Hotel zurück und wäre beinahe in Bailey hineingelaufen.

„Ich habe nach dir gesucht", sagte diese. „Dein Handy ist aus."

„Oh nein." Dellina zog das Telefon aus der Tasche und sah, dass es auf stumm geschaltet war. „Das habe ich gestern Abend beim Dinner leise gestellt und dann vergessen", sagte sie.

Sie überprüfte ihre Nachrichten und sah, dass Bailey ihre einzige Anruferin gewesen war. „Danke, dass du es mir sagst. Bist du deshalb den ganzen Weg hier raufgefahren?"

Bailey lächelte. „So in der Art. Ich wollte aber auch wissen, ob du bei irgendwas Hilfe brauchst. Chloe übernachtet heute bei ihrer Freundin Allison, und sie verbringen auch den Tag zusammen. Später kommen sie wegen der Vorführung der Therapiehunde hierher." Sie zuckte mit den Schultern. „Ich habe heute nichts vor. Also, wenn du etwas brauchst, lass es mich wissen."

Dellina wusste das Angebot sehr zu schätzen. Außerdem hatte sie das Gefühl, dass ihre Freundin sich ohne ihre Tochter ein wenig verloren fühlte. Seit dem Tod von Baileys Mann und Chloes Vater hatten die beiden nur einander. Zumindest bis die Stadt herausgefunden hatte, was geschehen war, und sich um sie kümmerte.

„Wir bringen unsere Gäste heute Nachmittag in die Stadt", sagte sie. „Hast du Lust, eine Führung durch Fool's Gold zu geben?"

„Klar. Für meinen Job als Assistentin von Bürgermeisterin Marsha habe ich mich intensiv mit der Geschichte der Stadt beschäftigt. Ich kenne mehr Fakten, als irgendjemand wissen will. Außerdem wird es lustig, auf das Festival zu gehen."

Dellina schlug eine Zeit und einen Treffpunkt vor.

Eine Frau in Yogahose und engem Tanktop eilte auf sie zu. Dellina erkannte sie als eine der Frauen ihrer Kunden. Sie packte Dellinas Hand und zog sie daran in Richtung Terrasse.

„Das müssen Sie sehen", sagte sie. „Schnell!"

Bailey begleitete sie.

„Was, um alles in der Welt …", setzte Dellina an, dann hörte sie auf zu reden, als sie sah, was auf der großen Rasenfläche vor dem Hotel los war.

Ungefähr zwanzig Männer spielten Football – alles fitte, attraktive Kerle in Shorts und T-Shirts. Jack war der Quarterback des einen Teams. Er fing den Ball, trat einen Schritt zurück und warf ihn.

Dellina war noch nie zuvor bei einem professionellen Footballspiel gewesen. Sie hatte einmal ein Collegespiel besucht, aber Football war nicht ihre Sache. Sie verstand weder das Spiel noch seinen Sinn. Aber als sie Jack werfen sah, bewunderte sie doch die Kraft und Anmut, die in Profisportlern steckte.

Einer der Kunden fing den Ball und rannte auf das selbst gebaute Tor zu. Dem Jubel nach zu urteilen, schätzte Dellina, dass er einen Punkt gemacht hatte. Männliches Lachen erfüllte die Ruhe des Morgens.

Licht glitzerte auf Muskeln, wenn die Männer sich bewegten.

„Jetzt fehlt nur noch ein Soundtrack“, murmelte Bailey, die neben Dellina stand. „Oh, sieh nur. Sam ist der Quarterback für das andere Team.“

Dellina sah, dass sie recht hatte. Sie stellten sich jetzt alle in einer Reihe auf, Sam nahm die Mittelposition ein und fing den Ball, als er angestoßen wurde.

Er mochte zwar ein Starkicker sein, aber sie sah jetzt, dass er auch einen verdammt harten Bums im Arm hatte. Geschickt wich er einem Tackle aus und warf den Ball beinahe über die gesamte Länge des Spielfelds. Kenny flog an den anderen Männern vorbei und fing ihn. Er war schon auf dem Weg zur Ziellinie, bevor der Ball überhaupt den Boden berührt hatte.

„Oh mein Gott“, flüsterte Bailey. „Das war beeindruckend.“

„Wem sagst du das.“ Dellinas Blick blieb an Sam hängen, der mit Kenny abklatschte.

Das ist seine Welt gewesen, dachte sie. In größerem Maßstab, aber die Basis war die gleiche. Athletisches Können, siegen und Teil eines Teams sein. Ihr fiel auf, dass die anderen Frauen sich ebenfalls versammelt hatten, um die Show anzuschauen, und sie fragte sich, wie viele der Frauen fanden, dass ihre Männer da draußen ziemlich gut aussahen.

Obwohl sie in gegnerischen Teams spielten, besprachen Sam, Kenny und Jack sich kurz, bevor sie zum Spiel zurückkehrten. Als Sam sich mit dem Saum seines T-Shirts den Schweiß von der Stirn wischte, erhaschte sie einen kurzen Blick auf seinen Bauch und die muskulösen Konturen. Irgendwo hinter ihr seufzte eine Frau.

„Wenn ich nicht verheiratet wäre, würde ich mehr davon wollen“, sagte sie.

Dellina stimmte ihr zu. Und zum Glück war *sie* nicht verheiratet.

Kurz nachdem sie nach Fool's Gold gezogen waren, hatte Sam entdeckt, dass die Stadt ihre Festivals liebte. Er und die Jungs waren während des großen Auflaufwettbewerbs mit fertigen Mahlzeiten bombardiert worden, und er hatte seine ältere Schwester mit zum Tulpenfestival genommen. Sie war beeindruckt gewesen von den Blumenbögen, die sich über Meilen über die Straßen spannten.

Das Sommerfestival schien zum einen Teil aus Kunsthandwerk, zum anderen aus Musik zu bestehen. Dazu gab es Unmengen an Fressbuden und Touristen. Sam begleitete eine Gruppe mehrerer Kunden und erkundete die verschiedenen Stände. Sie hatten keine Kinder dabei, aber ein paar der anderen Gruppen schon. Dellina hatte dafür gesorgt, dass Fayrene und die Babysitter parat standen, sollte jemand Hilfe benötigen.

Fayrene hatte den Zwergspitz mitgebracht, um den sie sich kümmerte, und nach allem, was er bisher gesehen hatte, war die kleine Hündin der Hit. Eine der Frauen hatte ihn am Morgen im Hotel abgefangen und gesagt, dass ihre Tochter am Abend vorher so viel Spaß gehabt hätte und nicht aufhören konnte, über den süßen kleinen Hund zu reden, der so warmherzig und freundlich zu ihnen allen gewesen war. Offensichtlich schmuste Caramel gern mit jedermann – eine Eigenschaft, die Sam hätte respektieren können, als er noch jünger gewesen war, jetzt jedoch nicht mehr. Er hielt sein Privatleben lieber schlicht, was bedeutete, nur mit einer Frau zurzeit zu schmusen.

Allerdings war er schon eine ganze Weile nicht mehr mit einer Frau zusammen gewesen … Und jetzt bin ich es auch nicht, dachte er und trat einen Schritt zur Seite, um einer Gruppe Teenagern auf Skateboards Platz zu machen. Sie hatten es kaum bis zur Ecke geschafft, als eine Polizistin ihnen in den Weg trat und ihrem Spaß ein Ende bereitete.

Er mochte Dellina sehr. Sie war toll. Lustig und sexy und jemand, auf den er zählen konnte. Aber er wusste, was passieren würde, wenn es ernst würde – alles würde den Bach runtergehen. Er hatte sich schon vor langer Zeit mit dieser Wahrheit angefreundet – er hatte einfach unglaubliches Pech, was Frauen anging. Das war schon immer so gewesen und würde immer so bleiben. Sosehr er sich auch wünschte, dass es sich ändern würde, das hatte es nie getan.

Was ihn auf den Gedanken brachte, wie wohl seine Zukunft aussehen würde. Er wollte eine traditionelle Familie. Eine Frau und ein paar Kinder. Aber wie sollte er das schaffen, wenn sein Privatleben von einer Katastrophe in die nächste schlitterte?

Vor ihm öffnete sich die Tür des Christmas Attic, und eine Frau mit zwei großen Tüten in den Händen trat heraus. Sie hatte zwei Kinder im Schlepptau, wobei der kleine Junge eher an dem Festival interessiert zu sein schien als daran, bei seiner Mutter zu bleiben.

„Bleib in meiner Nähe“, rief die Frau, während sie auf die Ecke zumarschierte.

Sam nahm an, dass sie ihren Wagen auf dem Parkplatz stehen hatte, und sobald sie ihre Tüten weggepackt hätte, würde sie klarkommen. Nur da hinzukommen schien sich schwierig zu gestalten.

Ihr Sohn, der ungefähr vier oder fünf Jahre alt war, sah den Eiswagen und grinste. Er lief in Richtung Bürgersteigkante, anstatt seiner Mutter zu folgen. Die Frau drehte sich um, um ihn zu suchen, und rief dann panisch seinen Namen.

„Ich bin gleich wieder da“, sagte Sam, joggte auf den Jungen zu und hob ihn hoch. Dann winkte er der Frau zu. „Ich habe ihn.“

Er hielt Blickkontakt, während er näher kam, damit die Frau nicht glaubte, er hätte vor, ihren Jungen zu entführen. Sobald sie bei ihr angekommen waren, stellte er den Jungen auf den Boden.

„Lassen Sie mich Ihnen mit den Tüten helfen", sagte er. „Dann können Sie das festhalten, was wirklich wichtig ist."

Sie schenkte ihm ein dankbares Lächeln. „Ich hätte zweimal gehen sollen", gab sie zu. „Es ist nur so, im Weihnachtsladen ist gerade Schlussverkauf, und endlich konnte ich das Krippenspiel kaufen, das ich schon immer haben wollte. Noelle hat mich angerufen und mir gesagt, dass sie es für mich zurückgelegt hat." Sie nahm ihren Sohn auf den Arm und fasste ihre Tochter an der Hand. „Danke für Ihre Hilfe."

„Kein Problem." Er nahm ihre Tüten, und gemeinsam gingen sie zu ihrem kleinen SUV. Lächelnd stellte er die Tüten in den Kofferraum. „Genießen Sie das Wochenende."

Sie nickte dankbar, und er kehrte zu seinen Gästen zurück. Eine der Frauen hakte sich bei ihm unter.

„Deshalb mag ich Ihre Gesellschaft so gerne", sagte sie. „Sie alle haben so ein großes Herz."

„Das hier ist eine kleine Stadt", erwiderte Sam, nicht sicher, was er von dem Kompliment halten sollte, aber es gefiel ihm. „Zu helfen ist Teil unserer Kultur."

„Das ist so schön mit anzusehen", sagte sie. „Hier zu leben muss etwas Besonderes sein."

Sam nickte. Die Frau ließ seinen Arm los und kehrte an die Seite ihres Ehemanns zurück. Sam ging mit ihnen weiter, aber in Gedanken war er ganz woanders.

Als die Jungs das erste Mal nach Fool's Gold gefahren waren, hatte die Stadt sie sehr beeindruckt. Obwohl Taryn Los Angeles liebte, waren die Jungs bereit für eine Veränderung, und Fool's Gold hatte ihnen genau die geboten. Aber sobald sie das neue Gebäude gekauft hatten, hatte Sam mit Zweifeln gekämpft. Wollte er wirklich in einer Stadt wohnen, wo jeder alles über ihn wusste? Er war in so einem Umfeld aufgewachsen und verspürte nicht den Drang, das als Erwachsener zu wiederholen.

Und deshalb hielt er sich immer ein wenig zurück. Jack und Kenny hatten überall Freunde gefunden, aber Sam war für sich geblieben. Er hatte alle Anfragen, bei örtlichen Organisationen zu sprechen, abgelehnt und sich auch nicht anderweitig in der Gemeinde engagiert. Jetzt sah er, dass er, wenn er sich jemals wirklich zugehörig fühlen wollte, einfach würde springen müssen. Es war ein wenig wie das, was mit Dellina geschehen war. Er war so sehr damit beschäftigt gewesen, das Schlimmste anzunehmen, dass er jemand Großartiges verpasst hatte. Sie hatte nicht nur die Kundenfeier gerettet, sie hatte sich auch als jemand erwiesen, dem er vertrauen konnte. Und in seiner Welt war das ein großer Schatz.

Sam trat aus dem Fahrstuhl und sah Kenny und Jack, die Taryn Geld übergaben. Den Bündeln nach zu urteilen, die sie in der Hand hielt, schätzte er die Summe auf drei- oder vierhundert Dollar für jeden. Sie schlossen eine Wette ab – etwas, an dem er normalerweise teilnahm. Nur dieses Mal nicht. Denn er wusste, worauf sie wetteten. Vielleicht nicht dem genauen Wortlaut nach, aber er konnte sich denken, um welches Thema es ging.

„Worum geht's?“, fragte er im Näherkommen.

Seine Freunde drehten sich zu ihm um. Kenny und Jack sahen beide schuldbewusst aus, während Taryn eher selbstgefällig wirkte.

„Ob sie ein Video zeigt oder nur redet“, erklärte Taryn ihm. „Ich bin überzeugt, sie wird nichts tun, was dir peinlich sein könnte. Jack meint, es gäbe ein Sexvideo, während Kenny auf eine voll bekleidete Demonstration setzt.“

Abwehrend hob Kenny die Hände. „Ich habe schon Vorträge von ihr gesehen. Wir wissen alle, was passieren wird.“

„Bist du dabei?“, fragte Jack.

Sam versuchte, das Pochen der herannahenden Kopfschmerzen zu ignorieren, und schüttelte den Kopf. „Für mich gibt es da nichts zu gewinnen. Taryn, ich weiß deine Unterstützung zu schätzen, aber wir beide wissen, dass wir hier von meiner Mutter sprechen. Auf keinen Fall wird sie es sich entgehen lassen, irgendetwas zu zeigen.“

„Willst du dann auf das Video setzen?“, fragte sie.

„Nein, ich will, dass sie einfach normal ist.“

„Das steht leider nicht zur Auswahl.“

„Ich frage mich, warum“, murmelte Sam und ging zu dem Raum am Ende des Flurs. Er hatte vor, sich vorn an der Seite einen Platz zu suchen. So könnte er, wenn nötig, schnell auf die Bühne springen. Er war nicht sicher, was er da tun würde, aber wenn es um Lark ging, war es wichtiger, bereit zu sein, als einen Plan zu haben.

14. KAPITEL

„Du kannst dich entspannen“, sagte Dellina genauso zu sich selbst wie zu Sam. Sie standen neben der Terrasse auf der Rückseite des Hotels am Ende eines langen, erfolgreichen und unterhaltsamen Tages für ihre Kunden.

Hinter ihnen wurden die großen Grills aufgeheizt, während die Hotelköche alles für das abendliche Barbecue vorbereiteten. An der Nordseite stand eine große Feuerschale, die kurz vor Sonnenuntergang entzündet würde. Die Tische waren gedeckt, die Band spielte bereits, und in ein paar Minuten würden ihre Gäste eintreffen. Das Wochenende war zur Hälfte rum. Dellina hoffte, dass es ab jetzt bis zum morgigen Nachmittag leichter werden würde. Dann würde sie zusammenklappen und für mindestens zwölf Stunden schlafen.

„Nach allem, was ich gehört habe, hatten die Leute viel Spaß in der Stadt“, sagte sie. „Die Kinder haben die Radtour genossen, und das Treffen mit den Therapiehunden war ein Riesenerfolg.“

Er sah sie an. „Was du wirklich sagen willst, ist, dass meine Mutter während ihres Vortrags weder ihre Kleidung ausgezogen noch Sex auf der Bühne gehabt hat.“

„Ich gebe zu, da hatte ich so meine Sorgen“, erwiderte Dellina. Sie hatte sich im Hintergrund gehalten, während Lark auf der Bühne gesprochen hatte. Sie war nicht sicher, ob sie den Platz gewählt hatte, damit sie weglaufen könnte, wenn es nötig wäre, oder um den anderen Gästen den Weg nach draußen zu zeigen, sollten sie fliehen wollen.

„Es war okay“, gab Sam zu. „Für ihre Verhältnisse war der Vortrag sehr zahm.“

„Und informativ“, ergänzte Dellina.

Lark hatte über die Wichtigkeit der sexuellen Zufriedenheit in einer Ehe gesprochen. Als sie auf einen Knopf auf dem Laptop gedrückt hatte und ein Bild an der Wand aufgetaucht war, war Dellina auf alles vorbereitet gewesen – von einem Porno bis zu detaillierten anatomischen Fotos. Stattdessen hatte Lark geschmackvolle Zeichnungen der männlichen und weiblichen Geschlechtsteile gezeigt und dann die verschiedenen Druckpunkte und Atemtechniken erklärt.

„Sie hat nur drei Mal Klitoris gesagt." Sam klang erleichtert. „Das hätten wir also hinter uns."

„Zumindest den Teil, über den wir beide uns am meisten Sorgen gemacht haben." Sie schaute auf die Uhr. „Okay – ich habe das Essen überprüft. Die Bar ist bereit. Für die Kinder gibt es eine Mocktail-Station, falls sie ihre Lieblingsdrinks von gestern noch einmal mixen wollen. Wir können …"

Sie erstarrte, als das erste Pärchen aus ihrer Gruppe auf den Rasen trat. Sie kannte sie vom Sehen und wusste auch ihre Namen, hatte mit ihnen gesprochen. Sie waren Mitte vierzig und hatten ihre Kinder im Collegealter zu Hause gelassen.

Obwohl das Pärchen immer liebevoll miteinander umgegangen war, konnte Dellina sich nicht daran erinnern, sie Händchen haltend gesehen zu haben. Als sie jetzt hinschaute, blickte die Frau zu ihrem Mann auf und lachte. Er blieb stehen, drehte sich zu ihr, legte seine freie Hand an ihr Gesicht und küsste sie. Mit Zunge.

„Was?" Sam drehte sich zum Hotel um. „Sind meine Eltern nackt?"

„Ich habe keine Ahnung, aber falls ja, sind sie nicht hier draußen."

Er schaute sich um, bevor er sie erneut ansah. „Wo guckst du hin?"

„Zu Bill und Marie."

Sam warf den beiden einen Blick zu und zuckte mit den Schultern. „Sie sind da."

„Sie küssen sich!"

„Ich verstehe nicht, was daran so besonders sein soll."

Dellina lächelte. „Oh, ich glaube, das wirst du bald. Das hier wird ein sehr interessantes, ruhiges Barbecue."

„Ich habe keine Ahnung, wovon du redest."

Ein weiteres Paar gesellte sich zu Bill und Marie. Sie sprachen miteinander, wie sie es das ganze Wochenende über getan hatten. Aber dennoch gab es einen erkennbaren Unterschied.

Dellina legte eine Hand auf Sams Arm und drehte ihn herum, sodass er zu den Pärchen schaute. „Schau sie dir an. Was siehst du?"

„Ich weiß nicht. Menschen, die ich kenne."

„Menschen, die du kennst und die gerade umwerfenden Sex gehabt haben. Ich schätze, dass mehr als nur ein paar unserer Gäste die Techniken deiner Mum angewandt und genossen haben."

„Heilige Scheiße", murmelte Sam. „Meinst du wirklich?" Er stöhnte, bevor sie etwas erwidern konnte. „Du hast recht. Was haben wir nur getan?"

Sie trat vor ihn. „Wir haben glücklichen Paaren geholfen, sich auf intime Weise zu verbinden. Das ist gut. Ich weiß, dass deine Mutter sehr aufdringlich sein kann und keine Grenzen respektiert, aber das bedeutet nicht, dass das, was sie erzählt, nicht wertvoll ist. Glaubst du nicht, dass es deinen Kunden ein noch besseres Gefühl gibt, auch zukünftig mit euch zusammenzuarbeiten?"

„Ich will nicht, dass sie über Sex reden oder über die Dinge, die meine Mutter ihnen in meiner Anwesenheit beigebracht hat."

Sie lachte. „Ja, das wäre wohl für uns alle unangenehm. Aber ich würde sagen, wir sollten die Dinge einfach laufen lassen."

Er seufzte. „Warum konnte ich nicht in eine normale Familie hineingeboren werden?"

„Dann wärst du nicht der, der du bist."

„Da hast du vermutlich recht." Er schüttelte den Kopf. „Okay, Zeit fürs Barbecue."

„Ich bin dabei."

Sie wollte losgehen, doch Sam packte ihre Hand und hielt sie fest. Dellina drehte sich zu ihm um.

„Ja?"

„Soll ich dir später die Druckpunkte zeigen?"

Dellina dachte daran, welche Gefühle er am Vortag in ihr geweckt hatte, und das, ohne sich besondere Mühe zu geben. Wenn er sich wirklich konzentrierte, wer wusste schon, was dann passieren würde?

In weniger als einer Sekunde kribbelte ihre Haut, und sie spürte ein Ziehen im Unterleib.

„Ist es möglich, an einem guten Orgasmus zu sterben?", fragte sie.

Er grinste. „Nein."

„Dann gerne. Lass uns ein kleines Experiment mit den Druckpunkten durchführen. Du kennst ja meine Zimmernummer."

„Oh ja, die kenne ich."

Für Dellina konnte der Abend nicht schnell genug vorübergehen. Das Barbecue schien sich ewig hinzuziehen. Sie hatte nicht gewusst, dass Menschen so langsam essen konnten. Zum Teil lag es daran, dass die Paare so aufmerksam miteinander waren. Sie sah mehr als nur ein Pärchen, das sich gegenseitig fütterte.

Aber sobald die Kinder müde wurden, verabschiedeten die Eltern sich. Dellina blieb, bis die letzten Gäste nach oben gegangen waren, dann hielt sie kurz mit dem Hotelpersonal Rücksprache, ob alles für den morgigen Brunch bereit war.

Sobald ihre Arbeit erledigt war, hatte sie frei. Es gab nur ein Problem – sie hatte Sam seit über einer Stunde nicht mehr gesehen. Hatte er ihre Pläne für den Abend vergessen? Hatte er nur einen Witz gemacht?

Das war das Schwierige daran, mit jemandem zu schlafen, mit dem man nicht zusammen war. Es gab keine Möglichkeit, ihn zu fragen. Wenn sie und Sam wirklich ein Paar wären, würden sie Absprachen treffen.

„Ich bin müde", flüsterte sie, als sie zu den Fahrstühlen ging. „Darüber denke ich nach, wenn das hier alles vorbei ist."

Sie würde genau fünfzehn Minuten auf ihn warten, sobald sie in ihrem Zimmer war, dann würde sie duschen und ins Bett gehen. Auch wenn es nicht so aufregend war wie ein paar Stunden in seinen Armen, hatte sich auszuruhen auch seine Vorteile.

Sie trat aus dem Fahrstuhl und ging zu ihrem Zimmer. Mit ihrer Schlüsselkarte öffnete sie die Tür.

Sie hatte ein Standardzimmer. Ein Bett, ein paar Sessel und dahinter ein Badezimmer. Der Blick ging auf die Berge hinaus, allerdings hatte sie ihn bislang noch nicht genießen können, weil sie in den letzten Tagen keine Möglichkeit gehabt hatte, sich auch nur eine Minute zu entspannen. Trotzdem wusste sie, was sie zu erwarten hatte, und das, was sie nun vorfand, war anders.

Als Erstes fiel ihr auf, dass ein paar der Lampen an waren, aber nicht die Strahler an der Decke. Die Bettdecke war zurückgeschlagen worden, und neben dem Bett stand ein Eiskühler mit einer Flasche Champagner darin.

Sie schaute nach links und sah Sam in einem der Sessel. Er saß im Schatten, aber sie konnte genug sehen, um zu erkennen, dass er seine Jeans anhatte … und sonst nichts.

Seltsam, wie der Anblick eines attraktiven Mannes mit freiem Oberkörper ihr Herz zum Rasen brachte. Sie stellte ihre Tasche auf dem Tischchen neben der Tür ab und zog die Ballerinas aus.

„Hatte ich dir einen Schlüssel zu meinem Zimmer gegeben?“, fragte sie.

Er stand auf. „Nein.“

„Das dachte ich mir. Sollte ich fragen, wie du hier reingekommen bist?“

„Wenn du es wirklich wissen willst.“

Er kam zu ihr. Seine Miene war undurchdringlich. Intensiv, dachte sie. Hungrig. Sie konnte nicht anders und legte ihm die Hände auf die Brust. Sie spürte seine warme Haut und seine Muskeln. Auf eine zutiefst männliche Art war er *definiert* und *wunderschön*.

Sie war müde und gestresst vom Wochenende und darauf gefasst, dass alles vorbei wäre. Was sie jetzt brauchte, war Schlaf. Aber was sie wollte, war er.

Langsam ließ sie die Hände über seinen steinharten Bauch zum Bund seiner Jeans gleiten. Sie öffnete den obersten Knopf und zog den Reißverschluss auf, was durch seine Erektion gar nicht so leicht war, aber sie gab nicht auf. Dann hakte sie die Daumen in den Hosenbund und schob die Jeans samt Boxershorts hinunter.

Als sie ungefähr auf der Mitte seiner Oberschenkel angekommen war, übernahm er und zog seine Hose ganz aus.

Jetzt stand er komplett nackt vor ihr. Und sie war, bis auf die Schuhe, noch vollständig bekleidet. Das ist irgendwie cool, dachte sie. Aufregend. Hitze durchströmte sie und machte ihre Haut überempfindlich. Allein ihn anzusehen weckte in ihr den Wunsch, ihn zu berühren. Und ihn zu berühren ließ sie daran denken, mit ihm zusammen zu sein. Und das reichte, um ihre Brüste schmerzen und ihr Zentrum anschwellen zu lassen.

Er war erregt, und sie konnte es kaum erwarten, ihn tief in sich zu spüren. Aber sie wollte auch andere Dinge tun.

Lächelnd trat sie neben ihn, legte ihm eine Hand auf den Bauch. Ihr Ringfinger und der kleine Finger ruhten in den Haaren in seinem Schritt. Dann trat sie hinter ihn und legte die freie Hand auf seinen unteren Rücken, bevor sie langsam, ganz langsam seinen Hintern umfasste.

Er war muskulös und fest, wie alles an ihm. Außerdem war er warm, und ihn so zu berühren war sehr erregend. Sie hatte ihn am Morgen noch Football spielen sehen. Sam war als Sportler wirklich talentiert.

Sie strich mit der Hand an seiner Taille entlang, während ihre andere Hand weiter auf seinem Bauch ruhte. Dann trat sie näher und drängte sich ihm entgegen, sodass ihr Bauch gegen seinen Po drückte, während sie mit den Lippen an seinem Schulterblatt knabberte. Die linke Hand ließ sie weiter über seine Hüfte und dann quer über seinen Oberschenkel wandern.

Sie spürte, wie seine Bauchmuskeln sich anspannten. Im gleichen Moment schloss sie ihre Finger um seinen Penis, schob die linke Hand zwischen seine Beine und umfasste seinen Hoden.

Ihm stockte der Atem, als sie begann, ihn zu streicheln und zu massieren.

„Ich glaube, ich soll irgendetwas in dieser Art machen“, flüsterte sie an seinem Rücken und suchte nach dem Druckpunkt, den Lark beschrieben hatte. Gleichzeitig schloss sie die Finger noch fester um seine Erektion.

„Ich muss nur den richtigen Punkt finden und drücken“, fuhr sie fort. „Du wirst dann ganz nah an den Abgrund kommen. Wie hat sie das noch genannt? Einen Orgasmus ohne Erlösung?“

Indem sie ihren Mittelfinger so nutzte, wie Lark es erklärt hatte, übte sie ganz leichten Druck unter seinem Hodensack aus. Sie fand auch die anderen Stellen für ihre Finger. Während sie die rechte Hand weiter hoch und runter gleiten ließ, verstärkte sie den Druck ihrer Finger der linken Hand, bis Sams Atem schneller ging und er anfing, am ganzen Körper zu zittern. Sie spürte, wie er immer näher kam, aber wenn Lark recht hatte, würde er so auf keinen Fall einen Orgasmus bekommen. Sie hatte behauptet, ein Mann könnte stundenlang so ausharren.

„Dellina“, sagte er.

„Pst. Lass mich das hier noch für ein paar Minuten genießen.“

„Was, wenn meine Mutter sich irrt?“

Sie überlegte kurz und drückte dann ihre Lippen auf seine Wirbelsäule. „Ich schätze, dann wirst du mich ein paarmal kommen lassen müssen, während wir darauf warten, dass du dich erholt hast. Ich bin mir nicht sicher, ob ich die Vorstellung wirklich schlecht finden soll.“

Sie beschloss, die Theorie zu testen, und bewegte ihre Hand schneller auf und ab. Sie spürte, wie er immer härter wurde, und sein schneller gehender Atem verriet ihr, dass er ganz kurz davor war. Aber egal, wie sehr sie ihn liebkoste und wie sehr ihm der Atem stockte und er zitterte, er kam nicht zum Höhepunkt.

Schließlich verlangsamte sie ihre Bewegungen. Lark hatte betont, dass man erst die Stimulation beenden sollte, bevor man die Druckpunkte losließ, oder es würde eine große Schweinerei geben.

Nachdem sie ihn eine Sekunde zu Atem hatte kommen lassen, nahm sie ihre Hände weg.

Sie wollte anmerken, wie viel Spaß ihr das gemacht hatte, aber bevor sie etwas sagen konnte, drehte Sam sie zu sich herum. Im Bruchteil einer Sekunde hatte er ihre Bluse ausgezogen, ihr BH flog hinterher, dann waren seine Hände auf ihren Brüsten und er küsste sie mit mehr Leidenschaft, als sie jemals zuvor erlebt hatte. Seine Lippen eroberten sie, seine Zunge nahm sie in Besitz. Dellina hob die Arme und schlang sie um seinen Nacken.

Sie klammerte sich an ihn und genoss das Gefühl, ihn so nah bei sich zu haben. Er liebkoste ihre Brüste, konzentrierte sich auf ihre harten, erregten Spitzen. Er berührte und streichelte sie, bis sie sich in seinen Armen wand. Ihre Jeans waren zu schwer und außerdem im Weg. Sie wollte ebenfalls nackt sein, vorzugsweise mit ihm in sich.

„Sam“, hauchte sie an seinem Mund.

Er zog sich gerade weit genug zurück, um sie auf die Arme zu heben. Sie schrie kurz auf und hielt sich an ihm fest, als er sie zum Bett trug. Behutsam legte er sie auf den Rücken. Nachdem er ihre Jeans aufgeknöpft hatte, zog er sie und ihren Slip aus.

Schon besser, dachte sie. Es gefiel ihr, dass er immer noch hart war. Nur für sie.

Er hatte bereits zwei Gläser Champagner eingeschenkt. Jetzt führte er das eine Glas an die Lippen, schluckte aber nicht, sondern kniete sich zwischen ihre Beine und gab ihr einen Kuss direkt auf die Klitoris. Er war heiß, der Champagner kalt und feinperlig, und sie keuchte laut auf.

Die Gefühle waren unglaublich. Vor allem als er seine Zunge bewegte und die prickelnden Perlen über ihren empfindlichsten Punkt tanzten. Er schluckte und setzte sich auf, um erneut nach dem Glas zu greifen.

Dieses Mal war sie vorbereitet – das dachte sie zumindest. Denn sie war nicht die Einzige, die während des Vortrags aufgepasst hatte. Als Sam ihr einen weiteren Kuss gab, drückte er einen Fingerknöchel direkt auf den von seiner Mutter beschriebenen Punkt und bewegte ihn ein klein wenig auf und ab. Sie wappnete sich, denn Lark hatte sie gewarnt, wenn ein Mann den richtigen Punkt fände …

„Oh bitte“, keuchte sie, und es war ihr egal, dass sie ihn anbettelte.

Er fand ihn. Den Nerv, die Verbindung – was immer es auch war, das sie hyperempfindlich für alles machte, was er tat. Wenn seine Zunge auf ihr normalerweise eine Neun war, dann war sie jetzt eine Zweihundert. Sie spürte die einzelnen Champagnerperlen, und als er die Zunge bewegte, war sie innerhalb eines Atemzugs kurz vor dem Höhepunkt.

Doch sie kam nicht. Sie war nah dran – so nah dran. So nah, dass sie es sehen konnte. Fühlen. Darum flehen. Aber mehr nicht.

Er schluckte den Champagner und fuhr fort, sie mit der Zunge zu liebkosen. Sie keuchte, wand sich unter ihm, drängte ihm ihre Hüften entgegen. Sie war so verdammt nah dran.

Mit jedem Schlag seiner Zunge erwartete sie, endlich zu fallen. Noch nie hatte sie etwas so Erregendes erlebt. Aber sie kam einfach nicht auf die andere Seite.

Er verlagerte sein Gewicht und schob zwei Finger in sie hinein.

„Sam, ich glaube nicht, dass ich das ertrage“, keuchte sie.

„Wenn es dir nicht gefällt, hör ich sofort auf“, versprach er.

Sie nickte und atmete tief ein.

Sie war so im Einklang mit allem, was er tat. Jeder Nerv in ihrem Körper war wie elektrisiert. Sie spürte den köstlichen Druck seiner Finger, die durch ihren geschwollenen Körper glitten. Tiefer und tiefer, bevor er sie langsam – oh, so langsam – krümmte, um den magischen G-Punkt zu berühren. Gleichzeitig drückte er seinen Knöchel weiter auf die Stelle und saugte an ihr.

Sie keuchte auf, als die Lust durch sie hindurchbrandete. Die Finger in ihr kreisten und massierten sie. Seine Zunge umtanzte ihre Mitte. Sie kam immer näher und näher, so nah, dass sie anfing zu zittern. Ihre Beine bebten, ihre Hände krallten sich ins Bettlaken.

„Bitte“, flehte sie und warf den Kopf hin und her. „Bitte.“

Der Druck des Fingerknöchels ließ nach, und die Intensität ebbte ein wenig ab. Langsam zog er die Finger zurück und hob gleichzeitig den Kopf. Jetzt konnte sie wieder atmen, aber das tiefe, schmerzhafte Bedürfnis, zum Höhepunkt zu kommen, war noch genauso stark wie vorher.

„Habe ich dir das Gleiche angetan?“, fragte sie.

Er kniete sich hin und griff nach einem Kondom. „So in der Art.“

„Das tut mir leid.“

Er verzog den Mund zu einem trägen, sexy Grinsen. „Das muss es nicht.“

„Aber ich habe dich einfach in der Luft hängen lassen.“

„Ich wusste, dass wir irgendwann schon noch dahin kommen würden.“

Er streifte das Kondom über.

„Oben oder unten?“, fragte er.

Eine interessante Frage.

Sie legte ihre Finger an sein Handgelenk und führte seine Hand zwischen ihre Beine. Sofort fing er an, sie zu streicheln. Sie spreizte die Schenkel ein wenig weiter und überließ sich ganz dem Gefühl, das seine Finger an ihrem geschwollenen Zentrum hervorriefen.

„Wenn ich oben bin, kannst du dann das mit dem Druckpunkt noch mal machen?“, fragte sie. „Mich so lange zurückhalten, bis du bereit bist?“

Seine Augen blitzten auf. „Oh ja, das kann ich.“

„Dann will ich nach oben.“

„Ein Mädchen ganz nach meinem Geschmack.“

Das bin ich nicht wirklich, dachte sie, als sie zusah, wie er sich hinlegte. Sie genoss Sex, aber normalerweise fühlte sie sich dabei nicht so … wohl. Vielleicht lag es an der Erschöpfung oder an den Druckpunkten. Wie auch immer, es war ihr egal. Sie fühlte sich sexy und lebendig. Ihr ganzer Körper vibrierte. Nie zuvor hatte ein Mann sie berührt wie Sam, und doch hatte es sich vollkommen richtig angefühlt.

Sie setzte sich auf ihn. Dann beugte sie sich ein wenig vor und wünschte sich, dass er ihre Brüste berühren würde. Kurz entschlossen nahm sie seine Hände und brachte sie in Position. Sofort fing er an, sie zu massieren. Als er sanft ihre Brustwarzen drückte, stockte ihr der Atem.

„Das gefällt mir", flüsterte sie. „Mehr."

Er tat wie ihm geheißen. Die Erregung schoss durch sie hindurch. Sie war nicht sicher, ob es möglich wäre, noch bereiter für ihn zu sein. Langsam nahm sie ihn in sich auf und schloss die Augen.

Er füllte sie komplett aus. Sie stützte sich neben seinen Schultern mit den Händen ab und machte sich bereit, sich zu bewegen.

„Warte", bat er.

Nachdem sie die Augen geöffnet hatte, sah sie, dass er sie anschaute.

„Setz dich auf. Verlagere dein Gewicht so, dass du gerade sitzt und dich nicht vorbeugst. Aber mach langsam, weil ich sehr tief in dich eindringen werde."

Sie folgte seinem Vorschlag und spürte, wie er sie noch mehr ausfüllte.

„Spreiz deine Schenkel, während du den Bauch einziehst", sagte er.

Auf das Ergebnis dieser Anweisung war sie nicht vorbereitet. Die Spitze seiner Erektion drückte sich fest gegen ihren G-Punkt. Ihr ganzer Körper erschauerte vor Lust.

Er lächelte. „So ist es gut." Dann streckte er die Hände nach ihr aus und fing an, sie zu massieren, während er mit den Knöcheln der anderen Hand wieder den Druckpunkt fand.

Hart und schnell stieß er gegen ihr geschwollenes Lustzentrum. Sie drängte ihn weiter, wollte mehr, sehnte sich danach, dass die Reibung außen mit der innen in Einklang kam. Mehr, mehr, dachte sie wie berauscht. Schneller und schneller.

Wild wippten ihre Brüste auf und ab. Irgendwann hatte sie angefangen, Sam zu reiten. Hoch und runter, hoch und runter.

Sie schätzte, ihre Zügellosigkeit sollte ihr peinlich sein. Aber dafür wäre später noch Zeit. Stattdessen nahm sie ihre Brüste in die Hände und hielt sie fest, während sie immer schneller auf und ab glitt.

Mit jedem Fallenlassen drängte die Spitze seines Penis von innen gegen sie und trieb sie immer weiter dem Orgasmus entgegen. Aber die gleichzeitige Stimulation des Druckpunktes verhinderte, dass sie kam. Dieser Gedanke ist sehr befreiend, dachte sie.

Sam stieß einen Fluch aus.

Bei dem Geräusch riss sie die Augen auf. Er starrte sie an, einen Ausdruck intensiver Konzentration im Gesicht – ein Mann kurz vor dem Höhepunkt.

„Ich will nicht kommen“, keuchte er. „Ich will dich ansehen. Aber ich kann nicht …“

Dann passierten mehrere Dinge auf einmal. Sie erkannte, dass er es genossen hatte, von ihr geritten zu werden. Einen Moment lang war ihr das peinlich. Aber dann entspannte er seine Finger und löste den Druck. Und übrig blieben nur die Gefühle, die sie überrannten, und sie kam mit einem Schrei, der durch das ganze Zimmer hallte.

Immer wieder schlugen die Wellen der Ekstase über ihr zusammen. Dabei ritt sie ihn weiter. Irgendwann glaubte sie, dass er seinen Orgasmus gehabt hatte, aber sie war so in ihren Gefühlen verloren, dass sie sich nicht sicher war.

Nie zuvor hatte sie etwas Vergleichbares gefühlt. Als ihre Erlösung abebbte, hatte sie Schwierigkeiten zu atmen – vielleicht weil sie irgendwann zwischendurch angefangen hatte zu weinen.

Dellina wollte sterben. Es reichte nicht, dass sie ihm eine heftige Show geliefert hatte. Nein, jetzt zitterte sie auch noch und schluchzte. Bei ihrem Glück würde sie als Nächstes ins Bett pinkeln oder so.

Doch anstatt wegzulaufen, zog Sam sie an sich und hielt sie fest. Er streichelte ihren Rücken, ihre Hüften und versuchte sie zu beruhigen.

„Tut mir leid“, flüsterte sie nach einer Weile.

„Ist okay.“ Er drehte sie auf den Rücken und schob seine Beine zwischen ihre. „Alles okay.“

„Ist es nicht. Ich bin noch nie so ausgeflippt.“ Sie berührte seine Unterlippe mit dem Daumen. „Danke, dass du nicht weggelaufen bist. Ich hätte es dir aber nicht zum Vorwurf gemacht.“

„So etwas würde ich nie tun.“

Etwas Hartes regte sich zwischen ihren Beinen. Bevor sie wusste, was los war, war er wieder in ihr und füllte sie erneut aus.

„Sam?“

„Entspann dich.“

Sie wollte fragen, was er da tat. Nein, nicht was. Das war klar. Aber warum? Hatte er nicht …

Im nächsten Moment erkannte sie, dass sie bereit war. Es wollte. Sie schlang ihm die Beine um die Hüften und überließ sich ganz dem Gefühl, von ihm ausgefüllt zu werden. Nach dem letzten Mal hatte sie gedacht, sie könnte nicht mehr. Doch stattdessen kam sie innerhalb weniger Sekunden, und er folgte ihr kurz darauf und sank erschauernd auf ihr zusammen.

Sie öffnete die Augen. „Das verstehe ich nicht.“

„Diesen Teil hat meine Mom bei ihrem Vortrag ausgelassen. Es ist der Orgasmus deines Lebens mit dem zusätzlichen Vorteil, dass man es danach gleich noch einmal tun will.“ Er lächelte schief. „Ich dachte, etwas ruhiger wäre vielleicht besser für dich.“

„Oh. Also hast du das schon mal gemacht. Diese Druckpunktsache.“

Sie war nicht sicher, warum sie diese Erkenntnis so enttäuschte. Es war ja nicht so, als wären sie und Sam noch Jungfrauen.

„Ich habe damit experimentiert", erklärte er. „Aber nie so. Niemals bis zum Höhepunkt. Und was die Nachwirkungen angeht, von denen habe ich bisher immer nur gehört, sie aber noch nie am eigenen Leib erfahren."

Er beugte sich vor und flüsterte ihr ins Ohr: „Das müssen wir definitiv noch mal probieren."

Sie spürte, dass sie errötete. „Ich glaube nicht."

„Warum nicht? Hat es dir nicht gefallen?"

„Ich habe dich geritten wie was weiß ich. Ich habe geschrien. Ich habe geweint. Mein Spaß ist hier nicht der Punkt."

Er runzelte die Stirn. „Ich denke doch. Außerdem warst du heiß. Ehrlich. Wenn ich jemals ohne weibliche Begleitung auf einer einsamen Insel lande, wirst du meine einzige Fantasie sein."

Ein unerwartetes und starkes Kompliment, das ihr gefiel.

Sam streckte sich neben ihr aus, und sie legte den Kopf an seine Schulter. Er schob ihre Hand zu seinem Schritt.

„Nichts wird passieren", sagte er. „Aber es ist schön, von dir berührt zu werden."

„Mir gefällt es auch."

So blieben sie lange Zeit liegen. Sie sprachen über den Tag und was für ein Erfolg das Wochenende bislang gewesen war. Dellina konnte sich auf das Gespräch konzentrieren, auch wenn ihr immer wieder Bilder von ihrer leidenschaftlichen Begegnung durch den Kopf schossen. Als sie daran dachte, welche Gefühle Sam in ihr geweckt hatte, erinnerte sie sich an etwas, worüber Felicia im vergangenen Jahr gesprochen hatte. Sie hatte über Sex geredet und dass Frauen sich danach generell dem Mann näher fühlten, während Männer eher das Gefühl des Eroberers hatten.

Wenn eine Frau sich schon nach normalem Sex mit dem Mann verbunden fühlte, was würde dann wohl nach einem Erlebnis, wie sie es eben gehabt hatte, mit ihr passieren? Sam hatte ihren Körper vollkommen unter Kontrolle gehabt. Wie schwer wäre es, ihn davon abzuhalten, auch ihr Herz unter Kontrolle zu bringen? Denn das war etwas, von dem sie wusste, dass er es eigentlich nicht wollte.

Fayrene saß auf dem Beifahrersitz des Vans und hatte Caramel auf dem Schoß. Der kleine Zwergspitz war erschöpft von seiner Zeit auf der Castle Ranch. Die Hündin hatte mit den Kindern gespielt, die Ziegen entdeckt und bei der Käseprobe ein paar Stückchen abbekommen. Fayrene war auch müde, aber leider nicht auf die gute Art. Ja, sie hatte die zweieinhalb Tage überstanden, aber es war wesentlich mehr Arbeit gewesen, als sie erwartet hatte.

Ryan saß mit den Jungen hinten. Er war so toll mit den Kindern gewesen. Lustig und geduldig, und er hatte alle Situationen, die drohten schwierig zu werden, sofort gelöst, auch wenn das manchmal bedeutet hatte, Caramel zu sich zu rufen, um kleine Hundeküsse zu verteilen.

Der Van fuhr vor dem Hotel vor, und die Kinder stürzten hinaus. Ihre Eltern warteten bereits auf sie. Fayrene beobachtete, wie sie einander begrüßten. Die Kinder schienen glücklich zu sein, die Erwachsenen wirkten entspannt. Offensichtlich war das Wochenende für Score ein großer Erfolg.

Fayrene nahm Caramel auf den Arm und stieg aus dem Wagen. Ryan verabschiedete sich von den Kindern und schüttelte den Eltern die Hand. Ein paar der Kids riefen Fayrene einen Abschiedsgruß zu, aber die meisten waren schon auf dem Weg ins Hotel, um ihre Sachen zusammenzusammeln, bevor sie wieder nach Hause fahren würden.

Aus geschäftlicher Sicht wusste Fayrene, dass sie es gut gemacht hatte. Alle hatten Spaß gehabt, und niemand war zu Schaden gekommen. Sie hatte die Babysitter gut gemanagt. Aber mit den Kindern selbst hatte sie sich nicht so wohlgefühlt. Ryan war in ihrer Gegenwart wesentlich entspannter als sie. Sie hatte gewollt, dass das hier ein Erlebnis würde, das sie beide enger zusammenschweißte. Sie hatte gewollt, dass er sah, was für eine tolle Mutter sie einmal wäre, und dass er sie auf der Stelle heiraten wollte. Doch nichts davon war eingetroffen.

Er ging zu ihr und berührte ihr Kinn, dann gab er ihr einen Kuss auf den Mund.

„Was ist los?“, fragte er.

„Nichts. Sich um zwölf Kinder zu kümmern ist anstrengender, als ich gedacht habe."

„Und warum auch nicht? Das sind einfach zu viele." Er grinste und legte einen Arm um sie. „Wir üben im Moment erst einmal mit Caramel, und später, nachdem wir verheiratet sind, gehen wir unsere eigenen Kinder eines nach dem anderen an."

Sie schniefte. „Du willst mich immer noch heiraten?"

Er trat vor sie und legte ihr beide Hände auf die Schultern. „Ich liebe dich, Fayrene. Das habe ich vom ersten Moment, als ich dich gesehen habe." Er lächelte. „Du bist herumgelaufen wie eine Verrückte und hast gerufen, dass die Babys kommen."

„Das war nicht meine beste Vorstellung."

„Für mich hat es gereicht." Sein Lächeln verblasste. „Ich liebe dich", wiederholte er. „Jetzt und für immer. Wenn du bereit bist, werde ich dir einen Antrag machen, und wir heiraten. Daran hat sich nichts geändert."

Ich bin jetzt bereit. Nur sprach sie die Worte nicht laut aus. Irgendwie konnte sie gar nichts sagen – nicht mit dem dicken Kloß in ihrer Kehle.

Erneut legte er den Arm um sie und führte sie zum Hotel. „Vielleicht kommt Bürgermeisterin Marsha von ihrer Reise nicht zurück, und wir können ihren Hund für immer behalten."

Fayrene gab Caramel einen Kuss auf den Kopf. „Das würde mir gefallen. Um ehrlich zu sein, ich kann mich nicht erinnern, dass sie jemals einen Hund gehabt hat, also bin ich nicht sicher, wo dieses kleine süße Mädchen herkommt."

Caramel gähnte und kuschelte sich tiefer in Fayrenes Arme. Dann schloss sie die Augen. Fayrene hatte sich gesagt, dass sie das schätzen sollte, was sie bereits hatte. Einen Beruf, den sie liebte, und eine wachsende Firma. Einen tollen Mann, der sie einfach nur glücklich machen wollte. Eine Familie und eine Stadt, die sich um sie kümmerten. Sie hatte alles. Das Einzige, was fehlte, war der Ring an ihrem Finger. Und wenn sie ehrlich war, hatte sie sich das ganz allein selbst zuzuschreiben.

15. KAPITEL

Sam folgte Jack in Taryns Suite. Kenny war bereits da und öffnete eine Flasche Champagner. Taryn hatte ihre High Heels ausgezogen und nahm das erste Glas Champagner entgegen. Kenny reichte seinen anderen Partnern auch je eins, dann hob er seins zum Toast.

„Auf ein großartiges Wochenende", sagte er. „Und auf Dellina, die das alles auf die Beine gestellt hat."

„Oh ja, das hat sie." Jack zwinkerte Sam zu. „Auf Dellina."

Sam hatte keine Probleme damit, auf die Frau anzustoßen, die das Wochenende für die Score-Kunden zu so einem Erfolg gemacht hatte. Zum Glück wäre er tags zuvor um die gleiche Zeit genauso dankbar dafür gewesen, also musste er sich keine Sorgen darüber machen, dass sein Stolz auf das, was sie geschafft hatte, auf irgendeine Weise von dem beeinflusst wurde, was sie beide in der vergangenen Nacht miteinander getan hatten.

Taryn nippte an ihrem Glas. „Findet es noch jemand seltsam, dass wir Dellina nicht eingeladen haben, um sie persönlich hochleben zu lassen?"

„Ich habe sie gefragt", sagte Kenny. „Sie hat die Abschlussbesprechung mit dem Hotelpersonal und wird dann noch einmal persönlich durch alle Zimmer gehen, um sicherzustellen, dass niemand etwas vergessen hat. Das Personal belädt in der Zwischenzeit ihren Wagen. Danach hat sie vor, nach Hause zu gehen und drei Tage durchzuschlafen. Sie hat mir gesagt, dass sie ab Mittwoch wieder dafür zu haben wäre, sich feiern zu lassen."

Sam hörte aufmerksam zu und bemühte sich, nicht schuldbewusst auszusehen. Dellina hatte die letzten Tage über hart gearbeitet und war vermutlich schon müde ins Wochenende gestartet. Aber die letzte Nacht hatte nicht gerade dazu beigetragen, dass sie sich hatte ausruhen können. Sie waren bis beinahe zwei Uhr nachts wach geblieben und hatten sich unterhalten und berührt. Als wenn sie nach dem, was sie gemeinsam erlebt hatten, eine noch engere Verbindung gebraucht hätten.

An diesem Morgen hatte er sie jedes Mal gespürt, wenn sie in der Nähe gewesen war. Nicht auf besitzergreifende Art – sondern mehr, weil sie etwas so Einzigartiges geteilt hatten.

Totaler Irrsinn, dachte er. Und daran war nur seine Mutter schuld. Deren Druckpunkte den Sex wirklich auf ein anderes Niveau hoben. Das nennt man wohl Gleichgewicht, sagte er sich. Es gab immer etwas Gutes, um das Schlechte auszugleichen.

Alle machten es sich auf den Sofas und Sesseln der Suite gemütlich und fingen an, sich zu unterhalten.

Taryn schaute Sam an. „Übrigens, Sam, du hältst vor dem örtlichen Unternehmerverband einen Vortrag über Finanzen."

Zum Glück trank er gerade nicht, sonst hätte er sich verschluckt. „Ich tue was?"

„Du hast Dellina geholfen. Das hat sie gegenüber ein paar Freunden erwähnt, die daraufhin auf mich zugekommen sind. Ich habe gesagt, dass es dir eine große Freude wäre."

Jack stieß mit ihm an. „Das ist eine schöne Art, etwas zurückzugeben."

Sam ignorierte ihn. Sein Instinkt riet ihm, Nein zu sagen. Aber dann erinnerte er sich daran, dass er künftig mehr für die Gemeinde tun wollte. Er war nicht wie Jack oder Kenny, aber von Finanzen verstand er etwas.

„Klar", sagte er deshalb. „Das mache ich gerne."

Kenny hob die Augenbrauen. „Das überrascht mich."

„Ich kann nicht anders, ich bin einfach brillant, Kumpel."

Alle lachten, und er trank einen Schluck.

Der Champagner war gut, aber die Gesellschaft noch besser. Sie hatten nicht mehr oft solche Momente wie diesen. Sie vier zusammen. Er war nicht sicher, warum. Lag es daran, dass Taryn ihren Angel hatte? War sie diejenige, die sie alle zusammenhielt? Was bedeutete, wenn einer seiner Freunde sich in jemanden verliebte, würden sie noch weiter auseinanderdriften.

Er warf Kenny einen Blick zu. Sein Freund hatte tausend Gründe, seinem Herzen nie mehr zu vertrauen. Oder vielleicht auch nur einen. Den größtmöglichen. Eine Frau zu verlieren war eine Sache. Aber ein Kind zu verlieren … und noch dazu auf diese Weise. Sam schüttelte den Kopf. Sein Freund war ein starker Kerl. Er hatte einfach weitergemacht und es geschafft, jedem vorzugaukeln, dass es ihm gut ging.

Jack hingegen ließ niemanden an sich heran. Er hatte eine Mauer um sein Herz herum errichtet. Sam wusste, warum, und er respektierte die Gründe seines Freundes. Einige Dinge würden nie wieder gut. Einige Lasten waren zu schwer, um sie zu überleben. Jack gab sein Bestes und spielte der Welt den Rest der Zeit etwas vor.

Sams Blick glitt zu dem einzigen weiblichen Partner der Firma. Ein paar Monate zuvor noch hätte er problemlos erklären können, warum sie allein war. Nur hatte sie dann den richtigen Mann gefunden und wirkte seitdem so glücklich wie nie zuvor. Taryn so verliebt zu sehen weckte in ihm die Sehnsucht nach dem, was er immer gewollt hatte. Eine Frau. Eine Familie. Ein traditionelles Leben an einem Ort, der ihm gefiel, mit Menschen, die er mochte.

Genau das bot Fool's Gold. Er hatte sich zwar noch nicht so gut hier eingelebt wie Jack und Kenny, aber das war für ihn in Ordnung. Er hielt sich mit seinen Gefühlen eher zurück. Er wusste, dass er hier willkommen war. Aber das war nur ein Teil dessen, was er wollte. Der andere Teil war die Frage nach einer Frau und Kindern. Und das Risiko, einer Frau ausreichend zu vertrauen, um ihr sein Herz zu schenken.

Eine Sekunde lang dachte er an Dellina. Nach allem, was er bisher über sie wusste, war sie genauso, wie sie wirkte. Warm, liebevoll, ehrlich. Sie spielte keine Spielchen und war nicht darauf aus zu gewinnen. Sie hatte ihre eigenen Träume aufgegeben, um sich um ihre Schwestern zu kümmern. Er mochte sie. Sehr sogar. Sie war klug und lustig, und wenn sie zusammen im Bett waren …

Er nippte an seinem Glas, um sein zufriedenes Grinsen zu verbergen.

Aber zur Liebe gehörte mehr als nur Sex. Sie brauchte Vertrauen, und er glaubte nicht, das zu haben. Nicht mehr. Nicht nach allem, was passiert war. Wie sollte er sicher sein, dass Dellina sich in ein paar Wochen oder Jahren nicht in wer weiß wen verwandelte? Er hätte nie gedacht, dass Simone ein Enthüllungsbuch schreiben würde. Oder dass seine prüde, sanfte Freundin mit seinen besten Freunden schlafen würde. Oder dass das Mädchen, in das er sich auf dem College verliebt hatte, ihn stalken, seine Reifen aufschlitzen und dann ans andere Ende des Landes ziehen würde, um ihm aus dem Weg zu gehen. Bei seinem Glück mit Frauen würde seine nächste große Liebe ein Hermaphrodit sein.

Es ist besser, allein und sicher zu sein, sagte er sich. So, wie er es seit Jahren versuchte. Aber zum ersten Mal erschien ihm der Preis für diese Sicherheit sehr hoch. Vielleicht zu hoch. Womit er in einem schwierigen Dilemma steckte.

Dellina zögerte, bevor sie Jo's Bar betrat. Sie liebte es, sich mit ihren Freundinnen zum Lunch zu treffen, und nun, da die Score-Party hinter ihr lag, hatte sie eine Menge zu feiern. Was sie jedoch eine Sekunde zögern ließ, bevor sie die Tür aufzog, war ihre Sorge, dass alle nur einen Blick auf sie werfen würden und sofort wussten, dass etwas passiert war. Etwas Unglaubliches und Wundervolles und …

Sosehr sie sich auch bemühte, genervt zu sein, konnte sie doch ein Lächeln nicht unterdrücken. Die Nachwirkungen ihrer Zeit mit Sam hallten noch in ihr nach. Immer wenn sie glaubte, sich von ihrer unglaublichen Nacht erholt zu haben, verspürte sie einen kleinen Stich tief in ihrem Bauch. Dieses Gefühl weckte die Erinnerungen, und die Erinnerungen sorgten dafür, dass sie alles noch einmal wiederholen wollte.

Ich liebe es, mit ihm zusammen zu sein, dachte sie. Tja, sie liebte, was sie zusammen taten. Aber nicht den Mann. Sie war zwar empfänglich, aber nicht dumm. Sie suchte nicht nach der Liebe, und Sam glaubte, dass alle Beziehungen in einer Katastrophe endeten. Was sie also meinte, war …

„Hey.“ Larissa trat hinter sie. „Ich habe gehört, die Party war ein Megaerfolg. Tut mir leid, dass ich sie verpasst habe.“

Dellina öffnete die Tür und betrat die Bar. „Mir auch. Ich hätte dich schon auf Trab gehalten.“

Larissa lachte. „Du sagst das so, als sollte ich Angst haben, aber ich habe das Wochenende mit meiner Mutter und meinen Schwestern verbracht. Glaub mir, gegen die bist du nichts. Meine Mutter arbeitet immer noch daran, dass ich endlich heirate und schwanger werde.“

Wie immer war Larissa leger gekleidet und trug ein Oversize-T-Shirt, Yogahosen und Turnschuhe. Ihre langen blonden Haare hatte sie zum Pferdeschwanz gebunden. Sie war groß und schlank und bewegte sich mit der natürlichen Anmut einer Sportlerin. Als Kind hatte Dellina Bücher dem Sport immer vorgezogen. Und als Erwachsene hatte sich das nicht geändert.

„Verstehst du dich gut mit deiner Familie?“, fragte sie, als sie gemeinsam zu dem großen Tisch in der Mitte gingen, an dem Patience und Isabel bereits auf sie warteten.

„Ja“, erwiderte Larissa. „Meistens schon. So schlimm ist es gar nicht. Ich bin nur die Älteste, und meine beiden jüngeren Schwestern sind schon verheiratet.“

Dellina erkannte, dass sie sich in der gleichen Situation befand. Auch wenn Fayrene noch nicht verheiratet war, führte sie doch eine feste Beziehung mit Ryan.

„Sie haben auch beide schon Kinder“, fuhr Larissa fort. „Der Druck auf mich, endlich sesshaft zu werden und Kinder zu kriegen, ist groß. Ich habe schließlich drohen müssen, nie wieder mit meiner Mom zu reden, um sie zum Schweigen zu bringen.“

„Das ist heftig“, murmelte Dellina und dachte, dass ihr ein wenig Druck von ihrer Mutter nichts ausmachen würde. Oder Beschwerden. Oder überhaupt irgendeine Form von Unterhaltung. Denn das würde bedeuten, sie wäre nicht fort. Was sie ihrer Freundin allerdings nicht sagen würde.

„Du hast das so toll gemacht“, lobte Isabel sie, als sie näher kamen. „Herzlichen Glückwunsch. Alle schwärmen von der Party und sagen, wie großartig sie war. Also, ich hoffe, du bist gerüstet, denn es werden jetzt jede Menge Aufträge auf dich zukommen.“

„Das wäre schön“, erwiderte Dellina. „Ich mag es, gut zu tun zu haben.“

Sie zog sich einen Stuhl heran. Larissa setzte sich neben sie.

„Die Leute wirkten sehr nett“, sagte Patience. „Ein paar von ihnen waren in meinem Café und haben sehr großzügige Trinkgelder gegeben. Das weiß ich wirklich zu schätzen.“

Dellina grinste. „Ich werde es weitergeben.“

Noelle gesellte sich zu ihnen und umarmte Dellina. „Du hast es allen gezeigt! Gut gemacht. Ich kann dir gar nicht sagen, wie viele Leute etwas bei mir gekauft haben. Das war ein klasse Samstag für mich.“

Bevor Dellina etwas erwidern konnte, wurde die Tür erneut aufgezogen, und Taryn und Lark kamen zusammen herein. Dellina spürte, wie sie errötete. Oh nein, nicht Lark. Sie würde nur einen Blick auf Dellina werfen und sofort wissen, was passiert war. Verzweifelt suchte Dellina nach einer Fluchtmöglichkeit, doch bevor sie eine fand, waren die beiden Frauen an ihrem Tisch angekommen.

Taryn umarmte sie. „Mein neuer Lieblingsmensch. Du warst fabelhaft. Alle hatten so viel Spaß. Das Wochenende war perfekt. Du bist eine Göttin.“

„Schön wär's“, murmelte Dellina. „Aber die berufliche Seite hat mir sehr gefallen.“

Taryn setzte sich auf der anderen Seite neben sie. „Du solltest nach mehr Kunden wie diesen Ausschau halten. Wie wäre es mit CDS? Sie veranstalten ebenfalls Firmenwochenenden, aber da geht es eigentlich immer nur um den Hindernisparcours.“

„Sie hat recht“, warf Patience ein. „Justice arbeitet die ganze Zeit mit Firmen zusammen und muss ihnen immer erzählen, was die Stadt zu bieten hat und wo sie übernachten können.

Das gefällt ihm überhaupt nicht.“ Sie beugte sich vor. „Du solltest dich mal mit ihm zusammensetzen und gucken, ob du nicht Pakete für sie zusammenstellen kannst oder so. Sodass er ihnen einfach nur deinen Namen geben kann und du dich um alles andere kümmerst.“

„Das würde mir gefallen“, gab Dellina zu. Außerdem, wenn Sam ihr zeigte, was sie mit ihrer Buchhaltung falsch machte, könnte sie finanziell vielleicht erfolgreicher werden. Und das wäre doch wirklich schön.

Sie lächelte Lark an und hoffte, dass eine Ablenkung sie davon abhalten würde, ihre Aura zu lesen oder was diese Frau auch sonst immer tat. „Sie waren umwerfend. Alle haben Ihren Vortrag geliebt.“

„Das stimmt.“ Taryn grinste. „Ich bin sicher, in der Nacht hat es im Hotel viel Sex gegeben.“

„Das hoffe ich doch.“ Lark griff nach ihrem Wasser. „Es ist so schön, wenn ein Paar, das schon lange zusammen ist, ein neues Level an sexueller Energie und Kompatibilität findet.“

„Wo geht es für Sie von hier aus hin?“, wollte Larissa wissen.

„Nach New Orleans. Reggie und ich fahren mit dem Wagen. Wir haben eine Woche für uns, dann einen kleinen Workshop. Nur fünf Paare, die die ultimative Lust erleben wollen.“

Dellina riss die Augen auf. Dann schaute sie Isabel an, die genauso verstört wirkte, wie sie sich fühlte.

Patiences Lippen formten ein perfektes O. „Und dann zeigen Sie ihnen, was sie tun müssen?“, fragte sie etwas ungläubig.

„Ja. Wir fangen mit ein paar grundlegenden Techniken an, gehen dann aber schnell zu den fortgeschritteneren Positionen über. Jedes Pärchen wird die Möglichkeit haben, vor uns Liebe zu machen, damit wir ihnen Tipps geben können.“

Nun wirkte selbst Taryn ein wenig erschüttert. „Ich glaube nicht, dass ich dem Druck gewachsen wäre.“

„Es gibt keinen Druck“, erwiderte Lark. „Wir sind da, um zu unterstützen. Manchmal kann einer der Partner Probleme damit haben, sich erregen zu lassen. Wir haben so unsere Tricks, um damit umzugehen."

Larissa beugte sich zu Dellina hinüber. „Ich weiß nicht, ob ich fragen soll, welche das sind, oder ob ich mir lieber die Finger in die Ohren stecken und laut summen soll."

„Ich weiß. Das ist echt gruselig."

Jo kam an den Tisch und stellte die Tagesangebote vor, dann verteilte sie die Speisekarten. Weitere Gäste kamen zum Lunch. Ein paar der Frauen hatten ihre kleinen Kinder bei sich.

Während der Mittagszeit wurde immer eine Spielecke für die Kinder aufgebaut. Mütter mit Kindern konnten so essen und gleichzeitig nach ihren Kleinen sehen. Lark schaute zu den beiden Mädchen, die sich einen Puppenherd teilten.

„Ich erinnere mich noch, als meine Mädchen so jung waren", sagte sie sehnsüchtig. „Wir waren alle so glücklich. Ich habe sie gestillt, bis sie so weit waren, aus einem Glas zu trinken. Meine beiden Mädchen haben gewartet, bis sie beinahe vier waren, aber Sam wollte schon mit achtzehn Monaten eine Schnabeltasse. Er war immer so unabhängig." Sie lächelte bei der Erinnerung. „Ich habe meine Kinder ermutigt, sooft es geht, nackt herumzulaufen und sich in ihren Körpern wohlzufühlen, aber Sam wollte nichts davon wissen. Er hat darauf bestanden, sich jeden Tag anzuziehen. So ein kleiner Mann."

Dellina hatte das Gefühl, dass Lark als Nächstes darüber plaudern würde, wie sie Sam in der Dusche überrascht hatte oder etwas in der Art. Diese Frau kannte wirklich keine Grenzen. Sams Privatleben und seine Vorlieben sollten respektiert werden und nicht das Thema einer lockeren Unterhaltung sein.

„Hat eine von euch gewusst, dass Bürgermeisterin Marsha eine Hündin hat?", fragte sie in dem wenig subtilen Versuch, das Thema zu wechseln.

In diesem Moment kehrte Jo mit ihren Getränken an den Tisch zurück und hörte die Frage. „Nein, hat sie nicht."

„Das denke ich auch", sagte Isabel. „Ich wüsste nicht, dass sie jemals ein Haustier gehabt hat."

„Tja, sie hat einen entzückenden Zwergspitz bei Fayrene abgegeben, bevor sie nach Neuseeland geflogen ist."

Wissend sah Taryn sie an. Dellina nahm an, dass ihre Freundin ihren Versuch durchschaut hatte.

„Meinst du, sie hat ein geheimes Haustier?", fragte Taryn.

„Ich weiß es nicht. Caramel ist unglaublich süß und sehr gut sozialisiert. Bei den Kindern am Wochenende war sie der Renner."

„Sie war ganz zauberhaft", bestätigte Lark. „Und sie hat die richtige Größe, um sie auf Reisen mitzunehmen. Vielleicht sollte ich mit Reggie darüber sprechen, dass wir uns auch einen kleinen Hund zulegen. Er oder sie könnte uns auf unseren Reisen begleiten."

„Ich arbeite mit einer Organisation zusammen, die demnächst vermutlich ein paar Chiweenies retten muss", sagte Larissa. „Die sind ganz klein."

„Chihuahua und Dackel?", fragte Lark. „Eine interessante Mischung."

„Sie sind unglaublich süß", bestätigte Larissa. „Die Frau steht gerade unter Beobachtung. Wir glauben, dass sie eine normale Züchterin war, der die Sache aus der Hand geglitten ist. So was kann passieren."

Taryn seufzte. „Ja. Larissa ist sehr gut darin, Projekte zu finden, bei denen sie helfen kann. Erinnerst du dich noch, als du die auf Menschen geprägten Schwanenbabys mit der Hand aufgezogen hast?"

„Schwanenjunge", korrigierte Larissa sie und nickte. „Ihre Mutter war getötet worden, und eine Familie hatte sie aufgenommen. Aber dann haben sich die Jungen auf die Menschen geprägt, und da es fünf an der Zahl waren, wurde es ihnen zu viel, also habe ich ein paar zu mir genommen."

Taryn beugte sich zu Dellina. „Was sie meint, ist, dass sie sich angeboten hat und Jack dann mit Babyschwänen in seinem Wohnzimmer leben musste."

„Schwanenjungen."

„Wie auch immer."

Dellina nickte. Larissas Drang, die Welt zu retten, interessierte sie nicht sonderlich. Viel wichtiger war ihr, dass sie nicht mehr über Sam sprachen. Oder, um es genauer auszudrücken, dass Lark nicht mehr jedem, der zuhörte, alles über ihren Sohn erzählte.

Der Rest des Mittagessens verlief ohne weitere Zwischenfälle. Dellina sagte sich, dass sie dankbar sein und einfach mit ihrem Leben fortfahren sollte. Nur konnte sie nicht aufhören, an das zu denken, was Lark über Sam erzählt hatte. Nicht nur während dieses Essens, sondern auch bei all den anderen Malen, als sie zusammen gewesen waren. Sie war nicht wirklich verärgert. Eher frustriert. Als sie alle das Restaurant verließen, zog sie Lark beiseite.

„Was ist los?", fragte Sams Mutter erstaunt.

Dellina sagte sich, dass es sie nichts anging. Dass sie sich nicht einmischen sollte. Nur konnte sie anscheinend nicht anders.

„Es tut mir leid. Ich weiß, das ist nur meine Meinung, aber Sie können damit nicht weitermachen", sagte sie schnell. „Ich meine, so über persönliche Dinge zu reden. Es ist okay, wenn es um Sie geht. Sie dürfen so viel teilen, wie Sie wollen. Aber nicht, was Sam betrifft. Vielleicht sind Ihre Mädchen auch einverstanden, aber er definitiv nicht."

Lark runzelte die Stirn. „Ich verstehe nicht …?"

„Sie sagen Sachen, die ihn verrückt machen. Wie zum Beispiel, wann er nicht mehr gestillt werden wollte und dass er sich geweigert hat, nackt im Haus rumzulaufen."

„Aber er war so ein süßes Kind."

„Das glaube ich Ihnen, Lark. Ich weiß, Sie lieben Ihren Sohn, aber auf diese Weise über ihn zu sprechen ist ihm gegenüber wenig respektvoll. Er würde es nicht wollen. Ich weiß nicht, ob Sie das einfach nicht verstehen oder ob Ihnen seine Wünsche egal sind."

Sie hielt inne und fragte sie, wie sehr sie die Grenzen überschritten hatte. „Ich verstehe, dass Sie eine warmherzige, liebevolle Familie sind. Ich wünschte, meine Mom wäre noch da, um mich in den Wahnsinn zu treiben. Ihnen liegt offensichtlich sehr viel an Ihren Kindern. Aber Sam ist anders als Sie. Er möchte, dass seine Grenzen respektiert werden."

Larks blaue Augen füllten sich mit Tränen. „Ich habe Sie aufgeregt, Dellina. Das tut mir so leid."

„Es geht hier nicht um mich, sondern um Sam. Warum verstehen Sie das nicht?"

Lark schniefte. „Schauen Sie sich nur an, wie Sie für ihn einstehen." Sie umarmte Dellina. „Ich bin so froh, dass er Sie an seiner Seite hat."

Dellina erwiderte die Umarmung, auch wenn sie die Frau am liebsten geschüttelt hätte. „Lark …", setzte sie an.

Doch die schüttelte den Kopf. „Kein Wort mehr", sagte sie. „Ich verstehe das alles vollkommen."

Aber Dellina wusste, dass das auf keinen Fall stimmen konnte.

Kipling bemühte sich, gleichmäßig zu atmen. Er kannte die Argumente für Schmerzmittel. Dass Schmerzen den Körper stressten und die Heilung verzögerten. Medizinisch gesehen ergab das durchaus Sinn, aber das war nicht das Problem. Denn er musste sich um das kümmern, was in seinem Bauch los war. Das Knäuel aus Ärger und Hilflosigkeit, das nichts mit gebrochenen Knochen und verletzten Organen zu tun hatte.

Shelby war wieder nach Hause abgereist. Ihrer Mutter ging es noch schlechter, und Shelby wollte bei ihr sein. Kipling hatte ihr gesagt, dass sie fahren sollte – er wusste, sie würde es sowieso tun. Aber abzureisen bedeutete, dass sie sich selbst in Gefahr brachte. Sie würde das Haus eines Monsters betreten, und es gab nichts, was er tun konnte, um sie zu beschützen.

Auf verdrehte Art führte seine Weigerung, Schmerzmittel zu nehmen, dazu, dass er das Gefühl hatte, die Kontrolle zu haben.

Seine Coaches würden ihm sagen, dass das Unsinn wäre. Aber im Moment war es alles, was er hatte.

Er verlagerte sein Gewicht ein wenig und stieß dann zischend die Luft aus, als das Feuer durch seinen Körper schoss. Sich zu bewegen war keine gute Idee. Nicht in seinem derzeitigen Zustand. Nicht, bis er ein wenig gesünder war. Was bedeutete, dass Shelby ganz auf sich allein gestellt war.

Bevor er über die Unfairness der Situation wüten konnte, wurde die Tür zu seinem Krankenzimmer geöffnet, und eine alte Dame trat ein. Sie war mittelgroß, hatte weiße Haare und blaue Augen. Sie trug ein Sakko zu dunklen Hosen und Perlen um den Hals. Perlen? In einem Krankenhaus in Neuseeland?

„Hallo, Mr. Gilmore", sagte sie. „Ich bin Marsha Tilson."

„Es ist mir scheißegal, wer Sie sind, Lady. Ich bin nicht in der Stimmung, um Autogramme zu geben, also verlassen Sie bitte mein Zimmer."

Anstatt seiner Aufforderung Folge zu leisten, zog die ältere Dame einen Stuhl heran und setzte sich. Sie wirkte nicht einmal aufgebracht über seine unfreundliche Begrüßung.

„Wie geht es Ihnen?"

Er hob seinen gesunden Arm und zeigte auf die Flaschenzüge und Gipsverbände, die Infusionen und den piependen Monitor. „Was glauben Sie?"

Wissend schaute sie ihn an. „Sie nehmen Ihre Schmerzmittel nicht. Ich verstehe, warum. Aber ich hoffe, Sie verstehen auch, dass Ihre Logik fehlerhaft ist."

Sie war Amerikanerin. Vermutlich Mitte sechzig. Ihrem Akzent nach würde er schätzen, dass sie von der Westküste kam. Oder vielleicht aus Nevada oder Colorado. Aber das Einzige, was er mit Gewissheit sagen konnte, war, dass er sie noch nie zuvor gesehen hatte.

„Raus hier." Er wandte den Kopf ab. „Verlassen Sie einfach nur mein Zimmer."

„Das werde ich. Versprochen. Aber erst brauche ich fünf Minuten Ihrer Zeit."

Er seufzte. Warum sollte er sich unnötig aufregen? Es war ja nicht so, dass er irgendetwas anderes zu tun hätte. Also schloss er die Augen und hoffte, dass er einschlafen könnte, während sie redete.

„Ich bin die Bürgermeisterin von Fool's Gold. Das ist eine kleine Stadt am Fuße der Sierra Nevada. Sie liegt in Kalifornien, nicht weit von Sacramento entfernt. Wir liegen auf siebenhundert Metern, sodass wir vier Jahreszeiten haben, aber keine von ihnen ist besonders ausgeprägt. In den Bergen kann man gut Ski fahren. Nicht, dass Sie das in nächster Zeit tun werden."

Er drehte den Kopf, öffnete die Augen und sah sie an. „Vielen Dank für die Ermutigung."

Sie berührte leicht die Finger, die aus dem Gips hervorschauten. „Es tut mir leid, Mr. Gilmore, aber wir beide kennen die Wahrheit. Sie werden nie wieder professionell Ski fahren. Und auch wenn das sehr traurig ist, haben Sie vor wenigen Monaten zwei olympische Goldmedaillen gewonnen und im Laufe der Jahre beinahe jeden großen Wettbewerb in Ihrem Sport. Also wenn Sie schon aufhören müssen, dann doch besser, während Sie an der Spitze stehen."

„Danke für den Tipp. Jetzt fühle ich mich gleich viel besser."

„Nein, das tun Sie nicht, aber das werden Sie noch." Sie atmete hörbar ein. „Ich würde Ihnen gerne einen Job anbieten. Natürlich nicht jetzt. Erst mal müssen Sie wieder gesund werden. Aber danach. Wir wollen in Fool's Gold einen Such- und Rettungstrupp aufbauen. Ich hätte gerne, dass Sie ihn leiten. Sie wären die meiste Zeit draußen in der Natur, aber dennoch mit der Gemeinde verbunden. Sie hätten sozusagen das Beste aus beiden Welten."

Er drückte auf den Knopf, der das Kopfteil des Bettes hochfahren ließ, und ignorierte den weiß glühenden Schmerz, der durch ihn hindurchschoss.

„Raus hier", sagte er. „Ich kenne Sie nicht, und ganz sicher will ich mich nicht mit Ihnen über einen Job unterhalten."

„Mr. Gilmore …“, setzte sie an und hielt dann kurz inne. „Kipling. Unsere Stadt ist ein einzigartiger Ort. Freundlich, warm, und wir kümmern uns umeinander. Das haben wir schon immer. Vielleicht liegt es an unserer Geschichte, vielleicht ist es einfach nur Glück. Aber wie auch immer, Sie wären dort sicher. Und wichtiger noch, Shelby wäre dort sicher.“

Kipling starrte sie an. „Was wissen Sie über meine Schwester?“, stieß er zwischen zusammengebissenen Zähnen hervor.

„Ich weiß, dass sie ihre Mutter liebt und mit einem Vater klarkommen muss, der hilflose Frauen schlägt. Ich weiß, dass Sie keine Angst um sie haben. Denn Angst beschreibt nicht einmal ansatzweise, was Sie empfinden. Sie sind geradezu in Panik, und solange Sie im Krankenhaus liegen, können Sie ihr nicht helfen. Ich hingegen schon.“

Kipling schloss die Augen. Was passierte hier gerade? War das real? Konnte er dieser alten Schachtel trauen? Und woher wusste sie überhaupt von Shelbys Situation?

„Ich kenne ein paar Leute“, fuhr Marsha Tilson fort. „Männer, die unserem Land mit Ehre und Würde gedient haben. Ich habe bereits mit ihnen gesprochen, und sie sind gewillt, sich um Shelbys Problem zu kümmern.“

Wieder schaute er sie an. „Wie?“

„Shelbys Mutter bleibt nicht mehr viel Zeit. Meine Freunde werden Ihrem Vater erklären, dass er seiner Frau ihre letzten Wochen angenehm gestalten soll. Sie werden dafür sorgen, dass Shelby in Sicherheit ist, und wenn ihre Mutter schließlich verstirbt, werden sie ihr bei der Regelung des Nachlasses zur Hand gehen. Danach bringen sie sie nach Fool's Gold, wo wir ihr einen sicheren Platz zur Verfügung stellen, an dem sie in aller Ruhe entscheiden kann, was sie mit dem Rest ihres Lebens anfangen will.“

„Und mein Vater?“

Die alte Dame schenkte ihm ein geheimnisvolles Lächeln. „Wir werden nicht das Gesetz brechen, Mr. Gilmore. Aber es ist möglich, dass Ihr Vater ein wenig von seiner eigenen Medizin zu schmecken bekommt.“

„Wenn Sie Shelby beschützen, folge ich Ihnen sogar bis in die Hölle, Ms. Tilson."

„Bürgermeisterin Marsha, bitte. So nennen mich alle." Sie erhob sich und berührte sanft seine Hand. „Sie müssen das nicht alleine durchstehen, Kipling. Und Sie müssen auch nicht ganz bis in die Hölle marschieren. Kommen Sie einfach nach Fool's Gold, sobald Sie können. Wir werden dort auf Sie warten."

Sie zog eine Visitenkarte aus ihrer Tasche und reichte sie ihm. „Meine Handynummer steht auf der Rückseite. Sie können mich jederzeit erreichen. Lassen Sie mich wissen, wann Sie für Ihre Physiotherapie in die USA zurückkehren, und ich komme Sie besuchen. Dann unterhalten wir uns über den Such- und Rettungstrupp, von dem ich möchte, dass Sie ihn für mich aufbauen."

Er schaute von der Visitenkarte zu ihr. „Träume ich? Oder kümmern Sie sich wirklich um meine Schwester?"

„Sie träumen nicht. Sie haben mein Wort, dass ich mich um Shelby kümmere. Ich habe meine Freunde bereits angerufen, und sie sind in diesem Moment schon auf dem Weg, um sie zu treffen. Sobald sie dort sind, wird Ihre Schwester nie wieder alleine mit Ihrem Vater sein, Kipling."

Lächelnd griff sie nach dem Knopf an seiner Morphiumpumpe. „Darf ich?"

Er nickte.

Sie drückte den Knopf. Sekunden später floss das Medikament in seinen Blutkreislauf, und der Schmerz ließ nach.

„Gute Besserung, Kipling", sagte sie. „Wenn Sie bereit sind, kommen Sie nach Fool's Gold. Ich denke, es wird Ihnen dort gefallen."

Er nickte, und sie verließ den Raum. Ein paar Minuten später betrat eine Krankenschwester das Zimmer.

„Ich habe gesehen, dass Sie Besuch hatten", sagte sie grinsend. „War das Ihre Großmutter? Oh, was für einen attraktiven Mann sie dabeihatte. Seinem Aussehen nach zu urteilen, ist er ein paar Jahre jünger. Wie alt ist sie, sechzig? Und er sah keinen Tag älter aus als fünfzig. Da muss man den Hut vor ziehen. Er hat mich an diesen Schauspieler erinnert. Wie hieß er noch mal?“

Die Krankenschwester plapperte munter weiter, aber Kipling hörte nicht zu. Stattdessen drehte er die Visitenkarte in seiner Hand hin und her und hoffte, dass Bürgermeisterin Marsha Tilson aus Fool's Gold ihm die Wahrheit gesagt hatte. Dass Shelby in Sicherheit war und sein alter Mann das bekäme, was er verdiente.

Sam trug zwei Koffer zu seinem Wagen. Auch wenn er froh war, sein Haus wieder für sich zu haben, war er immer ein wenig traurig, wenn seine Eltern abreisten. Ja, sie trieben ihn in den Wahnsinn – aber trotzdem waren sie seine Familie.

Seine Mutter wartete auf ihn, als er ins Haus zurückkehrte. Sie nahm seine Hände in ihre und lächelte zu ihm auf.

„Du bist zu einem beeindruckenden Mann herangewachsen“, sagte sie.

Er unterdrückte ein Stöhnen, hatte keine Ahnung, worauf das hier hinauslaufen würde. „Es war schön, euch zu sehen, Mom. Dich und Dad. Der Vortrag lief gut. Ich bin stolz auf dich.“

Sie musterte ihn. „Wirklich? Manchmal frage ich mich das. Ich weiß …“ Sie atmete tief ein. „Ich will dir nicht peinlich sein“, erklärte sie.

Er zog die Hände zurück. „Das weiß ich.“

„Was nicht das Gleiche ist, als wenn ich es dir sage.“

„Nein.“ Unbehaglich verlagerte er das Gewicht auf den anderen Fuß. „Mom, du und Dad, ihr seid toll, aber ich verstehe nicht, wie ihr darüber, was ihr seid und was ihr tut, in aller Öffentlichkeit sprechen könnt.“

„Das verstehe ich. Du hast noch nie Sex auf einer Bühne gehabt.“

„Ich würde nicht einmal an Sex denken, während ich mich auf einer Bühne befinde.“

„Da verpasst du was.“ Sie schüttelte den Kopf. „Nein, tust du nicht, oder?“

„Soweit ich das beurteilen kann, nicht.“ Er suchte nach Worten, um ihr zu sagen, dass er sie unterstützte. „Ich weiß, du hilfst den Menschen mit dem, was du tust. Sie sind dir sehr dankbar. Und du hast ein großes Wissen. Ich will gerne alles über deine Arbeit hören, aber ich möchte nicht, dass du meine Schränke durchwühlst oder mir davon erzählst, was du und Dad letzte Nacht getan habt.“

Sie nickte. „Letzte Nacht war ehrlich gesagt ziemlich traditionell“, fing sie an. „Dein Vater oben und …“

„Mom!“

„Es tut mir leid.“ Sie führte ihn zum Sofa und drängte ihn, Platz zu nehmen. Dann setzte sie sich neben ihn und drehte sich so, dass sie ihn anschauen konnte. „Sam, ich erinnere mich noch an deinen ersten Asthmaanfall. Das war das Schlimmste, was ich je gesehen habe, und es ist immer noch das schrecklichste Erlebnis meines Lebens. Zu sehen, wie du keine Luft bekommst, wie du blau anläufst. Ich hätte mein Leben für dich gegeben.“

„Ich weiß.“

„Ich liebe dich.“

„Ich liebe dich auch. Und Dad.“

„Das wissen wir. Du warst nur so lange so krank. Und als es dir dann irgendwann besser ging, wolltest du dich ausprobieren. Das hat mir Angst gemacht.“

Er war nicht sicher, was das mit ihrem sexuellen Mitteilungsdrang zu tun hatte, war aber gewillt, abzuwarten, wohin das Gespräch führen würde.

„Ich habe mir Sorgen gemacht. Wir haben uns beide Sorgen gemacht. Und doch mussten wir dich so sein lassen, wie du sein wolltest. Aber in meinem Herzen warst du immer der kleine Junge, der um Luft gerungen hat.“

„Mom“, setzte er an, doch sie brachte ihn mit einer Geste zum Schweigen.

„Ich versuche nicht, dich absichtlich zu demütigen“, fuhr sie fort. „Ich bin offen und freue mich darüber, jeden Teil meines

Lebens mit Menschen zu teilen, die ich liebe. Ich will einfach alles über dich wissen.“

Was genau das Problem ist, dachte er. „Ich fühle mich damit nicht wohl“, gab er zu.

„Ich weiß. Ich denke, das habe ich schon immer gewusst, aber als deine Mutter dachte ich, ich hätte besondere Privilegien.“

„Die hast du auch.“

„Aber nicht in dem Ausmaß. Ich kann verlangen, dass du mir deine Aufmerksamkeit schenkst, und dir sagen, was du tun sollst, aber in Wahrheit bist du ein erwachsener Mann, und das muss ich respektieren. Deine Grenzen sind nicht meine Grenzen, aber sie sind trotzdem wichtig. Ich werde mich bessern. Sich zu ändern ist niemals leicht, und alte Gewohnheiten sind sehr verführerisch. Aber ich werde mein Bestes geben, um mich daran zu erinnern, dass ich nicht jeden Aspekt deines Sexuallebens kommentieren muss. Oder auch nur deine Schränke durchgehen sollte. Ich möchte, dass die Dinge zwischen uns anders werden.“

Er seufzte, dann zog er sie an sich und umarmte sie fest. „Aber nicht zu anders“, sagte er. „Wenn du mich nicht nach meinen Hoden fragen würdest, wärst du nicht meine Mom.“

Sie lachte und hielt ihn fest. „Ich werde immer noch fragen. Nur nicht mehr so oft und vielleicht nicht vor so vielen Menschen.“ Sie zog sich zurück. „Du bist ein guter Mann.“

„Danke.“ Liebevoll schaute er ihr in die Augen. „Steckt Dellina dahinter?“

„Ich habe keine Ahnung, wovon du sprichst.“

Aber sie wich seinem Blick aus, und er spürte, dass sie anfing, sich innerlich zu winden. Seine Mutter war so ehrlich, dass es ihr schwerfiel, zu lügen oder auch nur mit der Wahrheit hinterm Berg zu halten.

„Du hast mit jemandem gesprochen, und sie ist die Einzige, von der ich mir vorstellen kann, dass sie es mit dir aufnimmt.“

„Na gut. Dellina hat erwähnt, dass ich dich von mir forttreibe. Dass ich dich respektieren und mehr auf deine Bedürfnisse achten muss." Sie winkte ab. „Oder so in der Art. Sei nicht böse auf sie. Sie steht hinter dir."

„Ich weiß."

Nicht viele Menschen wären bereit, so etwas zu sagen – vor allem Lark gegenüber. Aber Dellina hatte es getan. Seine Freunde hatten es nie mit Lark aufgenommen, was vor allem daran lag, dass sie die Show jedes Mal genossen. Aber Dellina hatte sich Sorgen um ihn gemacht. Das gefiel ihm. Er spürte eine seltsame Spannung in seiner Brust. Zuneigung, dachte er. Dankbarkeit. Mehr nicht.

16. KAPITEL

„Ich habe einen Plan", verkündete Fayrene.

Dellina füllte gerade kleine Kinderschminksets in pinkfarbene Geschenktüten. Ende der Woche hatte sie eine Party für zwölf Neunjährige auszurichten und wollte ihrem Zeitplan ein wenig voraus sein, indem sie die Tüten jetzt schon packte.

„Ich will ihn nicht hören", erwiderte sie.

„Dieses Mal ist es anders."

„Ist es nicht. Du hast irgendeine verrückte Idee, wie du Ryan dazu bringst, zu erkennen, dass die Ehe der einzige Weg zum vollkommenen Glück ist. Was vielleicht stimmt, aber alle deine Pläne sind nichts mehr als dein Versuch, zu kaschieren, dass du Angst hast, ihm die Wahrheit zu sagen."

Fayrene stemmte eine Hand in die Hüfte. Mit der anderen hielt sie eine sehr entspannte Caramel, die sich an sie kuschelte. „Du bist keine große Hilfe."

„Ich liebe dich und will, dass du glücklich bist. Außerdem weiß ich, dass es am Ende nur darum geht, dem Mann zu vertrauen, den du liebst. Sag ihm einfach, dass du jetzt schon heiraten willst. Er betet dich an. Jeder Tag, an dem er dir keinen Antrag macht, ist ein Beweis dafür, wie viel ihm an dir liegt. Er tut genau das, worum du ihn gebeten hast. Du machst einen großen Fehler, wenn du versuchst, seine Entschlossenheit zu untergraben."

Fayrenes Augen füllten sich mit Tränen. „Ich will, dass er mir einen Antrag macht."

„Das hat er. Und du hast ihn gebeten zu warten. Er wird seine Meinung nicht ändern. Gib einfach zu, was du auf dem Herzen hast."

Kopfschüttelnd stapfte Fayrene aus dem Zimmer.

Dellina wartete, bis die Haustür ins Schloss gefallen war, dann fuhr sie fort, die Geschenktüten zu füllen. Dabei hatte sie ein seltsames Déjà-vu. Ihr Wochenende mit Sam war unglaublich gewesen. Mit ihm zusammen zu sein war lustig, angenehm und aufregend. Ihre Beziehung zu definieren war ihr unmöglich, aber genau das wollte sie gern tun. Könnte sie es? Könnte sie zugeben, was sie für ihn empfand?

Sam studierte weiterhin die Rechnungen, die vor ihm lagen. Er hatte Dellina um alle Unterlagen der Lieferanten gebeten, einschließlich die der gekauften Geschenke. Die hatte er mit dem verglichen, was sie ihm in Rechnung gestellt hatte, und dabei den Fehler gefunden. Obwohl sie bereits über dieses Thema gesprochen hatten, weigerte sie sich, mehr zu berechnen als das, was sie als Kostenvoranschlag abgegeben hatte, selbst wenn dieser wesentlich niedriger war als ihre tatsächlichen Ausgaben. Immer wenn er seine Meinung geändert und irgendwelche Dinge ausgetauscht hatte, hatte sie den richtigen Betrag in Rechnung gestellt. Wenn der entsprechende Punkt sich nicht verändert hatte, der finale Preis aber höher lag, trug sie die Differenz.

„So kann das mit der Firma nichts werden“, murmelte er und schaute auf die Tabelle, die er angelegt hatte, um die einzelnen Posten einander gegenüberzustellen.

Er fragte sich, wie oft Dellina wohl schon so verfahren war. Sie richtete viele Hochzeiten und Partys aus. Ihren Andeutungen hatte er entnommen, dass sie finanziell zu kämpfen hatte. Mittlerweile verstand er nur zu gut, wie es dazu gekommen war. Die Differenz zwischen dem, was sie ihren Kunden in Rechnung stellte, und dem, was sie ihren Lieferanten bezahlte, fraß ihre Profite auf. Er schätzte, dass es mehrere Aufträge gegeben hatte, bei denen sie trotz ihrer vielen Arbeitsstunden Geld verloren hatte.

Er zog ihren Vertrag heraus und las ihn noch einmal. Es gab einen Paragrafen, in dem genau beschrieben wurde, wie Kostenvoranschläge und tatsächliche Rechnungen behandelt wurden. Dort stand ganz eindeutig, dass der Kunde den tatsächlichen Preis bezahlte. Das Problem war Dellina.

Er schaute auf die Uhr und sah, dass ihm nur noch wenige Minuten blieben, bis sie vorbeikäme. Nachdem er die Tabelle ausgedruckt hatte, trug er die Papiere zu dem kleinen Konferenztisch und wandte sich in Richtung Flur, um zur Eingangshalle zu gehen und sie dort abzuholen. Sie trat ein, bevor er sein Büro verlassen hatte.

„Hey“, sagte sie und lächelte, als sie ihn sah. „Ich habe mir einen Kaffee extra gegönnt, damit ich bereit bin, über Zahlen zu sprechen.“

Sie trug ein grünes Kleid, das ihre Augen eher bernsteinfarben als braun wirken ließ. Ihre Haare waren lockig, ihre Miene wirkte entspannt und freundlich. Sie war hübsch, aber nicht klassisch schön. Dem ungeübten Auge würde sie in einer Menschenmenge nicht auffallen.

Aber er wusste es besser, wusste, dass sie ihre Schwestern von ganzem Herzen liebte, selbst wenn sie sie frustrierten. Dass sie ehrlich und besorgt war, ohne zu weichherzig zu sein, und dass sie gewillt war, für das einzustehen, was sie glaubte.

„Sam? Geht es dir gut?“

Er ging zu ihr und nahm sie in die Arme. „Du hast es mit meiner Mutter aufgenommen“, sagte er und küsste sie.

Sie versteifte sich und zog sich zurück. „Äh, ich habe keine Ahnung, wovon du sprichst.“

Er nahm ihr Gesicht in seine Hände. „Meine Mutter hat sich dafür entschuldigt, sich in meine Dinge eingemischt und meine Sachen durchwühlt zu haben. Und das kann nur auf eine Art passiert sein.“ Er lächelte sie an. „Okay, auf zwei, aber soweit ich weiß, ist die Hölle bislang nicht zugefroren. Also hat jemand mit ihr gesprochen, und ich wette, das warst du.“

„Du bist nicht böse?“

„Dass du für mich eingetreten bist? Nein, bin ich nicht.“

„Okay, ja, dann war ich es.“

Er lachte leise und küsste sie erneut. In der Sekunde, in der seine Lippen ihre berührten, wollte er so viel mehr tun, aber sie befanden sich in seinem Büro.

Er führte sie zum Konferenztisch, und sie setzten sich. Dann zog er die Papiere zu sich heran.

„Wir haben schon darüber gesprochen. Du musst die tatsächlichen Preise in Rechnung stellen, nicht den Kostenvoranschlag. Du hast sogar eine entsprechende Klausel in deinem Vertrag. Deine Kunden wissen davon – da gibt es diese Unterschriftenzeile, auf der sie bestätigen, dass sie die Bedingungen gelesen haben und ihnen zustimmen."

„Ich weiß." Seufzend zuckte sie die Schultern. „Ich fühle mich nur immer schlecht, wenn der tatsächliche Preis den Kostenvoranschlag überschreitet. Manchmal liegt es daran, dass der Kunde noch etwas geändert haben wollte, aber manchmal auch nicht."

Er zeigte ihr die Tabelle. „Hier ist die Summe der Kostenvoranschläge für das Score-Wochenende. Und hier sind die Stunden, die du uns in Rechnung gestellt hast."

Sie zeigte auf die letzte Zahl. „Warum habe ich diese Summe dann nicht auf meinem Konto?"

„Weil hier steht, was du wirklich bezahlt hast. Indem du Score nur das in Rechnung gestellt hast, was in den Kostenvoranschlägen stand, statt der tatsächlichen Beträge, hast du vierzig Prozent deiner abrechenbaren Stunden verloren. Multipliziere das mit jedem Auftrag, den du annimmst, und du bekommst nicht einmal den Mindestlohn."

Dellina zog die Tabelle zu sich heran. „Wenn ich das jetzt so sehe, ist es ziemlich klar. Ich kann nicht weiter auf diese Weise Geld verlieren. Warum bin ich da nicht selbst draufgekommen?"

„Weil du eine Einmannfirma bist. Du hast keine Zeit, ein finanzielles Genie zu sein."

Sie schaute ihn an und grinste. „So wie du?"

„Ganz genau."

Sie sammelte die Papiere zusammen und stand auf. „Ich werde euch eine zweite Rechnung stellen."

„Gut. Und in der Zukunft?"

„Berechne ich die tatsächlich angefallenen Kosten und nicht die Voranschläge. Ich werde mich dabei zwar schuldig fühlen, aber ich tue es trotzdem."

„Das ist mein Mädchen." Er erhob sich.

Schnell steckte sie die Papiere in ihre Tasche und gab ihm dann einen Kuss. „Danke, Sam. Das hat mir sehr geholfen. Du bist gut in diesen Dingen und kannst sie einfach erklären. Vielen Dank."

„Gern geschehen." Plötzlich übermannte ihn die Lust. Nicht nur auf Sex, sondern auch auf Dellinas Gesellschaft. „Können wir uns heute Abend sehen?"

Das Lächeln kehrte zurück. Dieses Mal steckte es voller Versprechen. „Das würde mir sehr gefallen."

Gegen drei Uhr schlenderte Jack in Sams Büro. Er setzte sich in einen der Stühle vor dem Schreibtisch und lehnte sich zurück. Dann warf er einen Football in die Luft und fing ihn wieder auf.

„Gute Party", sagte er.

„Ja, das ist das Feedback, das ich auch von den Kunden bekommen habe."

„Das sollten wir jedes Jahr machen. Ich meine, zwar mit anderen Kunden, aber das gleiche Event."

Sam funkelte ihn an. „Nein. Sicher nicht. Weißt du, was das Wochenende gekostet hat? Und wie viel Arbeit da dringesteckt hat? Das machen wir nie, nie wieder."

Jack hob eine Augenbraue. „Jetzt reg dich doch nicht gleich so auf."

„Du hast leicht reden. Du hast nichts gemacht, außer anwesend zu sein." Sam atmete kurz durch, dann musterte er seinen Freund. „Und du machst Witze."

„Ja. Aber du hast eine gute Show geliefert."

Sam entspannte sich. „Okay. Schön, dass du dich amüsiert hast."

Erneut warf Jack den Football in die Luft. Nachdem er ihn aufgefangen hatte, legte er ihn auf den Tisch. „Dellina ist nett."

„Okay. Ja. Und wieso ist das wichtig?"

„Du triffst dich mit ihr." Jack hob die Hand. „Du brauchst es nicht zu leugnen. Wenn selbst ich das merke, wissen alle anderen es schon längst."

Sam bemühte sich, ruhig sitzen zu bleiben. „Wir verbringen Zeit miteinander“, sagte er, weil er nicht gewillt war, mehr zuzugeben.

Es war nicht so, dass er die Sache vor seinen Freunden geheim halten wollte. Es war mehr … wenn er anfinge, die Sache zu definieren, ihr eine Bezeichnung zu geben, müsste er zugeben, dass er Dellina mochte. Und sobald er diesen Weg einschlug, war es nur eine Frage der Zeit, bis die nächste Katastrophe geschah.

„Nicht jede Frau ist wie deine Ex“, erinnerte ihn Jack.

„Das muss sie auch nicht sein. Sobald ich mich mit jemandem einlasse, endet es schlimm. Jedes einzelne Mal.“

„Also bist du jetzt mal dran mit etwas Glück.“ Um Jacks Lippen zuckte es. „Sieh es ein, Sam. Du willst heiraten und eine Familie gründen. Du bist ein traditioneller Kerl. An irgendeinem Punkt musst du es wagen, jemandem zu vertrauen.“

„Nein, muss ich nicht.“

„Dann wirst du niemals das haben, was du dir wünschst.“

Sam verstand, dass sein Freund ihm nur helfen wollte, und auf gewisse Weise musste er ihm recht geben. Theoretisch könnte Sam allein ein paar Kinder adoptieren und die ganze Mann-Frau-Sache ignorieren. Nur wollte er das nicht. Er wollte eine Partnerin, jemanden, auf den er zählen und für den er da sein konnte. Er wollte, dass die Liebe seines Lebens die Frau wäre, die er heiratete. Verdammt, er war sogar dafür offen, sich einen Minivan zuzulegen.

„Das wird nicht passieren“, sagte er grimmig. „Wenn ich mich mit Dellina einlasse, wird sich alles verändern.“

„Du hast dich bereits mit ihr eingelassen. Du kannst so tun, als wäre es nicht so, aber wir alle sehen es. Du kennst sie. Du magst sie. Was ist das Schlimmste, das passieren könnte?“

Sam hob die Augenbrauen.

„Ja, okay, darauf musst du nicht antworten.“ Jack seufzte.

„Es ist seltsam, dass ausgerechnet du mir Ratschläge gibst“, sagte Sam. „Ich meine, du sprudelst ja auch nicht gerade vor Verantwortung über.“

Nachdenklich lehnte Jack sich auf seinem Stuhl zurück. „Wir sind alle so verkorkst. Wie konnte das passieren?"

„Pech?"

Jack lächelte kurz. „Taryn hat es geschafft. Sie hat Angel gefunden. Er ist ein guter Mann."

„Gibt es etwas, das du bedauerst?", fragte Sam. Denn vor ein paar Jahren hatten Taryn und Jack geheiratet. Die Umstände waren nicht ideal gewesen. Sie war schwanger geworden, und er hatte darauf bestanden, dass sie nach Las Vegas flogen, um zu heiraten.

„Wegen Taryn?", fragte Jack. „Nein. Ich habe sie ja immer noch in meinem Leben. Wir waren nie ineinander verliebt." Er zögerte kurz. „Ich frage mich, ob ich überhaupt in der Lage bin, jemanden zu lieben. Auf romantische Weise, meine ich. Ich habe es nie getan. Aber ich muss nicht heiraten. Ich habe ja Larissa."

Sam hob die Augenbrauen. „Wirklich?"

Jack verdrehte die Augen. „Nicht auf die Art, du Idiot. Ich meine, dass Larissa sich um mich kümmert. Sie sorgt dafür, dass mein Leben glatt verläuft. Jedes Mal, wenn etwas Emotionales hochkommt, reiche ich es an sie weiter."

Was alles toll klang, aber einen Haken hatte. „Du weißt aber schon, dass sie irgendwann mehr wollen wird, oder? Was passiert, wenn sie heiratet und eine Familie gründet?"

Für den Bruchteil einer Sekunde verspannten sich Jacks Gesichtszüge, dann lächelte er. „Dann wird sie trotzdem weiter für mich arbeiten."

„Da bin ich mir nicht so sicher. Ich glaube, sie ist jemand, der zu Hause bleiben und sich um die Kinder kümmern will."

„Tja, dann." Jack schüttelte den Kopf. „Nein. Auf keinen Fall. Ich werde ihr eine Gehaltserhöhung geben. Ich werde ihr so viel bezahlen, dass sie ihren Job niemals aufgeben will."

„Ja, so kann man das auch regeln." Sam glaubte, dass die Beziehung zwischen Jack und Larissa wesentlich komplizierter war, als beide zugeben wollten.

„Wenn die Zeit reif ist, findest du es schon heraus", meinte er.

„Sagst du dir das auch immer?"

Sam zuckte mit den Schultern. Was gab es da schon herauszufinden? Er wusste genau, was in jeder seiner Beziehungen schiefgelaufen war. Das Gleiche konnte man über Jack und Kenny sagen. Obwohl Kennys Lebensumstände einzigartig waren. Und schmerzhaft.

Jack stand auf und schnappte sich den Football. „Ich will nicht alt und allein sterben", sagte er.

„Weil jung und allein besser ist?", erwiderte Sam.

„Du weißt, was ich meine."

Sam grinste. „Ich kann besser mit Geld umgehen als du. Wenn du alles verlierst, werde ich dich über meiner Garage wohnen lassen. Dann ist keiner von uns allein. Wie findest du das?"

„Ich hätte lieber eine Frau, wenn es dir nichts ausmacht."

„Und wenn du keine findest?", fragte Sam.

„Okay, dann ziehe ich in die Wohnung über deiner Garage. Kaufst du mir dann einen Treppenlift, der mich in den ersten Stock bringt?"

„Klar. Mit dem größten Motor, den sie anbieten."

„Denn Geschwindigkeit ist das Einzige, was zählt." Jack ging zur Tür. „Denk über Dellina nach. Ich habe das Gefühl, sie ist eine von den Guten."

Sam erwiderte nichts, und als sein Freund gegangen war, lehnte er sich auf seinem Stuhl zurück.

Jack hatte recht – irgendwie hatte er sich mit Dellina eingelassen. In der einen Sekunde hatten sie zusammengearbeitet, und in der nächsten war es wesentlich mehr gewesen. Aber noch mehr zu riskieren erschien ihm unmöglich.

Er verstand, dass er, wenn er wirklich wollte, was er immer behauptete, den Sprung wagen müsste. Sich trauen müsste, an jemanden zu glauben. Ansonsten wäre er dazu verdammt, unerfüllten Träumen hinterherzulaufen.

Sam war nicht klar gewesen, was ihn bei seinem ersten Vortrag zum Thema Finanzen für Kleinunternehmen erwartete. Ehrlich gesagt wusste er überhaupt nicht, wie er an diesen Auftrag gekommen war. Klar, er hatte Dellina geholfen, aber das war etwas anderes. Bei ihr hatte er sofort gesehen, was schieflief, doch das lag daran, dass sie zusammengearbeitet hatten. Was die anderen Firmen in der Stadt betraf, so hatte er dort keinerlei Einblick. Aber da er nun einmal sein Wort gegeben hatte, war er rechtzeitig da und bereit, mit seinem Vortrag zu beginnen.

In dem Konferenzraum im Rathaus warteten bereits ein paar Leute. Er erkannte Patience, die Besitzerin des Brew-haha, sowie andere Inhaberinnen von kleinen Firmen und Geschäften. Drei Frauen, die offensichtlich aus verschiedenen Generationen der gleichen Familie stammten, saßen ganz vorn. Dellina war auf einem Termin, hatte ihm aber versprochen, vorbeizuschauen, bevor er mit seiner Rede fertig war.

Sam ging nach vorn und klemmte sich das Mikrofon an den Kragen. Er ließ den Blick über die Zuschauer gleiten und merkte, dass er ein wenig nervös war. Er war es gewohnt, vor größeren Gruppen zu sprechen. Das machte er andauernd. Aber dabei ging es um Sport oder um die richtige Einstellung zum Siegen. Über Finanzen hatte er bislang noch nicht öffentlich gesprochen.

„Der Erfolg einer Firma kann auf verschiedene Arten gemessen werden“, fing er an. „Marktanteile, Kundenloyalität, Markenerkennung. Aber am Ende des Tages zählt das alles nichts, wenn Sie Ihre Rechnungen nicht bezahlen können. Ich bin sicher, Ihnen allen ist der Prozentsatz der Kleinunternehmen geläufig, die scheitern. Nach fünf Jahren haben mehr als fünfzig Prozent ihre Firma wieder geschlossen. Was ist also der Unterschied zwischen denen, die erfolgreich sind, und denen, die es nicht schaffen? Wie können Sie das, was Sie bereits wissen, zu Ihrem Vorteil nutzen? Wie können Sie sicherstellen, dass Sie zu den erfolgreichen fünfzig Prozent gehören?“

„Sie werden diese Fragen doch alle noch beantworten, oder?“, fragte eine ältere Frau. „Denn sie nur zu stellen ist nicht sonderlich hilfreich.“

Sam schaute sie an und erkannte in ihr eine der alten Damen, die regelmäßig bei ihren morgendlichen Basketballspielen zuschauten. Eddie oder Gladys, dachte er, denn er konnte sie nicht auseinanderhalten.

„Ich werde mich bemühen", gab er freundlich zurück. „Einer der wichtigsten Aspekte eines kleinen Unternehmens ist es, den Cashflow zu managen. Sie müssen für Ihre Waren bezahlen, bevor Ihre Kunden sie kaufen können. Sie können sich bemühen, die besten Bedingungen für diese Vorableistungen auszuhandeln, aber Sie werden trotzdem für alles zahlen müssen, was Sie in Ihren Läden anbieten, was bedeutet, dass Sie Ihre Kunden dazu bringen müssen, so schnell wie möglich zu bezahlen."

Er schaltete den Bildschirm an und drückte einen Knopf an seinem Laptop. Die erste Powerpointfolie tauchte auf. Auf einfache Weise erklärte Sam die Grundzüge der Inventarkontrolle und Rechnungsstellung. Dellina hatte ihm gesagt, dass er ihre Fehler ruhig als Beispiel nennen dürfe. Weil er sie nicht persönlich bloßstellen wollte, hatte er Kostenvoranschläge und Rechnungen von fiktiven Kunden erstellt, um daran das Problem zu zeigen. Er machte sich Sorgen, sein Publikum zu langweilen, aber sie alle schrieben hektisch mit, während er sprach. Als er fertig war, schossen beinahe alle Hände in die Höhe, so begierig waren die Zuschauer darauf, Fragen zu stellen.

Als er sie schließlich alle beantwortet hatte, standen die Leute auf und verließen den Raum. Er sah, dass Taryn und Dellina in der letzten Reihe gesessen hatten und jetzt zu ihm kamen. Patience hielt ihn im Gang auf.

„Damit werden Sie doch weitermachen, oder?", fragte sie. „Das hat mir so geholfen. Ich habe zwar Abendkurse am Community College belegt, aber Ihre Informationen waren viel praxisorientierter."

„Klar", erwiderte er. „Wenn das Interesse vorhanden ist."

„Oh, das ist es", sagte sie. „Beinahe alle Firmen in dieser Stadt sind klein. Wir überleben hauptsächlich nur dank der Touristen-Dollar. Es ist wichtig, dass wir alles unternehmen, um diesen

Gewinn zu maximieren." Sie lächelte. „Danke, dass Sie das alles so einfach erklärt haben."

Sie trat beiseite, und die ältere Dame – Gladys oder Eddie – nahm ihren Platz ein. „Das hast du gut gemacht", sagte sie. „Du bist mehr als nur ein hübsches Gesicht und ein knackiger Hintern."

Sam starrte sie an, weil er nicht wusste, wie er darauf reagieren sollte.

„Ich genieße eure Basketballspiele. Eddie mag Kenny, weil er größer ist, aber du hast Stil, wenn du spielst. Du erinnerst mich an einen Gentleman, den ich gut kenne." Sie seufzte. „Er war so attraktiv. Erfolgreich im Beruf, genau wie du. Er ist vor ungefähr zehn Jahren in Fool's Gold aufgetaucht und hat eine Schneise durch die Singledamen eines gewissen Alters geschlagen. Ich habe gehört, einige von ihnen haben ihm erlaubt, in ihr Geschäft zu investieren." Sie schüttelte den Kopf. „Ich aber nicht. Was mir gehört, gehört mir. Das nimmt mir niemand weg. Aber er wusste ziemlich gut, was man so alles zwischen den Laken anstellen kann."

Panisch schaute Sam sich nach einem Fluchtweg um. Diese Dame hier war schlimmer als seine Mutter. Der konnte er wenigstens sagen, sie solle den Mund halten. Aber die Höflichkeit verlangte es, dass er eine Frau, die alt genug war, seine Großmutter zu sein, nicht unterbrach.

Taryn und Dellina schlenderten auf ihn zu.

„Wirst du gefoltert, Sam?", fragte Taryn.

Gladys grinste. „Vielleicht. Aber ich glaube, er ist Manns genug, um damit umzugehen."

Sam wollte sagen, dass er das nicht war. Überhaupt nicht. Aber bevor er die entsprechenden Worte fand, führte Dellina die alte Dame weg.

Taryn beobachtete ihr gekonntes Manöver und grinste.

„Mit ihr hast du das große Los gezogen, Sam. Dellina kümmert sich um dich."

„Du weißt, dass es nicht so ist", erwiderte er.

„Ihr seid zusammen." Sie sah, dass Dellina noch kurz mit Gladys sprach, bevor die ältere Dame ging. „Irgendwann musst du mal darüber hinwegkommen, was passiert ist."

„Jetzt klingst du wie Jack."

„Manchmal kann er sehr einfühlsam sein." Sie schaute sich in dem leeren Raum um. „Gut gemacht. Du hast unsere Nachbarn beeindruckt. Jetzt werden sie uns noch mehr lieben."

„Ich teile gerne, was ich weiß."

Sie hakte sich bei ihm unter. „Ich bin froh über die Abwechslung. Angel ist ein paar Tage weg, und ohne ihn ist es langweilig."

„Wo ist er?"

„Das hat er nicht gesagt. Bürgermeisterin Marsha hatte ein besonderes Projekt für ihn. Ford ist auch mitgegangen. Sie haben aber nichts Näheres verraten. Ich glaube nicht, dass es gefährlich ist, aber vermutlich ist es nicht ganz legal." Sie seufzte. „Er ist einfach so sexy."

„Ja, und könnten wir bitte nicht darüber reden?"

Taryn lachte. „Ich würde ja sagen, du bist eifersüchtig, aber du hast im Moment deine eigene Sache laufen." Sie wurde wieder ernst. „Ehrlich, Sam, ich hatte meine Vorbehalte angesichts dessen, was du alles durchgemacht hast. Aber Dellina ist ein süßes Mädchen. Klug, lustig, hübsch. Ich weiß, dass du Schwierigkeiten hast, zu vertrauen, aber irgendwann musst du dieses Risiko eingehen. Ich will nicht, dass du irgendwann alt und allein bist."

Zwei Unterhaltungen über dasselbe Thema in zwei Tagen? Also wirklich. Aber er wusste, dass seine Freunde es nur gut mit ihm meinten.

„Sollte es dazu kommen, wird Jack in die Wohnung über meiner Garage ziehen. Dann sind wir gemeinsam alte Junggesellen."

Sie hielt den Blick aus ihren violettblauen Augen weiter auf ihn gerichtet. „Das reicht nicht. Ich weiß, was du willst. Du wirst nicht glücklich sein, bis du nicht eine Familie hast und alles, was dazugehört. Aber um das zu bekommen, musst du an jemanden glauben."

Er verstand die Worte, aber er mochte es nicht, bedrängt zu werden. Klar, oberflächlich betrachtet war mit Dellina alles in Ordnung. Aber was war auf lange Sicht? Wie konnte er sicher sein, dass sie nicht doch wie alle anderen war?

Dellina geleitete Gladys aus dem Raum und kehrte zu Sam zurück. Taryn winkte ihr kurz zu und ging dann.

„Das hast du super gemacht", sagte Dellina. „Alle waren schwer beeindruckt."

„Ich habe gerne geholfen."

Intensiv schaute er sie an, so als sähe er sie zum ersten Mal. Sie hatte das Gefühl, er suche nach etwas, aber sie wusste nicht, nach was.

„Bei dir wirken Zahlen richtig sexy."

Er grinste. „Danke. Dann ist meine Arbeit hier getan. Hast du Zeit für einen gemeinsamen Lunch?"

„Klar."

Er nahm ihre Hand in seine, und gemeinsam gingen sie hinaus.

„Margaritaville?", fragte er. „Wir könnten uns eine Portion Nachos teilen. Und du könntest dir dazu einen Salat bestellen und so tun, als hätten sie keine Kalorien."

Weil ich genau das manchmal tue, dachte sie und nickte. „Klingt perfekt."

„Gut."

Sie gingen zum Restaurant. Sam sagte etwas bezüglich seines Vortrags. Aber nichts, das eine Antwort erforderte. Was gut war, denn aus heiterem Himmel traf sie die Erkenntnis.

Vielleicht hatte sie es schon eine ganze Weile gewusst. Vielleicht hatte sie die Wahrheit vor sich selbst verborgen, weil … nun, sie war nicht sicher, warum. Oder vielleicht hatte sie es auch erst in dieser Sekunde erkannt.

Sie liebte ihn. Seine Hilfsbereitschaft und sein Pflichtgefühl. Sie liebte die Gefühle, die er in ihr weckte, wie er die beschützte, die ihm nahestanden, und dass er einen Vortrag gehalten hatte, nur um anderen Menschen unternehmerisch auf die Sprünge zu helfen. Sie liebte, dass er ruhig war und sexy und dass er anrief, wenn er sagte, dass er anrufen würde. Sie liebte es, wie sie sich in seiner Nähe fühlte.

Kurz: Sie liebte Sam.

Wie unglaublich lächerlich. Sie hatte sich in den einzigen Mann verliebt, von dem sie mit hundertprozentiger Sicherheit wusste, dass er sich niemals auf eine ernste Beziehung einlassen würde.

17. KAPITEL

Angespannt schaute Fayrene auf die Uhr. Ihre Gäste sollten um sechs Uhr kommen. Sie hatte gerade den Feta-Paprika-Dip, den sie als Vorspeise servieren wollte, in den Ofen geschoben, aber er musste sofort serviert werden, sobald er fertig war. Was bedeutete, wenn Montana und Simon Bradley nicht pünktlich wären, hätte sie ein Problem.

Eine Welle der Erschöpfung spülte über sie hinweg. Sie war nicht sicher, wie lange sie das noch durchziehen könnte. Ryan davon zu überzeugen, ihr einen Antrag zu machen, war wesentlich komplizierter, als sie erwartet hatte. Aber sie würde nicht aufgeben. Ihre heutigen Dinnergäste waren selig vor Glück. Montana stand außerdem nur wenige Wochen vor der Geburt ihres Kindes. Fayrene hoffte, dass Gespräche über Babys und darüber, verliebt zu sein, die richtige Botschaft rüberbringen würden.

Die Hintertür wurde geöffnet, und Ryan und Caramel kamen herein.

„Der Grill ist heiß", sagte er und ging zum Kühlschrank, um eine Platte mit marinierten Hähnchenstücken herauszuholen. Fayrene hatte das Rezept aus Ana Raquels *Fool's Gold Kochbuch*. Der Salat und das Dessert waren auch schon fertig. Als Beilage zum Hähnchen würde Ryan Maiskolben grillen.

„Sie müssten jede Sekunde hier sein." Sie nahm Caramel auf den Arm und drückte die kleine Hündin an sich. Caramel kuschelte sich in ihre Armbeuge und leckte ihr einmal über die Nase.

„Woher kennst du Montana?" Ryan nahm sich ein Bier aus dem Kühlschrank und öffnete es.

„Ich habe schon mit ihr und den Therapiehunden gearbeitet. Max, ihr Boss, bekommt manchmal mehrere Welpen auf einmal herein, und es ist ziemlich viel Arbeit, sie alle zu sozialisieren." Sie lehnte sich gegen die Arbeitsplatte. „Ich muss zugeben, das ist einer meiner liebsten Jobs. Ich kann den ganzen Tag mit Welpen spielen und sie mit in die Stadt nehmen, damit sie sich an verschiedene Situationen gewöhnen."

„So wie letztes Jahr, als wir einen zu dem Highschool-Footballspiel mitgenommen haben?", wollte er wissen.

„Genau." Sie tätschelte Caramel. „Du wirst mir fehlen, Babygirl."

„Mir auch", gab Ryan zu und kraulte der Hündin die Brust. „Es war toll mit ihr. Wir sollten darüber nachdenken, uns auch einen Hund zuzulegen. Nach der Hochzeit."

Fayrene hielt den Atem an. War jetzt der Moment? Würde er sie jetzt fragen, ob sie ihn heiratete?

Es klingelte.

„Ich geh schon", sagte Ran.

Fayrene seufzte. Wenigstens bedeutete das pünktliche Eintreffen ihrer Gäste, dass die Vorspeise nicht ruiniert wäre, aber das war ein schwacher Trost.

Sie ging ins Wohnzimmer und begrüßte Montana und Simon. Montana hatte einen unglaublich dicken Bauch und bewegte sich nur sehr langsam. Fayrene spürte förmlich, wie ihr Rücken schmerzen musste.

„Wie geht es dir?", fragte sie mitfühlend. „Alles gut? Solltest du überhaupt unterwegs sein?"

Montana, eine hübsche Blondine mit braunen Augen, lachte. „Mal rauszukommen ist so viel besser, als zu Hause zu sein. Es lenkt mich ab. Außerdem gluckt Simon dann nicht so viel um mich herum."

Dr. Simon Bradley zuckte mit den Schultern. „Ich mache mir eben Sorgen um dich. Damit musst du leben."

Während er sprach, ruhte sein Blick auf ihr, als gäbe es nichts, was er lieber sehen wollte als sie. Simon war ein interessanter Mann. Ein begabter Chirurg, der sich darauf spezialisiert hatte, Kindern mit Brandverletzungen wieder zu einem normalen Leben zu verhelfen. Er wusste, wie sie litten. Die eine Seite seines Gesichts war so attraktiv, dass sie schon beinahe unwirklich wirkte, während die andere Seite von großen Brandnarben verunstaltet wurde.

Er war eigentlich nur vorübergehend nach Fool's Gold gekommen, aber dann hatte er sich sowohl in Montana als auch in die Stadt verliebt und beschlossen zu bleiben. Fayrene erinnerte sich noch an die Hochzeit der Drillinge, als Montana und ihre beiden Schwestern die Männer ihrer Träume geheiratet hatten. Fayrene hoffte, dass ein wenig dieser Hochzeitsmagie auf Ryan abfärben würde.

„Warum gehen wir nicht nach draußen?", fragte sie. „Es ist so ein schöner Abend."

Die Hitze des Sommers nahm langsam ab, und die Nächte waren schon wieder kühl. Aber zu dieser Stunde war die Temperatur perfekt.

Sie und Ryan führten ihre Gäste zu ihren Plätzen. Montana bestand darauf, Caramel auf den Schoß zu nehmen, die sich sofort auf den Rücken rollte und ihren Bauch präsentierte, bevor sie selig einschlief. Ryan schenkte Getränke ein. Fayrene holte den Dip aus dem Ofen und arrangierte ihn mit dem Pitabrot auf einer Servierplatte, dann gesellte sie sich zu den anderen.

Ryan reichte Simon ein Bier, Fayrene ein Glas Wein und Montana ein Glas Limonade. Dann nahm er sich auch ein Bier und setzte sich neben Fayrene.

„Hier ist es so schön", sagte Montana lächelnd. „So ruhig. Ich liebe meine Tochter, aber seitdem sie gelernt hat zu reden, hört sie gar nicht mehr damit auf."

Simon lächelte voller Stolz. „Sie ist ein kluges Mädchen."

„Was bedeutet, sie kommt nach dir."

„Du bist auch klug."

„Oh ja, ich glaube, wir wissen alle, wer in unserer Familie das Genie ist. Und das ist vollkommen okay. Ich habe dafür das Herz."

„Meins auf jeden Fall", warf Simon liebevoll ein.

Fayrene hatte das Bedürfnis, den Blick abzuwenden. In Montanas und Simons Nähe hatte sie das Gefühl, etwas sehr Privates zu beobachten. Ihre Liebe lag förmlich greifbar in der Luft.

Montana vergrub die Nase in Caramels Fell. „Und dann ist da noch dieses kleine Mädchen. Was für eine Süße."

„Ich habe es sehr genossen, mich um sie zu kümmern."

Zärtlich streichelte Montana Caramels Kopf. „Ja, das kann ich mir vorstellen. Wann musst du sie zurückgeben?"

„Wenn Bürgermeisterin Marsha wieder da ist."

Montana schaute sie an. „Sie ist schon wieder zurück. Ich habe sie in der Stadt gesehen."

„Das wusste ich nicht." Fayrene runzelte die Stirn. „Ich werde sie gleich morgen früh anrufen." Sie wollte die süße Hündin zwar nicht zurückgeben, aber schließlich war Caramel nicht ihr Haustier. Wie seltsam, dass die Bürgermeisterin sich nicht bei ihr gemeldet hatte, sobald sie wieder daheim war.

„Wir könnten uns auch einen Hund zulegen", sagte Montana zu ihrem Mann.

Simon schüttelte den Kopf. „Wir bekommen bald ein Baby. Außerdem haben wir bereits Skye und unsere anderen Haustiere. Reicht das nicht?"

„Ich schätze schon. Aber Hunde bringen Spaß."

„Es gibt noch andere Wege, Spaß zu haben."

Das klang gar nicht so zweideutig, aber Fayrene hatte das Gefühl, dass er nicht davon sprach, gemeinsam Brettspiele zu spielen. Sie schaute zu Ryan, um zu sehen, ob er ebenfalls die Leidenschaft und Zuneigung spürte, die von dem anderen Paar ausging. Sie lächelte und dachte, was für eine gute Idee es gewesen war, Montana und Simon einzuladen. Wenn das Dinner vorbei war und ihre Gäste gegangen wären, würde sie die Unterhaltung auf das Thema zurücklenken, das sie vorher …

„Oh nein!"

Montana stöhnte laut auf. Dann machte sie Anstalten aufzustehen. Im gleichen Moment schoss ein Schwall Flüssigkeit durch den Stuhl und tropfte auf den Boden.

Simon war sofort auf den Beinen. Er hob Caramel von Montanas Schoß und reichte sie Fayrene, dann sah er Ryan an. „Wir brauchen ein paar Handtücher, bitte. Montana, sieh mich an. Wie lange hast du schon Wehen?"

Sie zuckte mit den Schultern. „Ein paar Stunden. Sie waren ziemlich leicht, also habe ich gedacht, wir hätten noch Zeit. Sie sind jetzt erst stärker geworden."

„Dann müssen wir sofort ins Krankenhaus."

Ryan kehrte mit einem Armvoll Handtüchern zurück. Simon schlang eines um Montanas Mitte, dann führte er sie durch die Küche zur Haustür.

„Tut mir leid, dass ich so eine Schweinerei veranstaltet habe", rief Montana über die Schulter. „Und dass ich das Dinner verpasse. Ich bin sicher, es wäre köstlich gewesen."

Dann waren sie fort.

Fayrene starrte auf die Pfütze auf dem Boden. Was auch immer das ist, es ist kein Wasser, dachte sie und drehte sich weg.

„Ich mach das", sagte Ryan.

Sie nickte und trug Caramel nach drinnen. Dort setzte sie die kleine Hündin ab und ging zum Sofa, um sich zu setzen. So viel zu einem romantischen Abend, dachte sie düster. Wenn es so weiterging, würde sie ihren Antrag niemals bekommen.

Sam sah zu, als Dellina den Reißverschluss an ihrem Rock hochzog. Sie steckte ihre Bluse in den Bund und griff nach der Haarbürste.

„Ich bin so was von zu spät", stieß sie hervor. „Und das ist allein deine Schuld."

Sie hatten die Nacht zusammen verbracht, und als ihr Wecker am Morgen geklingelt hatte, hatte er ihn ausgeschaltet und sie dann in seine Arme gezogen. Jetzt waren sie beide spät dran, obwohl sein Morgen entspannter war als ihrer, denn er hatte keine anstehenden Kundentermine.

„Soll ich mich entschuldigen?", fragte er und verschränkte die Arme hinter dem Kopf, während er zuschaute, wie sie ihre Haare zum Zopf band. Sie legte ihre Ohrringe an und verschwand dann im Kleiderschrank, um nach ihren Schuhen zu suchen.

„Nein." Mit blauen Pumps in der Hand und einem Lächeln im Gesicht tauchte sie wieder auf. „Ich hatte viel Spaß."

„Ich auch."

Den hatte er immer. Es war so entspannt, mit ihr zusammen zu sein. Seine kürzlichen Unterhaltungen mit Jack und Taryn hatten in ihm den Gedanken geweckt, ob er einen Fehler beging. Ob er die Sache mit Dellina beenden sollte, bevor es zu ernst wurde. Am Vorabend war er vorbeigekommen, um das mit ihr zu besprechen. Aber irgendwie hatte es mehr Sinn für ihn ergeben, mit ihr essen zu gehen und die Nacht gemeinsam zu verbringen.

Sie genossen die Gesellschaft des anderen. Sie hatten Spaß zusammen. Nichts davon war schlecht. Er wusste, wie er seine Gefühle zurückhalten konnte. Was Dellina anging, so kannte sie seine Vergangenheit und verstand die Regeln. Sie würde ihn nicht drängen. Daran glaubte er fest. Warum sollten sie also nicht einfach genießen, was sie hatten?

„Ich muss los", sagte sie, trat ans Bett, gab ihm einen Kuss auf den Mund und richtete sich dann auf. „Ich bin viel zu spät."

„Ich rufe dich nachher an", sagte er.

„Und ich gehe ran."

Damit war sie verschwunden.

Er stand auf, duschte und zog sich an. Bevor er ins Büro ging, würde er noch kurz zu Hause vorbeifahren, um sich zu rasieren. Er hatte gerade die Küche betreten, als die Haustür geöffnet wurde.

„Ich bin's. Bist du zu Hause?"

Fayrene, dachte er, als er die Stimme erkannte.

„Dellina ist bereits weg", sagte er. „Sie hatte einen frühen Termin."

Fayrene stand mit dem kleinen Hund auf dem Arm an der Haustür. Sie sah müde aus.

„Stimmt etwas nicht?“, fragte er, bevor er sich zurückhalten konnte.

„Nein. Ja.“ Sie ließ sich aufs Sofa fallen. „Das Übliche. Ryan und ich hatten gestern mal wieder ein Pärchen zum Abendessen eingeladen. Ich dachte, das würde helfen, ihm zu zeigen, dass wir heiraten sollten. Aber es lief nicht so wie geplant. Ihre Fruchtblase ist geplatzt, und glaube mir, das ist wesentlich ekliger, als ich je gedacht hätte.“

Sam schaute zur Tür und überlegte zu fliehen. Das hier war nicht sein Themengebiet. Doch noch während er einen Schritt in Richtung Tür und Freiheit machte, erkannte er, dass er genau wusste, was sie falsch machte. Seine Mutter wäre so stolz auf ihn.

Entschlossen setzte er sich Fayrene gegenüber.

„Das muss aufhören“, sagte er ihr. „Sei eine Frau, und sag Ryan, was du willst.“

Sie verdrehte die Augen. „Das kann ich nicht.“

„Du willst es nicht. Das ist etwas anderes. Wenn du es nicht schaffst, den Mann, der dich sehr liebt, um das zu bitten, was du gerne möchtest, bist du noch nicht bereit für die Ehe. Das ist eine Vollzeitverpflichtung. Und ehrlich zu sein und zu sagen, was du fühlst, ist einer der Eckpfeiler ihres Erfolgs. Wenn du hiermit schon nicht ehrlich sein kannst, was gibt es dann sonst noch, worüber du nicht reden willst?“

Fayrenes Augen füllten sich mit Tränen. „Das ist sehr hart.“

„Aber wahr. Ryan tut, worum du ihn gebeten hast. Er wollte nicht warten, aber er tut es. Das ist ein feiner Charakterzug. Aber du spielst jetzt ein verdrehtes Spiel. Du versuchst, ihn dazu zu bringen, seinen eigenen Ehrenkodex zu verraten. Weil du glaubst, wenn er dich wirklich liebt, müsste er deine Gedanken lesen können. Tja, das kann er aber nicht. Das kann niemand. Sei klug, sonst wirst du den Mann verlieren, den du heiraten willst.“

Fayrene schaute ihn mit offenem Mund an.

Sam wartete eine Sekunde. Als sie nichts erwiderte, erhob er sich. „Viel Glück“, sagte er und verließ das Haus.

Shelby Gilmore starrte die beiden Männer an, die vor ihr standen.

„Ich verstehe nicht", gab sie zu.

Das Sprechen fiel ihr schwer. Ihr Kiefer war geschwollen. Aber wenigstens nicht gebrochen, dachte sie. Das hoffte sie zumindest. Was ihre Rippen anging, war sie sich weniger sicher.

Schmerz begleitete jeden ihrer Schritte. Sie war erschöpft, weil sie nicht schlief. Sie konnte nicht. Nicht nur, weil ihre Mutter sie brauchen könnte, sondern auch, weil es nicht sicher war. Ihr Vater liebte es, sich anzuschleichen, wenn sie am verletzlichsten war, und ihr dann das Schlimmste anzutun.

„Wer sind Sie?", fragte sie.

„Freunde", sagte der Jüngere der beiden.

Sie waren beide groß genug, um Angst einzuflößen. Einer – sie glaubte, sein Name war Ford – hatte ein freundliches Lächeln, aber unergründliche Augen. Der andere Mann, der ein paar Jahre älter war, hatte eine Narbe am Hals, als hätte jemand versucht, ihm die Kehle aufzuschlitzen. Wer könnte so dumm gewesen sein?

„Eine Freundin von uns kennt deinen Bruder", erklärte Ford ihr. „Wir sind hier, um auf dich aufzupassen."

Shelby sagte sich, dass sie sich gar nicht erst die Mühe machen müsste, den beiden zu glauben. Denn ihr würde nie wieder etwas Gutes passieren. Sie war mit einem Monster gefangen, weil ihre Mutter an Krebs starb. Ihre Mutter würde ihn nicht verlassen, und Shelby würde sie niemals alleinlassen. Nur noch ein paar Wochen, sagte sie sich. Aber für ihr Entkommen würde sie einen hohen Preis zahlen – den Verlust der beiden einzigen Menschen auf der Welt, die sie liebte.

„Hat Kipling Sie geschickt?", fragte sie.

Die beiden Männer tauschten einen Blick.

„Sicher", sagte der Ältere. „Okay, es wird folgendermaßen laufen. Dein Dad glaubt, er wäre klüger als alle, aber das ist er nicht. Wir haben Beweise für seine kriminellen Aktivitäten gesammelt. Die reichen, um ihn für lange Zeit wegzusperren. Die Polizei ist gerade dabei, ihn zu verhaften."

Ihr Vater im Gefängnis? War das wirklich möglich? Sie wusste nicht viel über seine Machenschaften, nur dass sie irgendetwas mit Menschen zu tun hatten, die außerhalb des Gesetzes lebten.

„Wir bringen dich später aufs Polizeirevier", erklärte Ford. „Nicht um ihn zu konfrontieren, sondern damit du weißt, dass er wirklich hinter Gittern sitzt. Der Staatsanwalt wird mit dir reden wollen, und die Polizei muss später das Haus durchsuchen, um weitere Beweise zu sammeln."

Shelby hatte Mühe, die Informationen zu verarbeiten. Ihr Vater war verhaftet worden? Saß im Knast? War es wirklich möglich, dass er für lange Zeit nicht zurückkommen würde?

Sie brauchte nur ein paar Wochen. Länger würde ihre Mutter nicht durchhalten. Dann könnte sie gehen und niemals zurückkommen.

Der Mann mit der Narbe setzte sich neben sie aufs Sofa. Sein Blick war überraschend gütig.

„Bald wird eine Krankenschwester herkommen. Sie wird dir mit deiner Mom helfen." Er zog eine Visitenkarte aus seiner Hemdtasche. „Das ist der Name eines Therapeuten, von dem wir wollen, dass du dich mit ihm triffst."

„Weil meine Mom stirbt?", fragte sie.

„Deswegen und wegen all der anderen Dinge, die du durchgemacht hast."

Er streckte die Hand nach ihr aus, und Shelby musste sich bemühen, nicht zurückzuzucken, als er sanft ihren Kiefer berührte.

„Hat sich das schon jemand angesehen?", fragte er.

„Mir geht es gut."

„Das zu entscheiden, überlassen wir lieber einem Arzt. Wir gehen, sobald die Krankenschwester hier ist."

„Wie hat mein Bruder das alles organisiert?", fragte sie, während sie gegen die Tränen ankämpfte, weil ihr bewusst wurde, dass sie jetzt nicht mehr ganz allein war. „Er liegt immer noch im Krankenhaus in Neuseeland."

„Sagen wir einfach, er hat einen Freund, der sich für ihn um alles kümmert", erwiderte der Mann.

Es klopfte an der Haustür. Ford ging, um aufzumachen. Shelby schaute in die grauen Augen ihres Retters.

„Wer sind Sie?"

„Du kannst mich Angel nennen."

Trotz der Schmerzen in ihrem Kiefer brachte sie ein Lächeln zustande. „Wirklich? Engel?"

Er schlug ein Kreuz über seinem Herzen. „Das ist wirklich der Name, den meine Eltern mir gegeben haben."

Sie wusste, dass sie jetzt etwas Lustiges sagen sollte. Etwas, das die Stimmung aufheiterte oder zeigte, dass sie zäh war. Aber sie konnte nicht denken.

Ford kehrte mit einer zierlichen Brünetten in einer hellrosa Krankenschwesternkluft zurück.

„Hey", sagte die Frau und lächelte mitfühlend. „Ich bin Nancy und kümmere mich um Ihre Mom."

Shelby wollte etwas sagen, aber die Worte blieben ihr in der Kehle stecken, und dann weinte sie. Angel zog sie in seine Arme.

Normalerweise hasste sie es, wenn Männer sie berührten. Wenn sie nah waren, sah sie nicht, von wo aus der Schlag kam. Aber Angel war irgendwie anders. Vielleicht lag es daran, dass er so stark war, dass er es nicht nötig hatte, jemandem wehzutun, der schwächer war als er. Vielleicht lag es aber auch an ihrer Erschöpfung. Aber was auch immer der Grund war, sie entspannte sich in seiner Umarmung und ließ ihren Tränen freien Lauf, ergab sich der Möglichkeit, dass sie vielleicht, ganz vielleicht lebend aus dieser Sache herauskäme.

Gemeinsam mit Caramel durchquerte Fayrene das Foyer des Rathauses. Sie hatte vorher angerufen, um sich bestätigen zu lassen, dass Bürgermeisterin Marsha tatsächlich aus ihrem Urlaub zurück und wieder im Büro war. Was die Frage aufwarf, warum sie noch nicht vorbeigekommen war, um ihren Hund abzuholen.

„Nimm es nicht persönlich“, sagte Fayrene zu dem Zwergspitz. „Du bist unglaublich süß. Ich will dich nicht abgeben. Aber sie ist deine Besitzerin.“

Caramel schenkte ihr ein Hundegrinsen, das zugleich ermutigend und tröstend war. Als wäre sie zuversichtlich, dass die Sache so oder so zu ihrem Vorteil ausginge.

Fayrene betrat das Vorzimmer von Bürgermeisterin Marshas Büro. Bailey saß hinter ihrem Schreibtisch.

„Du bist auf die Minute pünktlich“, sagte sie. „Geh einfach durch.“

Fayrene runzelte die Stirn. „Pünktlich? Ich habe doch gar keinen Termin.“

„Ich weiß, aber Bürgermeisterin Marsha sagte, dass du heute Vormittag vorbeikommst.“

Okay, das ist seltsam, dachte Fayrene, als sie durch die offene Flügeltür trat.

Bürgermeisterin Marsha stand auf, als sie sie sah, und lächelte. „Fayrene. Danke, dass du vorbeigekommen bist. Ich gehe davon aus, dass du mit Caramel keine Schwierigkeiten hattest?“

„Nein, gar keine. Sie war wundervoll. Ryan und ich beten sie an.“

Fayrene wartete darauf, dass die kleine Hündin losstürmen würde, um ihre Besitzerin zu begrüßen, so wie sie es immer tat, wenn Fayrene vom Einkaufen nach Hause kam. Dann bellte sie und wirbelte herum und tanzte auf den Hinterbeinen. Aber jetzt blieb sie ruhig neben Fayrene stehen. Sie wedelte mit dem Schwanz, als hätte sie Interesse an Bürgermeisterin Marsha, aber sie wirkte nicht wirklich freudig erregt.

Die Bürgermeisterin deutete auf die Sitzecke am Fenster. „Wollen wir Platz nehmen?“

Fayrene folgte ihr und setzte sich auf das Sofa. Caramel sprang auf ihren Schoß und zeigte keinerlei Interesse an Bürgermeisterin Marsha.

„Äh, wie war Neuseeland?“, fragte Fayrene ein wenig verunsichert.

„So schön, wie alle immer sagen. Ich hatte eine wunderbare Zeit, bin aber mehr als bereit, wieder zu Hause zu sein." Sie lächelte. „Ich habe gehört, es hat bei dir im Leben ein wenig Aufregung gegeben?"

„Bei mir? Nicht wirklich."

„Ist nicht Montanas Fruchtblase geplatzt, während sie und Simon bei euch zu Besuch waren? Das war bestimmt nicht sonderlich angenehm."

„Es war seltsam", gab Fayrene zu. „Haben Sie das neue Baby schon gesehen?"

„Oh ja. Ich war in der Nacht, in der Henry geboren wurde, im Krankenhaus. So ein hübscher Junge."

„Aber das ist doch schon ein paar Tage her", sagte Fayrene, bevor sie sich zurückhalten konnte.

„Ja. Ich bin jetzt ungefähr eine Woche wieder zurück."

Instinktiv zog Fayrene den kleinen Hund enger an sich. „Sie haben Ihren Hund die ganze Zeit bei mir gelassen?"

Die Miene der Bürgermeisterin wurde ganz weich. „Ach, mein Kind, ich dachte, du wüsstest, was los ist. Caramel gehört nicht mir. Ich habe mich nur ein paar Wochen um sie gekümmert, während ich versucht habe, herauszufinden, zu wem sie gehört. Jetzt hat sie ihr Zuhause gefunden. Bei dir und Ryan."

Fayrene öffnete den Mund und schloss ihn dann wieder. „Sie geben sie mir?"

„Ich sehe es eher so, dass Caramel ihre Entscheidung getroffen hat. Außer, du willst, dass ich sie zurücknehme. Ich kann ihr ein anderes Zuhause suchen."

„Nein!" Fayrene schloss die Arme um den kleinen Hund. „Nein, sie muss nirgendwo anders hin. Ich nehme sie gerne." Mehr als gerne. Sie war erleichtert, dass sie ihr kleines Mädchen nicht wieder hergeben musste. „Aber warum haben Sie das nicht gleich gesagt?"

Bürgermeisterin Marsha lächelte. „Weil du mir dann alle Gründe aufgezählt hättest, aus denen du keinen Hund haben kannst. Und in deinem Kopf hätten die alle Sinn ergeben. Ich kenne dich schon dein ganzes Leben, Kind. Du und deine Schwestern, ihr habt in jungen Jahren eine fürchterliche Tragödie durchlitten. Ihr habt es überlebt, und es geht euch gut. Aber du warst schon immer ein wenig stur. Du siehst Dinge auf eine gewisse Art und nicht anders. Dieser Wesenszug ist sowohl bewundernswert als auch traurig. Indem du die anderen Möglichkeiten ignorierst und nur das siehst, wofür du dich bereits entschieden hast, verpasst du einige der größten Vergnügen, die das Leben zu bieten hat."

So wie bei Ryan, dachte Fayrene, deren Kopf Schwierigkeiten hatte, all das zu verarbeiten, was die Bürgermeisterin ihr erzählte. Sie wollte, dass Ryan ihr auf eine bestimmte Art einen Antrag machte, weil sie es vor ihrem geistigen Auge so vor sich sah. Etwas anderes kam für sie nicht infrage.

„Ich … Danke", sagte sie, stand auf und klemmte sich Caramel unter den Arm. „Ja, natürlich will ich sie. Und Sie haben recht. Mit allem."

Sie drehte sich um und eilte aus dem Büro.

Als sie endlich auf dem Bürgersteig stand, zitterte sie am ganzen Körper. Tausend Gedanken wirbelten durch ihren Kopf. Sie sah ganz klar, wie viel sie mit ihren rigiden Regeln und Erwartungen riskierte. Sam hatte recht gehabt. Dellina hatte recht gehabt. Alle hatten recht gehabt, und sie war zu stur gewesen, um ihnen zuzuhören.

Sie setzte Caramel auf den Boden. Der kleine Hund schien zu verstehen, dass sie es eilig hatte, und lief flink neben ihr her. Ryan müsste im Büro sein, dachte Fayrene und bog in die Fifth Street ein. Sie hoffte nur, dass er wirklich dort war und nicht irgendwo in einer der Fabriken.

Sie rannte förmlich durch die Stadt. Als sie an einer Ampel warten musste, nahm sie Caramel auf den Arm. Der kleine Hund hechelte, weil er so gerannt war, um mit ihr Schritt zu halten. Mit ihrem neuen Haustier auf dem Arm eilte sie über die Straße.

Als sie Hendrix Constructions erreichte, blieb sie lange genug stehen, um wieder zu Atem zu kommen, dann trat sie ein.

Der Empfangstresen war unbesetzt, also ging Fayrene durch die Schwingtür und in Richtung von Ryans Büro.

Er war da! Sie blieb im Türrahmen stehen, musterte ihn, nahm die vertrauten, attraktiven Gesichtszüge in sich auf. Er hatte sie noch nicht gesehen – er saß mit dem Rücken zur Tür. Während er über Toleranzen und Anpassungen sprach, nahm er ein Foto von ihnen beiden hoch und strich sanft mit dem Daumen über ihr Gesicht.

„Klar, Joe“, sagte er. „Besorg die Informationen, und ruf mich dann zurück. Ich bin den ganzen Tag hier.“

Er legte auf, dann sah er sie. Lächelnd erhob er sich. „Das ist aber eine schöne Überraschung, Fayrene. Was hast du …“ Das Lächeln schwand, als er auf sie zukam. „Honey, was ist los? Geht es dir gut?“

Sie warf sich ihm in die Arme. Caramel wurde zwischen ihnen eingeklemmt, aber die kleine Hündin entspannte sich einfach in der doppelten Umarmung und wedelte mit dem Schwanz.

Ryan hielt sie fest, als wolle er sie nie wieder gehen lassen. Fayrene atmete seinen Duft ein und wusste, dass sie zu lange zu dumm gewesen war.

„Es tut mir leid“, sagte sie und zog sich gerade weit genug zurück, um ihm in die Augen zu sehen. „Ich bin stur, und wenn ich mir mal etwas in den Kopf gesetzt habe, lasse ich davon nicht mehr ab. Manchmal ist das gut, aber manchmal auch echt nervig. Wie mit meinem Plan. Ich habe gesagt, dass ich erst meine Firma aufbauen will, bevor ich heiraten möchte. Das habe ich auch so gemeint. Aber jetzt will ich nicht mehr warten. Ich liebe dich, Ryan. Ich will jetzt heiraten. Nur wusste ich nicht, wie ich es dir sagen sollte, und ich wollte wirklich, dass du derjenige bist, der den Antrag macht. Jetzt bin ich mir nicht mal mehr sicher, warum. Ich schätze, ich habe mir eingeredet, wenn du mich wirklich liebst, könntest du meine Gedanken lesen. Aber das ist lächerlich.“

Sie hielt inne, um Atem zu holen. „Oh, und Bürgermeisterin Marsha hat gesagt, dass Caramel unser Hund ist, und ich würde sie wirklich gerne behalten.“

Ryan musterte sie. „Wow. Okay. Das ist eine ganze Menge auf einmal." Er nahm ihr den Hund ab und setzte Caramel auf einen gepolsterten Stuhl. Dann zog er Fayrene in die Arme.

„Ich liebe dich und will mit dir zusammen sein. Ich hoffe, dass du das weißt."

Sie nickte und schniefte. Auf keinen Fall würde sie jetzt weinen und das hier ruinieren. „Ich weiß."

„Aber ich kann nicht deine Gedanken lesen."

„Das weiß ich auch."

„Hast du deshalb Montana und ihren Mann eingeladen?"

„Ja. Und Pia und Raoul. Ich wollte dir zeigen, wie gut es wäre, wenn wir verheiratet wären."

„Ich weiß bereits, wie gut es wäre. Weil ich jeden Tag mit dir zusammen sein darf." Er nahm ihr Gesicht in beide Hände und gab ihr einen sanften Kuss. „Fayrene, du bist meine Welt. Ich möchte immer bei dir sein."

Er ließ sie los und ging zu seinem Schreibtisch. Dort machte er die oberste Schublade auf und griff hinter die Hängeordner. Lächelnd zog er eine Schachtel von Jenel's Gems heraus.

„Das hier habe ich an dem Tag gekauft, an dem du mir gesagt hast, dass du mich liebst", sagte er. „Ich hätte so lange gewartet, wie du willst. Aber ich wollte auch sichergehen, dass ich bereit wäre, sobald ich das hier endlich tun könnte."

Er trat vor sie und ließ sich auf ein Knie nieder. „Fayrene Hopkins, willst du meine Frau werden?"

Sie nickte. Ihre Kehle war wie zugeschnürt, und die Tränen waren nah. „Ja", stieß sie hervor. „Ich liebe dich."

„Und ich liebe dich." Er küsste sie und öffnete das Kästchen.

Andächtig starrte Fayrene auf den wunderschönsten runden Solitär, den sie je gesehen hatte. Der Ring war perfekt. Schlicht und elegant. Ryan steckte ihn ihr auf den Finger und küsste sie erneut.

Nach ein paar Minuten zog er sich zurück und hob Caramel hoch.

„Ich denke, sie wird unser Blumenmädchen", sagte er. „Kannst du dir sie nicht auch in einem kleinen Kleid mit vielen Schleifen vorstellen?"

„Oh ja. Ich liebe die Idee", sagte Fayrene. „Und dich."

„Ich liebe dich auch." Er schaute den Hund an. „Bereit, uns zu einer Familie zu machen?"

Caramel jaulte einmal und schleckte ihnen die Hände. Ryan lachte leise.

„Ich muss noch einen Anruf erledigen", sagte er. „Dann hauen wir von hier ab."

„Wohin gehen wir?"

„Dahin, wo wir allein sind. Ich muss nur eben Joe Bescheid sagen, dass ich den Rest des Tages nicht zur Verfügung stehe." Er lachte wieder. „Und morgen vielleicht auch nicht."

18. KAPITEL

Kann ich dir helfen?", fragte Sam, als er aufschaute und ein kleines Mädchen in der Tür zu seinem Büro stehen sah. Sie war dünn und hatte knallrote Haare und hübsche grüne Augen. Er schätzte sie auf sieben oder acht. Plötzlich erinnerte er sich daran, sie schon einmal gesehen zu haben. Irgendetwas mit einem Schmuckkästchen, das bemalt werden sollte oder so.

„Chloe?", fragte er.

Sie nickte. „Ich suche nach Kenny."

„Okay. Ich kann dich zu ihm bringen." Armer Kenny, er hatte es hier mit einem sehr jungen Fan zu tun.

„Danke", sagte Chloe höflich. „Meine Mom ist Bailey Voss. Sie arbeitet für Bürgermeisterin Marsha." Chloe klang stolz. „Ich bin bei den Zukünftigen Kriegerinnen der Máa-zib. Angel und Taryn sind unsere Gruppenleiter. Kenny hat mir mit den Knoten und meiner Freundin mit ihrem Schmuckkästchen geholfen."

„Ich erinnere mich." Sam führte sie den Flur hinunter. „Sein Büro ist hier entlang."

Sam betrat das Büro. „Du hast Besuch."

Kenny schaute von seinem Computer auf und runzelte die Stirn. „Was ist los?"

Chloe lächelte. „Hey, Kenny."

Kenny wirkte zu gleichen Teilen erfreut und panisch. „Oh, hi, Chloe. Was ist los?"

Sam wollte gerade gehen, als Chloe anfing zu sprechen.

„Wir geben dieses Wochenende ein Barbecue, und ich wollte dich dazu einladen."

Einfache Worte. Eine normale und unkomplizierte Einladung. Nur nicht für Kenny, dachte er. Außer wenn er und Bailey befreundet wären und sie ganz genau wusste, wie die Dinge bei ihm lagen. Sam zögerte. Er wollte sich nicht einmischen, musste aber wissen, ob er seinen Freund beschützen müsste.

„Kenne ich deine Mom?“, fragte er daher.

Kenny antwortete. „Sie arbeitet für Bürgermeisterin Marsha. Rote Haare, grüne Augen. Groß. Hübsch.“

„Ja, Sie kennen sie“, sagte Chloe und lächelte selbstsicher. „Und wenn nicht, können Sie sie auf dem Barbecue treffen. Wir haben ganz viele Leute eingeladen. Das wird lustig. Mom macht tolle Kuchen. Alle Leute mögen Kuchen.“

„Was ist mit deinem Dad?“, fragte Sam, weil er seinen Freund unterstützen wollte. Aber sobald die Worte raus waren, erinnerte er sich an das, was Allison ihm erzählt hatte, als sie das letzte Mal bei Score gewesen war.

Chloes Lächeln erstarb. „Er war Soldat und ist letztes Jahr gestorben.“

„Das tut mir leid“, erwiderte Sam automatisch und dachte, auch wenn das tragisch war, war Kennys Problem im Moment dringlicher.

„Danke.“ Chloe schaute Kenny an. „Kannst du kommen?“

Kenny war ein großer Mann. Über eins neunzig und sehr muskulös. Er konnte rennen wie der Wind und hatte magische Hände, die alles fingen, was in seine Richtung flog. Aber im Moment sah er aus, als könne er sich nicht rühren. Ein siebenjähriges Mädchen, das keine Ahnung hatte, was es da von ihm verlangte, hatte ihn komplett überrumpelt.

„Kenny wird dieses Wochenende nicht in der Stadt sein“, erklärte Sam ihr.

„Oh. Das ist schade.“

„Ja, das ist es.“ Sam bedeutete ihr, ihm zu folgen. „Wir müssen ihn jetzt weiterarbeiten lassen.“

Chloe seufzte. „Vielleicht ein andermal.“

Kenny presste die Lippen zu einer schmalen Linie zusammen. „Es war schön, dich zu sehen“, sagte er zu Chloe, anstatt auf ihre Einladung zu antworten.

Sam begleitete das Mädchen hinaus und kehrte dann zu seinem Freund zurück.

„Tut mir leid, Mann“, sagte er. „Ich wusste nicht, warum sie hier ist. Sie war schon mal da, und ich dachte, sie bräuchte wieder deine Hilfe oder so."

„Ja. Das ergibt Sinn." Kenny verlagerte das Gewicht. „Kein Problem."

Sam zögerte. Er wollte mehr sagen, aber ihm fiel beim besten Willen nichts ein. Kenny kämpfte gegen seine Dämonen. Alles, was Sam ihm anbieten konnte, war, ihn wann immer möglich zu decken.

Er kehrte in sein Büro zurück, immer noch nicht sicher, warum Chloe vorbeigekommen war. Suchte sie nach einem Ersatzvater? Falls ja, war Kenny der Falsche. Oberflächlich betrachtet, mochte er wie ein guter Kandidat aussehen, aber mehr auch nicht. Das Letzte, was er in seinem Leben brauchte, war eine Frau mit einem Kind, das nicht seins war. Das wäre mehr als grausam.

Dellina schwor sich, dass sie nicht ausflippen würde. Ich habe schon mehr mit viel weniger geschafft, rief sie sich ins Gedächtnis. Dass sie nicht mehr wusste, wann, war egal.

„Da drüben hin", rief sie den Mitarbeitern der Cateringfirma zu, die sie angeheuert hatte, um ihr bei dem Event zu helfen. „Stapeln Sie die Teller bitte am Ende des Buffets."

Sie drehte sich um und betrachtete die Blumengestecke. Sie waren schön und frisch. Und noch wichtiger, sie dufteten beinahe nicht. Es gab nur weniges, was die Lust aufs Feiern gründlicher vermiesen konnte als der überwältigende Duft von zu vielen stark riechenden Blumen.

Die Party fand in der Condor Valley Winery statt. Das Hauptgebäude des Weinguts, in dem normalerweise die Weinproben stattfanden, war dafür perfekt. Das rustikale Ambiente verlieh ihm einen besonderen Charme, und der offene Bereich erlaubte es den Gästen, sich frei zu bewegen. Das Buffet hatte sie an der Wand gegenüber der Bar für die Weinprobe aufgestellt.

Fayrenes und Ryans Verlobungsfeier in weniger als achtundvierzig Stunden Vorlaufzeit zu arrangieren war eine Herausforderung gewesen, aber das Ergebnis war es wert. Alle Freunde waren eingeladen worden. Dellina hatte sich um das Catering und die Bedienungen gekümmert. Ana Raquel und ihr Mann sorgten fürs Essen, und an passenden Getränken mangelte es auch nicht. An diesem Abend würde es Kaffee, Tee, Softgetränke und Wein vom hauseigenen Weingut geben.

Ana Raquel kam mit einem großen Tablett in den Händen auf sie zu. Auf ihm waren mehrere Reihen winzig kleiner Sandwiches arrangiert. Dellina half ihr, es auf einem der Buffettische abzustellen.

„Die Blätterteigtaschen sind bereit, in den Ofen geschoben zu werden", sagte Ana Raquel. „Außerdem haben wir Mini-Quesadillas gemacht. Der Nachtisch ist ein wenig komplizierter. Ich wollte eine Hochzeitstorte backen, aber die Zeit hat nicht gereicht, also habe ich in der Bäckerei angerufen. Sie hatten noch einige nicht dekorierte Tortenböden und werden daraus eine vierlagige Torte mit Schokoladen-Buttercreme-Füllung machen." Sie zuckte mit den Schultern. „Das sieht dann wenigstens aus wie eine Hochzeitstorte. Allerdings eckig anstatt rund, aber ich denke, das ist in Ordnung. Sie wird mit Vanilleguss überzogen und mit Schokoladenganache dekoriert. Nicht gerade elegant, aber es wird reichen."

Dellina umarmte ihre Schwester. „Danke", sagte sie. „Ohne deine Hilfe hätte ich das nicht geschafft."

„Ich weiß, ich bin brillant." Ana Raquel grinste. „Greg hat die meiste Arbeit gemacht. In der Küche ist er einfach unschlagbar." Sie erwiderte die Umarmung. „Ich liebe dich, Sis, aber ich muss jetzt los."

Sie winkte und eilte davon, um bei den letzten Vorbereitungen zu helfen.

Dellina drehte noch eine letzte Runde, um zu gucken, ob alles an seinem Platz war, dann huschte sie in ein leer stehendes Büro, um sich umzuziehen. Normalerweise war es ihr egal, was sie anhatte. Ihr Job war es, im Hintergrund zu bleiben. Aber diese Feier war anders.

Schnell zog sie ihre Jeans und das T-Shirt aus und schlüpfte in ein schlichtes blaues Kleid, das sie mitgebracht hatte. Die Ballerinas wichen Sandalen, und sie steckte ihre goldenen Creolen an. An der Wand war ein Spiegel, vor dem sie ihr Make-up auffrischte. Sie brachte ihre überquellende Tasche zum Auto und schloss sie ein, dann kehrte sie in das Haupthaus zurück. Ein schneller Blick auf die Uhr verriet ihr, dass ihre Gäste jede Sekunde eintreffen würden.

Als Erstes kamen Fayrene und Ryan. Ihre Schwester eilte auf sie zu und zeigte ihr ihren wunderschönen Verlobungsring.

„Der ist perfekt", sagte Dellina.

„Ich weiß. Ich freu mich so. Ist Ryan nicht einfach wundervoll?"

„Das ist er."

Ryan gesellte sich zu ihnen und küsste Dellina auf die Wange. „Danke, dass du das alles organisiert hast", sagte er. „Ich kann nicht glauben, dass du in so kurzer Zeit eine Verlobungsparty auf die Beine gestellt hast."

„Das ist mein Job. Und ich freue mich, dass eure Verlobung endlich offiziell ist."

„Ich mich auch", pflichtete Fayrene ihr schelmisch grinsend bei. „Ich habe ja auch lange genug gebraucht, um zu Verstand zu kommen und zu erkennen, dass ich einfach nach dem fragen muss, was ich will."

Ryan nahm ihre Hand und drückte einen Kuss auf ihre Knöchel. „Jetzt sind wir zusammen, meine Süße, und das ist alles, was zählt."

Dellina lächelte. Sie freute sich für die beiden. Dann schaute sie an ihnen vorbei und sah, dass bereits einige Gäste eingetroffen waren.

„Los, mischt euch unters Volk." Sie scheuchte das junge Paar in Richtung der Eingangstür. „Nehmt die Glückwünsche entgegen, und trinkt Champagner. Ich habe einen Fahrer für euch organisiert, also müsst ihr euch keine Sorgen machen."

Fayrene umarmte sie erneut. „Danke“, flüsterte sie. „Für alles. Ich hab dich lieb.“

„Ich dich auch.“

Dellina schaute ihnen hinterher. Obwohl sie noch eine Million Dinge zu erledigen hatte, gönnte sie sich eine Sekunde, um im Glück ihrer Schwestern zu baden. Sie waren beide angekommen. Glücklich, erfolgreich und verliebt. Als ihre Eltern gestorben waren, hatte Dellina sich von der plötzlichen Verantwortung für die beiden überwältigt gefühlt. Doch gemeinsam hatten sie es geschafft. Sie standen sich nahe und waren eng miteinander verbunden. Sie hatte das Gefühl, dass ihre Eltern stolz auf sie alle drei wären.

Einige Minuten später machte sie sich auf in Richtung Küche, um Ana Raquel zu sagen, dass die Gäste da waren, aber ihre Schwester und Greg kamen ihr bereits mit großen Servierschüsseln entgegen. Dellina seufzte. Sie liebte es, wenn alles wie am Schnürchen lief. Wenn sie nur …

Plötzlich verspürte sie ein leichtes Kribbeln im Nacken. Mit einem Blick über die Schulter sah sie, dass Sam da war. In den paar Sekunden, bevor er sie erblickte, musterte sie ihn unverhohlen. Ihr Magen schlug einen kleinen Salto, ihre Beine begannen zu zittern, und ihr Herz … Tja, ihr Herz floss über vor Liebe. Vielleicht war es ein Fehler, sich in ihn zu verlieben. Vielleicht würde sie das später bereuen. Aber im Moment war es das Beste auf der Welt, Sam zu lieben.

Sam war noch nie zuvor auf dem Condor-Valley-Weingut gewesen. Er mochte das viele Holz und die hohen Decken im Hauptsaal und freute sich darauf, den Wein zu probieren.

Er hatte immer noch Schwierigkeiten, zu glauben, dass Fayrene sich noch wenige Tage zuvor geweigert hatte, Ryan ihre wahren Gefühle zu gestehen, und sie jetzt verlobt waren und es eine Party gab, um das glückliche Paar zu feiern. In dieser Stadt ging alles sehr schnell. Offensichtlich hatte Fayrene endlich gestanden, dass sie früher heiraten wollte. Sam war nicht überrascht, dass Ryan dem nur allzu gern zugestimmt hatte. Es war offensichtlich, dass er Fayrene liebte. Aber so schnell eine Party auf die Beine zu stellen?

Das ist Dellinas Werk, dachte er und suchte sie in der Menge. Sie wusste, wie man Wunder bewirkte.

Er sah, dass sie sich mit Josh Golden und seiner Frau unterhielt. Charity? Er war sich nicht sicher. Er wusste, dass sie die Stadtplanerin war und sie ein paar Kinder hatten.

Eine Weile ließ er den Blick auf Dellina ruhen. Sie lächelte, während sie sprach. Bewegte ihre Hände. Sie hörte immer aufmerksam zu, als wenn ihr jeweiliger Gesprächspartner der interessanteste Mensch auf der Welt wäre. Sie hatte einfach eine gute Art, mit Menschen umzugehen. Und mit ihm.

Er mochte sie und war gern mit ihr zusammen. Taryn und Jack waren nicht zimperlich gewesen, was ihre Ratschläge anging. Es war nur eine Frage der Zeit, bis auch Kenny ihn ansprechen würde. Es war ja nicht so, dass er kein Happy End mit einer schönen, lustigen, attraktiven, fürsorglichen Frau wie Dellina wollte. Vielmehr glaubte er nicht, dass es möglich war. Ihre Beziehung würde böse enden. Der Trick war, das Ende so lange wie möglich hinauszuzögern.

Er ging zur Weinbar und stellte sich dann in eine Ecke des Raumes, um zu beobachten. Während er die versammelte Menge musterte, wurde ihm bewusst, dass er von den meisten die Namen kannte. Pia und Raoul. Heidi hatte er vor ein paar Wochen auf der Ranch kennengelernt. Heidi mit den Ziegen. Der Mann neben ihr war ihr Ehemann und hieß Rafe.

„Na, bist du mal wieder unsozial?“, fragte Taryn und stellte sich neben ihn.

„Nein, ich beobachte nur, das ist etwas anderes.“

„Innerlich vielleicht, aber von außen sieht es genau gleich aus.“ Sie hakte sich bei ihm unter und zog ihn in die Mitte des Raumes. „Angel ist zurück, also ist meine Welt wieder in Ordnung“, erklärte sie ihm. „Vor dir siehst du eine sehr glückliche Frau.“

„Das freut mich.“

„Er hat mir nicht erzählt, was er gemacht hat, was mich ein wenig nervt."

„Ich bin sicher, du kennst eine Methode, um ihn zum Reden zu bringen."

„Da hast du recht." Sie lächelte.

Bürgermeisterin Marsha trat auf sie zu. „Wie geht es Ihnen beiden?"

„Super", sagte Taryn und seufzte. „Hatten Sie etwas mit dem Verschwinden von Angel und Ford zu tun?"

Sam hätte erwartet, dass die Frage die Bürgermeisterin verwirren würde. Doch stattdessen nickte sie nur.

„Ja. Sie haben mir geholfen. Eine junge Frau steckte in Schwierigkeiten, und sie haben dafür gesorgt, dass sie jetzt in Sicherheit ist."

Erstaunt riss Taryn die Augen auf. „Ernsthaft?"

„Natürlich. Ihr Name ist Shelby, und sie war mit einem gewalttätigen Vater in einem Haus gefangen. Er ist verhaftet und mehrerer Verbrechen angeklagt worden. Shelby wird therapeutische Unterstützung bekommen, um das Trauma all dessen, was sie durchgemacht hat, zu verarbeiten. Hinzu kommt, dass ihre Mutter an Krebs stirbt."

„Woher kennen Sie sie?", wollte Sam wissen.

„Ich weiß nicht. Ich kenne ihren Bruder. Ich schätze, sie beide ziehen innerhalb der nächsten Monate nach Fool's Gold." Sie richtete ihre Aufmerksamkeit auf ihn. „Ich habe gehört, dass Ihr Vortrag sehr gut gelaufen ist. Danke, dass Sie das gemacht haben. Der Unternehmerverband braucht eine starke Führung. Ich hoffe, Sie können diese Rolle ausfüllen."

„Ich, äh …" Sam räusperte sich. Die Bürgermeisterin fuhr fort, ihn anzuschauen, bis er sich sagen hörte: „Ja. Natürlich. Sehr gerne."

„Gut."

Taryn drückte seinen Arm. „Und, wie war Ihre Reise nach Neuseeland? Haben Sie irgendwelche attraktiven Männer kennengelernt?"

„In meinem Alter?“ Bürgermeisterin Marsha lächelte. „Seien Sie nicht albern. Wenn Sie mich jetzt entschuldigen würden, ich möchte dem glücklichen Paar gratulieren.“

Taryn schaute ihr hinterher. „Ich glaube, sie hat übernatürliche Kräfte.“

„Das ist nicht möglich.“

„Du wirst jetzt die Geschicke des Unternehmerverbandes lenken, Sam. Das ist genau dein Gebiet, aber du bemühst dich immer, dich nicht einzubringen. Warum hast du jetzt Ja gesagt?“

Er zuckte mit den Schultern, weil er es nicht wusste.

„Siehst du?“, sagte Taryn. „Sie kann dein Gehirn aus der Ferne kontrollieren.“

Er holte Taryn ein Glas Wein und unterhielt sich dann mit ein paar anderen Leuten, die er irgendwoher kannte. Dabei beobachtete er die ganze Zeit, wie Dellina die Party managte. Sie lächelte ihm zu, doch bevor er zu ihr gehen konnte, wurde sie in die Küche gezogen. Es ist noch ausreichend Zeit, sagte er sich. Am Ende des Abends würde er sie finden. Sie finden und nach Hause bringen. Er lächelte. Es würde eine sehr schöne Nacht werden.

„Da bist du ja.“

Dellina drehte sich um und sah, dass Sam auf sie zukam. Ihr Herzschlag beschleunigte sich, und sie spürte, dass sie lächelte.

„Ich könnte das Gleiche sagen“, erwiderte sie. „Du scheinst dich heute Abend gut amüsiert zu haben.“

Er grinste. „Wohl kaum.“

„Jedes Mal, wenn ich dich gesehen habe, hast du dich mit jemand anderem unterhalten. Sei vorsichtig, Sam. Die Menschen werden dich noch für einen Einheimischen halten.“

„Ja, ich mach mich langsam.“ Er legte ihr einen Arm um die Taille und zog sie an sich. „Du hast mir gefehlt.“

Worte, die ihr verliebtes Ich seufzen ließen. „Ich weiß. Diese Party hat mich jede Sekunde des Abends beansprucht.“

„Aber du hast sie innerhalb von achtundvierzig Stunden auf die Beine gestellt. Das ist beeindruckend.“

Sein dunkler Blick war besitzergreifend, seine Hand ruhte fest auf ihrem Rücken. Er zog Dellina in eine Ecke, und sie widersetzte sich nicht. Nicht wenn sie sich ziemlich sicher war, worauf das hinausliefe.

Und tatsächlich, kaum waren sie allein, schlang er seine Arme um sie und küsste sie. Sie ergab sich ihren Gefühlen und schmolz förmlich in seiner Umarmung dahin.

Doch wenige Augenblicke später zog sie sich widerstrebend zurück.

„Ich weiß", erklärte er, bevor sie etwas sagen konnte. „Du bist immer noch im Dienst."

„Bis die Party vorbei ist."

Er gab ihr einen sanften Kuss. „Ich werde warten. Willst du nachher mit zu mir kommen?"

„Wirklich?"

„Warum überrascht dich das so?"

„Ich war noch nie bei dir."

„Na klar warst du das."

Sie schüttelte den Kopf. „Nein. Ich habe noch nie gesehen, wo du wohnst." Was, wie sie glaubte, genau seine Absicht gewesen war. Zumindest am Anfang.

Dellina war seltsam nervös, als Sam in seine Auffahrt einbog. Er war ihr erst zu ihrem Haus gefolgt, wo sie ihr Auto abgestellt und ein paar Sachen eingepackt hatte, damit sie über Nacht bei ihm bleiben konnte. Dann war sie in sein Auto gestiegen. Jetzt, als er vor seinem Haus im Ranchstil parkte, spürte sie das Flattern in ihrem Magen, und das hatte wenig damit zu tun, wie gut Sam aussah.

Es war kurz vor neun, und die Sonne war bereits untergegangen. Licht fiel aus den Häusern um sie herum. Die Geräusche von laufenden Fernsehern und Kinder, die spielten, waren zu hören. Ein ganz normales Wohngebiet in einer ganz normalen Stadt, dachte sie, obwohl sie von ihren eigenen Worten nicht ganz überzeugt war.

Sie stieg aus, bevor Sam ihr die Autotür aufhalten konnte, ließ aber zu, dass er ihre kleine Tasche trug. Er ging den kleinen Weg zur Haustür hinauf, schloss auf und schaltete das Licht an.

Das Haus war bereits älteren Baujahres, aber umfangreich renoviert worden. Der ganze mittlere Bereich war offen. Zur Linken lag die Küche und davor ein riesiger Raum mit zwei Sofas und einem Dutzend Sesseln. Große Fenster ließen tagsüber das Licht herein.

Sam schaltete weitere Lampen an. Dellina sah einen altmodischen gemauerten Kamin, der dem Zimmer einen besonderen Charme verlieh.

„Hübsch", sagte sie, als sie sich umschaute.

„Willst du den Rest des Hauses sehen?"

„Klar."

Sie gingen in die Küche. Sie war offen und verfügte über großzügige Arbeitsflächen und viele Schränke. Alles, was man in einer Küche brauchte, war vorhanden, einschließlich einer kompliziert aussehenden Espressomaschine und einem riesigen Herd mit eingebautem Grill.

Dahinter lag das Esszimmer. Außerdem gab es zwei Gästezimmer mit einem angrenzenden Badezimmer am einen Ende des Flurs. Das Hauptschlafzimmer lag vermutlich am anderen Ende.

Das gesamte Haus war in gedämpften Tönen gehalten. Beige, Salbei, Taupe. Sie nahm an, dass er eine professionelle Inneneinrichterin beauftragt hatte. Minimalistische Kunstwerke zierten die Wände.

„Wo bist du?", fragte sie, als sie in das Wohnzimmer zurückkehrten.

Er hob eine Augenbraue. „Sollte ich jetzt das Offensichtliche sagen, nämlich dass ich direkt vor dir stehe?"

Sie lächelte. „Nein, ich meinte, wo bist du in diesem Haus? Es ist toll und hübsch eingerichtet, aber es ist nicht du. Die gedämpften Farben sind sehr neutral. Das bist du an der Oberfläche auch, aber darunter verbirgt sich viel Leidenschaft. Wo sind die kräftigen Akzente? Die Macken, die nur du sehen würdest?" Sie stemmte ihre Hände in die Hüften. „Warte mal. Du bist doch ein berühmter Footballtyp."

Er zuckte zusammen. „Berühmter Footballtyp? Das denkst du über mich?"

Sie lachte. „Du weißt, was ich meine. Du musst doch noch Zeug aus der Zeit haben. Wo ist es?"

Er antwortete nicht sofort. Sie fragte sich, ob er versuchen würde, sie abzulenken. Und falls ja, ob sie es zulassen sollte. Aber dann nahm er ihre Hand und führte sie zum anderen Ende des Hauses.

Ihre Tasche ließ er vor einer nur angelehnten Tür fallen und bedeutete ihr dann, als Erste einzutreten. Sie drückte die Tür auf und fand sich in einem Raum wieder, den sie als das Herz des Hauses bezeichnen würde.

Er war riesig. Vermutlich waren für ihn zwei Zimmer zusammengelegt worden. Eine Wand wurde vollständig von einem Bücherregal eingenommen. Aber anstelle von Büchern standen darin Pokale. Statuen und Plaketten, Glaskegel und Silberschalen. Dutzende, vielleicht sogar Hunderte.

Große, bequem aussehende schwarze Ledersessel standen vor einem großen Flachbildfernseher, der an der Wand hing. Die Wand gegenüber von dem Regal war in einem dunklen Rot gestrichen. Eingerahmte Poster der L. A. Stallions zeigten Sam, Jack und Kenny in Aktion. Darunter gab es ein eingebautes Sideboard, das über die gesamte Länge der Wand verlief und auf dem kompliziert aussehende Geräte standen. In einem Korb lag eine Fernbedienung. Es gab außerdem einen Kühlschrank, eine Mikrowelle und einen Weinschrank.

Alles, was ein Zuhause ausmacht, dachte sie und wusste, dass dies der Raum war, in dem Sam es sich erlaubte, mal zu entspannen.

Sie betrachtete die Poster von ihm und ließ die von seinen Freunden außer Acht. Es gab drei – auf zweien davon trat er gerade gegen den Ball, das dritte zeigte ihn direkt, nachdem der

Schuss ins Tor gegangen war und seine Mannschaftskollegen ihn auf den Schultern trugen.

„Welches Spiel?“, fragte sie.

„Der Super Bowl.“

Ach ja. Weil Sam in der letzten Sekunde ein Tor erzielt und damit für seine Mannschaft den Sieg eingefahren hatte. Das hatte sie zwar gewusst, aber bis jetzt nicht richtig verinnerlicht.

„Das muss ein großartiges Erlebnis gewesen sein.“

„Wir haben hart gearbeitet, um das Endspiel zu erreichen. Alle haben gut gespielt. Ich hatte Glück, die letzten Punkte hinzufügen zu können.“

Das klang alles wie ein Auszug aus einem Fernsehinterview.

„Der Druck muss enorm gewesen sein. Schauen sich dieses Spiel nicht jedes Jahr ein paar Milliarden Menschen auf der Welt an?“

Er zuckte mit den Schultern. „Ja.“

Sie ging zu ihm und packte ihn am Hemd. „Sam, komm schon. Das war ein wahnsinniger Moment. Du hast den Super Bowl gewonnen. Du musstest niemanden tackeln oder einen Ball fangen, den jemand anders geworfen hatte. Du hast es allein geschafft. Du und der Ball und das Tor. Du warst das.“

Es zuckte um seinen Mund. „In einem Team gibt es kein *ich*.“

„Wie viele Klischees dieser Art hast du noch auf Lager?“

„Wie viel Zeit hast du?“

Sie ließ die Hände sinken. „Sag mir einfach, dass es cool war.“

„Das war es.“ Jetzt verzog sich sein Mund zu einem Lächeln. „Es war mehr als cool. Es war, als hätte ich einen Blitz geschluckt.“

„Die beste Nacht deines Lebens?“

Er wurde wieder etwas ernster. „Bislang schon. Ich hoffe, sie wird irgendwann von der Freude über ein eigenes Kind übertroffen, aber bis dahin ja.“

„Bekommen die Gewinner des Super Bowls nicht immer einen Ring?“

„Doch. Willst du ihn sehen?“

Sie nickte.

Er ging zu dem Regal. Als er näher trat, sah sie den Schaukasten in der Mitte. Darin lag ein Ring. Ein riesiger Ring mit dem Logo der L. A. Stallions und vielen Diamanten. Große Lettern verkündeten: Weltmeister.

Sam öffnete eine Schublade darunter und drückte verschiedene Knöpfe auf einem Nummernfeld. Dann ertönte ein leises Klicken, als wäre etwas aufgeschlossen worden, und er nahm den Ring heraus und reichte ihn ihr.

Sie nahm ihn und betrachtete ihn ganz genau. „Ich habe dich den nie tragen sehen."

„Sieh ihn dir an. Das ist kein Ring, den man jeden Tag trägt."

„Ich schätze, er ist etwas unhandlich."

Der Ring war schwer und sehr auffällig. Sie steckte ihn sich auf den Mittelfinger. Er war unglaublich groß.

„Trotzdem", sagte sie und gab ihn ihm zurück. „Sehr cool. Was für ein Moment. Der wird dir für immer bleiben, egal, was passiert. Darauf musst du stolz sein."

Er packte den Ring wieder weg. „Ich bin auch stolz. Aber nach dem Football ein neues Leben aufgebaut zu haben ist ein viel größerer Erfolg. Das gelingt nicht allen Spielern."

Sie ging auf ihn zu, und er breitete die Arme aus und zog Dellina an sich. „Du bist jemand, der immer Erfolg haben wird", sagte sie. „Du würdest darauf bestehen."

„Da siehst du mich aber in etwas zu rosigem Licht."

Sie schaute in seine dunklen Augen und ließ ihren Gefühlen freien Lauf. Liebe, dachte sie. So viel Liebe. „Das geht gar nicht", flüsterte sie, kurz bevor er sie küsste.

Sein Mund fand ihren. Vertraute Lust übermannte sie. Ich will heute Nacht bei ihm sein, dachte sie. Und in allen Nächten, die noch kommen. Sie wollte alles. Aber was war mit Sam? Würde sie ihn davon überzeugen können, dass sie es wert waren, das Risiko einzugehen?

Das sind Fragen, über die ich ein andermal nachdenken kann, dachte sie und ergab sich ihrer Leidenschaft. Sie würde einen

Plan entwickeln. Sie würde mutig sein, denn sie waren es wert. Aber erst später. In diesem Moment gab es nur Sam und die Gefühle, die er in ihr weckte.

Sam wusste sofort, dass irgendetwas im Busch war. Auch wenn er und Larissa sich gut verstanden, hielt sie sich normalerweise nicht einfach so in seinem Büro auf. Außerdem sah er etwas Seltsames in ihren Augen, und sie konnte nicht aufhören, mit ihrem Pferdeschwanz zu spielen.

„Raus damit“, sagte er und wusste, sollte sie seine Hilfe für eine ihrer verrückten Rettungsaktionen benötigen, würde er sie zu Jack schicken. Auf keinen Fall würde er sich auf einen dreibeinigen Tiger oder die Befreiung von Thanksgiving-Truthähnen einlassen. Larissa war toll, und er mochte sie sehr. Ihre Massagen sorgten dafür, dass sein Körper weiter funktionierte. Aber wenn es darum ging, die Welt als einen großen Ort zu sehen, der Hilfe brauchte, war sie die Königin, und er wollte mit ihrem Königreich nichts zu tun haben.

„Es wird dir nicht gefallen.“

„Dann lass mich dir helfen. Nein, du kannst in meinem Wohnzimmer keine Ameisenfarm einrichten oder ein Schwein in meinem Garten halten oder was auch immer du sonst vorhast.“

Das brachte ihm ein Lächeln ein. „Du bist so gemein“, sagte sie.

„Nicht gemein. Konsequent. Anders als Jack, der sich immer von dir überrumpeln lässt.“

„He, das ist nicht fair. Jack unterstützt meine wohltätige Arbeit.“

Weil Jack Larissa mag. Und weil er einen Schuldkomplex hat, dachte Sam. Er versuchte ständig, etwas wiedergutzumachen, was nicht sein Fehler gewesen war. Mit Larissa in der ersten Reihe konnte er die Welt davon überzeugen, dass er etwas zurückgab. Das Problem war, dass er selbst es nie fühlte, weshalb die Schuldgefühle nicht verschwanden.

Sam runzelte die Stirn. Er war an diesem Morgen viel zu verständnisvoll. Das passte so gar nicht zu ihm.

Erneut richtete er seine Aufmerksamkeit auf die Frau, die vor ihm herumzappelte. „Ich habe in zehn Minuten ein Telefonat."

Larissa biss sich auf die Unterlippe. „Okay. Aber lass es nicht am Boten aus. Simone ist hier."

Sams Gehirn setzte aus. In der einen Sekunde hatte es noch Gedanken gegeben, dann nichts mehr. Er brauchte mehrere Sekunden, um sich zu sammeln.

„Hier, wie in …"

„Im Foyer. Genau jetzt."

Er war auf den Beinen und auf dem Weg, bevor Larissa noch zu Ende gesprochen hatte. Er sprintete den Flur hinunter und drosselte dann bewusst das Tempo, bevor er um die Ecke bog.

Larissa hatte die Wahrheit gesagt. Seine Exfrau stand dort und schaute auf ihr Handy. Ungeduld schien an jeder Faser ihres Körpers zu zerren.

Sam blieb stehen. Sie war fünf Jahre älter als er, aber ihrem Gesicht war davon nichts anzusehen. Sie war immer noch schön und sexuell anziehend. Damals, als sie sich kennengelernt hatten, war er ein ziemlich unschuldiger Zweiundzwanzigjähriger gewesen und sie wesentlich erfahrener als er. Im Rückblick sah er ihre Werbungsphase als das, was sie gewesen war – eine geplante Verführung mit einem bestimmten Ziel. Aber damals hatte ihn die Frau, von der er glaubte, sie wäre seine Traumfrau, von den Socken gehauen.

Sie war groß, schlank und hatte große Brüste. Während ihrer Ehe hatte sie ihre Implantate durch größere ersetzt. Außerdem hatte sie sich die Nase richten lassen. Sie hatte blaue Augen und blonde Haare. Sie war keck, respektlos und im Herzen rücksichtslos egoistisch. Fünf lange Jahre hatte er gebraucht, um herauszufinden, dass sie keine echte Ehe geführt hatten. Es war eine Plattform, von der Simone vorhatte, den Rest ihres Lebens anzustoßen. Er hatte Liebe und fünfzig Jahre gemeinsames Glück erwartet. Sie hatte die PR und Öffentlichkeit gewollt. Am Ende hatte sie als Einzige bekommen, was sie wollte.

„Hallo, Simone."

Sie schaute auf und lächelte. Es war das gleiche Lächeln, das zwölf Jahre zuvor seine Aufmerksamkeit erregt hatte. Strahlend, perfekt, einladend. Damals hatte es ihn sofort in seinen Bann gezogen. In einem Meer aus Groupies war sie eine echte Frau gewesen, die ihm etwas zu bieten hatte.

„Sam." Sie ließ das Handy in ihre Handtasche fallen und ging auf ihn zu. „Wie schön, dich zu treffen. Du siehst immer noch umwerfend aus."

Sie blieb vor ihm stehen und legte eine Hand auf seinen Unterarm, bevor sie sich für einen Kuss vorbeugte. Er ließ es zu, hauptsächlich aus Neugierde. Ihr Mund streifte seinen, und er fühlte nichts. Keine Abscheu, keine Wut. Einfach nichts.

Also genau das, was er wollte, aber es war gut, das noch einmal bestätigt zu bekommen. Ihre Ehe hatte böse geendet. Aber das war lange her. Alle Gefühle waren längst erstorben. Was ihre Rückkehr umso interessanter machte.

Bevor er sie fragen konnte, was sie wollte, hörte er Schritte im Flur. Kenny, Jack und Taryn stürzten ins Foyer und kamen näher. Sam grinste, als er sie sah. Sie wirkten alle genervt und bereit, ihn zu beschützen. Und auch wenn er keine Hilfe benötigte, war es nett zu wissen, dass sie für ihn da waren.

„Simone", sagte Taryn. „Du siehst … älter aus."

Simone verspannte sich. „Wie ich sehe, bist du immer noch eine Zicke, Taryn."

„Ja, das bin ich. Und ich bin froh, dass du dich daran erinnerst. Warum bist du hier?"

Jack und Kenny stellten sich links und rechts neben Sam auf. Sie sind beeindruckend, aber das Reden würden sie Taryn überlassen, dachte Sam. Denn keiner von ihnen war dazu erzogen worden, auf eine Frau loszugehen, und sei es auch nur verbal. Trotzdem fühlte es sich gut an, in der Überzahl zu sein.

„Ich möchte mit Sam reden", sagte Simone. „Nicht, dass euch das irgendetwas angeht."

Sam trat zwischen sie. „Danke", sagte er. „Aber ich mach das schon." Er bedeutete Simone, ihm zu folgen. Seine Freunde kamen hinterher und blieben erst stehen, als er und seine Ex sein Büro betraten.

Sam wartete, bis sie auf dem Sofa in der Ecke Platz genommen hatte, bevor er sich ihr gegenübersetzte.

„Es ist schön hier", sagte sie und schaute sich in seinem Büro um.

„Vergiss den Small Talk", sagte er. „Komm besser gleich zur Sache."

Sie beugte sich vor. „Oh Sam, es gab mal eine Zeit, da warst du von allem, was ich gesagt habe, begeistert, weil du den Klang meiner Stimme so geliebt hast."

Sie hat noch mehr an sich machen lassen, dachte er, während er ihr perfektes Gesicht musterte. Ihre blonden Haare fielen ihr elegant über die Schultern. Ihre Jeans schmiegte sich an ihre schlanken Oberschenkel. Er erinnerte sich daran, wie seine Hände gezittert hatten, als er sie das erste Mal ausgezogen hatte, und wie perfekt sie ihre Orgasmen vorgetäuscht hatte. Davon hatte er erst später erfahren, nach der Lektüre ihres Buchs. Ein Selbsthilfebuch zum Thema, wie man sich einen Profisportler als Mann angelt. Ihr Nummer-eins-Tipp war, ihm das Gefühl zu geben, im Bett ein Gott zu sein. Er erinnerte sich noch an jeden Satz aus dieser Passage.

Mach dir keine Sorgen, wenn er dich nicht zum Höhepunkt bringt. Es geht nicht um dich – es geht darum, ihm das Gefühl zu geben, dass er der König der Welt ist. Kauf dir einen guten Vibrator, und kümmere dich später selbst um dich. Du hast diese Beziehung nicht wegen Sex, sondern um dein Ziel zu erreichen. Lerne, es überzeugend vorzutäuschen, und schon hast du eine Menge Probleme gelöst.

Sie hatte genau ausgeführt, wie sie es Sam vorgetäuscht hatte. Und das war oft vorgekommen. Was es nur umso ironischer machte, dass sie seiner Mutter erzählt hatte, dass sie ihn im Bett vermisste.

„Sam?“, fragte sie. „Hörst du mir zu?“

„Nein. Warum bist du hier, Simone?“

Sie knipste ihr Lächeln wieder an. „Mein Verlag will mein Buch neu auflegen. Eine 2.0-Version, wenn du so willst. Ich möchte ein wenig neues Material einfügen. Ich dachte, ich könnte dich interviewen, mit deinen Freunden reden und so.“

Unglaublich. Und doch nicht im Geringsten überraschend.

„Nein.“

Sie zog einen Schmollmund. „Ach Sam, sei doch nicht so. Warum willst du mir nicht helfen?“

„Weil dein Buch jede vernünftige Grenze der Privatsphäre, die ein Mensch in einer Ehe erwarten kann, überschreitet. Du hast alles öffentlich gemacht.“

„Es ist ein Selbsthilfebuch. Ich muss ehrlich sein, damit die Leute mir glauben.“

„Wann warst du in unserer Ehe je ehrlich?“

Sie seufzte. „Ich hätte wissen müssen, dass du schwierig bist. Ich hatte gehofft, du hättest dich in den letzten paar Jahren verändert, aber ich schätze, das ist zu viel erwartet.“

„Das ist es.“ Er erhob sich. „Du musst jetzt gehen.“

Sie stand auf und trat einen Schritt auf ihn zu. „Ich kann das, was ich will, auch ohne deine Hilfe kriegen.“

„Dann viel Glück damit.“

Ihr hübsches Gesicht verhärtete sich, und sie funkelte ihn an. „Du warst nie für mich da. Nicht ein einziges Mal.“

„Adieu, Simone.“

Sie stakste aus seinem Büro. Er hörte Jack auf dem Flur und wusste, dass sein Freund sie aus dem Gebäude begleitete.

Nachdenklich ging Sam zu seinem Schreibtisch und setzte sich. Simone war niemand, der so einfach aufgab, und er hatte das ungute Gefühl, dass ihm der Rest ihres Plans nicht gefallen würde.

19. KAPITEL

Seit wann wirfst du denn wie ein Mädchen?", rief Justice.

Ford funkelte ihn an. „Was hast du da gerade gesagt?"

Justice lachte leise. „Du hast mich schon verstanden."

Sam nutzte die momentane Ablenkung, um sich den Ball zu klauen. Er ließ ihn einmal, zweimal auftippen und warf ihn dann in den Korb. Kenny rannte an ihm vorbei, und sie klatschten ab. Von der Seitenlinie ertönte ein schriller Pfiff. Eddie oder Gladys zeigte ihre Zustimmung.

Das morgendliche Basketballspiel war zu einem Fixpunkt in ihrer aller Leben geworden. Dreimal die Woche trafen sie sich und spielten eine Stunde lang. Es war ein gutes Training und brachte mehr Spaß, als sich auf dem Laufband zu quälen. Ihr Fanclub aus zwei alten Ladys war anfangs etwas irritierend gewesen, aber inzwischen hatten die Jungs sich alle daran gewöhnt.

Justice nahm den Ball, warf ihn zu Jack, und dann ging das Spiel weiter. Es endete vierzig Minuten später. Sams Team hatte mit vier Punkten Vorsprung gewonnen – etwas, das er den Rest des Tages immer wieder erwähnen würde. Er schüttelte den Mitgliedern der gegnerischen Mannschaft die Hand und nahm sich dann ein Handtuch von dem Stapel, den Larissa vor jedem Spiel bereitlegte. Plötzlich nahm er eine Bewegung aus den Augenwinkeln wahr. Er drehte sich um und sah, dass Simone neben Gladys auf der Bank saß. Sie hatte ein Aufnahmegerät in der Hand und nickte eifrig zu dem, was die alte Frau sagte.

Sam fluchte. Wenn sie nicht direkt bekam, was sie wollte, würde sie es eben über einen Umweg versuchen. Das überraschte ihn nicht.

„Soll ich mich darum kümmern?", fragte Kenny.

„Willst du es auch mit den alten Ladys aufnehmen?" Sam schüttelte den Kopf. „Lass es. Sie tut, was immer sie tun will, und ich komme irgendwie damit klar."

Kenny tätschelte ihm die Schulter. „Es ist die Hölle, eine Ex zu haben."

„Du musst es ja wissen."

Gegen ein Uhr mittags ging Sam zum Rathaus. Die Bürgermeisterin hatte ihn gebeten, sich dem Wirtschaftsförderungsrat anzuschließen. Er hatte abgelehnt, sie hatte darauf bestanden, und hier war er nun, auf dem Weg zu seiner ersten Sitzung. Er hatte ein wenig Extra-Zeit für den Weg eingeplant. Er wollte noch im Brew-haha vorbeigehen und sich einen Kaffee holen. Irgendwie hatte er das Gefühl, dass dieses nicht das interessanteste Treffen dieser Woche werden würde.

Aber selbst während er mit sich haderte, spürte er, dass er sich drauf freute, herauszufinden, was sie vorhatten. Es gab viele Wege, wie eine Gemeinde die örtlichen Unternehmen unterstützen konnte. Scores Kunden stammten von außerhalb, aber die meisten der anderen Firmen waren an die örtlichen Gegebenheiten gebunden. Er nahm an, dass man gegenseitig voneinander lernen konnte.

Er stand an der Ecke gegenüber vom Brew-haha und wartete darauf, dass die Ampel grün wurde. Dabei sah er durch das Fenster in den Coffeeshop. Die meisten Stühle waren besetzt, und außerdem wartete eine Schlange am Tresen. Einige der …

Er ließ seinen Blick noch einmal zurückschweifen und sah Simone mit Dellina an einem Tisch sitzen. Dellina sprach, und Simone lachte. Er sah das Aufnahmegerät zwischen ihnen auf dem Tisch liegen.

Etwas Heißes, Scharfes fuhr ihm durch den Magen. Das Gefühl des Verrats, nahm er an. Angesichts der Umstände durfte er Dellina keinen Vorwurf machen. Simone konnte sehr charmant sein, wenn sie wollte, und Dellina ahnte sicher nicht, wie seine Ex wirklich war. Aber sie müsste eigentlich wissen, was er darüber dachte, wenn sie über ihn sprach. Über sie beide.

Die Ampel sprang um, aber Sam ignorierte es. Stattdessen drehte er sich um und ging den Weg zurück, den er gekommen war. Es gab mehr als eine Möglichkeit, zum Rathaus zu gelangen.

„Ich bin ziemlich sicher, dass ich das richtig gemacht habe", sagte Dellina und nahm mehrere Mappen aus ihrer Tasche. „Ich habe deine Anweisungen befolgt, was dich, wie ich weiß, glücklich machen wird."

Sie hielt inne und wartete darauf, dass Sam etwas sagte. Aber obwohl er nickte, wirkte er nicht sonderlich interessiert an ihrer Unterhaltung. Er schien … distanziert zu sein. Als wenn er sich irgendwie zurückhielt. Was wirklich seltsam war.

Sie hatte wie gebeten ihre Abschlussrechnung bei Score vorbeigebracht. Außerdem hatte sie alle an sie gerichteten Rechnungen mitgenommen, damit sie sie gemeinsam durchgehen konnten. Jetzt, da sie verstanden hatte, wo ihr Fehler lag, war sie ziemlich sicher, dass sie ihre Zahlen in den Griff bekam, aber sie war dankbar, dass Sam sich alles noch einmal anschaute.

Trotzdem, irgendetwas stimmt nicht, dachte sie. Sie stellte ihre Tasche ab und setzte sich Sam gegenüber.

„Sam? Was ist los?"

Er schaute sie an. „Was meinst du?"

„Du bist nicht du. Stimmt etwas nicht? Oder ist das gerade ein ungünstiger Zeitpunkt? Wir können das Treffen auch verschieben."

Sein dunkler Blick, mit dem er sie musterte, war ruhig. Aber auch wenn sie nicht wusste, worum es ging, sah sie förmlich, wie sich die Rädchen in seinem Kopf drehten.

„Was?", wollte sie wissen. „Irgendwas ist doch."

„Ich habe gesehen, dass du dich mit Simone unterhalten hast."

Sie brauchte einen Moment, um den Namen zuzuordnen. Denn sie kannte keine Simone. Außer die, die sie heute kennengelernt hatte.

„Deine Ex? Ja. Sie wollte einen Kaffee trinken." Dellina entspannte sich. „Sie ist, äh, interessant. Sie will eine Neuauflage deines Buchs herausbringen und hat gefragt, ob ich ihr helfe.“ Sie schüttelte den Kopf. „Ist das zu fassen? Als wenn ich ihr irgendwelche Informationen geben würde. Das habe ich ihr auch gesagt. Ich habe ihr erklärt, dass niemand in dieser Stadt ihr helfen wird und sie nur ihre Zeit verschwendet.“

Sams Miene blieb weiter misstrauisch. „Sie hat gelacht.“

„Oh“, sagte sie langsam. „Ich kann ab und zu auch witzig sein. Ich meine, ich bin kein Stand-up-Comedian, aber trotzdem …“ Ihr Magen zog sich zusammen. „Sam, ich habe nichts über dich gesagt. Das würde ich niemals tun. Nicht nur, weil ich deinen Wunsch nach Privatsphäre verstehe und respektiere, sondern weil ich dir aus verschiedenen Gründen vollkommen zustimme, was das angeht. Sie ist darauf aus, alles für sich herauszuholen, was sie kann, und der Rest der Welt ist ihr egal. Ich sage dir die Wahrheit, das musst du doch wissen.“

Sie wartete, hoffte, dass er sich ein wenig entspannen würde, doch das tat er nicht.

Verzweifelt suchte sie nach den richtigen Worten, nur gab es die nicht. Sie hatte ihm die Wahrheit gesagt. Jetzt war es an ihm, zu entscheiden, ob er ihr glaubte oder nicht.

Liebe vermischte sich mit Angst, und das war nicht sehr angenehm. Ihre rationale Seite sagte ihr, dass sie ohne Vertrauen ineinander dem Untergang geweiht waren. Das könnten sie auch aus verschiedenen anderen Gründen sein, aber mangelndes Vertrauen war ein absolutes No-Go.

Sie liebte ihn, und aufgrund dieser Liebe hatte er die Macht, ihr emotional wehzutun. Sie glaubte nicht, dass er absichtlich gemein sein könnte, aber er war entschlossen und ziemlich unnachgiebig.

„Okay“, murmelte sie und fing an, ihre Mappen zusammenzusammeln.

„Du musst nicht gehen“, sagte er.

„Oh doch, das muss ich. Du glaubst mir nicht. Nach allem, was wir zusammen durchgemacht haben, glaubst du immer noch, ich könnte jemand sein, der dich an deine Exfrau verrät.“

Sie steckte die Mappen zurück in die Tasche und ging zur Tür.

„Dellina, warte."

Langsam drehte sie sich um und versuchte, sich keine allzu großen Hoffnungen zu machen.

Seine Miene hat sich allerdings nicht verändert, dachte sie. Er war von ihren Worten vollkommen ungerührt. Oder vielleicht sogar von ihr.

„Ich will dir mit deinen Rechnungen helfen."

Die Worte schnitten ihr mitten ins Herz. „Danke, aber ich riskiere, es alleine hinzukriegen."

Sie zögerte. Sie liebte ihn. Obwohl er ihr gerade seinen größten Fehler gezeigt hatte, waren ihre Gefühle unverändert. Irgendwann würde sie den Mut finden müssen und es ihm sagen. Und mit den Konsequenzen leben. Aber nicht heute, dachte sie grimmig. Für diesen Tag hatte sie bereits genügend emotionale Tiefschläge einstecken müssen.

Sam reagierte sich an den Sportgeräten im firmeneigenen Fitnessstudio ab. Er lief acht Meilen und trainierte dann noch eine volle Runde an den Gewichten. Zum Abschluss machte er einarmige Liegestütze, bis seine Kraft nachließ und er keuchend auf der Matte liegen blieb.

Schweiß rann an ihm herunter und brannte ihm in den Augen, aber das seltsame Gefühl, dass alles falsch war, hatte er nicht vertreiben können.

Er stand auf und ging unter die Dusche. Nachdem er sich abgetrocknet und angezogen hatte, schnappte er sich eine Flasche Wasser und leerte sie in einem Zug. Dann nahm er sich eine zweite und trank sie etwas langsamer.

Verdammt sei Simone, dass sie hier aufgetaucht ist, dachte er. Sie war wie ein marodierendes Monster, das überall, wo es hinkam, Chaos hinterließ. Schlimmer noch, sie hatte einen Keil zwischen ihn und Dellina getrieben. Aber noch während er die Worte dachte, sagte eine Stimme in seinem Kopf, dass er sich das ganz allein zuzuschreiben hatte.

Fluchend setzte er sich auf die Bank im Umkleideraum. Sein Bauchgefühl sagte ihm, dass Dellina die Wahrheit gesagt hatte. Sie würde niemals mit irgendjemandem über ihn reden. Immerhin war sie diejenige, die sich gegen seine Mutter aufgelehnt hatte.

Aber sein Verstand stimmte nicht zu; er war skeptisch und misstrauisch. Sein Verstand hatte ihr nicht geglaubt, also hatte er Dellina wehgetan. Sie hatte nichts gesagt, aber er hatte es in ihren Augen gesehen. Er hatte sie verletzt, weil er sich, wenn er sich zwischen dem, was sie sagte, und dem, was er aus Erfahrung wusste, entscheiden musste, immer für die empirischen Beweise entschied. Und vor allem weil er wusste, dass Simone immer bekam, was sie wollte.

Kenny kam in die Umkleidekabine. „Ach, hier bist du. Ich habe dein Auto auf dem Parkplatz stehen sehen und wusste, dass du noch irgendwo sein musst. Die Schlampe ist zurück. Soll ich sie rauswerfen?"

Sam stand auf. „Nein. Ich rede mit ihr."

„Sie wartet in deinem Büro."

Und geht vermutlich gerade meinen Computer durch, dachte er, während er seinem Freund aus der Umkleidekabine folgte.

Wie sich herausstellte, hatte er sich geirrt. Simone tigerte in seinem Büro auf und ab, aber sie wühlte weder in seinen Schubladen, noch hatte sie sich in seinen Account gehackt. Als er eintrat, wirbelte sie zu ihm herum.

„Ich verstehe das mit der Freundin", sagte sie. Ihre Stimme war schrill vor Wut, ihre Augen funkelten. „Es gefällt mir nicht, aber okay. Sie ist loyal und glaubt, du bist in der Lage, eine Beziehung zu führen. Sie hat noch nicht erlebt, was für ein emotionaler Krüppel du bist. Aber der Rest der Stadt? Diese gesamte verschissene Stadt?"

Er lehnte sich gegen den Türrahmen und verschränkte die Arme vor der Brust. Er wusste nicht, was los war, aber wenn Simone nicht glücklich war, musste etwas Gutes passiert sein.

„Du wirst mir schon sagen müssen, wovon du redest", sagte er ruhig. „Denn im Moment ergibt das, was aus deinem Mund kommt, keinen Sinn."

Frustriert ballte sie die Hände zu Fäusten. „Niemand will mit mir reden. Niemand! Nicht die dummen alten Weiber, die euch beim Basketballspielen zusehen, noch die Frau im Coffeeshop oder die Irre in Jo's Bar. Niemand spricht über dich, außer um zu sagen, dass du charmant und ein willkommener Neubürger der Stadt bist."

Sie stampfte mit dem Fuß auf. „Was glauben die eigentlich, wem sie hier was vormachen wollen? Du als Teil der Stadt? So viel Kontrolle würdest du niemals abgeben." Ihre Stimme wurde immer schriller, bis Simone förmlich kreischte. „Ihr sollt alle in der Hölle schmoren, Sam! Wie konntest du mir das antun?"

Dellina hat die Wahrheit gesagt, dachte er, gleichzeitig erleichtert und beschämt. Er hätte ihr glauben und auf sein Bauchgefühl hören sollen. Nur war es so lange her, dass er einer Frau hatte vertrauen können, dass er ganz vergessen hatte, wie sich das anfühlte. Das ist nicht nur Simones Schuld, dachte er. Es hatte andere gegeben, die diese spezielle Flamme angefacht hatten.

„Hörst du mir überhaupt zu?", verlangte Simone zu wissen.

„Nicht wirklich." Er deutete auf die offene Tür. „Du willst vermutlich so schnell wie möglich nach L. A. zurückfahren. Es ist ein langer Weg."

Sie schnappte sich ihre Handtasche und stapfte an ihm vorbei. „Du bist ein gemeiner, egoistischer Mistkerl, Sam. Ich hoffe, du verrottest in der Hölle."

Er machte sich nicht die Mühe, ihr hinterherzusehen. Stattdessen ging er zu seinem Schreibtisch und nahm den Telefonhörer ab. Er wählte Dellinas Handynummer, doch sie ging nicht ran. Was normalerweise bedeutete, dass sie auf einem Kundentermin war. Er würde es in einer halben Stunde noch einmal versuchen. Was ihm noch sehr lange hin vorkam.

Dellina hatte akzeptiert, dass sie irgendwann in diesem Jahrhundert ankommen und ihren Kalender auf den Computer übertragen müsste. Von dort könnte sie ihn mit ihrem Handy synchronisieren. Aber im Moment war sie immer noch altmodisch und notierte ihre Termine per Hand.

Sie nippte an ihrem Morgenkaffee und betrachtete ihren Terminplan. Es gab die große Familienfeier der Hendrix, eine Babyparty und die Möglichkeit, dass Taryn und Angel heirateten. Oder besser gesagt die Frage, was für eine Hochzeit die beiden ausrichten würden. Sie war ziemlich sicher, dass Angel Taryn auf die eine oder andere Weise einen Ring an den Finger stecken würde. Aber bis die beiden sich entschieden hatten, wie ihre Hochzeit aussehen sollte, ganz zu schweigen davon, wann sie stattfinden würde, sollte sie sie nicht in ihren Kalender schreiben.

„Kunden", murmelte sie. „Man kann nicht mit ihnen leben, aber man kann sie auch nicht in die Wüste schicken."

Ihr Festnetztelefon klingelte – was sehr selten vorkam. Sie ging ran. „Hallo?"

„Du bist echt schwer aufzuspüren. Hast du dein Handy aus? Hier ist übrigens Larissa."

„Oh, hi. Mein Handy sollte eigentlich nicht aus sein." Sie sah nach – und tatsächlich, es war auf stumm geschaltet. Ihr letztes Meeting hatte am Vortag stattgefunden, was bedeutete, es musste seitdem schon so sein. „Tut mir leid, ich muss vergessen haben, den Klingelton wieder anzustellen." Sie sah, dass sie mehrere Nachrichten hatte, unter anderem auch eine von Sam.

Seinen Namen zu sehen machte sie gleichzeitig glücklich und traurig. Wenn er sie angerufen hatte, um ihr zu sagen, dass er der größte Dummkopf diesseits des Mississippi war, dann hatte sie nichts dagegen. Aber ansonsten hatte sie ihm nichts zu sagen. Zumindest im Moment nicht.

„Was ist los?", fragte sie.

„Ich brauche Hilfe", sagte Larissa. „Das hier ist mehr als meine übliche Krise. Jack wird mir helfen, weil er es immer tut, aber das wird nicht reichen. Taryn hat gesagt, dass du diejenige bist, die weiß, wie man alles wieder hinbiegen kann."

„Das wäre aber von jedem sehr viel verlangt." Dellina war nicht sicher, ob sie sich geschmeichelt fühlen oder sich Taryn mal zur Brust nehmen sollte. „Worum geht es denn?"

„Eine Katzenschutzorganisation in Sacramento braucht Hilfe. Es geht um eine alte Frau, die ungefähr fünfzig bis sechzig Katzen in einem kleinen Haus hält. Die örtlichen Tierheime haben im Moment keine Kapazitäten mehr. Also muss ich genügend Transportboxen und Freiwillige finden, um nach Sacramento zu fahren und die Katzen abzuholen. Sie müssen alle erfasst, von einem Tierarzt untersucht und dann irgendwo untergebracht werden, bis sich Leute finden, die sie zu sich nehmen."

Dellina blinzelte. „Okay, lass mich nachdenken. Wir können vielleicht drei, maximal vier Boxen in ein Auto kriegen. Also brauchen wir gut fünfzehn Fahrzeuge. Sechzig Boxen." Sie machte sich bereits Notizen.

„Gib mir zehn Minuten, dann rufe ich dich zurück."

„Danke."

Dellina rief sofort bei ihrem örtlichen Tierarzt an. Zwei Minuten später hatte sie Cameron McKenzie am Apparat und erklärte ihm, was los war.

„Sechzig Katzen?" Er klang überrascht. „Das sind echt viele. Ich habe ein Dutzend Highschoolkids, die hier als Ehrenamtliche mit den Tieren arbeiten. Sie können mit der Erfassung und Behandlung aushelfen. Hoffentlich sind nicht alle Tiere krank. Ich kenne außerdem einige Familien, die bereit sind, Pflegekatzen aufzunehmen. Ihr braucht Transportboxen. Ich habe zehn, die du dir ausborgen kannst. Frag doch auch noch mal Max von K9Rx. Einige der Therapiehunde sind sehr klein, vielleicht leiht er dir ihre Boxen. Ich weiß nicht, wo du den Rest herkriegen kannst."

„Ich rufe die neue Assistentin der Bürgermeisterin an", sagte Dellina. „Und aktiviere dann die Telefonkette. Das sollte uns weitere Freiwillige und Boxen bringen. Wir bleiben in Kontakt,

Cameron, und ich lasse dich wissen, wenn wir auf dem Rückweg sind."

Dellinas nächster Anruf galt Bailey, die sich die wichtigsten Informationen aufschrieb und versprach, die Telefonkette in Gang zu setzen. Dellina vereinbarte ein Treffen in zwei Stunden auf dem Parkplatz des Kongresszentrums, dann legte sie auf und rief Larissa zurück.

„Okay, so sieht es im Moment aus", sagte sie. „Wir sind bereit, um elf Uhr loszufahren."

Um halb elf sah Dellina sich gezwungen, Verstärkung zu rufen. Die Leute brachten ihr nicht nur Transportboxen vorbei, sondern auch Katzenkörbchen, Futter sowie Spielzeug und unterbreiteten ihr das Angebot, einige der Katzen vorübergehend bei sich aufzunehmen. Larissa sammelte Namen und Telefonnummern von denen, die sich als Pflegefamilie anboten, bis ein dauerhaftes Zuhause gefunden worden war. Fayrene und Ryan fuhren mit einem großen Truck vor. Er lud das Futter und alles andere ein. Larissa bat ihn, alles zu Jacks Haus zu fahren, wo sie es später sortieren würde. Dellina fragte sich kurz, was Jack wohl davon hielt, beschloss dann aber, dass sie im Moment keine Zeit hatte, sich darüber den Kopf zu zerbrechen. Sie musste jetzt erst einmal die wachsende Anzahl von Transportkisten auf die Freiwilligen verteilen, die gemeinsam nach Sacramento fahren würden.

Taryn und Angel fuhren mit seinem SUV vor. Taryn hatte ihr Designerkostüm gegen eine Jeans und ein Seidentop ausgetauscht.

„Angel meint, wir können sechs Boxen nehmen, wenn wir die dritte Sitzreihe hinten mit nutzen", sagte sie. „Kenny kommt auch. Er fährt einen großen Mercedes, also trage ihn für vier Kisten ein. Larissa und Jack nehmen drei, aber das hat sie dir vermutlich schon erzählt."

„Das hat sie", sagte Dellina und notierte sich die anderen Informationen. Dann wartete sie atemlos darauf, zu hören, wie Sam helfen würde.

Doch stattdessen sagte Taryn: „Wir können immer noch nicht fassen, wie alle sofort zu Hilfe eilen, um Larissa bei einem ihrer verrückten Projekte zu helfen. Ich meine, wir sind das ja alle schon gewohnt, aber für die Stadt ist es doch neu."

Dellina runzelte die Stirn. „Warum sollten wir nicht helfen? Wir haben auch notleidende Tiere. Natürlich sind wir da, wenn es nötig ist."

Taryn überraschte sie, indem sie sie in die Arme zog. „Ich liebe diese Stadt so sehr", sagte sie. „Sie ist einfach magisch."

Dellina erwiderte die Umarmung. „Wir haben auch unsere Probleme, aber Angst davor zu haben, das Richtige zu tun, gehört nicht dazu. Und ich würde mich nicht zu sehr darüber freuen. Sobald wir diese sechzig Katzen gerettet haben, müssen wir für jede einzelne von ihnen ein Zuhause finden."

Taryn erschauderte leicht. „Du meinst, wir müssen auch eine aufnehmen? Haaren die?"

Angel trat hinter sie und legte einen Arm um ihre Taille. „Das ist mein Mädchen. Sie denkt immer nur an ihren Kleiderschrank."

„Ich trage viel Wildleder. Hast du eine Ahnung, was Katzenhaare darauf anrichten können?"

Grinsend gesellte sich Larissa zu ihnen. „Es gibt auch Nacktkatzen. Vielleicht ist ja eine dabei."

Taryn sah sie zweifelnd an. „Vielleicht nehme ich dann eine. Wenn sie wirklich kein Fell hat."

Unterdessen machte sich Dellina daran, weitere Freiwillige einzuweisen und Transportboxen anzunehmen. Um elf hatten sie alles, was sie brauchten.

Die Kolonne bestand aus fünfzehn Fahrzeugen. Larissa hatte die Wegbeschreibung sowie alle wichtigen Telefonnummern für jedes Fahrzeug ausgedruckt. Alle kamen überein, kurz vor der Ankunft in Sacramento eine Mittagspause einzulegen, damit sie, sobald sie die Katzen hatten, direkt zurückfahren konnten. Weitere Freiwillige würden am Parkplatz des Kongresszentrums warten, um die Katzen zu untersuchen und zu verteilen.

Knappe zwei Stunden mit dem Auto zu fahren, während hinten vier Katzen miauen, ist nicht gerade entspannend, dachte Dellina, als sie endlich wieder auf den Parkplatz vom Kongresszentrum einbog. Auch wenn sie verstand, dass die Katzen Angst hatten ... konnten sie die nicht ein kleines bisschen leiser ausdrücken?

Larissa hatte angerufen, um die Leute wissen zu lassen, dass sie auf dem Rückweg waren. Als Dellina parkte, sah sie ein gutes Dutzend Leute, die nur darauf warteten, ihnen mit den Katzen zu helfen. Darunter auch Cameron und seine Arzthelferinnen. Sie stellte den Motor ab und streckte die Hand nach dem Türgriff aus, da wurde die Tür schon aufgerissen.

„Es ist nicht leicht, dich aufzuspüren."

Dellina starrte in Sams dunkle Augen und wappnete sich gegen das unausweichliche Pochen ihres Herzens. Und tatsächlich, es schlug heftig, während der Rest ihres Körpers auf den sexy Mann vor sich reagierte.

Er hielt ihr die Hand hin. Bereitwillig legte sie ihre hinein und ließ sich von ihm aus dem Wagen ziehen.

„Ich habe Larissa geholfen", sagte sie. „Bei einer Katzenrettung."

„Ist das nicht Jacks Aufgabe?"

„Das war zu viel für ihn." Sie zeigte auf die Autos, die neben ihr parkten. „Es waren insgesamt siebenundfünfzig Katzen. Einigen von ihnen geht es gut, aber andere sind offensichtlich krank, und ein paar haben sich benommen, als hätten sie noch nie zuvor einen Menschen gesehen."

Sie hätte noch mehr erzählen können, aber Sam wirkte an der Geschichte nicht sonderlich interessiert. Stattdessen zog er sie von der wachsenden Menschenmenge fort. Als sie die Eingangstür zum Konferenzzentrum erreicht hatten, gab er Dellina einen sanften Kuss.

„Es tut mir leid", sagte er. „Dass ich das Schlimmste angenommen habe, was Simone angeht. Dabei ging es mehr um ihre Überzeugungskraft als um dich, aber es war trotzdem falsch von mir, an dir zu zweifeln."

Ein Gewicht, dessen sie sich bis jetzt nicht bewusst gewesen war, hob sich von ihren Schultern. „Da bin ich froh", sagte sie. „Ich hätte ihr niemals etwas erzählt."

„Das weiß ich jetzt auch. Und ich verspreche, nie wieder an dir zu zweifeln."

Sie lächelte. „Auch wenn mir der Klang deiner Worte gefällt, solltest du mit deinen Versprechen nicht zu großspurig werden."

„Wieso, hast du vor, mich zu verraten?"

„Nein."

„Dann sehe ich da kein Problem."

Erneut küsste er sie, diesmal länger und intensiver. Sie erwiderte den Kuss und wünschte, sie könnten sich zu ihrem oder Sams Haus beamen und die neuesten Tricks ausprobieren, die seine Mutter ihm bestimmt schon wieder per E-Mail geschickt hatte.

Plötzlich zog er sich zurück. „Du hast Katzen", sagte er. „Wie kann ich helfen?"

„Nimm ein paar von ihnen auf, bis sie einen festen Platz gefunden haben."

Sie erwartete, dass er zurückschrecken oder erklären würde, warum das nicht möglich war. Doch stattdessen zuckte er nur mit den Schultern. „Klar. Ich weiß allerdings nicht viel über Katzen, also muss mir jemand ein paar Tipps geben."

„Ehrlich? Du nimmst ein paar der Katzen auf?"

„Ja. Wie gesagt, Larissas Fälle sind normalerweise Jacks Problem, aber ab und zu macht es mir nichts aus, da mit hineingezogen zu werden."

„Sie haaren", sagte sie.

„Davon gehe ich aus, schließlich haben sie ja Fell."

Sie hatte immer noch Probleme, das alles zu verarbeiten. „Einfach so?"

„Ich nehme sie ja nur zur Pflege auf. Das ist keine lebenslange Verpflichtung. Ja, ich nehme zwei Katzen."

Erst hatte er sich entschuldigt – und nun das. Sie liebte Sam schon eine ganze Weile, aber sie hatte nicht erwartet, dass er einer der Guten war.

Tiefe Gefühle übermannten sie, bis es unmöglich war, sie nicht auszusprechen. „Ich liebe dich."

Er erstarrte. „Was?"

Sie seufzte glücklich. „Ich liebe dich. Du bist ein toller Mann, und jetzt willst du auch noch Katzen zur Pflege aufnehmen. Wie könnte ich dich da nicht lieben?" Sie berührte seine Hand. „Ich erinnere mich an alles, was du zu Fayrene gesagt hast. Darüber, dass sie mit Ryan ehrlich sein soll. Also will ich auch ehrlich zu dir sein. Ich liebe dich."

Sam machte einen Schritt zurück, dann noch einen. Und noch bevor sie herausfinden konnte, was los war, hatte er ihr den Rücken zugedreht und ging davon.

20. KAPITEL

Im Verlauf der nächsten Tage lernte Dellina, dass Katzen ziemlich gute Mitbewohner waren. Die beiden, die sie zur Pflege aufgenommen hatte, waren ruhig und sauber. Und das Beste war, es schien ihnen nichts auszumachen, wenn sie sich in den Schlaf weinte. Der Kleinere der beiden, ein kurzhaariger Kater mit orangefarbenem Fell, war sogar zu ihr aufs Bett gesprungen, als sie laut zu schluchzen begonnen hatte. Er hatte sich an sie gekuschelt und versucht, sie mit seinem Schnurren zu trösten. Unglücklicherweise war der Trost einer Katze nicht das Gleiche, wie mit dem Mann zusammen zu sein, den sie liebte, aber sie würde lernen müssen, damit zufrieden zu sein.

Nachdem sie sich ihren morgendlichen Kaffee gemacht hatte, nahm sie den Becher mit ins Büro. Die Katzen waren bereits gefüttert und saßen nun auf der Fensterbank in der Küche. Offensichtlich wurde die tägliche Fellpflege am besten im Licht der Morgensonne erledigt.

Seufzend setzte sie sich an ihren Schreibtisch und schaltete den Computer ein. Sie hatte mehrere E-Mails von Larissa bekommen. Die kranken Katzen waren immer noch bei Cameron, während der Rest auf die Pflegefamilien verteilt worden war. Sie nahm Anträge für die dauerhafte Zuteilung einer Katze an und würde beim bevorstehenden Buchfestival einen Stand aufbauen.

Es gab noch ein paar E-Mails von Kunden und eine Nachricht von Fayrene, die sich mit ihr zusammensetzen wollte, um über ihre Hochzeit zu sprechen. Dellina scrollte die Liste noch einmal durch, aber kein Wort von Sam. Ihr Handy hatte sie bereits überprüft, und er hatte ihr weder eine SMS noch eine Nachricht auf der Mailbox hinterlassen.

Was sie im Grunde auch nicht erwartet hatte. Aber es wäre nett gewesen, von ihm zu hören.

Einer der Kater rieb sich an ihrem Bein. Sie beugte sich hinunter, um ihn zu streicheln und hinter den Ohren zu kraulen.

Trotz seiner Reaktion bereute sie nicht, Sam die Wahrheit gesagt zu haben. Das kam hauptsächlich daher, dass sie mutig gewesen war. Sie hatte ihre Gefühle in Worte gekleidet und war ehrlich gewesen. Und wenn er zu dumm war, zu erkennen, dass sie es wert war, das Risiko einzugehen, war sie ohne ihn besser dran.

„Oder auch nicht", murmelte sie. Auch wenn sie das, was sie gesagt hatte, nicht zurücknehmen wollte, hätte sie sich dennoch eine andere Reaktion erhofft. Etwas Positiveres oder zumindest Neutraleres, als einfach aus ihrem Leben zu verschwinden.

Sie wischte die Tränen ab, die unbemerkt über ihr Gesicht gekullert waren, und richtete ihre Aufmerksamkeit wieder auf ihre E-Mails. Sie hatte eine Firma zu führen und ein Leben zu leben. Sie musste weitermachen. Was ihr gebrochenes Herz anging … Tja, das würde so schnell nicht heilen, aber sie würde einen Weg finden, damit zu leben. Das hatte sie bisher immer.

Sam hatte sich sehr bemüht, eine Ausrede zu finden, um seinen zweiten Vortrag über Finanzen und Kleinunternehmen nicht halten zu müssen. Das Letzte, was er wollte, war, sich Leuten zu stellen, die wegen Dellina wütend auf ihn waren. Er war nicht sicher, was schlimmer werden würde – die Anschuldigungen oder die Tatsache, dass so viele Leute wussten, was vorgefallen war.

Aber niemand hatte ein Wort gesagt. Die Gruppe war größer als beim letzten Mal. Er hatte seinen Vortrag kurz gehalten und war direkt zu den Fragen übergegangen. Jetzt, nach beinahe einer Stunde, in der er Fragen beantwortet hatte, akzeptierte er schließlich, dass keiner etwas sagte, weil keiner etwas wusste. Dellina hatte niemandem etwas erzählt.

„Ja, Onlinebanking ist sicher", sagte er. „Solange Sie darauf achten, ein extrem sicheres Passwort auszusuchen. Also nichts, was mit dem Namen Ihrer Firma oder den Geburtstagen Ihrer Kinder zu tun hat. Gibt es sonst noch Fragen?"

Als niemand sich meldete, dankte er allen für ihr Kommen und sammelte seine Notizen zusammen.

Die Zuhörer standen auf und fingen an, sich miteinander zu unterhalten. Er schnappte hier und da einen Satz auf. Es ging um die geretteten Katzen und das bevorstehende Buchfestival. Aber kein Wort über ihn und Dellina.

Hatte sie ihren Freundinnen nicht erzählt, was passiert war? Wollte sie sich nicht betrinken und ihn beschimpfen? Oder sagen, dass sie ihn vermisste? Wobei das wohl eher Wunschdenken ist, sagte er sich. Nur weil er zu ihr gehen wollte, sie sehen, es ihr erklären, sie …

Sie *was*? Sie fragen, ob nicht alles wieder so werden könnte, wie es vorher gewesen war? Das war nicht möglich. Die Worte waren ausgesprochen worden. Sie liebte ihn.

Er schloss seine Aktentasche und wünschte sich, mit der Faust gegen die Wand schlagen zu können. Sie liebte ihn. Verdammt sollte er sein, aber er wollte ihr glauben. Er wollte glauben, dass sie es schaffen könnten. Denn wenn es jemanden gab, dem er vertrauen konnte, dann war es Dellina.

Nur leider wusste er, was passieren würde. Oh, nicht die Einzelheiten, aber das Ergebnis. Irgendetwas Schreckliches würde alles beenden. So war es immer. Er hatte die entsprechenden Narben, um es zu beweisen. Dellina konnte unmöglich anders sein, auch wenn er sich noch so sehr wünschte, sie wäre es.

Langsam ging er Richtung Tür. Patience hielt ihn auf.

„Meine Steuerberaterin ist überglücklich über meine neuen Finanzkenntnisse“, sagte sie. „Ich danke dir, dass du das hier machst. Ich weiß, für dich muss das nervig und vermutlich nicht sonderlich interessant sein, aber es hilft uns sehr.“ Sie krauste die Nase. „Ich habe einen Abschluss in BWL und einen Businessplan für das Brew-haha aufgestellt, aber das hat mich alles nicht auf die echte Welt da draußen vorbereitet.“

„Ich freue mich, wenn ich helfen kann“, sagte er. „Ob du es glaubst oder nicht, mir gefällt es, das hier zu machen.“

„Dann bin ich froh. Mit deiner Hilfe wird es uns allen besser gehen.“

Noch ein paar andere sprachen ihn an, bevor er ging. Sie waren alle nett und bedankten sich bei ihm.

Anstatt direkt zu Score zurückzugehen, schlenderte Sam durch die Stadt. Er nickte Leuten zu, die er nicht kannte, und wechselte ein paar Worte mit denen, die er kannte. Und er kannte viele. Keinen halben Block kam er weit, ohne stehen zu bleiben, weil jemand ihn wegen der Katzenrettung ansprach oder anmerkte, wie nett seine Kunden an dem Partywochenende gewesen waren.

Was die Katzen anging, so hingen überall in der Stadt Zettel mit Fotos und einer Nummer, die man anrufen konnte. Offensichtlich hatte Larissa vor, beim Festival einen Stand aufzubauen, um ein dauerhaftes Zuhause für die Katzen zu finden. Sam dachte an sein leeres Haus. Denn nachdem er weggegangen war, hatte er sich nicht mehr die Mühe gemacht, zwei Katzen mitzunehmen. Auch hatte er nicht daran gedacht, Larissa seine Bereitschaft, als Pflegestelle zu dienen, mitzuteilen. Nach allem, was er wusste, war das aber auch egal. Sie bekam mehr als genügend Hilfe von der Stadt.

Wie kommt das? fragte er sich. Warum halfen ihr so viele Menschen, die sie nicht wirklich kannten? Er dachte an all die Leute, die mit Transportkisten und Futter aufgetaucht waren, die angeboten hatten, mitzufahren, um die Katzen abzuholen. Das lag an dieser Stadt. Diese gesamte verdammte Stadt hatte sich geweigert, mit Simone zu sprechen – und sie hatte die Score-Familie herzlich willkommen geheißen.

An der nächsten Ecke bog er ab und ging in die Firma. Dort angekommen, marschierte er direkt in Taryns Büro und schloss die Tür hinter sich. Taryn war am Telefon, aber als sie ihn sah, sagte sie ihrem Anrufer: „Ich melde mich später noch einmal bei Ihnen … Ja, heute noch … Definitiv."

Nachdem sie aufgelegt hatte, bedeutete sie ihm, sich zu setzen. „Was ist los?"

Er stellte seine Aktentasche ab, konnte sich aber nicht setzen. Er musste sich bewegen. „Ich weiß es nicht. Diese Stadt …"

„Was ist damit?"

„Hier sind alle so nett."

Sie lachte. „Ja, das hat mich am Anfang auch genervt. Aber jetzt gefällt es mir. Es ist besser als die Alternative." Sie stand auf und ging zu ihm hinüber. „Sam, was ist wirklich dein Problem?"

Mit ihren wunderschönen blauvioletten Augen schaute sie ihn direkt an. Sie war bezaubernd. Klug, zickig, umwerfend. Warum hatte er sich nicht in sie verliebt? Sie verstand er. Ihr vertraute er. Nur war sie mal mit Jack verheiratet gewesen, und zwischen ihnen beiden hatten keinerlei Funken gesprüht. Außerdem wusste er tief im Inneren, dass er immer die gleichen Zweifel hätte, egal, wer die Frau war. Denn das Problem war *er selbst*.

„Woher hast du es gewusst?"

Er erwartete, dass sie fragen würde, was, aber das hier war Taryn, und sie verstand ihre „Jungs" besser als jeder andere.

„Das mit Angel? Ich wusste es einfach." Sie nahm seine Hände in ihre. „Es ist ein Gefühl in deinem Magen und deinem Herzen. Es ist mehr als Anziehung und mehr als Lust. Es geht um die Verbindung. Es geht darum, dass man für den Rest der Zeit, die einem auf Erden bleibt, alles teilen will."

Ihre Worte weckten Sehnsucht in ihm. Ja, dachte er. Das wollte er mit Dellina. Aber wie sollte er daran glauben, dass das möglich wäre?

„Zu vertrauen ist schwer", sagte er.

„Das ist es." Sie führte ihn zu dem Sofa in ihrem Büro und setzte sich so, dass sie ihn anschauen konnte. „Wir sind alle auf unterschiedliche Arten betrogen worden. Wir alle vier. Wir sind so verkorkst. Du mit deinen Katastrophen. Kenny mit, nun, du weißt, was da passiert ist. Ich mit meinem Vater." Sie hielt inne. „Er hat mich geschlagen."

Das hatte Sam nicht gewusst. „Das tut mir leid."

„Ist schon okay. Ich bin ihm entkommen, und mittlerweile ist er tot. Wir alle sind betrogen oder verletzt worden, und das hat uns zu ängstlichen Menschen gemacht. Was bedeutet, dass wir uns entscheiden müssen. Was willst du, Sam? Willst du dich von dieser Angst kontrollieren lassen? Oder willst du deine Chance mit einer wundervollen Frau ergreifen, die sich bis über beide Ohren in dich verliebt hat?"

„Das hat sie dir erzählt?"

„Nein. Das habe ich gesehen. Wir alle konnten es sehen."

„Ich nicht."

„Weil du ein Idiot bist", sagte sie sanft. „Ich liebe dich, Sam. Du bist meine Familie. Also sehe ich das Gute, aber auch das Schlechte an dir. Du bist stur und sehr eingefahren."

Und er hätte beinahe mit einem Kompliment gerechnet. „Das bedeutet beides das Gleiche."

„Ja, genau darauf will ich ja hinaus. Zieh endlich den Stock aus deinem Hintern, und sag ihr, dass du sie auch liebst. Heirate sie, und mach wunderhübsche Kinder mit ihr."

War es wirklich so einfach? Musste er sich nur *entscheiden* zu vertrauen? Glaubte er an Dellina, weil … weil …

„Ich bin in sie verliebt."

Taryn verdrehte die Augen. „Halleluja."

Er starrte sie an. „Du hast es gewusst?"

„Ja. Ich habe es gewusst. Du bist zu ihr geflüchtet, als deine Eltern in der Stadt waren. Du warst traurig, als du die Katzenrettungsaktion verpasst hast, obwohl du dich bisher nie sonderlich für Larissas Projekte interessiert hast. Mein Gott, Sam, du hilfst den örtlichen Unternehmen *freiwillig*. Das liegt alles an Dellina." Sie tätschelte seine Wange. „Mach dir keine Sorgen. Männer sind emotional sehr einfach gestrickt, da kannst du nichts für."

Er packte sie am Oberarm. „Du verstehst das nicht. Sie hat mir gesagt, dass sie mich liebt, und ich bin einfach gegangen. Wie mache ich das wieder gut? Wie kann ich das wieder hinbiegen?"

Taryn seufzte. „Wow. Das war echt dumm. Da musst du dir schon was einfallen lassen, um das wiedergutzumachen."

„Aber es ist möglich?"

Sie lächelte. „Natürlich ist es das. Angel hat das Gleiche bei mir gemacht, und ich habe ihm verziehen. Dellina liebt dich, du Dummkopf. Sie wird dich nicht verlieren wollen. Aber wir brauchen einen Plan."

Lächelnd bahnte Dellina sich einen Weg durch die Menge. Normalität vorzuspielen fiel ihr nicht allzu schwer – zumindest solange sie nicht an Sam dachte oder daran, wie sehr sie ihn vermisste oder dass sie nie zusammen sein würden.

Sie hatte beschlossen, auf dem Buchfestival aufzutauchen, damit niemand vermutete, dass sie innerlich zerbrach. Zwei Stunden, sagte sie sich. Nur zwei Stunden. Dann würde sie sich in ihr kleines Haus zurückziehen, bei ihren Katzen sitzen und darauf warten, dass ihr Herz aufhörte, so sehr wehzutun.

Sie überquerte die Straße und ging zum Park. Überall standen Buden – wie bei den meisten Festivals. Normalerweise gönnte sie sich immer etwas Leckeres, aber im Moment mochte sie nichts essen. Stattdessen konzentrierte sie sich darauf, zu lächeln und die Menschen zu grüßen, die ihr entgegenkamen.

Plakate verkündeten, wann welche Autoren Autogrammstunden geben würden. Sie sah Larissas Stand direkt am Park. Ein großes Schild verkündete, dass hier Katzen zur Adoption vermittelt wurden. Die Menschen, die nicht in Fool's Gold wohnten, benötigten entsprechende Referenzen. Doch trotzdem stand eine Schlange von Interessenten bei ihr und sprach mit ihr darüber, wie sie eine Katze aufnehmen könnten.

Dellina überlegte, dass sie bezüglich ihrer beiden Kater auch eine Entscheidung treffen müsste. Wenn sie sie behalten wollte, müsste sie Larissa das sagen. Ansonsten würde sie sie weggeben.

Sie sah Taryn und winkte. Ihre Freundin kam auf sie zu.

„Wie geht's?"

„Gut", log Dellina. „Ich habe tatsächlich mal einen Samstag frei. Das ist aufregend."

„Das kann ich mir vorstellen. Angel und ich müssen uns entscheiden, was wir machen wollen. Ich weiß es nicht. Eine große Hochzeit klingt nach ziemlich viel Arbeit."

„Nicht, wenn du mich alles organisieren lässt. Außerdem: Denk an das Mörderkleid, das du dann tragen kannst."

Taryn grinste. „Ich stehe auf Mörderkleider." Sie schaute auf die Uhr. „Komm, gleich spielt eine Band auf der Bühne."

Die Bühne im Park, dachte Dellina, aber sie war nicht wirklich in der Stimmung für Musik. „Danke, aber ich muss los."

„Nein, musst du nicht. Du kommst mit mir."

Taryn klang ernst.

„Okay. Aber nur für ein paar Minuten." Weil sie nämlich spürte, dass ihre mühsam aufrechterhaltene Fassade zu bröckeln begann. Das Letzte, was sie wollte, war, vor Taryn zu weinen. Dann würde sie nur wissen wollen, warum, und Dellina wollte ihr nicht erzählen, was passiert war.

Taryn ging voran zur Bühne und blieb direkt davor stehen. „Warte hier", sagte sie.

„Worauf?"

„Das wirst du schon sehen."

Ein paar Minuten später betrat Bürgermeisterin Marsha die Bühne.

„Willkommen zu unserem jährlichen Buchfestival", sagte sie. „Ich hoffe, Sie alle genießen den Tag. Wir haben dieses Jahr großartige Autoren zu Besuch."

Die Menschen jubelten.

„Gut. Ich wünsche Ihnen allen ein sicheres und fröhliches Wochenende hier in Fool's Gold. Für den Fall, dass Sie es noch nicht gehört haben, wir haben einen neuen Slogan für die Stadt: Hier hat Romantik ein Zuhause. Ich habe noch ein paar Ankündigungen zu machen, bevor das Nachmittagsprogramm startet."

Sie fuhr fort, über die Katzen und den Adoptionsstand zu sprechen, darüber, dass es innerhalb der Festivalzone keine Parkplätze gab und dass das Konzert abends pünktlich um sieben Uhr beginnen würde.

Dellina wandte sich an Taryn. „Du hast gesagt, heute Nachmittag würde eine Band spielen."

„Wirklich?" Taryn zuckte mit den Schultern. „Da habe ich mich wohl geirrt."

„Mein Name ist Sam Ridge."

Dellina wirbelte zur Bühne herum und sah, dass Sam sich das Mikrofon genommen hatte. Ihn zu sehen war zugleich der beste und der schlimmste Teil ihres Tages. Sie sehnte sich danach, in seinen Armen zu liegen, und gleichzeitig wollte sie weglaufen und sich verstecken.

„Was macht er da oben?“, fragte sie.

„Ich schätze, das werden wir gleich herausfinden.“

„Meine Geschäftspartner und ich sind letzten Herbst hergezogen. Wir haben unsere Firma hierher verlagert, haben uns Häuser gekauft und uns hier eingelebt.“ Sein dunkler Blick glitt über die Menge, bis er sie gefunden hatte. „Wir haben Freundschaften geschlossen, und einige von uns haben sich verliebt.“

Was? Meinte er sich oder sie? Sprach er etwa über sich? Unwillkürlich lehnte sie sich ein Stück vor.

„Vor ein paar Wochen habe ich mich mit einer Frau unterhalten, die einen wundervollen Freund hat. Sie wollte, dass er ihr einen Antrag macht, aber anstatt ihm das zu sagen, hat sie versucht, ihm auf sehr subtile Weise zu zeigen, was er tun soll.“

„Männer verstehen Subtilität nicht“, rief eine Frau.

Sam lächelte. „Sie haben recht. Das tun wir nicht. Ich habe ihr gesagt, wenn sie den fraglichen Mann wirklich liebt, muss sie ehrlich zu ihm sein. Und aus genau diesem Grund bin ich heute hier. Um ehrlich mit der Frau zu sein, die ich liebe.“

Dellina erstarrte. Ihr Blick blieb an seinem hängen. Der Drang zu fliehen war verschwunden. Sie wollte genau dort stehen bleiben, wo sie war.

„Du musst das nicht machen“, rief sie zur Bühne hinauf. „Nicht öffentlich, Sam. Du wirst es hassen.“

„Werde ich nicht“, erwiderte er. „Du hast es verdient.“ Er richtete seine Aufmerksamkeit wieder auf die Menge. „Ich hatte in der Vergangenheit viel Pech mit Frauen.“

„Das wissen wir“, rief jemand. „Wir haben vor ein paar Wochen deine Ex kennengelernt.“

Sam lächelte. „Tja, was soll ich sagen? Ich war jung.“

„Und sie war willig.“

„Das war sie.“ Er wurde wieder ernst. „Unglücklicherweise habe ich von ihr nur gelernt, niemandem zu vertrauen. Und diese

Lektion ist mir noch ein paar Mal erteilt worden. Als ich dann also eine wunderschöne, kluge, liebevolle und fürsorgliche Frau kennengelernt habe, war ich nicht darauf vorbereitet, ihr zu vertrauen. Ich war nicht darauf vorbereitet, dass sie mir ihr Herz öffnen würde." Er schaute sie an. „Ich habe mich geirrt, Dellina. Ich habe mich in so vielem geirrt. Vor allem darin, nicht zu erkennen, was für ein unglaubliches Geschenk deine Liebe ist."

Sie schaute nach rechts und sah die Treppe, die zur Bühne hinaufführte. Wie von der Tarantel gestochen rannte sie darauf zu, stürmte hinauf und lief zu Sam, der sie sofort an sich zog.

„Ich liebe dich", sagte er und schob das Mikrofon in den Ständer zurück. „Ich war ein Idiot."

„Ist schon okay. Ich habe meine Meinung zum Glück nicht geändert."

Sie schaute in seine Augen und sah, dass er sie willkommen hieß. Liebevoll küsste er sie, und sie schmeckte das Versprechen auf seinen Lippen. Er schien sie nie mehr loslassen zu wollen.

„Liebst du mich immer noch?", fragte er.

„Ja. Für immer." Sie schaute zu den Menschen, die sie beobachteten. „Aber warum so? Das hier ist dein absoluter Albtraum."

„Ich dachte, du hättest Zeugen verdient." Er umfasste ihr Gesicht mit beiden Händen. „Willst du mich heiraten?"

„Natürlich. Oh Sam." Sie küsste ihn. „Aber ich habe Katzen. Zumindest glaube ich das. Ist das okay?"

Er lachte leise. „Klar. Ich könnte Katzen lieben lernen."

„Sie sind wirklich sehr süß."

„Hey", rief jemand. „Was hat sie geantwortet?"

Glücklich lächelnd griff Sam nach dem Mikrofon. „Sie hat Ja gesagt."

– ENDE –

1. KAPITEL

Sie wissen, warum ich hier bin", verkündete Mrs. Nancy Owens mit fester Stimme und unnachgiebigem Blick. Was ziemlich beeindruckend war.

Unglücklicherweise hatte Jack McGarry keine Ahnung, was sie meinte.

Er wusste vieles. Er wusste, dass die L. A. Stallions dieses Jahr nicht am Super Bowl teilnehmen würden, dass seine rechte Schulter schmerzte, wenn Regen kam, dass in seiner Küche ein vollmundiger Merlot auf ihn wartete und dass er bleiben würde, obwohl er viel lieber aus der Tür stürmen würde, als dieses Gespräch zu führen. Denn Mrs. Owens war Larissas Mutter, und selbst wenn sie es nicht wäre, war sie alt genug, um *seine* Mutter sein zu können. Und er war nun mal dazu erzogen worden, höflich zu sein.

„Ma'am?"

Mrs. Owens seufzte. „Ich rede von meiner Tochter."

Stimmt. Aber die Frau hatte drei Töchter. „Larissa?"

„Natürlich Larissa, von wem denn sonst? Sie haben Ihre Firma in dieses gottverlassene Nest verlegt, und meine Tochter ist mit Ihnen gezogen und lebt jetzt hier."

Eine perfekte Zusammenfassung, dachte er, doch es gelang ihm nicht, zu erkennen, worauf sie hinauswollte.

„Sie mögen Fool's Gold nicht", sprach er das Offensichtliche aus.

„Weder mag ich diese Stadt, noch mag ich sie nicht." Ihre Stimme deutete an, dass sie ihn für einen Idioten hielt. „Das ist auch vollkommen irrelevant. Larissa ist *hier*."

Er wusste das, denn immerhin unterzeichnete er ihren Gehaltsscheck – natürlich eher im übertragenen als im wörtlichen Sinne – und sah sie jeden Tag. Aber auch das wusste Mrs. Owens bereits.

„Sie ist hier … bei Ihnen." Mrs. Owens seufzte schwer. „Sie liebt ihre Arbeit."

Okay, gut. Er war gewillt, es zuzugeben. Er war nur ein durchschnittlicher Kerl. Vielleicht ein wenig größer und mit einem ehemals besseren Wurfarm und dem starken Drang, zu siegen, aber tief in seinem Herzen war er genauso wie jeder andere biertrinkende und truckfahrende Mann in Amerika. Abgesehen natürlich von dem Merlot in seinem Weinschrank und dem Mercedes in der Garage.

Nancy Owens, eine attraktive Frau Anfang fünfzig, schlug mit beiden Händen flach auf den Tisch und stöhnte. „Muss ich es Ihnen buchstabieren?"

„Offensichtlich ja, Ma'am."

„Larissa ist achtundzwanzig Jahre alt, Sie Trottel. Ich will, dass sie heiratet und mir Enkelkinder schenkt. Das wird aber nicht passieren, solange sie für Sie arbeitet. Vor allem nicht, nachdem sie hierhergezogen ist. Ich will, dass Sie sie feuern. Dann wird sie nach Los Angeles zurückziehen, einen netten Mann zum Heiraten finden und sesshaft werden."

„Warum kann sie das nicht hier tun?"

Mrs. Owens stieß einen Seufzer aus, wie es nur Menschen konnten, die mit einer Intelligenz und Weitsicht gesegnet waren, von der die meisten Menschen nur träumten.

„Weil, Mr. McGarry, ich ziemlich sicher bin, dass meine Tochter in Sie verliebt ist."

Larissa Owens starrte die blauäugige Katze an, die mitten in ihrer kleinen Wohnung stand. Dyna war eine achtjährige Ragdoll mit großen, wunderschönen Augen, einem süßen Gesicht und dickem Fell. An der Brust und den Vorderpfoten war das Fell weiß, im Gesicht hatte sie kleine graue Markierungen. Sie war das Katzen-Äquivalent eines Supermodels. Was irgendwie einschüchternd war.

Es lag einfach in Larissas Natur, zu retten. Katzen, Hunde, Schmetterlinge, Menschen. Es war egal, wen oder was. Sie wusste, ihre Freunde würden sagen, sie hätte sich mal wieder in etwas hineingestürzt, ohne vorher darüber nachzudenken, aber sie war noch nicht gewillt, das zuzugeben. Zumindest nicht ohne Nachfrage. Als sie also gehört hatte, dass diese Katze ein neues Zuhause suchte, hatte sie angeboten, sie bei sich aufzunehmen. Nur hatte sie nicht damit gerechnet, dass die Katze so schön war.

„Du bist ein wenig überwältigend", gab Larissa zu, während sie die kleine Küche durchquerte und Wasser in eine Schüssel gab. „Muss ich mich jetzt, wo wir WG-Partner sind, besser anziehen?"

Dyna schaute sie an, als unterzöge sie Larissas übliche Arbeitskleidung aus Yogahose und T-Shirt einer genauen Inspektion, bevor sie sich daranmachte, das kleine Apartment zu erkunden. Sie schnüffelte am Sofa, schaute in die Ecken, betrachtete die große Matratze im Schlafzimmer und ignorierte das kleine Badezimmer.

„Ja, ich weiß." Larissa stellte den Wassernapf auf das Set neben der Hintertür und schlenderte dann hinter Dyna her. „Das Badezimmer ist wirklich winzig."

Es gab nur ein Standwaschbecken, eine Toilette und eine kleine Dusche.

Okay, ihre Wohnung war nicht sonderlich toll. Aber Larissa brauchte nicht viel. Außerdem war es hier sauber und die Miete war günstig. Womit ihr mehr von ihrem Gehalt blieb, um es zu spenden. Denn es gab immer eine Organisation, die ihre Unterstützung nötig hatte.

„Die Fensterbänke sind schön breit, und es kommt viel Licht herein", erklärte Larissa der Katze. „Die Morgensonne ist besonders schön."

Ihre kleine Wohnung hatte einen unerwarteten Vorteil – eine Wäschekammer. Larissa hatte Dynas Katzenklo neben den Trockner gestellt. Die Katze warf einen prüfenden Blick hinein, dann ging sie in die Küche, sprang auf die Arbeitsplatte und schlenderte zur Spüle. Von dort warf sie Larissa einen erwartungsvollen Blick zu.

Das war genau der Grund, warum Larissa sich bisher immer

geweigert hatte, ein Tier bei sich aufzunehmen. Sie hatte sich eingeredet, es läge an ihrem Lebensstil – dass sie so darauf konzentriert war, alle zu retten, dass sie nicht nur mit einem Tier zusammen sein konnte. Aber tief im Herzen wusste sie, dass sie einfach Angst davor hatte, es nicht zu können. Und jetzt, als sie in die großen blauen Augen schaute, wusste sie, dass sie damit recht gehabt hatte.

„Was?", fragte sie leise. „Wenn du mir sagst, was ich tun soll, tue ich es."

Dyna schaute zum Wasserhahn und wieder zurück zu Larissa.

„Du willst aus dem Wasserhahn trinken?", fragte sie und stellte das kalte Wasser an.

Die Katze beugte sich vor und trank mit zierlichen Bewegungen. Larissa grinste triumphierend. Vielleicht würde sie diese Haustiersache doch noch meistern.

Sie wartete, bis Dyna fertig war, dann nahm sie sie hoch. Die Katze entspannte sich in ihren Armen und schaute sie eine Sekunde an, bevor sie langsam die Augen schloss. Tief aus ihr stieg ein sanftes, grummelndes Schnurren auf.

„Ich mag dich auch", erklärte Larissa ihrer neuen Mitbewohnerin. „Das wird einfach super."

Sie setzte Dyna auf dem Sofa ab und schaute dann auf die Uhr. „Es tut mir echt leid, dass ich dich jetzt schon wieder alleine lassen muss", sagte sie, „aber ich muss zur Arbeit. Ich bin nur ein paar Stunden weg und dann wieder zu Hause." Sie schnappte sich ihre abgetragene Handtasche und ging zur Haustür. „Überleg dir in der Zwischenzeit schon mal, was wir heute Abend im Fernsehen schauen wollen. Du darfst entscheiden."

Damit schloss sie die Tür hinter sich und lief die Treppe ins Erdgeschoss hinunter und auf die Straße.

Sie wohnte erst seit ein paar Monaten in Fool's Gold, trotzdem liebte sie die Stadt schon. Sie war groß genug, um alles zu bieten, was man sich wünschen konnte, und doch so klein, dass jeder ihren Namen kannte. Oder zumindest genügend Menschen, um ihr das Gefühl zu geben, hierherzugehören. Sie hatte einen tollen Job, Freunde und war angenehme 425 Meilen von ihrer Familie entfernt.

Es war nicht so, dass sie ihre Eltern, ihre Stiefeltern, ihre Schwestern, deren Ehemänner oder Kinder nicht liebte, aber manchmal fand sie so viel Familie etwas überwältigend. Anfangs war Larissa nicht sicher gewesen, ob es eine gute Idee war, Los Angeles zu verlassen, aber jetzt wusste sie, dass sie das Richtige getan hatte. So angenehm der zweitägige Besuch ihrer Mutter gewesen war, so intensiv waren auch ihre Bemühungen gewesen, sie dazu zu überreden, wieder zurückzuziehen.

„Das wird nicht passieren“, murmelte Larissa fröhlich.

Zehn Minuten später betrat sie das Büro von Score, der PR-Agentur, für die sie arbeitete. Die Eingangshalle war riesig mit hohen Decken und vielen lebensgroßen Fotografien an den Wänden. Eine davon zeigte die vier Inhaber der Agentur, aber der Rest der Wände war allein Jack, Kenny und Sam vorbehalten.

Die drei Jungs waren NFL-Stars gewesen. Sam als erfolgreicher Kicker, Kenny als Rekorde brechender Receiver und Jack als brillanter und talentierter Quarterback.

Es gab Bilder von ihnen in Aktion bei verschiedenen Spielen und andere, die sie auf unterschiedlichen Promi-Events zeigten. Sie waren kluge, erfolgreiche, attraktive Männer, denen es nichts ausmachte, ihren Ruhm für den Erfolg ihrer Firma auszunutzen. Taryn, die einzige weibliche Partnerin, hielt sie auf Kurs – was teilweise eine echte Herausforderung war angesichts der Egos, mit denen sie es zu tun hatte. Larissa war Jacks persönliche Assistentin und außerdem die private Masseurin der Jungs.

Beide Aspekte ihres Jobs gefielen ihr gleich gut. Für Jack zu arbeiten war sehr angenehm und nicht allzu herausfordernd. Am besten war, dass er ihre wohltätigen Aktionen unterstützte und sie seine Spenden verwalten ließ. Was ihre Arbeit als Masseurin anging – jeder der Männer hatte als Profi in einem harten Sport gearbeitet. Sie alle hatten Verletzungen und chronische Schmerzen. Sie wusste, wo es ihnen wehtat und warum, und wenn sie es richtig anstellte, konnte sie dafür sorgen, dass es ihnen danach besser ging.

Jetzt ging sie zu ihrem Büro. Sie musste ein paar Rückrufe erledigen. In ein paar Wochen sollte in Fool's Gold ein ProAm-Golfturnier stattfinden, und sie musste Jacks Terminplan mit den PR-Leuten der Stadtverwaltung abstimmen. Später würde sie sich um die Anfragen eines Wohltätigkeitsvereins für Familien mit Mitgliedern, die eine Organspende benötigten, kümmern – das war die gute Sache, die Jack am meisten unterstützte. Manchmal wurde er gebeten, sich persönlich bei den Familien zu melden. Manchmal spendete er Geld, damit die Familie in der Nähe ihres im Krankenhaus liegenden Kindes wohnen konnte. Er hatte öffentlich Reden gehalten und bei mehreren Anzeigen- und Internetkampagnen mitgemacht. Larissa war seine Kontaktperson. Sie konnte abschätzen, wie viel er zu einem bestimmten Zeitpunkt zu tun bereit war und wann es besser für ihn war, einfach einen Scheck auszustellen.

Ihre anderen Pflichten waren eher persönlicher Natur. Er hatte gerade keine Beziehung, also gab es keine Geschenke zu kaufen oder Blumen zu schicken. Denn was das anging, war Jack ziemlich durchschnittlich. Er mochte Frauen und sie mochten ihn. Was bedeutete, dass es in seinem Leben einen konstanten Strom an Frauen gab. Zu seinem Glück lebten seine Eltern am anderen Ende der Welt, sodass er keine Mutter hatte, die verlangte, dass er sesshaft wurde und Enkelkinder produzierte …

Sie hatte sich kaum gesetzt, als Jack in ihr Büro kam.

„Du bist zu spät", verkündete er, bevor er sich ihr gegenüber hinsetzte und seine langen Beine ausstreckte. Seine Worte klangen eher wie eine Feststellung als wie eine Beschwerde.

„Das habe ich dir doch gesagt. Ich musste meine Mutter verabschieden und dann Dyna abholen."

Er hob eine dunkle Augenbraue. „Dyna?"

„Meine neue Katze." Sie stützte die Ellbogen auf den Tisch. „Ich habe dir von ihr erzählt, erinnerst du dich?"

„Nein."

Das war so typisch für Jack. „Das kommt daher, dass du mir nie zuhörst."

„Das kann gut sein."

„Sie ist aus dem Tierheim."

„Woher sollte sie auch sonst sein."

Sie wartete darauf, dass er mehr sagen oder ihr erklären würde, warum er hier war. Aber es herrschte nur Schweigen. Die Art Schweigen, die Larissa genauso klar verstand wie Worte.

Sie war 2010 angestellt worden, als Jack gerade die L. A. Stallions verlassen und bei Score angefangen hatte. Anfangs war er stiller Teilhaber in der Firma gewesen. Larissa hätte nur zu gerne gewusst, wie Taryn reagiert hatte, als Jack sich von dem Mann, der ihr das Geld für die Agenturgründung vorgestreckt hatte, in ein aktives Mitglied des Teams verwandelt hatte. Da Jack und Taryn eine gemeinsame Vergangenheit hatten, konnte sie sich vorstellen, dass das ein ziemliches Feuerwerk gegeben hatte. Vielleicht aber auch nicht.

Larissa hatte nach ihrem Collegeabschluss vorgehabt, für eine Non-Profit-Organisation zu arbeiten. Doch es war unmöglich gewesen, einen bezahlten Job in ihrem Bereich zu finden. Sie hatte schnell feststellen müssen, dass sie sich mit ehrenamtlicher Arbeit nicht über Wasser halten konnte. Also hatte sie sich nach einem anderen Job umgesehen.

Sie war niemand, der sich in gesichtslosen Unternehmen wohlfühlte, und hatte während der Ausbildung zur Masseurin als Kellnerin gejobbt. Dann hatte ihr eine Freundin von der Stelle als persönliche Assistentin in einer PR-Agentur erzählt. Das hatte nach einer finanziell wesentlich besseren Position geklungen als die Schichtarbeit im Diner.

Das Vorstellungsgespräch hatte sie mit Taryn geführt. Es hatte zwei Stunden gedauert und mit Worten geendet, die Larissa niemals vergessen würde.

„Jack ist ein gut aussehender Mann mit wunderschönen Augen und einem knackigen Hintern. Aber täuschen Sie sich nicht. Er ist nicht an mehr als ein paar Nächten mit irgendeiner Frau interessiert. Wenn Sie sich in ihn verlieben, sind Sie dumm. Haben Sie trotzdem noch Interesse?“

Larissa war fasziniert gewesen. Dann hatte sie Jack kennengelernt und zugeben müssen, dass Taryn recht gehabt hatte, was seine Ausstrahlung anging. Ein Blick auf seine stattliche Männlichkeit und ihr waren Schauer über den ganzen Körper gelaufen. Aber anstatt mit ihr zu flirten, hatte der ehemalige Quarterback sich die Schultern gerieben und geflucht.

Sie hatte den Schmerz erkannt und instinktiv reagiert. Mit beherztem Griff hatte sie ihre Finger tief in die vernarbten und verspannten Muskeln vergraben und dabei erklärt, dass sie in wenigen Wochen ihre Ausbildung zur Masseurin beenden würde. Dreißig Sekunden später hatte sie das Jobangebot erhalten.

In den letzten vier Jahren war Larissa Teil der Score-Familie geworden. Am Ende der zweiten Woche hatte sie aufgehört, in Jack irgendetwas anderes als ihren Chef zu sehen. Sechs Monate später waren sie ein gutes Team und gute Freunde geworden. Sie schalt ihn regelmäßig wegen seiner Frauenwahl und sorgte dafür, dass er Eis und Entzündungshemmer benutzte, wenn seine Schultern sich meldeten. Außerdem bot sie allen drei Jungs und Taryn tägliche Massagen an. Sie liebte ihren Job und sie liebte es, dass sie nach Fool’s Gold gezogen waren. Zu Hause wartete eine neue Katze auf sie. Ja, das Leben war sehr, sehr gut.

Sie richtete ihre Aufmerksamkeit wieder auf Jack und wartete. Ja, es herrschte genau das Schweigen im Raum, das ihr verriet, dass er ihr etwas zu sagen hatte.

„Gehst du mit irgendjemandem aus?“

Die Frage überraschte sie. „Du meinst, mit einem Mann?“

Er zuckte mit den Schultern. „Du hast nie erwähnt, dass du auf Frauen stehst, aber das Geschlecht ist mir eigentlich auch egal.“

„Nein, im Moment gehe ich mit niemandem aus. Ich habe in dieser Stadt noch niemanden kennengelernt, außerdem bin ich zu beschäftigt.“

„Aber wenn, wäre es ein Mann?"

Seine dunklen Augen funkelten amüsiert.

Jack gehörte zu den von den Göttern gesegneten Männern. Groß, attraktiv, sportlich, charmant. Er hatte einfach alles. Doch nur wenige Menschen wussten von den Dämonen, die er mit sich herumtrug. Er gab sich selbst die Schuld an etwas, das nicht sein Fehler gewesen war. Das war ein Charakterzug, mit dem Larissa sich nur zu gut identifizieren konnte, denn sie sah sich auch andauernd verantwortlich.

„Ja, es wäre ein Mann."

„Gut zu wissen." Er fuhr fort, sie zu mustern. „Deine Mutter macht sich Sorgen um dich."

Larissa ließ sich gegen die Stuhllehne sinken. „Sag mir bitte, dass sie nicht mit dir geredet hat. Bitte, bitte, bitte."

„Doch, sie hat mit mir geredet."

„Mist. Ich wusste es. Sie hat dich besucht, oder? Ich habe geahnt, dass irgendetwas im Busch ist." Unentschlossenheit konnte man ihrer Mutter nicht vorwerfen. „Lass mich raten. Sie wollte wissen, ob ich einen Freund habe. Ich hoffe, du hast ihr gesagt, dass du das nicht weißt. Oder dass ich einen habe? Denn das würde mir sehr helfen."

„Sie hat mich nicht gefragt, ob du einen Freund hast."

„Oh." Sie richtete sich wieder auf. „Was hat sie dann gefragt?"

„Sie will, dass ich dich feuere, damit du nach Los Angeles zurückziehst, dich verliebst, heiratest und ihr Enkelkinder schenkst."

Larissa spürte, dass ihre Wangen ganz heiß wurden. Es war so schwer, nachzudenken, wenn man sich so gedemütigt fühlte, ganz zu schweigen davon, mit einer halbwegs intelligenten Antwort aufzuwarten.

„Sie hat bereits zwei verheiratete Töchter", murmelte sie. „Warum kann sie mich nicht in Ruhe lassen?"

„Sie liebt dich."

„Dann hat sie aber eine seltsame Art, das zu zeigen. Wirst du mich rausschmeißen?"

Jack hob beide Augenbrauen.

Sie atmete tief ein. „Das werte ich als Nein. Es tut mir leid. Ich werde mich bemühen, sie, so gut es geht, von hier fernzuhalten. Die gute Nachricht ist, dass Muriels Kind in drei Monaten auf die Welt kommen soll und das neue Baby sie dann erst einmal ablenkt.“ In der Zwischenzeit würde Larissa einen Weg finden, ihre Mutter davon zu überzeugen, dass sie nach Borneo gezogen war.

„Gibt es sonst noch was?“, fragte sie.

„Ja, gibt es. Deine Mutter sagte, du wirst dich nie mit einem anderen Mann einlassen und heiraten, weil du in mich verliebt bist.“

Der Auftakt der neuen Serie von
Nr.-1-New York Times-Bestsellerautorin Robyn Carr

Band-Nr. 25913
9,99 € (D)
ISBN: 978-3-95649-286-0
eBook: 978-3-95649-533-5
352 Seiten

Robyn Carr
Zeit der Liebe
in Thunder Point

Hank Cooper ist ein Abenteurer, den es nie lange an einem Ort hält. Auch in dem idyllischen Thunder Point ist er bloß auf Durchreise. Sobald er sich um das Erbe eines Freundes gekümmert hat, will er weiterziehen. Doch Hank erwartet eine Überraschung in Gestalt der attraktiven Pilotin Sarah. Seit Langem hat er sich nicht mehr so zu einer Frau hingezogen gefühlt. Ohne es zu wollen, steht er am Scheideweg: Kehrt er in sein altes Leben zurück – oder lässt er es zu, dass sein Herz ein Zuhause findet? Der Auftakt der neuen Serie von Nr.-1-New York Times-Bestsellerautorin Robyn Carr

„Dieses Buch ist ein Volltreffer!“

Kirkus Reviews

Band-Nr. 25915
9,99 € (D)
ISBN: 978-3-95649-288-4
eBook: 978-3-95649-553-3
432 Seiten

Jennifer Bernard
Volltreffer
für die Liebe

Sexy, sportlich ... Single! Caleb Hart ist der neue Star-Pitcher der „Kilby Catfish“ und eigentlich genau Sadies Typ. Doch nachdem ihr fieser Ex überall in der Stadt Lügen über sie verbreitet, steht für Sadie fest: Von den Männern sollte sie besser die Finger lassen! Egal, wie sehr zwischen Caleb und ihr die Funken sprühen. Dumm nur, dass sie gerade an einer Imagekampagne für das häufig für Schlagzeilen sorgende Baseballteam arbeitet – und Caleb dabei ständig in die starken Arme stolpert ...